Sin elección

CLARE MACKINTOSH

Sin elección

Traducción de
Víctor Vázquez Monedero

Grijalbo

Papel certificado por el Forest Stewardship Council®

Penguin
Random House
Grupo Editorial

Título original: *Hostage*

Primera edición: mayo de 2022

© 2021, Clare Mackintosh
Publicado originalmente en inglés el año 2021 en el Reino Unido
por Sphere, un sello de Little, Brown Book Group.
© 2022, Penguin Random House Grupo Editorial, S. A. U.
Travessera de Gràcia, 47-49. 08021 Barcelona
© 2022, Víctor Vázquez Monedero, por la traducción

Printed in Spain – Impreso en España

ISBN: 978-84-253-6170-8
Depósito legal: B-5.242-2022

Compuesto en La Nueva Edimac, S. L.

Impreso en Romanyà Valls, S. A.
Capellades (Barcelona)

GR 6 1 7 0 8

Para Sheila Crowley

CENTRAL: ¿Cuál es su emergencia?

LLAMADA: Estoy cerca del aeropuerto… Acabo de ver… ¡Dios mío!

CENTRAL: ¿Podría confirmarme su ubicación, por favor?

LLAMADA: El aeropuerto. Hay un avión que… acaba de dar la vuelta. Está bajando muy rápido. ¡Ay, Dios! ¡Ay, Dios!

CENTRAL: Los servicios de emergencia están de camino.

LLAMADA: Pero no van a llegar a tiempo, ya [*inaudible*]… Se va a estrellar, se va a estrellar…

CENTRAL: ¿Podría confirmarme que se encuentra usted a una distancia prudencial?

LLAMADA: [*Inaudible*].

CENTRAL: Oiga, ¿está usted bien?

LLAMADA: Se ha estrellado, acaba de estrellarse, Dios mío, está ardiendo…

CENTRAL: Los bomberos estarán allí en menos de un minuto. También hemos mandado una ambulancia. ¿Hay alguien más con usted?

LLAMADA: Está todo el avión echando humo, está [*inaudible*]… Ay, Dios, acaba de explotar algo. Hay una especie de bola de fuego gigante…

CENTRAL: Los bomberos acaban de llegar a la zona.

LLAMADA: Ya apenas se ve el avión, solo humo y llamas. Demasiado tarde. Demasiado tarde. Nadie saldrá vivo.

Prólogo

—No corras, que te vas a caer.

Pasado el parque, cuesta arriba. Espera al muñequito verde, aún no, aún no...

¡Ya!

Gato en la ventana. Como una estatua. Solo se le mueve la puntita de la cola: izquierda, derecha, izquierda.

Hay que cruzar otra calle. No hay muñequito verde ni señora de la señal de stop; tendría que estar ahí...

Mira a los lados. Aún no, aún no...

¡Ya!

—No corras, que te vas a caer.

Buzón, farola, parada de autobús, banco.

Escuela grande (no es la mía, aún no).

Librería, tienda vacía y luego la *mobiliaria*, que es donde venden casas.

Ahora la carnicería, pájaros colgados del cuello en el escaparate. Ojos cerrados con fuerza para no tener que ver los suyos mirándome.

Están muertos. Todos muertos.

PRIMERA PARTE

1

8.30
Mina

—Para, que te vas a caer.

La nieve de toda una semana se ha ido apelmazando hasta convertirse en hielo: un peligro cotidiano oculto bajo la capa de nieve en polvo que ha caído durante la noche. Cada pocos metros, las botas se me escapan más lejos de lo que pretendían mis pies y me da un vuelco el estómago, preparado para una caída. Avanzamos con lentitud; ojalá se me hubiese ocurrido traer a Sophia en el trineo.

Ella abre los ojos de mala gana y gira la cabeza como un búho, desviando la mirada de las tiendas y escondiendo la cara en mi manga. Le estrecho la manita enguantada. Le repugnan las aves que hay colgadas en el escaparate de la carnicería; las plumas del cuello, iridiscentes, contrastan cruelmente con los ojos sin vida que embellecen.

A mí también me repugnan.

Según Adam, soy yo quien le ha pasado esa fobia, como si fuera un resfriado o una joya que ya no me pongo.

—¿De dónde lo ha sacado, si no? —me soltó cuando protesté. Extendió las manos apelando a un público invisible, como si la ausencia de una respuesta demostrara su teoría—. De mí, no.

Por supuesto que no. Adam no tiene debilidades.

—Supermercado —dice Sophia, que vuelve a fijarse en las

tiendas ahora que la amenaza de los pájaros ha quedado atrás.

Todavía lo pronuncia como «supremecado»; es tan mona que se me encoge el corazón. Son momentos como este los que más aprecio, los que hacen que todo merezca la pena.

Su aliento crea nubecillas en el aire.

—Ahora la zapatería. Ahora laaa... —estira la palabra, conteniendo la siguiente en la boca hasta que llega el momento— frutería —proclama cuando pasamos por delante del local.

«Furrutiría». La quiero con locura, a esta niña. Con locura.

El ritual comenzó en verano. Sophia bullía de nervios y de impaciencia por empezar la escuela; con cada respiración soltaba alguna pregunta: ¿cómo sería la maestra?, ¿dónde colgarían los abrigos?, ¿tendrían tiritas por si se raspaba la rodilla? «Explícamelo otra vez: ¿cómo iremos al cole?». Y yo volvía a explicárselo: «Subimos la cuesta, cruzamos una calle, luego otra y luego llegamos a la calle principal. Luego pasamos por delante de la parada del bus que hay al lado del instituto y después por la calle de las tiendas, donde están la librería, la inmobiliaria y la carnicería. Luego doblamos la esquina de la calle del supermercado y pasamos primero por la zapatería, después por la frutería y después por la comisaría; entonces subimos la cuesta, pasamos por delante de la iglesia y... ¡ya estamos!», le decía.

Con Sophia hay que tener paciencia, y eso a Adam le cuesta horrores. Tienes que repetirle las cosas una y otra vez, asegurarle que no ha cambiado nada, que no cambiará nada.

Adam y yo la acompañamos juntos al colegio aquel primer día, en septiembre. La llevamos cada uno de una mano, columpiándola entre los dos, como si todavía fuéramos una familia de verdad; me alegré de tener una excusa para las lágrimas que me afloraban a los ojos.

—Ya verás como se separa de ti sin pensárselo dos veces —había dicho la tía Mo al verme la cara al salir de casa. No es una tía de verdad, pero «señora Watt» queda demasiado formal para una vecina que prepara chocolate caliente y se acuerda de los cumpleaños.

Me esforcé por devolverle la sonrisa.

—Seguro que sí —contesté—. Qué tonta soy, ¿eh?

Tonta por desear que Adam todavía viviera con nosotros. Tonta por pensar que lo de aquel día era algo más que una pantomima por el bien de Sophia.

Mo se agachó para dirigirle una sonrisa a mi hija.

—Que vaya bien el día, florecilla.

—Me pica el vestido —respondió ella poniendo mala cara, aunque Mo, asombrosamente, no se dio ni cuenta.

—Pues qué bien, cariño.

A veces Mo se deja el audífono apagado para ahorrar batería. Cuando me paso por su casa, tengo que acabar poniéndome delante del parterre que hay delante de la ventana del salón y saludarla con la mano hasta que me ve. «¡Haber llamado al timbre!», me dice siempre, como si no llevara diez minutos haciéndolo ya.

—¿Qué viene ahora? —le pregunté aquel primer día a Sophia cuando dejábamos atrás la frutería. La inquietud manaba de sus dedos hasta los míos.

—¡La comisaría! —respondió con aire triunfal—. La comisaría de papá.

No es ahí donde trabaja Adam, pero a ella la trae sin cuidado. Todos los coches patrulla que vemos son «el coche de papá»; todos los agentes uniformados, «un amigo de papá».

—Y ahora la cuesta.

Se acordaba de todo. Al día siguiente añadió otros detalles, cosas que yo no había visto, de las que no me había percatado: un gato en el alféizar de una ventana, una cabina telefónica, una papelera. Aquella retahíla se convirtió en una parte invariable de su jornada, algo tan esencial para Sophia como ponerse el uniforme en el orden correcto (primero la parte de arriba, luego la de abajo) o hacer equilibrios como un flamenco mientras se lava los dientes, alternando una pierna con la otra según el lado de la boca que se esté cepillando. Dependiendo del día, esos rituales me encantan o me sacan de quicio. En eso consiste ser madre, al fin y al cabo.

Empezar la escuela había marcado el final de un capítulo y el inicio de otro, y llevábamos preparándonos para aquella transición desde hacía un año, cuando inscribimos a Sophia en la guardería tres días a la semana. El resto del tiempo lo pasaba conmigo o con Adam, o con Katya, una *au pair* de belleza discreta que llegó con unas maletas a juego y un inglés nulo. Los miércoles por la tarde iba a la escuela de idiomas y los fines de semana completaba sus ingresos trabajando de reponedora. Al cabo de seis meses, declaró que éramos «la mejor familia del mundo» y nos preguntó si podía quedarse un año más. Yo me pregunté en voz alta si habría algún novio de por medio, y el sonrojo de Katya me dio a entender que sí, pero le daba vergüenza decir quién era.

Quedé encantada con la propuesta, y aliviada. Mis horarios de trabajo y los de Adam hacían imposible confiar todo el cuidado de la niña a una guardería, y nunca habríamos podido permitirnos pagar a las niñeras que muchos de mis compañeros tenían contratadas. Me preocupaba que lo de tener a una desconocida viviendo en casa fuera muy intrusivo, pero Katya pasaba la mayor parte del tiempo en su habitación, hablando por Skype con amigos de su país. También prefería comer sola, pese a que yo no dejaba de invitarla a que lo hiciera con nosotros, y además nos echaba una mano con la casa, pasando la fregona o doblando la colada, por mucho que le dijera que no hacía falta. «Tú estás aquí para ayudarnos con Sophia y para aprender inglés».

«No me importa —me respondía—. Me gusta ayudar».

18

Un día, al llegar a casa, me encontré varios pares de calcetines de Adam encima de nuestra cama; un zurcido perfecto remendaba los agujeros que siempre se le forman en el talón.

—¿Dónde has aprendido a hacer eso?

Yo apenas sabía coser botones y hacer dobladillos —y torcidos—, pero el zurcido era territorio de ama de casa experta, y Katya no tenía ni veinticinco años.

Ella se encogió de hombros, como si no fuera nada.

—Mi madre me aprendió.

—De verdad, no sé qué haríamos sin ti.

Yo había podido comprometerme a hacer turnos extras en el trabajo porque sabía que Katya estaría disponible para recoger a Sophia de la escuela y que la niña la adoraba, lo cual no era tarea fácil en absoluto. Katya tenía paciencia para jugar con ella al escondite de forma interminable, pues Sophia iba encontrando escondrijos cada vez más complicados.

«¡Allá voy, estés lista o no estés lista! —gritaba Katya, pronunciando con esmero cada una de aquellas palabras recién aprendidas, y luego se ponía a recorrer con sigilo la casa en busca de Sophia—. ¿En el zapatero? Nooo... ¿Y detrás de la puerta del baño?».

«Eso suena un poco peligroso —dije cuando Sophia se lanzó escaleras abajo para contarme, orgullosa, que se había acurrucado en un estante del armario de la ropa blanca y Katya no había conseguido encontrarla—. No quiero que te escondas en ningún sitio donde puedas quedarte atrapada».

Sophia frunció el ceño y se fue corriendo a jugarle la revancha a Katya. La dejé a su aire; mi padre siempre nos reñía a Adam y a mí por ser demasiado prudentes, mientras que yo siempre le rogaba a él que no fuera tan despreocupado.

«Se va a caer», le decía, casi incapaz de mirar, cuando veía que animaba a su nieta a trepar a los árboles o a cruzar un riachuelo saltando tambaleante de roca en roca.

«Así es como se aprende a volar».

Yo sabía que mi padre tenía razón, y luchaba contra el impulso de tratar a Sophia como a un bebé. Además, veía que a ella le chiflaba la aventura y que le encantaba que la tratasen como a una «niña mayor». Katya lo había entendido al momento, y el vínculo entre las dos enseguida se había hecho muy fuerte. La habilidad de Sophia para sobrellevar el cambio —sobre todo en lo referente a las personas— sigue siendo una de mis asignaturas pendientes, de ahí mi alivio cuando Katya decidió quedarse. Me preocupaba lo que pudiera pasar cuando se hubiese ido.

Y de repente sucedió, en junio, apenas unas semanas después de que nos pidiera quedarse, unas semanas después de que yo hubiera empezado a relajarme. Katya tenía la cara enrojecida y llorosa, y había hecho las maletas a toda prisa, con la ropa recién sacada de la secadora y húmeda todavía. ¿Tendría algo que ver con su novio? A mí ni me miraba. ¿Sería por algo que había hecho yo?

—Me voy ya. —No pensaba decir más.

—Por favor, Katya, sea lo que sea, hablémoslo.

Entonces titubeó, y advertí que miraba a Adam con los ojos llenos de rabia y dolor. Me di la vuelta justo a tiempo de verlo a él negar con la cabeza, dándole indicaciones en silencio.

—¿Qué está pasando aquí?

Los observé, primero a uno y luego al otro.

En una ocasión, Adam había bromeado con que, en caso de que Katya y yo nos peleásemos, iba a tener que ponerse de parte de la jovencita.

—Una buena *au pair* no es tan fácil de encontrar —había dicho.

—Qué gracioso.

—¿Acaso no harías tú lo mismo?

Yo había esbozado una mueca burlona.

—Me has pillado.

—¿Y bien? —pregunté.

Habían discutido, estaba claro, pero ¿por qué? Solo tenían a Sophia en común, a menos que contasen esas series policiacas que a Adam le encantaban y yo detestaba, y que eran lo único que conseguía sacar a Katya de su habitación los sábados por la tarde. Yo a esa hora normalmente estaba trabajando y, si no, salía a correr, volvía al cabo de diez kilómetros y me los encontraba frente a la oscura y cambiante pantalla de los créditos finales, concluyendo su valoración.

Pero aquella discusión no iba de series policiacas.

—Pregúntaselo a él —espetó Katya.

Hasta entonces nunca la había visto con una expresión que no fuese radiante. Fuera se oyó un claxon (su taxi para el aeropuerto) y por fin me miró a los ojos.

—Eres una buena mujer —me dijo—. No te mereces esta mierda.

Algo se quebró en mi interior, como si se abriese una fisura diminuta en la orilla de un lago helado. Quise retroceder, dejar el hielo intacto, pero ya era demasiado tarde.

Crac.

Cuando Katya se marchó, me volví hacia Adam.

—¿Y bien?

—¿Y bien qué? —Lo soltó con brusquedad, como si mi pregunta, como si mi presencia misma, fuera irritante, un incordio. Como si la culpa la tuviera yo.

Me concentré en la mirada que había visto que intercambiaban, en los ojos enrojecidos de Katya y en su advertencia implícita: «No te mereces esta mierda».

—No soy imbécil, Adam. ¿Qué está pasando?

—¿Con qué? —De nuevo aquel leve chasquido con la lengua antes de hablar, como si tuviera la mente ocupada con cuestiones más sesudas y yo lo estuviera arrastrando de vuelta a lo irrelevante.

—Con Katya. —Se lo dije en el mismo tono que algunos utilizan para hablar a los extranjeros. Tenía la sensación de haberme metido en la vida de otra persona; era una conversación que nunca me había hecho falta tener y que nunca me había imaginado que llegaría a producirse.

Cuando me dio la espalda para ponerse con algo innecesario en ese momento, noté que las llamas de la culpa le lamían el cuello. La verdad se me coló en el pensamiento como la solución de un crucigrama mucho después de haber tirado el periódico a la basura. Mi boca articuló las palabras que no quería pronunciar:

—Te has acostado con ella.

—¡No! Por Dios, ¡no! Por el amor de Dios, Mina, ¿es eso lo que piensas?

Quería creerle con toda el alma. Nunca me había dado motivos para dudar de él. Él me quería. Yo lo quería a él. Me esforcé por que no me temblara la voz.

—¿Qué quieres que piense? Es obvio que hay algo entre vosotros.

—Dejó toda la cocina pringada de plastilina. He tenido que echarle la bronca y se lo ha tomado a mal, eso es todo.

Me quedé mirándolo, a él y la fanfarronada ruborizada de su mentira.

—Al menos podrías haberte inventado una excusa creíble. —No merecer ni el esfuerzo de una coartada me hacía casi tanto daño como la mentira en sí. ¿Tan poco significaba para él?

La marcha de Katya abrió una brecha en nuestra familia. Sophia estaba furiosa, y expresó el dolor por la pérdida repentina de su amiga en juguetes rotos y dibujos despedazados. Me culpaba a mí, solo porque fui quien se lo dijo, y necesité una entereza brutal para no contarle que la culpa era de Adam. Mi marido y yo evitábamos cruzarnos: yo, irascible y contrariada; él, taciturno y lleno de un falso resentimiento ideado para hacerme dudar de mí misma. Me mantuve firme: si Katya era el crucigrama, una vez resuelto, vi que las pistas habían sido de todo menos enigmáticas. Durante meses, Adam se había mostrado muy reservado respecto a sus días libres, y tan sobreprotector con su móvil que hasta se lo llevaba al baño cuando iba a ducharse. Había sido una estúpida por no darme cuenta antes.

—Ahora subimos la cuesta —dice Sophia—. Luego viene la iglesia, luego la...

No consigo sujetarle la mano a tiempo, y sus dedos desaparecen de entre los míos, resbala, cae de espaldas y se golpea la nuca. Primero, del susto, abre los ojos como platos, luego los entorna mientras evalúa el daño que se ha hecho, lo asustada que está y la vergüenza que está pasando. Yo atajo sus cálculos, suelto la mochila y me apresuro a levantarla de la acera; con las prisas, choco con un hombre que venía en dirección contraria.

—¡Venga! ¡Aúpa! —le digo en un tono como de niñera hacendosa.

Sophia me mira: le tiembla el labio inferior de indignación, sus ojos oscuros buscan los míos para obtener una estimación de lo fuerte que ha sido la caída. Yo sonrío como si no hubiera pasado nada y levanto la cabeza hacia el cielo para ver las formas de las nubes.

—¿Ves el perro? Está de pie. Ahí, ¿ves la cabeza? ¿Y la cola?

No va a llorar. Nunca llora. En lugar de eso, suelta unos gritos rabiosos e ininteligibles que señalan que la culpa es mía, siempre mía. O sale corriendo hacia la calzada para demostrarme algo que solo ella entiende. ¿Que la quiero? ¿Que no la quiero?

Sigue mi mirada. Un avión hiende el aire y recorta las nubes, que parecían lo bastante sólidas para cerrarle el paso.

—747 —dice Sophia.

Suelto un suspiro de alivio. La distracción ha funcionado.

—No, es un A380. No tiene joroba en la parte delantera, ¿ves? —La deposito en el suelo con suavidad y me enseña los guantes, empapados a causa de la nieve—. Pobrecita Sophia. Mira, ahí está la iglesia... ¿qué viene ahora?

—La... la escuela.

—O sea que ya casi estamos. —Mi sonrisa resplandeciente es como una alfombra que oculta el desastre que acabo de barrer.

Mi mochila —la mochila de Sophia, en realidad— se ha volcado, y el contenido se ha desparramado por la acera. Vuelvo a meter dentro la muda del día y recupero la botella de agua que se aleja rodando de nosotras con el nombre de mi hija escrito en ella jugando a aparecer y desaparecer con cada rotación.

—¿Es tuyo?

El hombre con quien he chocado le está devolviendo algo a Sophia: es Elefante, con la trompa espachurrada a puñetazos y tornasolada tras cinco años de amor.

—¡Dámelo! —grita Sophia al tiempo que retrocede y se esconde detrás de mí.

—Lo siento mucho.

—No se preocupe.

El hombre no parece inmutarse por la descortesía de la niña. Yo no debería pedir disculpas por lo que ha hecho: estoy contradiciendo sus sentimientos cuando lo que ella necesita es apoyo. Pero cuesta permanecer en silencio ante el aluvión constante de cejas arqueadas y juicios de valor por no enseñar modales a tu hija. Cojo a Elefante, y Sophia me lo quita de las manos y hunde la cara en él.

Elefante procede de la casa donde Sophia pasó sus cuatro primeros meses de vida. Es lo único que le queda de aquella época, pese a que nadie sabe si de verdad pertenecía a Sophia o si lo capturaron el día que mi hija acabó en urgencias. Sea como sea, ahora son inseparables.

Elefante la acompaña cogido por la trompa hasta que llegamos a la escuela, donde Sophia le enseña a la señorita Jessop los guantes mojados mientras yo le cuelgo el abrigo y le meto el gorro y la bufanda en la mochila. Es 17 de diciembre y la escuela bulle de expectación. Unos muñecos de nieve hechos de algodoncitos bailan sobre cartulinas clavadas en paneles de corcho y varias maestras lucen pendientes festivos; sus lóbulos centellantes transmiten una impresión confusa, de jovialidad o alarma. Las baldosas del suelo están mojadas; el umbral de la entrada, sembrado de nieve pisoteada que la gente esparce al andar, dejando un rastro que llega hasta los percheros.

Saco la fiambrera de Sophia y se la doy a la señorita Jessop mientras sigo rebuscando en la mochila. Katya la vaciaba cada día al llegar a casa; le limpiaba las marcas de dedos pegajosas y reciclaba con discreción las producciones artísticas menos codiciables. Yo todas las tardes me propongo hacer lo mismo, pero acabo dejando la mochila tirada en el recibidor y no vuelvo a pensar en ello hasta la mañana siguiente, ya camino del colegio.

—¿Listas para Navidad? —La profesora de Sophia es una chica muy menuda, con una piel suave que podría situarla entre los veintitantos y los treinta bien llevados.

Pienso en todos los productos de Clarins que he comprado a lo largo de los años en los duty-free, y en todos los tratamientos dermatológicos que he comenzado con buenos propósitos solo para acabar volviendo a las toallitas húmedas. Seguro que la señorita Jessop se aplica el limpiador, el tónico y la crema hidratante.

—Más o menos.

Hay un trocito de hielo pegado al jersey de repuesto de Sophia; la tela de alrededor está húmeda y fría. Lo sacudo para quitárselo y reanudo la búsqueda infructuosa entre pedacitos de huevera y envases de zumo vacíos.

—No encuentro el inyector de epinefrina. ¿Todavía tienes el que te di?

—Sí, no se preocupe. Está en el botiquín, con el nombre de Sophia escrito.

—El color de las gomas del pelo está mal —anuncia mi hija.

La señorita Jessop se agacha para inspeccionar las trenzas de Sophia; una va atada con una gomita roja y la otra, con una azul.

—Pero si son muy bonitas.

—Para el cole siempre llevo dos azules.

—Pues a mí estas me gustan mucho. —La señorita Jessop redirige su atención hacia mí, y me maravillo ante la capacidad de las maestras para tener siempre la última palabra. Mis discusiones con Sophia sobre el tema de las gomitas han llegado a durar desayunos enteros y la mayor parte del trayecto a la escuela—. No se olvide de que mañana tenemos la comida de Navidad, así que no habrá que traerle fiambrera.

—Perfecto. Hoy vendrá a recogerla la niñera: se llama Becca. Creo que ya la conoces.

—¿No viene el señor Holbrook?

Le sostengo la mirada unos segundos, preguntándome si esa sonrisa estará escondiendo algo más. ¿Decepción? ¿Culpa? Su expresión, sin embargo, es inocente. Aparto la vista y vuelvo a doblar el jersey húmedo de Sophia. Maldigo a Adam por haberme convertido en una de esas esposas paranoicas que siempre me han dado lástima.

—No estaba seguro de si saldría del trabajo a tiempo, así que lo más prudente era llamar a la niñera.

—¿Y adónde viaja usted hoy?

—A Sídney.

—En un Boeing 777 —añade Sophia—. Con 353 pasajeros. El viaje dura veinte horas, y después tienen que hacer el camino de vuelta, y son veinte horas más, pero antes descansan en un hotel.

—¡Hala! ¡Qué emocionante! ¿Y estará fuera mucho tiempo?

—Cinco días. Vuelvo para las fiestas.

—Y necesitan cuatro pilotos porque van muy muy lejos, pero no es que piloten todos a la vez, sino que se van turnando.

Sophia se ha aprendido los datos de todos los aviones en los que vuelo. En YouTube hay un tour virtual de un 747 que habrá visto unas cien veces. Se lo sabe al dedillo; incluso mueve los labios en sincronía con los del narrador. Cuando viene gente a casa, se quedan alucinados.

«A veces me da escalofríos», le conté a mi padre, y me apresuré a sonreír para suavizar la confesión. Hacía poco que Adam y yo habíamos descubierto que lo que hacía Sophia, al contrario de lo que imaginábamos, no era recitar de memoria el texto de sus libros ilustrados favoritos, sino leerlos. Tenía tres años.

Papá se rio, se quitó las gafas y se las limpió con el bajo de la camisa. «No seas tonta. Es una niña inteligente. Está destinada a hacer grandes cosas». Le brillaban los ojos, y tuve que parpadear con fuerza. Él echaba de menos a mamá tanto como yo, pero me pregunté si, además, estaría recordando una época en la que ellos dos hacían comentarios como ese sobre mí.

La psicóloga concluyó que Sophia tenía hiperlexia: el primer diagnóstico positivo en un mar de siglas y etiquetas negativas: trastorno de vinculación, trastorno por déficit de atención, síndrome de evitación patológica de la demanda... Todo eso no te lo enseñan en los pósters sobre la adopción.

Adam y yo llevábamos un par de años intentando concebir. Podríamos haber seguido intentándolo, pero el estrés ya empezaba a hacer mella en mí y sentía que me estaba convirtiendo en una de esas mujeres que saben exactamente cuándo están ovulando, que evitan ir a las fiestas prenatales de sus amigas y que se dejan los ahorros en ciclos de fecundación *in vitro*.

—¿Cuánto os costaría?

Estaba sobrevolando algún punto indefinido del Atlántico, confesando mis secretos —algunos al menos— a la compañera con la que trabajaba aquel día. Sian era dulce y maternal, y llevábamos compartiendo historias sobre nuestras vidas desde el despegue.

—Miles de libras.

—¿Y tus padres no podrían ayudaros un poco?

No le había contado lo de mi madre; lo tenía demasiado reciente todavía. Y pedirle dinero a mi padre, después de todo lo que había sucedido... Negué con la cabeza y decidí esquivar el tema.

—No es solo por el dinero. Sé que acabaría obsesionándome; de hecho, ya estoy obsesionada. Quiero tener hijos, pero tampoco quiero perder la cabeza.

—Pues sigue soñando. —Sian resopló—. Yo tengo cuatro y he perdido un tornillo con cada uno.

Nos dieron el visto bueno como padres adoptivos. Tardaron un tiempo, sobre todo porque habíamos dejado muy claro que queríamos a un niño menor de un año. Como policía, Adam se había visto expuesto a algunas de las peores consecuencias del sistema de tutela estatal y ninguno de los dos sentía que tuviese lo que había que tener para lidiar con eso. Pensamos que un bebé sería más fácil.

Nos ofrecieron a Sophia cuando tenía cuatro meses. Los servicios sociales se la habían retirado a una madre negligente cuyos cinco hijos anteriores habían corrido la misma suerte. Sin embargo, los engranajes de la adopción son lentos y la niña, antes de estar con nosotros, pasó unos meses con una familia de acogida, un tiempo que a Adam y a mí se nos hizo interminable. Teníamos que demostrar al Estado que estábamos preparados, pero al mismo tiempo nos consumía la superstición: mi marido hacía lo imposible para no pasar por debajo de escaleras ni cruzarse con gatos negros. Acordamos dejar todas las cosas que habíamos comprado para la niña dentro de sus respectivas cajas, guardadas en aquella habitación recién pintada, por si algo se torcía y había que dar marcha atrás.

Nos concedieron el permiso judicial cuando Sophia tenía diez meses, y Adam se marchó a toda prisa al punto verde con el coche cargado de cartones y embalajes de plástico. Por fin teníamos nuestra familia. Las películas intentan convencerte de que, a partir de ese momento, todos son felices y comen perdices. En realidad, eso cuesta algo más de esfuerzo.

Sophia se va corriendo con sus amigos y la observo desde detrás del cristal. Incluso a estas alturas del trimestre, algunos niños aún lloran al despedirse. Me pregunto si sus padres mirarán a Sophia y pensarán: «Qué suerte tiene su madre», igual que yo lo pienso cuando miro a esos niños que se aferran a la suya.

Ya en casa, le dejo una nota a Becca, la estudiante preuniversitaria que cuida a Sophia de vez en cuando. Después saco una lasaña del congelador por si Adam no llega a tiempo para la cena y dejo una toalla limpia encima de la cama de la habitación de invitados, aunque él sabe perfectamente dónde está el armario de la ropa blanca; cuesta romper con una década entera cuidando de alguien.

—¿Por qué no puedo dormir en nuestra cama? —preguntó la primera vez.

Le contesté en voz baja, no solo por Sophia, sino también porque no quería que la situación nos hiciese más daño del que ya nos había hecho.

—Porque ya no es nuestra cama, Adam —había dejado de serlo el día que se marchó Katya.

—¿Por qué haces esto?

—¿El qué?

—Ser tan fría conmigo. Como si apenas nos conociéramos. —Se le contrajo la cara—. Te quiero, Mina.

Abrí la boca para responder que yo ya no sentía lo mismo por él, pero no tuve valor para decírselo.

Probamos la terapia de pareja, por supuesto, pero más por Sophia que por nosotros: sus problemas de apego estaban profundamente arraigados, como un reflejo muscular memorizado durante los meses en los que llorar no le procuró consuelo alguno. ¿Cómo le afectaría que nos separásemos de forma permanente? Sophia estaba acostumbrada a los turnos de noche de Adam y a mis ausencias de varios días seguidos, pero al final siempre, sin excepción, volvíamos los dos a casa.

Adam, si hablaba, lo hacía con monosílabos, mostrándose tan evasivo con la terapeuta como conmigo. En julio aceptó irse de casa.

«Necesito tiempo», le había dicho yo.

«¿Cuánto tiempo?».

No había sabido qué decirle; no tenía ni idea. Vi que dudaba a la hora de escoger entre las maletas, metidas la una dentro de la otra como muñecas rusas rectangulares. El optimismo le llevó a elegir la pequeña. Los de Recursos Humanos le consiguieron una habitación en una casa compartida con tres alumnos de la academia de policía, rebosantes de entusiasmo y cerveza barata, que pasaban el rato compitiendo sobre sus primeras hazañas uniformadas.

«No puedo traer a Sophia aquí —me dijo—, no estaría bien».

Así pues, preparé la cama de invitados, y ahora, cuando me marcho a trabajar, Adam se queda aquí; no sé a quién de los dos se le hace más difícil.

Me pongo el uniforme y reviso de nuevo mi equipaje de mano. El viaje de hoy es todo un acontecimiento: el último vuelo sin escalas de Londres a Sídney, un truco publicitario con veinte personas a bordo, tuvo lugar en 1989. Los vuelos comerciales han sido imposibles hasta ahora: han hecho falta años para desarrollar un avión capaz de cubrir esa distancia con el pasaje completo.

Le dejo a Sophia una nota en la cama: un corazón dibujado con rotulador y un «Mamá te quiere» debajo; lo hago cada vez que tengo vuelo, desde que aprendió a leer.

—¿Has visto la nota? —le pregunté una vez durante una videollamada para darle las buenas noches. No recuerdo dónde estaba, pero aún era pleno día, y ver a Sophia recién bañada hizo que me invadiera la nostalgia.

—¿Qué nota?

—La de la cama. Te la he dejado en la almohada, como siempre. —La nostalgia de casa me volvía injusta: quería que Sophia me echase de menos solo porque yo la echaba de menos a ella.

—Adiós, mamá. Katya y yo estamos construyendo un refugio.

La pantalla se tambaleó y acabé delante de un plano fijo del techo de la cocina. Finalicé la llamada antes de que Katya pudiera compadecerse de mí.

De camino al aeropuerto, pongo Radio 2. Subo el volumen, pero me sobreviene una culpa tan fuerte que no hay forma de acallarla.

—El trabajo es el trabajo —digo en voz alta—. Es lo que hay.

Le dije a Adam que había habido un cambio de turno, que había intentado escaquearme pero que iba a tener que pasar cinco días fuera y, a ver, qué quería que hiciese. El trabajo era el trabajo.

Era mentira.

2

9.00
Adam

—La jefa quiere verte.

La acidez me corroe por dentro mientras trato de reponerme y aparentar normalidad. ¿Esas cuatro palabras han llevado a algo bueno alguna vez?

—Ah. Vale. —Estoy sentado a mi escritorio. De pronto me noto las manos demasiado grandes, demasiado torpes, como si lo que tuviera delante fuera un público inmenso y no la mirada curiosa de Wei sin más.

—Ahora está reunida con el inspector jefe.

—Gracias.

Frunzo el ceño de cara a la pantalla. Hojeo los documentos que hay encima de la mesa, como si buscara algo. Tengo que redactar la denuncia de un robo, tengo que tomar declaración sobre una agresión grave que podría terminar en homicidio si el tío no sale de esta... tareas en las que debo concentrarme, que requieren mi atención. En cambio, estoy empapando de sudor el cuello de la camisa y preguntándome si todo acaba aquí. Si esto es el fin. Noto que Wei me mira y me pregunto si ya sabrá por qué quiere verme Butler.

Fuera, sutiles copos de nieve se posan en el alféizar de la ventana. Dentro, una llamada telefónica a la que nadie hace caso se va transfiriendo de un escritorio vacío a otro hasta que alguien se compadece del que está al otro lado de la línea y descuelga. Encuentro el informe de la agresión y examino la lista de testigos. Podría pasarme lo que queda del día fuera de la oficina, encargándome de todo esto, y, si la inspectora me envía un mensaje y no respondo, pues no sé, le diré que estaba tomando declaración o hablando por teléfono con Asistencia a las Víctimas. Meto el informe en la mochila y me levanto de la silla.

—De camino a mi despacho, espero.

La voz es suave, casi agradable, pero no me tranquiliza. He visto a suficientes policías a los que recibían con una sonrisa en el despacho de la inspectora Naomi Butler y salían al cabo de media hora con la copia refrendada de una queja formal estrujada en un puño desabrido.

—La verdad es que tengo que...

—Enseguida estaremos.

Butler anula cualquier posibilidad de discusión cuando sale de la oficina del Departamento de Investigación Criminal y enfila el pasillo hacia su despacho; no me queda otra opción que seguirla. Lleva unas Converse blancas con unos pantalones de raya diplomática y una blusa de seda gris ceñida por un cinturón de leopardo. Un arito de plata le adorna la parte superior de una oreja. Mientras la sigo igual que un niño camino del despacho de la directora, voy enumerando mentalmente todos los motivos que podría tener esta mujer para querer verme y termino con el único que importa. Ese por el que podría perderlo todo.

Cuando Naomi Butler asumió el cargo de inspectora, apartó de la ventana el pesado escritorio de su despacho y lo encaró hacia la puerta de cristal por la que acabamos de entrar, así que me veo obligado a sentarme de espaldas al pasillo. Tengo la certeza absoluta de que, en unos minutos, Wei va a encontrar una excusa para pasar por delante, con la sola intención de calcular la intensidad del rapapolvo que estoy a punto de recibir. Me yergo en el asiento; puede decirse mucho de una persona solo con verla de espaldas, y preferiría que Wei no fuera corriendo a contarle al resto del equipo que me ha visto despatarrado en el despacho de la directora.

—¿Qué tal va todo?

Butler sonríe, pero su mirada es dura. Fija sus ojos en los míos con tanta firmeza que duele, y me veo forzado a parpadear para romper el contacto: punto para ella. Sobre el respaldo de la silla tiene la chaqueta de piel que lleva cada día, haga el tiempo que haga, y el cuero suelta un quejido cuando se reclina hacia atrás. Encima del escritorio hay una radio policial sintonizada en la frecuencia local. Se rumorea que Butler nunca la apaga, ni siquiera cuando está en casa, lista para acudir a cualquier trabajo que despierte su interés.

—Muy bien.

—Entiendo que has tenido algunos problemas familiares.

—Nada que no pueda manejar.

Dudo que su intención sea darme consejos matrimoniales; echo un vistazo a la franja de piel pálida que le rodea el dedo anular y me pregunto quién dejó a quién. Me pilla mirándola, como era de esperar, y se le borra la sonrisa.

—¿Tienes teléfono de trabajo?

Me deja descolocado. Es una pregunta, o eso parece, pero ya conoce la respuesta, con lo cual no se trata más que de un pretexto para ir al grano.

—Sí.

Lee en la libreta mi número de móvil y yo asiento con la cabeza. Siento tales ganas de salir corriendo que tengo que agarrarme a los lados de la silla para no levantarme.

—Los de Contabilidad han detectado algo raro en tu factura.

Un silencio largo y denso se instala entre los dos, y el uno se queda esperando a que el otro lo rompa. Yo cedo primero. Aun conociendo las reglas del juego, cuesta no entrar al trapo. Dos a cero a favor de Butler.

—¿Ah, sí?

—Es significativamente más alta que la del resto de los miembros del departamento.

Noto que una gota de sudor me resbala por la mejilla. Si me la enjugo, se dará cuenta. Ladeo ligeramente la cabeza solo para notar una gota idéntica en la otra mejilla.

—He estado con lo de aquella víctima de atraco, la que se fue a vivir a Francia.

La inspectora asiente despacio con la cabeza.

—Ya veo.

Más silencio. Nunca he visto a Butler interrogando a un sospechoso, pero tiene fama de ser una máquina y, ahora mismo, no me sorprende. Su mirada es firme; no soy capaz de hallar una forma de devolvérsela que no dé la impresión de que estoy a la defensiva o que oculto algo malo. El pulso me va a mil por hora y me da un tic en la comisura del ojo izquierdo. Butler va a darse cuenta de todo. Lo verá y sabrá que estoy mintiendo.

Cierra la libreta y se recuesta en la silla, como si dijese: «Ya ha pasado lo peor: ahora estamos hablando extraoficialmente», pero a mí no me la pega. Tengo todos y cada uno de los músculos en tensión, como si me hallara en la línea de salida, a punto de echar a correr. Pienso en Mina, de camino al trabajo y, a pesar de que no quiero que se marche por nada del mundo, me alegra no tener que mirarla a la cara hasta dentro de cinco días.

—Van a enviarme un desglose de la factura —continúa Butler—. Pero, hasta entonces, si hay algo que quieras compartir conmigo...

Consigo fruncir el ceño, como si no tuviera ni idea de qué me está hablando.

—Porque doy por hecho que estás al tanto de que los teléfonos del trabajo no deben utilizarse para hacer llamadas personales.

—Por supuesto.

—De acuerdo, entonces.

Capto el mensaje y me levanto. Digo «Muchas gracias» sin pararme a pensar por qué. Por lo que pueda pasar, supongo, por si debo prepararme una defensa, aunque ni los mejores abogados del mundo tejerían una historia lo bastante buena para sacarme de esta.

Lo que pasó con Katya es el menor de mis problemas.

Cuando Butler vea esa factura, se acabó.

3

10.00
Mina

A medida que me acerco al aeropuerto, la presencia policial apunta a que hay otra protesta en marcha. Hace tres meses que comenzaron las obras de la pista nueva y, cada cierto tiempo, un grupo de manifestantes se congrega junto al área de Llegadas para dar a conocer su postura. Por lo general, no causan ningún revuelo y, aunque nunca lo reconocería abiertamente, comprendo sus reivindicaciones. Lo único es que pienso que se equivocan de objetivo: hemos creado un mundo donde volar es una necesidad, y eso ahora no puede cambiarse. ¿No sería mejor abordar el asunto de la contaminación industrial o el vertedero?

Me siento culpable por la cantidad de toallitas desechables que utilizo al día y decido que volveré a tirar de Clarins. Han extendido una pancarta en mitad de la carretera: SÍ A LOS PASTOS, NO A LAS PISTAS. Deben de acabar de ponerla; hay un estrecho cordón de seguridad en torno al aeropuerto; la policía no puede impedir que se manifiesten, pero les quitan las pancartas en cuanto las levantan. Me parece un procedimiento un tanto inútil, dado que quienes van hacia el aeropuerto o trabajan allí o han comprado un billete para volar a algún sitio; una pancarta no va a hacer que cambien de opinión.

Disminuyo la velocidad para coger la rotonda y echo un

vistazo a la izquierda, donde una mujer sostiene un cartel que muestra la foto de un oso polar desnutrido. Al advertir que la estoy mirando, blande la pancarta hacia mí y grita alto incomprensible. Se me acelera el pulso y alargo la mano hacia el mecanismo del cierre centralizado. Con las prisas por dejarla atrás, se me escapa el pie hacia el acelerador. Lo absurdo de mi reacción —¡la mujer está al otro lado del quitamiedos, por el amor de Dios!— hace que me rebote con los manifestantes en general. Igual sigo utilizando las puñeteras toallitas húmedas, solo para fastidiarlos.

Llego al aparcamiento, cierro el coche y me dirijo arrastrando la maleta hacia el bus lanzadera. Normalmente voy andando hasta la sala de personal, pero hoy el asfalto resbala a causa del hielo grisáceo que ha saltado desde las carreteras; la nieve que en casa era esponjosa aquí está medio derretida. Me muero de ganas de aterrizar en Sídney para ver la luz del sol, dejar la maleta en el hotel e irme a la playa a dormir para recuperarme del vuelo.

En la sala de personal, reina ese zumbido de cuando hay un cotilleo reciente o se adjudican horarios nuevos. Hago la cola de la máquina de café y, cuando lo recojo, rodeo el vasito de plástico con las manos aún frías. Una mujer vestida de calle me observa con gesto apreciativo.

—¿Te han puesto en el vuelo de Sídney?

—Sí. —Siento que se me suben los colores, esperando, en parte, que me lo eche en cara: «Pues no deberías estar aquí...».

En lugar de eso, hace una mueca.

—No me gustaría estar en tu pellejo.

Busco su placa identificativa, pero no la encuentro. ¿Quién es esta mujer que se cree con tanto derecho a opinar? Podría ser cualquiera, desde una limpiadora hasta una directora financiera. Por la sala de personal pasan cientos de personas a diario, incluso en días corrientes, y hoy no es un día corriente: todo el mundo quiere su hueco en el vuelo 79; todo el mundo quiere hacer historia.

—Pues he ido a Santiago de Chile, que son catorce horas, y tampoco es para tanto. —Sonrío educadamente y saco el móvil para darle a entender que nuestra conversación ha terminado, pero no pilla la indirecta: se me acerca, me atrae hacia sí de un tirón y baja la voz, como si pudieran escucharnos.

—He oído que algo falló en la última prueba de vuelo.

Me echo a reír.

—¿De qué estás hablando? —Lo digo en voz alta, arrojando lejos de mí la semillita de miedo que sus palabras han plantado en mi interior.

—Pasó algo con el avión. Pero lo han encubierto todo, hicieron firmar acuerdos de confidencialidad a toda la tripulación y…

—¡Ya está bien! —Estoy segura al noventa y nueve por ciento de que nunca he trabajado con esta mujer. ¿Por qué, de entre todas las personas que hay aquí, le ha dado por pegarse a mí? Me detengo a observar su cara, tratando de adivinar dónde trabaja. ¿En Recursos Humanos, quizá? En Atención al Cliente, no, eso está claro (si no, nadie volvería a pisar un avión jamás)—. Es absurdo —añado con rotundidad—. ¿De veras piensas que iban a abrir una línea nueva sin estar completamente convencidos de que es segura?

—No tenían elección. Si no, Qantas se les habría adelantado; llevan mucho más tiempo que ellos trabajando en esto. Los vuelos de prueba se hacían con solo una parte muy pequeña del número total de pasajeros y sin equipaje. Quién sabe lo que ocurrirá con un avión con la carga completa…

—Tengo que irme. —Tiro el café a medias en la papelera, y la tapa se cierra con estrépito cuando quito el pie del pedal para marcharme.

Menuda estúpida. Y qué ridiculez permitir que me saque de quicio. Pero se me ha enredado un jirón de miedo en el corazón. Hace dos días, el *Times* publicó una nota de prensa donde se dedicaban a ironizar sobre la carrera competitiva entre Qantas y World Airlines: «¿No iremos demasiado acelerados?», rezaba el titular del artículo, que apuntaba a ciertas tacañerías presupuestarias y reducciones de costes. Me pasé una hora al teléfono con mi padre, asegurándole que no, que no había peligro, y que no, que no se atreverían a correr ningún riesgo.

—No soportaría que...

—Papá, es totalmente seguro. Lo han revisado todo mil veces.

—Claro, eso siempre. —Lo había dicho con segundas, y me alegré de que no pudiera verme la cara. Pero no mordí el anzuelo; no quise dar más vueltas al asunto.

En los tres vuelos de prueba del año pasado embarcaron a cuarenta trabajadores: controlaron sus niveles de azúcar en sangre, oxígeno y actividad cerebral. Se ha reajustado la presurización de la cabina y se han reducido los niveles de ruido; incluso las comidas que van a servir se han diseñado expresamente para combatir el jet lag. Este vuelo es tan seguro como cualquier otro.

—¡Buena suerte! —grita la mujer a mi espalda, pero yo no vuelvo la vista atrás. La suerte no pinta nada en esto.

Y, sin embargo, sigo con el pulso acelerado cuando entro en la sala de conferencias, unos minutos más tarde. Está hasta los topes: además de la tripulación, hay un montón de gente trajeada; la mayoría no me suena de nada.

—¿Ese es Dindar? —le pregunto al auxiliar de vuelo que tengo al lado, con quien ya he volado alguna vez. Echo una ojeada al nombre que lleva en la placa: ERIK.

—Sí, es Dindar. Ha venido por la ruta nueva.

Obvio. Yusuf Dindar, el director ejecutivo de la aerolínea,

solo hace acto de presencia en días como hoy, de grandes inauguraciones, lo cual es sinónimo de cámaras de televisión y felicitaciones a los hombres (porque son todo hombres) que hay detrás de World Airlines. La carrera por el primer vuelo directo Londres-Sídney ha sido muy reñida, y tras la sonrisa autocomplaciente que luce Dindar esta mañana se advierte un atisbo de alivio por haber conseguido llegar primero. De pie ante el auditorio, espera hasta que todas las miradas se posan en él.

—¡Señoras y señores, hoy somos noticia!

Todo el mundo aplaude. Del fondo de la sala llegan exclamaciones de alegría y flashes. Y en medio de esa celebración anticipada un escalofrío me hiela los huesos.

«Algo falló... Pasó algo con el avión...».

Trato de ahuyentar las palabras de esa mujer y me pongo a aplaudir con todas mis fuerzas junto a los demás. Somos noticia. De Londres a Sídney en veinte horas. Todo va a salir bien. «Todo va a salir bien», me repito como un mantra contra el creciente presentimiento de fatalidad que estoy teniendo.

Ya sé por qué me ha dado la murga la mujer: porque yo no debería estar aquí.

Los de Personal seleccionaron a la tripulación al azar, aunque todavía no estaba claro si nos había tocado la lotería o habíamos sacado la pajita más corta. Hubo una avalancha de mensajes en el grupo de WhatsApp:

> ¿Ya se sabe algo?
> Todavía no.
> He oído que ya han enviado el correo.
> ¡¡¡Qué ganas!!!

Y luego una imagen: una captura de pantalla del móvil de Ryan. «¡Felicidades! Le han asignado el vuelo inaugural Londres-Sídney, sin escalas, programado para el 17 de diciembre». Debajo de la foto, él había puesto un emoji llorón y acto seguido había escrito: «¡Veinte puñeteras horas!».

Le envié un mensaje privado para ofrecerme a ocupar su lugar. No le dije por qué; por supuesto, traté de disimular lo mucho que me interesaba, aun así él intentó que se lo cambiara por un vuelo mío a México D. F. más unas tarjetas regalo que me habían dado por mi cumpleaños. «¡Qué loca estás, tía!», concluyó cuando cedí, y lo cierto es que no le faltaba razón.

Y ahí estaba. Me había colado en el vuelo más importante de la historia reciente.

—Me gustaría presentaros a los pilotos de este vuelo histórico —prosigue Dindar. Con un gesto del brazo, los invita a salir al frente de la sala y la gente se aparta, arrastrando los pies, para dejarles paso—. El comandante Louis Joubert y el primer oficial Ben Knox; el comandante Mike Carrivick y la primera oficial Francesca Wright.

—¿Carrivick? —le comento a Erik en medio de los aplausos—. No aparecía en la lista de tripulantes que me han pasado.

Él se encoge de hombros.

—Habrá sido un cambio de última hora —contesta—. Yo no conozco a ese tío.

Dindar continúa hablando:

—Habrá numerosos invitados especiales a bordo —con «invitados especiales» se refiere a gente que viaja gratis: periodistas, un puñado de famosos e influencers que van a pasarse dieciséis horas de vuelo dándole a Instagram y las otras cuatro bebiendo—, pero os ruego que les deis el mismo trato que a quienes han pagado por el billete.

Ya, claro. Puede que los periodistas vengan a pegarse un viajazo —«¿Un vuelo gratis a Australia en clase preferente? ¡Aquí tienes mi pasaporte!»—, pero también persiguen un artículo. Será una mezcla entre el *Daily Mail* y TripAdvisor:

«Inaceptable: nuestra odisea en un vuelo de larga distancia sin almohadas hipoalergénicas».

Cuando Dindar y el resto de los trajeados ya han acabado de congratularse, empieza la sesión informativa para la tripulación. Mike y Cesca se encargarán del despegue y de las primeras cuatro horas de vuelo; después harán su descanso en el compartimento de encima de la cabina de control. Louis y Ben pilotarán las seis horas siguientes, hasta el relevo siguiente. En lo que respecta a la tripulación de la cabina de pasaje, vamos a ser dieciséis, divididos en dos turnos. Cuando no estemos de servicio, iremos a las camas de la parte de atrás del avión, fingiendo que es normal dormir en una habitación sin ventanas llena de desconocidos.

Sale alguien de Prevención de Riesgos para hablarnos sobre los peligros de la fatiga. Nos recuerda que nos mantengamos hidratados y luego nos hace una demostración de un ejercicio respiratorio que en teoría sirve para ayudarnos a maximizar las horas de sueño durante el descanso. Varios compañeros se echan a reír y uno finge que se queda dormido.

—Lo siento —dice irguiéndose de golpe con una sonrisa burlona—. ¡Se ve que funciona!

Avanzamos por el aeropuerto de dos en dos, siguiendo a los pilotos; reina una atmósfera de exaltada expectación y, como siempre antes de un vuelo, me domina una sensación de orgullo. Nuestro uniforme es azul marino, con las mangas, los dobladillos y el ribeteado de color esmeralda. En el bolsillo superior izquierdo de la chaqueta, llevamos una insignia esmaltada donde pone WORLD AIRLINES; en el de la derecha, una plaquita con nuestro nombre. Los pañuelos, también esmeralda, representan, extendidos, un mapa del mundo: cada país está dibujado a partir de minúsculas repeticiones del nombre de la aerolínea. Hoy lucimos una insignia nueva: VUELO 79: HACIENDO DEL MUNDO UN LUGAR MÁS PEQUEÑO.

Un fotógrafo de la empresa nos retrata desde todos los

ángulos y, cuando nos dirigimos a la puerta de embarque, la gente susurra a nuestro paso: «Los del Londres-Sídney».

—¡Es como pisar una alfombra roja! —exclama uno de los tripulantes.

«Es como ir al paredón», pensaba yo. No consigo librarme de esa sensación —la manzana podrida del cesto— de que está a punto de suceder algo terrible.

Me imagino que hay quien siente esto cada vez que vuela, un miedo concentrado en la boca del estómago. Siempre he pensado en lo triste que debe ser pasar esas horas mágicas de vuelo aferrado a los reposabrazos, con los ojos cerrados a cal y canto ante desastres imaginarios que no ocurren nunca.

Yo no. Para mí volar lo es todo. Un triunfo de la ingeniería que funciona no en contra de la naturaleza, sino en colaboración con ella. Adam se ríe cuando me emociono hablando de aviones, pero ¿acaso hay algo más bello que el despegue de un A320? De pequeña lloriqueaba cuando mi padre me llevaba al aeropuerto, donde él se ponía a fotografiarlos desde la valla perimetral. Para papá lo importante eran las fotos (también pasaba días enteros junto al río, buscando la instantánea perfecta de una garza en pleno vuelo), pero poco a poco me fue interesando.

«He hecho una foto increíble de ese Triple Siete». Mi padre me la mostraba en la pantalla digital.

«No era un Triple Siete —le decía yo—. Es un SP».

Me encantaba dibujar y solía hacer esbozos de diferentes morros de avión en mi cuaderno; cuando mi padre me proponía ir a pasar el sábado al aeropuerto, ya no me quejaba. Si cogíamos un vuelo para ir a ver a algún familiar, me daba igual qué películas echaban o qué ocultaba el papel de plata que envolvía las bandejas de comida: apoyaba la nariz en la ventanilla y observaba los alerones que se movían arriba y abajo, y sentía los suaves movimientos con que el avión respondía. Me encantaba.

Por eso me resulta inquietante esta desazón en las tripas, esta insidiosa sensación de terror cuando nos subimos al avión. La puerta de la cabina de control está abierta; los cuatro pilotos, apiñados en su interior, planifican el vuelo. Me recorre un escalofrío, y Erik se da cuenta.

—¿Tienes frío? —me pregunta—. Es el aire acondicionado: siempre lo ponen muy alto.

—No, tranquilo. Hoy estoy muerta. —Vuelvo a estremecerme y lamento no haber empleado una expresión distinta.

Reviso el equipamiento de la cabina, algo que he hecho muchísimas veces pero que hoy encaro de otro modo. Presión. Juntas. Válvulas de oxígeno. Extintor. Máscara de humo, kits de supervivencia... Todo es esencial. Todo podría suponer la diferencia entre la vida y la muerte.

—Recompónte, Holbrook —murmuro.

Cruzo la clase ejecutiva en dirección a la cafetería, cargada con una caja de tónicas, para ayudar a reponer. El avión tiene un diseño interior muy característico, supuestamente ideado para optimizar la comodidad del pasajero en un vuelo tan largo. En la parte delantera, entre la cabina del piloto y la zona del pasaje, está la galera, la cocina de a bordo, con dos baños y unas escaleras que llevan hasta una puerta: detrás están las camas para los descansos. Luego viene el área de ejecutiva y, a continuación, su bar de copas privado —separado por cortinas del resto del avión— y otro par de lavabos. Los asientos de clase turista están organizados en dos tramos, con una «zona de estiramientos» delimitada entre ambos; al fondo del todo están el resto de los baños. Trescientos cincuenta y tres pasajeros en total, todos respirando el mismo aire desde el segundo en que las puertas se cierren en Londres hasta que vuelvan a abrirse en Sídney.

Los pasajeros de ejecutiva embarcan los primeros, con los ojos ya apuntando al bar y evaluando las camas mientras les revisamos los billetes y les cogemos los abrigos para colgarlos en el guardarropa que hay al lado de la galera. Ahora mismo hay un exceso de tripulación en la cabina, puesto que los dieciséis miembros del equipo estamos en cubierta para dar la bienvenida a bordo a los pasajeros. La mitad se irá al cuarto de descanso después del despegue y quedaremos Erik, Carmel y yo en clase ejecutiva, Hassan en el bar y otros cuatro en turista. Ahora que todo el mundo está en la zona de los asientos, un ambiente de enajenación se propaga por la cabina. Veinte horas: ¿dónde si no iban a pasar unos completos desconocidos tanto tiempo encerrados juntos? En la cárcel, imagino, y la idea me incomoda.

A los de clase ejecutiva se les ofrece champán. Veo a un hombre que apura la copa de un trago como si fuera un chupito antes de guiñarle el ojo a Carmel para que le sirva otra.

«Veinte horas».

Uno puede distinguir desde el principio a los conflictivos. Hay algo en su mirada y en su forma de actuar, algo que dice: «Soy mejor que tú y voy a complicarte la vida». Sin embargo, no siempre son los que beben (aunque el champán gratis tampoco ayuda), y ese hombre en concreto no me da mala espina. Ya se verá.

—Señoras y señores, bienvenidos a bordo del vuelo 79 Londres-Sídney. —Como miembro de más antigüedad, tengo el dudoso privilegio de dirigirme a los pasajeros. No hay nada en el guion que indique que hoy es un día especial, pero aun así se produce una ovación—. Por favor, asegúrense de que sus teléfonos móviles y aparatos electrónicos portátiles permanecen guardados durante el despegue.

Avanzo por el pasillo y veo una maleta de gran tamaño a los pies de una mujer de pelo largo y entrecano que lleva un jersey verde.

—¿Quiere que la ayude a subirla al portaequipajes?

—La necesito conmigo.

—Si no cabe en los compartimentos del asiento, me temo que tendrá que ir en el portaequipajes.

La mujer coge la maleta y la abraza contra su pecho, como si hubiera amenazado con quitársela por la fuerza.

—Llevo aquí todas mis cosas.

Contengo un suspiro.

—Lo siento, no puede quedarse aquí.

Durante un instante, nos miramos fijamente a los ojos, cada una decidida a vencer a la otra, hasta que chasquea la lengua frustrada y comienza a sacar todo el contenido de la maleta y a embutir jerséis, libros y neceseres en los numerosos compartimentos que rodean el asiento; tomo nota mental de revisarlos después del aterrizaje, no vaya a ser que se deje algo. Ya calmada, pierde la expresión gruñona y se queda mirando por la ventanilla mientras da sorbitos al champán.

Tras el comunicado del comandante («Personal de cabina, preparen las puertas para el despegue y verifiquen las medidas de seguridad»), la exaltación colectiva aumenta. Muchos pasajeros de clase ejecutiva ya han empezado a hurgar en su bolsita de obsequios de bienvenida, y una mujer incluso se las ha apañado para ponerse el pijama conmemorativo del vuelo 79, para regocijo de los demás viajeros. Las pantallas reproducen un mensaje especial en vídeo de Dindar y después las instrucciones de seguridad, a las que nadie presta atención, puesto que ni ellos ni nadie que conozcan las ha necesitado jamás. Carmel y yo recogemos las copas vacías.

—Para el carro, querida, que todavía queda un poco. —Una mujer de ojillos chispeantes me dedica una amplia sonrisa mientras recupera su copa de mi bandeja y se bebe los dos centímetros de champán que quedaban en el fondo.

La recuerdo de la lista del pasaje: su nombre es de los pocos que se me han quedado grabados, de momento. Al final del vuelo, ya me habré aprendido el de los cincuenta y seis pasajeros de clase ejecutiva.

—¿Necesita alguna otra cosa, lady Barrow?

—Patricia, por favor. Bueno, en realidad mejor Pat. Pat, así tal cual. —Esboza una sonrisa traviesa, como la abuela que da a los nietos una chocolatina extra a escondidas, cuando la madre no mira—. El título es lo que mis hijos toman por una broma.

—¿No es usted de la nobleza?

—Ah, por supuesto que lo soy: poseo más de un metro cuadrado de tierra en suelo escocés —anuncia con grandilocuencia para estallar luego en una risotada contagiosa.

—¿La esperan en Sídney? ¿Tiene familia allí?

Algo le ensombrece la mirada, una oscuridad fugaz que esconde levantando la barbilla y recobrando la sonrisilla traviesa.

—No, de hecho me estoy fugando de la que tengo aquí. —Ríe cuando ve mi cara de sorpresa y luego suelta un suspiro—. Lo cierto es que están muy disgustados. Y no las tengo todas conmigo, la verdad; ya echo muchísimo de menos a mis perros. Pero es el primer año que paso sin mi marido y... —Se interrumpe con brusquedad y suelta un largo suspiro—. Bueno, necesitaba un cambio de aires. —Posa en mi brazo una mano muy cuidada—. La vida es corta, jovencita. No la desperdicie.

—No lo haré. —Sonrío, pero sus palabras me retumban en los oídos mientras avanzo por el pasillo: «La vida es corta». Demasiado corta. Sophia tiene ya cinco años: el tiempo pasa que da vértigo.

Yo le cuento a todo el mundo que volví a trabajar porque nos hacía falta el dinero y porque la trabajadora social que llevaba el caso de Sophia creía que ayudaría con los problemas de apego de mi hija, y las dos cosas son ciertas.

«Pero la culpa de todo es del abandono, ¿verdad? —preguntó Adam cuando fuimos a hablar del tema con ella—. Del hecho de que durante sus primeros meses de vida nadie se ocupara de ella, ¿no? —La trabajadora social asentía con la cabeza, pero él continuaba hablando, desgranando en voz alta sus pensamientos—. Entonces ¿por qué iba a ayudarla que Mina pase más tiempo lejos de ella?».

Recuerdo la punzada de miedo que sentí entonces: miedo a que me arrebataran aquel breve atisbo de libertad del que había gozado.

«Porque así Sophia aprenderá que Mina siempre va a volver —respondió la trabajadora—. Es eso lo que importa».

Así pues, regresé al trabajo y aquello nos hizo más felices a todos: a Adam porque no tenía que preocuparse por el dinero; a Sophia porque comenzó el lento proceso de comprender que yo siempre regresaría a su lado; y a mí porque criar a Sophia era duro, muy duro, y necesitaba una vía de escape. Necesitaba el respiro, pero, ante todo, necesitaba echarla de menos, porque eso me recordaba lo mucho que la quería.

Una vez concluidas las comprobaciones, espero el mensaje de la cabina de control por megafonía («Personal de cabina, ocupen sus asientos y prepárense para el despegue») y me apresuro a sentarme en el asiento plegable de al lado de la ventanilla. Los motores rugen y la pista empieza a cobrar velocidad bajo las ruedas. Los alerones se despliegan con un ruido sordo, y la presión del aire comienza a aumentar hasta el punto de que cuesta distinguir si uno está oyéndola o experimentándola. Se produce una levísima sacudida cuando las ruedas se despegan del asfalto. Me hago una imagen mental del espacio entre el vehículo y el suelo, del morro del avión irguiéndose mientras alzamos el vuelo. Una maniobra tan grácil y hermosa, con este peso inverosímil, con este tamaño imposible, podría parecer inviable, y aun así, de alguna forma, lo logramos: iniciamos el ascenso, y los pilotos van incrementando la propulsión a medida que el avión se esfuerza por subir más y más. El cielo se ha oscurecido: los nimboestratos flotan densamente a poca distancia del suelo, por lo que, más que mediodía, parece que sea última hora de la tarde. La cellisca azota las ventanillas hasta que estamos tan arriba que ya no nos alcanza.

Al alcanzar los diez mil pies de altura suena un aviso y, como perros de Pávlov, los pasajeros se entregan a una actividad febril. En el asiento 5J, una rubia menuda estira el cuello en dirección a tierra: está tensa, y doy por hecho que tendrá miedo a volar, pero luego cierra los ojos, se recuesta en el asiento y la cara se le relaja poco a poco en una sonrisa discreta.

Estamos en marcha. Cinturones de seguridad desabrochados, pasajeros de pie, avisos para pedir bebidas. Ya es demasiado tarde. Demasiado tarde para hacer nada respecto a la voz de mi cabeza, la que me advertía que no tomase este avión. Es mi conciencia, no hay más: mi propio sentimiento de culpa por habérmelo montado para conseguir una plaza aquí en lugar de quedarme en casa con Sophia; simplemente por estar en el punto en que estoy, cuando mi vida podría haber ido de una forma muy distinta.

Sea demasiado tarde o no, la voz persiste.

«Veinte horas —dice—. En veinte horas pueden pasar muchas cosas».

4

Ocupante del asiento 5J

Me llamo Sandra Daniels y dejé atrás mi pasado cuando cogí el vuelo 79.

Creo que nunca me habría planteado subirme al avión de no ser por mi marido. Dicen que las víctimas de violencia machista intentan escapar, de media seis veces antes de acabar lográndolo. En mi caso, fue una sola. A veces me planteo cómo habrá afectado eso a la media y también pienso en las mujeres que lo han intentado ocho veces, diez, veinte.

Yo me escapé una, y solo una, porque sabía que, si cometía cualquier error, él me encontraría y, si me encontraba, me mataría.

Dicen que, de media, las víctimas sufren treinta y cinco agresiones físicas antes de llamar a la policía. Me pregunto cómo será que solo te hayan pegado treinta y cinco veces. No es que las haya contado (y, de todos modos, siempre he sido una inepta para las matemáticas), pero hasta yo sé que dos o tres veces a la semana durante más de cuatro años suman mucho más de treinta y cinco. Aunque quizá solo se refieran a cosas graves: los huesos rotos, los golpes en la cabeza que te nublan la visión periférica con estrellitas negras borrosas... no a las bofetadas ni a los pellizcos; eso probablemente no cuenta. Ya estoy sacando las cosas de quicio: típico de mí.

La culpa no era de Henry, no del todo. O sea, sé que está

mal pegar a alguien, claro, pero a Henry lo habían echado del trabajo y eso a un hombre le afecta, ¿no? Tener que depender de los ingresos de su esposa, convertirse en el encargado de poner la comida en la mesa, de limpiar el baño y de quedarse en casa esperando a que vayan a reparar el lavavajillas.

No parecía justo. Como él mismo decía, era Henry quien sentía auténtica pasión por su trabajo, mientras que yo había acabado en el mío como podría haber acabado en cualquier otro. Lo mío era solo un trabajo; lo suyo, una carrera. Henry iba a «llegar muy lejos», mientras que yo estaba «estancada». A él lo respetaban por lo que hacía y se le daba bien. Yo... bueno, Henry me contó lo que había oído que decían sobre mí en el bar aquella vez que vino a la fiesta de Navidad de la empresa.

Después de aquello, dejé de salir a tomar algo con los del trabajo. ¿Cómo iba a hacerlo, después de saber lo que pensaban de mí? Que era cortita. Fea. Incompetente. Nada nuevo, supongo, pero a nadie le gusta ver la verdad confirmada ¿no? Mis compañeros, no obstante, guardaban las apariencias, eso debo reconocérselo: siempre sonriendo y preguntándome: «¿Qué tal ha ido el fin de semana?», y: «¿Estás segura de que no quieres venirte con nosotros?». Yo les decía que estaba ocupada, una vez tras otra, hasta que al final dejaron de preguntarme nada.

Cuando Henry consiguió otro trabajo, agradecí que me sugiriera presentar mi dimisión. Dudaba que fuesen a echarme de menos. Era empezar de cero en muchos sentidos y, aunque no lo habíamos hablado, tuve la certeza de que también marcaría el fin de los bajones de Henry. Yo podría apoyarlo mucho mejor si no trabajaba y, entre la cocina y las tareas de la casa, quizá me apuntara al gimnasio o a clases de pintura. A lo mejor hasta hacía amigos.

Henry vio por casualidad el anuncio de un curso de fitness en línea. Era mucho más barato que un gimnasio, y así no tendría que coger el coche para ir a ningún lado, conque era lo más sensato, por supuesto. A donde sí empecé a ir fue a clases de pintura. Se me daba fatal, o sea, ¡era malísima! El primer trabajo que nos encargaron fue un boceto a lápiz de un jarrón y, como dijo Henry, el mío parecía cualquier cosa menos eso. Ya no volví a ir; tonta de mí por haberlo intentado, en el fondo: de donde no hay no se puede sacar.

Pero amigos sí que hice, pensaba. En Facebook, ni más ni menos. «Amigos de mentira», los llamaba Henry, aunque en muchos aspectos eran más reales que la gente de mi entorno, como la pareja de al lado, por ejemplo, o la mujer que venía a dejarnos los catálogos de Avon y que a veces se quedaba a tomar una taza de té. Con mis amigos de mentira hablaba de verdad, ¿sabéis? De limpieza, sobre todo —formábamos todos parte de un grupo de Facebook dedicado a compartir trucos para las labores del hogar—, pero ya se sabe cómo son estas cosas: acabáis conociéndoos. Os felicitáis el cumpleaños y tal, y a la que te descuidas, os estáis mensajeando en privado.

«No tendría que tratarte así. Lo sabes, ¿verdad?», me decían.

En el fondo, yo también lo sabía, pero que otra persona me lo dijera hizo que aquella idea cobrara mucho más peso. La siguiente vez que Henry me pegó, me fui directa al ordenador.

Ha vuelto a hacerlo.

Tendrías que irte de casa.

No puedo.

Sí puedes.

Dicen que una de cada cuatro mujeres sufrirá algún tipo de violencia doméstica en algún momento de su vida. Eso es un cuarto del total.

Recorro con la mirada el interior del avión y voy contando a las pasajeras. Según las estadísticas, al menos cinco de las mujeres que viajan en primera clase han recibido o recibirán palizas por parte de sus parejas. La idea me consuela y me horroriza a partes iguales.

Aquella señora mayor, quizá. Tiene unos ojitos vivos, pero antes, cuando hablaba con la azafata, le brillaban a causa de las lágrimas. ¿Estará huyendo ella también?

O la esposa de ese exfutbolista —le hemos reconocido todos—, por mucho que ahora esté tan cogidita a él, impecable con su pelo reluciente y con su pintalabios rojo oscuro. Después de todo, nunca se sabe qué ocurre en la intimidad. Nadie supo nunca lo que ocurría en la mía.

¿Y las auxiliares de vuelo?

¿Por qué no? La violencia machista no hace distinciones. Busco con los ojos las plaquitas con su nombre y trato de asignarles una historia. ¿Será Carmel una víctima? ¿Y Mina?

Mina tiene una sonrisa que le ocupa toda la cara, pero, en el instante en que vuelve a meterse detrás de la cortina, se le esfuma como por arte de magia. Hay algo detrás de sus ojos, algo que la atormenta. No tiene aspecto de víctima, pero yo tampoco lo tenía, y ni siquiera pensaba que lo fuese hasta que mis amigos me ayudaron a ver la realidad tal y como era.

Me cuesta encontrar las palabras para expresar lo que siento por aquellos «amigos de mentira» de los que Henry tanto se mofaba.

¿Cómo le das las gracias a alguien que te ha salvado la vida?

Porque es lo que han hecho. Me abrieron los ojos ante lo que me estaba haciendo y me devolvieron la confianza que había perdido.

Cuando el vuelo 79 ha despegado, me he relajado por primera vez en quince años. Henry no me seguirá hasta Sídney. Jamás me encontrará.

Por fin soy libre.

5

15.00
Adam

Mi reunión con la inspectora Butler me ha desconcentrado el resto del día, haciendo que haya tardado el doble de lo necesario con cada declaración.

«¿Se encuentra bien?». Mi primera testigo ha echado un vistazo al garabato que acababa de hacer con mano temblorosa y ha ladeado la cabeza con gesto preocupado.

«Creo que eso tendría que preguntárselo yo a usted», he respondido, quitándole hierro al asunto, pero la he visto lanzando ojeadas nerviosas al folio mientras yo completaba su declaración; cuando la he releído, había tantos errores que he tenido que volver a empezar.

Mi teléfono, que estaba en silencio, ha registrado veintisiete llamadas perdidas; el icono del buzón de voz parpadeaba en rojo. ¿Cuánto se tarda en obtener el desglose de una factura telefónica? ¿Cuánto tardará Butler en revisar las páginas y ver el mismo número una y otra vez (con los dígitos de la última columna formando una cifra cada vez más alta)? ¿Cuánto tiempo es necesario para poner fin a una carrera que ha costado veinte años construir?

Salgo tarde de la oficina y doy dos vueltas por la localidad en busca de aparcamiento; al final desisto y llevo el coche a casa. Haber perdido el tiempo significa que tendré que ir corriendo a recoger a Sophia. La nieve me lastra las botas y me ralentiza. Atajo por el cementerio, haciendo caso omiso de las señales, y me cruzo con un grupo de mujeres que vienen en dirección contraria con sus niños, quienes llevan dibujos entre las manos. Mierda. Si llegas tarde, la escuela envía a tu hijo al grupo de extraescolares y te cobra cinco libras por el favor, aunque pases a recogerlo cinco minutos después. Quizá no parezca mucho, pero ahora mismo es más de lo que tengo.

Entro derrapando por la puerta cuando pasan nueve minutos de la hora.

—Señor Holbrook —dice la señorita Jessop con el ceño fruncido, sin duda tratando de encontrar una manera de decirme que tengo que apoquinar—, me temo que ya han recogido a Sophia.

—¿Quién? —No puede haber sido Mina: su vuelo salía antes de mediodía.

—Becca, la niñera —añade ella, por si se me ha olvidado—. ¿La señora Holbrook no le ha dicho nada? —Seguro que se quedará con el cotilleo para soltarlo después en la sala de profesores: «Los padres de Sophia deben de estar pasando por un momento muy malo. Para mí que ni se hablan...».

—Sí, me lo ha dicho. Se me había olvidado. Gracias. —Me obligo a sonreír a pesar de que estoy muy enfadado con Mina por hacerme quedar como un idiota.

Salgo disparado hacia la calle principal y las cojo en la esquina, al lado de la comisaría. Aminoro y sigo andando hasta ellas. El pelo de Sophia —tan oscuro y tan rizado que la gente cree que lo ha heredado de Mina, aunque es imposible— se desparrama en todas las direcciones bajo el gorrito de lana y le cae sobre los hombros de la trenca escarlata; las trenzas que Mina le hace durante el desayuno se las ha deshecho a tirones, sin duda antes de la hora de comer. Camina mirando al suelo, buscando zonas de nieve intacta entre los restos sucios y aguados para poder hundir las botas en ella.

—Hola, Sophia.

Se da la vuelta. Primero, desprevenida, sonríe; luego el recelo se apodera poco a poco de su rostro: me odio a mí mismo, porque el motivo soy yo.

—Hola, papá.

—Hola, Adam.

—¿Qué tal, Becca? ¿Cómo es que has venido? Le dije a Mina que hoy saldría pronto del trabajo.

Se encoge de hombros.

—Me ha enviado un mensaje. Casi nunca hago de niñera dos noches seguidas, pero en esta época del año se gasta mucho, ya me entiendes... que si regalos de Navidad, que si Año Nuevo... En The Bull montan una fiesta... la entrada son veinte libras, más las copas, más que si luego queremos continuar la noche por ahí...

Desconecto tan pronto como emprendemos el camino a casa. Sophia baila de la mano de la niñera como si esta fuera un pescador y mi hija un pez enganchado a su anzuelo. Intento cogerla de la otra mano, pero se apresura a metérsela en el bolsillo y me quedo mordiéndome la mejilla por dentro hasta que noto un sabor metálico.

Maldita Mina. Le dije que pasaría a recoger a Sophia. Hasta le envié un mensaje, por el amor de Dios. Y ahora no puedo despedirme de Becca sin darle algo de dinero, sobre todo si lo que ella esperaba es que le pagase por las horas hasta que volviera del trabajo.

—Frutería —dice Sophia—. Supermercado.

Típico de Mina: me da la brasa con que tengo que cumplir con mi parte de las obligaciones y luego ella va y hace cualquier barrabasada, como ahora, y me deja como un idiota.

—Ahora la carnicería, ¡puaj! Ahora la *mobiliaria*, que es donde...

—¡Donde venden casas, sí, ya lo sabemos, Sophia, por el amor de Dios!

Noto que Becca me mira mientras Sophia se queda callada.

Qué fácil es hacer de madre perfecta cuando no tienes hijos, cuando sus pequeñas rarezas te resultan enternecedoras y no desquiciantes. Igual Becca lo entendería si tuviera que escuchar a Sophia narrar miles de veces su trayecto hacia la escuela o a Mina recitándole el cuento ese de *Buenas noches, luna* cada puñetera noche desde hace cinco años.

Sé que Mina no mirará el suyo hasta después de aterrizar, pero cojo el móvil porque debo sacar toda esta frustración que tengo dentro de alguna manera. Cree que soy yo quien no está «nada comunicativo», cuando ella no es capaz ni de resolver la logística básica de decidir quién recoge a nuestra…

Me quedo con la vista fija en la pantalla, en los mensajes de la conversación que acabo de abrir mientras me preparo para cantarle las cuarenta a Mina.

No hará falta niñera. Me lo he montado para poder salir pronto mañana, así que

Mi mensaje está inacabado. De repente me viene a la memoria la llamada de los de Detenciones ayer por la tarde, cuando me guardé el móvil otra vez en el bolsillo, porque el informe sobre mi sospechoso estaba listo al fin para que lo examinase el fiscal.

Creía que había enviado el mensaje.

Estaba seguro de que lo había enviado.

Me invade una sensación de bochorno; como siempre, del remordimiento a la ira hay un paso. Esto solo ha ocurrido porque Mina ya no me coge el teléfono e insiste en que hablemos por mensajes. O por correo electrónico. ¡Por el amor de Dios! ¿Quién envía correos electrónicos a su mujer?

«Es más fácil».

¿Más fácil para quién? Para mí no, está claro. Ya ni siquiera soporta oír mi voz, ¿no? Prefiere que no sea más que un nombre al final de un correo; así puede fingir que no soy más que una molestia administrativa con la que lidiar por el bien de Sophia.

—Pues quédate un rato— le digo a Becca, y hasta yo oigo el resentimiento en mi propia voz, pero me lo trago—. ¿Por qué no le preparas la cena a Sophia? Le hará ilusión.

Ella primero duda, luego se encoge de hombros.

—Guay.

¿Es esto lo que habría hecho Mina? ¿O me habría dicho que estoy malgastando un dinero que no tenemos? Hubo una época en que, a ojos de Mina, yo nunca daba un paso en falso; ahora no hago nada bien.

«Mentiroso».

«Traidor».

«No sirves para ser padre».

Lo peor de todo es que tiene razón. Le he mentido. La he traicionado. Mina no puede odiarme más de lo que me odio a mí mismo, ni hacerse a la idea de cómo el mero hecho de verme un instante en el espejo me causa repugnancia física. ¿Cómo he podido llegar a esto?

Butler ya debe de haber recibido la factura telefónica. La habrá revisado rotulador en mano, leyendo entre líneas, coloreando el final de mi carrera.

¿Qué voy a hacer con mi vida? Ser policía no es como la mayoría de los empleos: no es algo que haces y luego pasas a otra cosa, como quien trabaja en un bar o prueba suerte como dependiente; es como ser profesor o médico, algo que forma parte de ti. Y ahora lo perderé todo.

Exmarido, expadre, expolicía. Dudo que las cosas puedan ponerse mucho peor.

Cuando nos estamos acercando a las afueras, Sophia suelta la mano de Becca. Está nevando otra vez y sus botas de goma van dejando huellas minúsculas en el camino. Cuando ya está a veinte metros de nosotros, dobla la esquina, y la llamo, pero ella se ríe y corre aún más deprisa.

—¡Carrera!

Echo a trotar y, al doblar la esquina, veo que la calle está vacía. La nieve grisácea de la calzada también salpica las aceras; me pongo a buscar unas huellas cuyo tamaño se corresponda con las de mi hija.

—¡Sophia!

—Tranqui, está jugando al escondite —dice Becca, unos metros por detrás de mí—. ¡Oh, no! —grita en tono caricaturesco, intencionadamente fuerte—. ¿Dónde estará Sophia? —Me dirige una sonrisa traviesa, pero yo ahora no juego.

—¡Sophia!

Pasa un coche y miro dentro. No se requieren más que unos segundos para raptar a un niño, y minutos para hacerlo desaparecer.

—¡Sophia! —Echo a correr—. Sal ahora mismo, no tiene gracia.

—No saldrá si piensa que estás cabreado con ella —susurra Becca a mi espalda, y empieza a llamar a la niña con voz cantarina—. ¡No la veo por ningún lado!

Freno tan en seco que por poco pierdo el equilibrio.

—Por favor, no me digas cómo educar a mi propia hija. —Giro sobre mí mismo, registrando la calle con la mirada. ¿Dónde está?

Durante cualquier investigación policial relacionada con un niño, siempre hay un momento en el que piensas: «¿Y si le pasara a mi hijo o a mi hija? ¿Qué haría? ¿Cómo me sentiría?», pero es solo un momento: si te recrearas demasiado, jamás cumplirías con tu trabajo.

Ese momento ya se ha convertido en un minuto.

—¡Sophia! —grito tan fuerte que el sonido me raspa la garganta y tengo que toser para aclarármela.

—Vaya, qué pena. —Becca suelta un suspiro melodramático—. Tendremos que irnos a casa sin ella.

—¡No! —Sophia emerge de repente de detrás de un contenedor y sale disparada hacia Becca—. ¡Estoy aquí!

—¡Madre mía! ¡Estabas escondida! ¡Pensábamos que habías desaparecido del mapa!

La sangre me retumba en los oídos cuando me agacho para coger a Sophia del brazo y atraerla de un tirón hacia mí.

—No vuelvas a hacerlo nunca, ¿me oyes? Podría haberte pasado cualquier cosa.

—Sophia solo estaba jugando a…

Interrumpo a Becca con una mirada furiosa y obligo a Sophia a prestarme atención. Le tiembla el labio inferior.

—Perdón, papá.

Me arde la cara y noto un picor punzante detrás de los ojos. Poco a poco, mi ritmo cardiaco regresa a la normalidad. Le dirijo a Sophia una breve sonrisa, la suelto del brazo y, con un par de gestos, le enderezo el gorrito.

—Me has asustado, Soph.

Ella me sostiene la mirada con esos ojos oscuros suyos durante tanto tiempo que es como si conociera todos mis secretos.

—Los papás no se asustan.

—Todo el mundo se asusta alguna vez —respondo en tono ligero.

Me deja cogerla de la mano lo que queda de camino a casa y me pregunto si sabrá lo mucho que eso significa para mí. Pillo a Becca mirándome: de algún modo, y solo con las cejas, consigue darme a entender que piensa que me he pasado. No me lo dice, claro, a diferencia de Mina. «Eres un agonías —dice ella—, siempre convencido de que ocurrirá lo peor».

Reconozco que tiene razón, pero es que suele ocurrir lo peor.

—Mamá está en un avión —dice Sophia mientras la ayudo a quitarse las botas.

Las sacudo y las dejo en el felpudo, al lado de las que llevo yo al trabajo. Nuestra casa, el número 2 de la calle Farm Cottages, es el adosado central de una hilera de tres que, antiguamente, formaba parte de una granja situada a unos dos kilómetros de aquí, lejos del pueblo.

—Eso es.

Cada casa tiene su propio jardín, que da a un parque con unos robles enormes y un caminito que traza un ocho; en una parte del ocho hay un parque infantil, y en la otra, un pequeño lago, con su islita y su caseta para los patos. También hay un prado de flores silvestres que en verano rebosa de dedaleras y acianos, con otro camino por donde a Sophia le encanta correr.

—Estará veinte horas en un avión; después tardará veinte horas más en volver a casa, pero entremedio descansará en un hotel.

—Muy bien.

—Qué niña más lista —añade Becca sin levantar la vista del móvil.

—Es un Boeing Triple Siete con 353 pasajeros.

—Ajá. —«Mamá» por aquí, «mamá» por allá...

—Y, ahora, ¿dónde está?

Cuento hasta cinco mientras me armo de paciencia.

—Me lo acabas de decir: en un avión.

—Sí, pero ¿dónde, *esatamente*?

¿Habrá otros hombres que se sientan como yo? ¿Hombres cuyos hijos solo quieren estar con su mamá? ¿Habrá otros padres que se sientan constantemente como un premio de consolación, por mucho que se esfuercen? Me imagino que nunca lo sabré, puesto que averiguarlo implicaría contarle a alguien la mierda que es que tu hija quiera estar con todo el mundo menos contigo.

Saco el móvil y abro una de esas aplicaciones para rastrear vuelos que causan tanto furor entre los aficionados a observar aviones y los familiares que viven lejos.

—Mamá está… —espero a que la aplicación cargue el avión de Mina— aquí.

—Bie-lo-rru-sí-a.

—Rusia. Con acento en la u: Bielorrusia.

Sophia repite la palabra, estudiándola en la pantalla, y sé que la próxima vez la va a recordar: nunca se le olvida nada.

—*Nostrovia* —dice Becca.

—¿Cómo?

Va hacia la cocina y se quita las botas de goma que dejan un charquito en las baldosas.

—Es lo que dicen en Rusia cuando brindan.

Me llevo sus botas al felpudo y observo el puntito brillante que aparece en la pantalla de mi móvil y que representa a Mina a treinta y cinco mil pies de altura. Pronto el puntito brillante atravesará el espacio aéreo ruso, después el kazajo y luego el chino. Finalmente pasará por encima de Filipinas e Indonesia y, antes de que Sophia y yo nos despertemos, ya habrá cruzado Australia y aterrizado en Sídney.

—Veinte horas —dije cuando Mina me contó que se marchaba—. Vaya turno te ha tocado.

—Yo no dirijo la aerolínea, Adam.

Guardé un segundo de silencio antes de continuar hablando, para no caer en sus provocaciones y entrar en la discusión que ella estaba intentando comenzar.

—Aun así, será agradable pasar unos días en Sídney en esta época del año.

—¡Que no voy de vacaciones!

Me rendí. Estábamos delante del colegio; habíamos ido a llevar a Elefante, olvidado aquella mañana en un descuido.

Sophia había dado un abrazo a Mina, después me había saludado con un gesto de la cabeza, como si nos conociéramos de alguna conferencia interempresarial: «¿A qué te dedicabas?». Se me habían concedido unas horas con mi hija, con órdenes estrictas de devolverla a las seis.

Mina seguía pinchando.

—Deja de hacerme sentir culpable, Adam. Es mi trabajo.

—Ya lo sé, ya...

—Es lo que hay: no tengo elección. —Se puso roja de rabia y abrochó el abrigo a Sophia con grandes aspavientos. Vi como respiraba hondo, controladamente, y cuando se irguió de nuevo daba la impresión de que no había pasado nada malo.

—Te echaré de menos —le dije en voz baja. Me pregunté si me habría pasado de la raya, pero le brillaron los ojos. Se volvió, quizá con la esperanza de que no me hubiera dado cuenta.

—Es un vuelo como cualquier otro.

Pero eran veinte horas.

Hacía dos años que ese vuelo generaba expectación. Quizá yo estuviera más al tanto por el simple hecho de que Mina trabaja para ellos, pero World Airlines estaba por todas partes: anuncios de televisión que mostraban el sutil mecanismo de las camas plegables de primera clase y las piernas estiradas de los pasajeros de turista, entrevistas con los pilotos de los vuelos de prueba y comparaciones nostálgicas con la Ruta del Canguro, activa en los años cuarenta, cuyas cincuenta y cinco horas de duración incluían escalas en seis países antes de llegar a Sídney.

—En 1903 —había dicho Yusuf Dindar un par de días antes, desde el sofá de *BBC Breakfast*— los hermanos Wright desafiaron a la gravedad con el primer vuelo ininterrumpido de una aeronave a motor. Más de cien años después, contamos con los medios para sostener ciento cincuenta toneladas de metal en el aire durante veinte horas seguidas. —Se recostó en el sofá, apoyó con orgullo el brazo en del respaldo y esbozó una sonrisa—. El planeta Tierra es poderoso, pero nosotros hemos demostrado que lo somos aún más: hemos derrotado a la naturaleza.

Un escalofrío me recorre la espalda al recordar ahora su mirada de absoluta confianza. No dudo que cuente con el mejor equipo, con los mejores aviones. Pero la naturaleza puede engullir pueblos, derribar rascacielos y hacer desaparecer costas enteras bajo las profundidades del océano.

Me arranco a mí mismo de la espiral de fatalidad absoluta que gira en mi cabeza. Mina tiene razón: soy un agonías. Ya han efectuado tres vuelos de ensayo. Tienen a todo el mundo pendiente de ellos. Su reputación, por no hablar de la seguridad de cientos de vidas, está en juego.

Todo va a salir bien.

6

A diecisiete horas de Sídney
Mina

Estamos sobrevolando algún lugar de Europa del Este; por debajo de nosotros, no se ve más que un remolino de nubes. Acaricio el cristal con los dedos e intento fijarme en las formas que estaría descubriendo con Sophia si estuviera aquí. «Una viejecita encorvada, arrastrando los pies de camino a la compra; mira, eso de allí es el bolso. ¡Y mira ahí! Una palmera. Si cierras un poco los ojos...».

Recuerdo que yo hacía lo mismo con mi madre, buscar imágenes en las nubes; yo me tumbaba en el jardín mientras ella se dedicaba a arrancar malas hierbas del parterre. Tenía el jardín que daba gusto verlo; no sabía ni cómo se llamaban las plantas, pero, por instinto, sabía dónde tenía que ir cada una.

—Las plantas necesitan cinco cosas para florecer —me dijo en una ocasión.

Estaba arrancando un arbusto muy bonito que el año anterior había lucido unas delicadas flores blancas, pero aquel año no había rendido nada. Yo me incorporé en el suelo, encantada de tener una oportunidad para presumir de lo que había aprendido en biología.

—Agua —contesté—. Y alimento. Luz, para hacer la fotosíntesis. —Me quedé pensando un momento—. ¿Calor?

—Qué lista eres. ¿Y cuál es la quinta?

Hice una mueca: ni me acordaba de que hubiera una quinta.

—Espacio. —Mamá levantó con cuidado el arbusto, rellenó de tierra el agujero resultante, distribuyó la que sobraba entre las plantas vecinas y la allanó con unas palmaditas—. A estas tres les iba bien estar juntas cuando las plantamos, pero ahora esta de aquí está demasiado apretujada. No se morirá, pero tampoco crecerá tan bien. La pondré en otro sitio y, ya verás, lo agradecerá.

Pienso en aquella conversación cada vez que embarco, mientras me trago la culpa que siento por dejar sola a Sophia. Necesitamos espacio para crecer. Todos lo necesitamos.

Parpadeo con fuerza y dejo que las nubes adopten formas solas. El interior del avión está lleno de animación y parloteo. Las comidas que servimos siguen una planificación cuidadosa: la primera es para mantener a los pasajeros despiertos; la segunda, para que les entren ganas de descansar.

—Tendrían que darles a todos una pastilla para dormir —dijo Erik mientras repasábamos el menú—. Saldría más barato.

Me doy un paseo por la cabina para asegurarme de que todo el mundo tiene lo que necesita. En total hay siete filas. A cada lado de la cabina hay una columna de asientos dobles; y en medio, otra más, de cuatro butacas. Unas mamparas permiten que cada una se aísle de la de al lado, posibilitando que todos los pasajeros tengan su propia burbuja privada. Si quieren dormir, la parte inferior del asiento se desliza hacia delante y queda encajada bajo la pantalla de televisión, con lo que la butaca, ya de por sí cómoda, se transforma en una cama totalmente plana. No está mal para pasar veinte horas allí. La cosa cambia mucho en turista: allí hay treinta y tres filas de nueve asientos en total, y solo pueden reclinarse cinco centímetros.

—¿Falta mucho para llegar? —pregunta un hombre que viaja solo en uno de los asientos centrales.

Me río por cortesía, pese a que ya me han hecho esa pregunta otros tres pasajeros, todos convencidos de su originalidad. Detrás de él, una parejita ha retirado la barrera de privacidad retráctil entre sus asientos, que han reclinado en un ángulo idéntico. Ambas pantallas reproducen la misma película: una sincronización que solo se consigue mediante diseño. Quizá sean recién casados, aunque, en tal caso, la lista de pasajeros indica que ella ha conservado su apellido de soltera.

—¿Podría traerme otra manta? —La mujer no llega a los treinta años; el pelo le cae en una maraña de tirabuzones de color caoba ceñida por una cinta ancha—. Estoy helada.

—Ginny es medio lagarto. Necesita una lámpara de infrarrojos para ser feliz del todo. —El hombre que la acompaña es mayor que ella: unas arrugas le surcan la frente. Sonríe al hablar, pero sus ojos no tienen la misma chispa que los de la chica.

—Bueno, les alegrará saber que en Sídney están a veinticinco grados ahora mismo —les digo—. ¿Cuánto tiempo van a quedarse?

—Tres semanas. —Ginny se incorpora de golpe, como propulsada por la fuerza de lo que está a punto de anunciar—. ¡Nos fugamos para casarnos!

—¡Vaya! Qué emoción. —Pienso en el día que me casé con Adam (la iglesia, las fotos en familia, la recepción del hotel) y en la semana que pasamos después en Grecia. Convencional, tal vez, pero de un modo reconfortante. Lo nuestro parecía algo sólido, estable.

—¡Ginny!

—¿Qué pasa? Ya da igual, Doug, lo hemos hecho. Ya no pueden detenernos.

—Aun así... —Se pone los auriculares, y Ginny se ruboriza: le han chafado la diversión.

Dejo que sigan viendo la película, pero, pese a que están sentados igual de cerca el uno del otro que antes, algo se ha torcido, y me siento mal por ellos. Por ella. Me entra una tristeza repentina por la pareja que formábamos Adam y yo en aquella isla griega y por el modo en que hemos acabado. Todas las relaciones cambian cuando llegan los hijos, sin importar el medio para tenerlos, pero una niña con necesidades especiales impone una presión para la que ninguno de los dos estaba preparado. Mi reacción fue ponerme a buscar soluciones, leer todo lo que podía sobre los traumas de la adopción y el trastorno de vinculación.

La de Adam fue huir.

Se encontraba físicamente presente —cuando no estaba en el trabajo—, pero en el terreno emocional comencé a perderlo hace años. No sé si fue entonces cuando empezaron sus aventuras, ni sé cuántas habrá tenido; Katya es la única de la que tengo certeza.

Una vez se lo pregunté. Había encontrado una tarjeta suya asignada a una cuenta bancaria cuya existencia desconocía, y a continuación me percaté de que también había cambiado la contraseña de su móvil.

—¿Estás teniendo una aventura?

—¡No!

—Entonces ¿por qué has cambiado la contraseña?

—La puse mal tres veces y me hicieron cambiarla. —Su cara delataba que estaba mintiendo.

Me llaman desde un asiento del otro lado del pasillo, donde un señor más bien mayor, de gafas redondas y pelo ralo, contempla su portátil con el ceño fruncido.

—Todavía no hay wifi.

—Aún no, lo siento. Están haciendo lo que pueden para encontrar la avería, pero…

—¿Tardarán mucho en solucionarlo?

Resisto la tentación de apretarme las sienes con los dedos y fingir que clavo la mirada en una bola de cristal imaginaria.

—No lo sé. Siento mucho las molestias.

—Es que lo necesito para trabajar. —El hombre me observa con aire expectante, como si el poder de arreglar la red wifi residiera enteramente en mis manos—. Es un vuelo muy largo.

—Sí que es largo.

El personal de vuelo está casi listo para el primer relevo. Cesca y Mike subirán a los catres de arriba y descansarán seis horas; para cuando bajen, ya estaremos a medio camino de Sídney. A los auxiliares de vuelo les corresponde una segunda área de descanso situada en la parte de atrás del avión: está junto a la galera trasera, y se accede a ella por una puerta con sistema de bloqueo. Dentro hay ocho literas, separadas por paneles de espuma y cortinas. Dudo que vaya a dormir demasiado en mi primer descanso, pero el segundo ya será otra historia: la tripulación entera tendrá que haberse reincorporado al servicio dos horas antes de la llegada, con órdenes estrictas por parte de Dindar de ofrecer un aspecto inmejorable para las fotos tras el aterrizaje.

Tendremos dos días libres en Sídney antes del vuelo de regreso. Explorar la ciudad será genial, pero aún lo será más recrearme durmiendo sin que me molesten los gritos de Sophia. Desde hace unos meses, tiene pesadillas todas las noches; da igual qué rutina adoptemos a la hora de acostarla, da igual dónde duerma. Me despierto con palpitaciones, corro a la planta de abajo y me la encuentro incorporada en la cama, rígida y agarrotada entre mis brazos durante un segundo o dos antes de dejarse abrazar.

—Quizá eche de menos a Katya —le dije una vez a Adam.

Era evidente lo que implicaba: la culpa era suya. Se sonrojó, como siempre que se menciona a la *au pair*, y yo decidí dejarlo estar, pero había algo que me martirizaba como un dolor de muelas, y no fue hasta el día siguiente cuando descubrí lo que era: las pesadillas habían empezado antes de que Katya se fuera, no después.

—Perdone. —Un niño de unos nueve o diez años levanta la mano y me saluda como si estuviera en clase y necesitara ir al baño.

Al lado tiene a su madre, tumbada en la cama desplegable y con la boca medio abierta debajo de un antifaz con la frase «Cargando batería: no desenchufar» bordada en la tela satinada.

—Hola, ¿cómo te llamas?

—Finley Masters.

Sonrío.

—Hola, Finley, ¿quieres algo de beber?

—Se me han enredado los auriculares. —El niño me mira muy serio, y siento en el pecho esa especie de tirón brusco que a veces me asalta cuando estoy lejos de Sophia.

—Vaya, cariño, qué problemón. Vamos a ver si podemos arreglarlo, ¿vale? —Deshago los nudos del cable con las uñas antes de devolvérselo con una sonrisa.

—Gracias.

—Para lo que necesites.

Finley es el único niño de su edad de toda la cabina, aunque en la primera fila de la columna de en medio hay una pareja con un bebé muy pequeño. Está llorando, con un gimoteo como de gatito, flojo pero insistente, y veo que sus padres intercambian una mirada nerviosa. Les dirijo una sonrisa, tratando de trasladarles que no pasa nada, pero ellos están agobiados con la ropa del bebé, como si la clave de su incomodidad se hallase en la forma en que lleva abrochado el pelele y no en la presión atmosférica que está aumentando dentro de sus diminutos oídos.

Echo una ojeada a la lista de pasajeros: Paul y Leah Talbot. Me acerco para ver si necesitan algo. Estoy segura de que ese bebé no tiene ni un mes de edad.

—Tres semanas y dos días —aclara Leah cuando se lo pregunto.

Es australiana, tiene el pelo descolorido por el sol y la cara bronceada y pecosa. Los dientes, blanquísimos, le dan un aspecto lozano y asilvestrado; me la imagino con su marido haciendo una barbacoa en la playa el día de Navidad. Puede que Adam, Sophia y yo hagamos eso algún año: huir del frío hacia la luz del sol.

«Sigues con lo de Adam, ¿eh?», salta mi psicóloga interior.

—¡Qué monada! ¿Cómo se llama?

Ignoro a mi subconsciente. Será cuestión de acostumbrarse. Llevábamos cinco años siendo una familia, pero Adam dejó totalmente claro cuáles eran sus prioridades, y no tenían nada que ver con su esposa y su hija.

—Es precioso, ¿verdad? —Leah sonríe a su hijo. Es mayor que yo (de unos cuarenta y tantos), pero está mucho más en forma—. Se llama Lachlan Hudson Samuel Talbot.

—Vaya, ¡cuántos nombres!

Su marido sonríe, divertido.

—No nos decidíamos. —Tiene acento inglés, pero con la inflexión ascendente al final de las frases que enseguida adoptan los que emigran a Australia.

—Estás estupenda —le digo a Leah—. No me puedo creer que acabes de dar a luz.

El cumplido la avergüenza: baja la vista para posar los labios en la cabeza del bebé y olerle el pelo. Su marido la rodea con el brazo, y siento como que me están echando, como si hubiera dicho algo malo.

—Si más tarde queréis que me lo lleve para que podáis dormir, solo tenéis que pedírmelo.

—Gracias.

Los dejo solos. Me duele el estómago como si me hubiera tragado una piedra. Adoptar no me ha quitado el duelo de la infertilidad, no ha acabado con el deseo infrecuente pero visceral de una barriga hinchada y tersa, o del peso casi imperceptible de un bebé nacido hace un instante. Sophia es mi vida —no tienes que dar a luz para ser madre—, pero eso no significa que no sufra al pensar en lo que podría haber sido.

Como mínimo me habría gustado que Sophia nos hubiera llegado de recién nacida. Podría haber sido así. Debería haber sido así. Su madre, a quien habían incluido en una lista de vigilancia, tenía a los servicios sociales encima, dado que sus dos hijos mayores se encontraban ya bajo tutela gubernamental. Pero había que seguir un proceso, y aquello nos arrebató el primer año de vida de Sophia y la capacidad de nuestra hija para confiar en los demás. Nos arrebató a la familia que podríamos haber sido.

Ni Adam ni yo pudimos dormir la noche antes de que Sophia llegara a casa, por miedo a meter la pata.

—¿Y si nunca consigo sentir que soy su padre?

—¡Lo conseguirás! Claro que lo conseguirás.

Sabía que Adam estaba nervioso (había tardado mucho más que yo en hacerse a la idea de la adopción), pero también sabía que Sophia no tardaría en robarle el corazón: las familias se construyen a partir del amor, no a partir de los genes.

Pero él y Sophia no acababan de entenderse. Ella era una niña difícil, incluso de bebé, y ninguno de los dos era capaz de hacer que se sintiera a gusto. Al final empezó a permitirme mecerla para coger el sueño, pero si Adam intentaba hacerlo, ella tensaba todo el cuerpo y gritaba hasta ponerse azul. Con el tiempo, comenzó a exigirme que pasara más tiempo con ella y que dejara a Adam al margen.

—Ten paciencia —le decía yo—. Un día acudirá a ti, y tendrás que estar preparado.

—Alegra esa cara, preciosa, que seguro que no es nada.
—Me veo arrancada de mis pensamientos por el hombre de detrás de los Talbot, cuyas largas piernas permanecen estiradas bajo la bandeja de su asiento, donde reposan una botella de agua y un libro.

Cuando iba a la universidad, trabajé en un pub frecuentado por un gran número de banqueros, estudiantes universitarios y gilipollas en general. En el segundo en que me ponía detrás de la barra, mis iguales en materia de estudios se presuponían intelectualmente superiores a mí y me mortificaban con que si «Oye, cariño», que si «Ven aquí, preciosa», como si estuviéramos haciendo de extras de alguna telenovela tipo *EastEnders*. Esta profesión a veces es así. Conozco a toda clase de auxiliares de vuelo, con todo tipo de formaciones: personas que antes eran técnicas de emergencias sanitarias, profesoras universitarias... conozco incluso a una expolicía a quien, una vez retirada, le entraron ganas de ver mundo. La mayoría de los pasajeros eso no lo ven: ellos ven el uniforme, y para ellos eres una camarera. Da igual que te hayan formado para actuar ante emergencias aéreas o aterrizajes forzosos en el océano, o que seas capaz de apagar un incendio o de cortar un cinturón de seguridad para liberar a un pasajero atrapado en un asiento.

Me obligo a sonreír apretando los dientes.

—¿Desea que le traiga algo más, señor? ¿Un poco de vino, tal vez?

—Gracias, pero no bebo.

—Bueno, si necesita algo, aquí estoy.

Agradezco este oasis de sobriedad en un momento en que el resto de la cabina empieza a ir cada vez más achispada. De repente añoro estar en casa, abrazada a Sophia en el sofá, viendo *Peppa Pig*. Cuando estoy viajando, me acuerdo de todo lo bueno. Siempre pasa, ¿no? Me acuerdo incluso de los aspectos positivos de mi relación con Adam: las risas, la cercanía, sentir como me rodean sus brazos.

Desde el bar llega un ruido apagado y constante; voy a ver si necesitan ayuda. Está atestado. El volumen de las conversaciones aumenta a medida que más pasajeros de clase ejecutiva se van sumando a la aglomeración. Varios van en pijama;

la novedad sigue haciéndoles gracia a pesar de que llevamos ya varias horas de vuelo. Hay una pareja delante de la barra; por su lenguaje corporal, están coqueteando.

—¿Has visto el sacacorchos? —El barman, Hassan, parece desbordado.

—Ni idea. Estaba aquí. Ahora te traigo uno de la galera.

—Por eso yo solo bebo champán. Lo único que se necesita es una copa… ¡o una pajita! —dice una mujer desde la barra, con una risa grave y ronca que se contradice con su apariencia, menuda y frágil. Tiene el pelo largo y rubio, y va meticulosamente maquillada, con los labios pintados de rojo sangre.

El hombre que la acompaña no le quita ojo: es un hombre achaparrado, no mucho más alto que ella, pero con unos bíceps más grandes que la cintura de esta. Tiene el pelo negro y da la impresión de que, si no lo llevara tan rapado, sería rizado; una barba negra le cubre media cara. Ella tiene el pulgar izquierdo metido en el bolsillo trasero del pantalón de él, con esa actitud relajada y maquinal de los que terminan por encajar el uno en el otro. Siento un nudo en la garganta al recordar los años en que mi relación con Adam aún era lo bastante nueva para que existiera el flirteo, pero a la vez lo bastante familiar para resultar cómoda.

Al dar media vuelta para irme, veo con el rabillo del ojo que algo se mueve: han sido las cortinas que dividen las clases ejecutiva y turista. Me doy la vuelta y veo a una mujer de pelo negro que se acerca a la barra. Echa un vistazo alrededor mientras espera, deteniéndose a mirar el televisor de pantalla plana que hay en la pared y las canastas de dulces que ofrecemos a los pasajeros para que se sirvan a placer.

—Champán, por favor.

Hassan me mira durante un instante.

—Me temo que el bar es solo para los pasajeros de clase ejecutiva. —Se le oye nervioso, y sus manos revolotean junto al champán, como si aún cupiera la posibilidad de servírselo.

—Solo quiero una copa.

Siento la tentación de dejar que se la tome y despacharla luego de vuelta a la clase turista, pero su forma de comportarse rezuma una arrogancia que me saca de mis casillas. Doy un paso al frente.

—Lo siento: tiene que regresar a la cabina de turista.

—Joder, solo quiero tomarme una copa.

Sonrío.

—Y yo solo quiero que me hablen con educación cuando hago mi trabajo, pero supongo que ninguna de las dos va a salirse con la suya hoy.

Ella gira sobre el taburete y se dirige a una pareja que está haciéndose selfis con el pijama de bienvenida.

—¿Qué tal los pijamas? —pregunta con brusquedad.

—Hummm... pues son muy...

—¿Sabéis qué nos dan a nosotros en nuestra «bolsita de obsequios»? —Hace el gesto de las comillas con los dedos antes de añadir a voz en grito—: ¡Cuatro galletas de mierda!

—Vale. Se acabó. —Cojo a la mujer del codo, y ella se suelta de un tirón.

—¡Quítame las manos de encima! Me acabas de agredir; esto es una agresión. —Echa un vistazo alrededor—. ¿Alguien lo está grabando? Acaba de agredirme.

—Por favor, vuelva a su asiento. —Todo el bar está pendiente de nosotras. Los pasajeros de clase ejecutiva alargan el cuello para ver qué ocurre a su espalda—. Esta zona está restringida a los pasajeros de clase ejecutiva.

—¿Y cómo es que a él lo dejáis quedarse? —Señala con el dedo al hombre bajito y musculoso, que hace todo lo que puede por ignorarla.

—Porque él viaja en... —empiezo a responder antes de ver que al pasajero se le pone el cuello rojo de incomodidad y, medio borracho, aparta la copa que tenía encima de la barra.

—Lo siento —dice, aunque no está claro si se dirige a mí o a la rubia que lo acompaña.

—¡Por el amor de Dios! —Me dirijo a Hassan, que se mordisquea el labio.

—Van juntos. Cuando me han pedido estaba todo muy tranquilo y he pensado que...

—Los que no tengan billete de clase ejecutiva, vuelvan a sus asientos, por favor —digo levantando la voz—. El personal de cabina estará encantado de servirles allí.

—Lo siento —murmura de nuevo el hombre achaparrado. Repasa a la rubia una última vez antes de cruzar la cortina con desgana y regresar a su asiento.

Me cruzo de brazos y me quedo observando a la borracha. Nos sostenemos la mirada durante un minuto de reloj, hasta que acaba cediendo.

—¡Estirados! —Pronuncia su despedida a todo volumen, y me compadezco de los auxiliares de vuelo de clase turista, que van a tener que pasarse las próximas quince horas diciéndole que no cuando les pida otro trago.

Dejo escapar un suspiro y se me suben los colores ante el amago de aplauso de los clientes del bar.

—Tienes hijos, ¿verdad? —me pregunta la mujer del pijama con una sonrisa—. Te ha salido una voz de madre total.

Le devuelvo la sonrisa, regreso hacia la galera y, por primera vez desde que he entrado a trabajar, noto que empiezo a relajarme, a superar la sensación de desasosiego. Mis instintos no iban mal encaminados: algo iba a ocurrir en este vuelo, pero no era nada que fuera a escapárseme de las manos. Llevo doce años en el oficio; tendría que pasar algo muy gordo para desarmarme.

Cuando era pequeña, mamá alzaba los brazos al cielo siempre que pasaba un jumbo volando.

«¡Rápido! ¡Dale recuerdos para la *manii* y el *baba sido*!».

«A saber adónde va ese avión», contestaba yo riendo, pero lo saludaba con la mano de todos modos, era demasiado supersticiosa.

Aquella costumbre me quedó inculcada —como la de saludar a las urracas desparejadas para evitar la mala fortuna— mucho después de que mis abuelos hubieran fallecido y ya no existiera ninguna razón para visitar Argelia o enviarles recuerdos desde el otro lado del océano. Incluso después de dejar de ir al aeropuerto con papá, en plena adolescencia, cuando me consideraba demasiado guay para que me pillaran mirando aviones, levantaba el brazo involuntariamente siempre que veía uno. «Adiós, *manii* y *baba*, os quiero».

Una vez, años más tarde, acompañé a mis padres de viaje a Francia, donde todavía conservaban una casa, un lugar destartalado y lleno de recuerdos que había pertenecido a mis abuelos paternos. En el viaje de vuelta, observé las nubes por la ventanilla del avión: parecían lo bastante sólidas para subirse encima de ellas. Había pasado todas las vacaciones escolares en Francia y continuamos con la tradición ya en la universidad. Mientras mi madre revoloteaba de un lado para el otro, poniéndose al día con sus amigas, yo veía a mi padre relajarse, lejos de los rigores de la vida londinense.

—Me encantaría ser piloto. —Era la primera vez que lo decía en voz alta, y me pareció un atrevimiento. Una ridiculez.

—Pues sé piloto —contestó mi padre.

Él era así con todo. «¿Quieres algo? Ve a por ello».

Al frente del avión habían abierto la puerta de la cabina de control, y estiré el cuello para intentar entrever el tablero y la gran curvatura de cristal que se extendía ante el manto de nubes. La emoción me palpitaba en las venas.

—Es muy caro.

—¿Cómo de caro?

—Pues... ocho mil o así, creo. Como mínimo.

Mi padre enmudeció y, al cabo de un rato larguísimo, se encogió de hombros y arrugó el periódico que tenía entre las manos.

—Infórmate de los detalles.

Seis semanas después, vendieron la casa de Francia.

—Ve a ser piloto —dijo mi padre.

—¡Pero si os encantaba esa casa! —Inspeccioné las caras de mis padres y lo único que encontré fue entusiasmo—. ¡Si ibais a venderla después de jubilaros, por si se os quedaba corta la pensión!

—¿Quién necesita ahorros cuando tu hija es piloto comercial? —respondió él, y me guiñó el ojo—. Ya nos mantendrás tú cuando seamos mayores.

Mi madre me dio un apretón en el brazo.

—No te preocupes por nosotros. Estamos muy emocionados.

El día que me marché a la escuela de aviación, me hizo una foto, como si fuera mi primer día de escuela primaria. Posé delante de la puerta de casa con mis pantalones negros y mi camisa recién estrenada, con una sola franja dorada decorando los galones.

Ahora bajo la vista y me miro la falda, la manicura y las medias de color carne. Me encanta mi trabajo, pero esta no era la idea.

—¿Te preparo uno para llevar? —Carmel sostiene una bolsita de té por encima de una taza vacía.

—Venga, va.

Se me hace raro tomar un descanso ahora, apenas unas pocas horas después de haber empezado, y todavía más raro saber que cuando nos despertemos aún nos quedarán unas cuantas horas de viaje. Por debajo de nosotros habrá gente que se despierte, se vaya a trabajar, vuelva a casa y se acueste, y durante todo ese tiempo nosotros estaremos en el aire. Parece imposible, casi sobrenatural.

A diferencia de Erik, que no ha sonreído una sola vez desde que hemos embarcado, Carmel es encantadora. Tiene solo veintidós años y está a punto de irse a vivir con su novio, al que es evidente que idolatra.

—Trabaja en la City —me ha contado con orgullo cuando estábamos en los transportines, listas para el despegue.

—¿De qué trabaja?

Ella ha parpadeado sorprendida.

—Trabaja en la City.

He chasqueado la lengua, como riñéndome a mí misma.

—Ay, sí, acabas de decírmelo. Perdona.

Carmel me prepara el té y alargo la mano hacia la sombrerera que hay cerca de la galera para sacar la bolsita de papel que Sophia me hizo prometer que subiría a bordo.

—No la abras hasta que estés volando —me dijo. Había entrado en mi habitación mientras yo hacía el equipaje, acostumbrada ya a ver mi maleta abierta encima de la cama.

Retiro el envoltorio de papel: es una de las galletas de avena que horneamos juntas el fin de semana; desprende un aroma a caramelo que me hace la boca agua. Tiene una esquina mordisqueada, y acaricio el borde irregular que han roído los dientes perlados de mi hija.

Debajo de la galleta hay un papel con manchitas de grasa: «Para mi mamá. Te quiero. Besitos, Sophia». Se lo enseño a Carmel, que se lleva las manos al pecho.

—Pero ¡qué mona! ¿Lo ha escrito tu hija?

Asiento con la cabeza.

—¿Se puede ser más adorable? Me muero de ganas de ser madre. Seguro que haces de todo con ella, ¿a que sí? Pintar, manualidades, de todo.

—Repostería, más que nada. —Le enseño la galleta—. Mucha, mucha repostería. Estas galletas las ha hecho prácticamente sola. Solo tiene cinco años.

—Increíble.

Arranco un trozo de galleta y me lo meto en la boca, me guardo la nota en el bolsillo y envuelvo lo que ha sobrado para comérmelo arriba. Paso la bayeta para dejárselo todo limpio a los que lleguen de relevo. Alguien se ha dejado un autoinyector en la encimera: lo recojo para que no acabe en la basura.

—¿Alguien sabe de quién...? —Me interrumpo, pues toda mi atención se halla centrada en la etiqueta ligeramente rayada del inyector: un pequeño rectángulo blanco con una carita sonriente dibujada a mano y un nombre impreso.

SOPHIA HOLBROOK.

—¿Leche y azúcar? —pregunta Carmel.

¿Qué hace aquí la epinefrina de Sophia? La carita sonriente indica que es la que lleva en la mochila (fue la solución simple pero efectiva de Adam para tener una idea de dónde va cada una), y la etiqueta es sin duda como las que utilicé para identificar a conciencia su calzado, su fiambrera y su botella de agua.

Pienso en esta mañana, cuando ya había dejado a Sophia en la escuela. Me he cambiado de ropa en casa: aunque hubiera llevado el inyector en los vaqueros, no hay manera lógica de que haya ido a parar al bolsillo del uniforme. ¿Y si lo he guardado, antes de irme al aeropuerto, en el bolso del trabajo? Tantos años de oficio me han convertido en un animal de costumbres: el pasaporte y el carnet de identidad siempre están en ese bolso, junto con una crema de manos, un bálsamo labial y un monedero lleno de efectivo. No llevo epinefrina en el bolso: ¿para qué? Sophia nunca viene conmigo.

—Tierra llamando a Mina. ¿Todo bien?

—Perdona. Solo leche. Gracias.

Me guardo el autoinyector azul en el bolsillo. No hay otra explicación posible: lo habré cogido y lo he subido a bordo.

¿Cómo si no ha venido a parar aquí?

7

18.00
Adam

—Becca y yo haremos un muñeco de nieve, vale —dice Sophia, y la falta de interrogación en su tono tiene menos que ver con su dominio del lenguaje que con su carácter: no me está pidiendo permiso, me está informando.

—Ya es casi la hora de cenar. Es de noche... —comienzo a decir, pero se le ensombrece la cara y pienso: «Que le den al pragmatismo, que le den a ser un padre sensato. ¿Por qué no puedo ser yo quien la haga sonreír por una vez en la vida?»—. Bueno, también podemos encender la luz de fuera. ¡Será toda una aventura! A mí se me dan muy bien los muñecos de nieve; el truco es...

—No. Lo haremos Becca y yo.

—Vale —le suelto con antipatía, como si tuviera la misma edad que ella.

No conviene echar sal en las heridas. ¿Se supone que la paternidad tiene que ser así de dolorosa? Y, en ese en caso, ¿se supone que hay que apechugar sin más?

Becca está en la cocina, hurgando en una lasaña que acaba de sacar del horno.

—¿Tú crees que es vegetariana? —pregunta.

Le cojo el tenedor y retiro la costra chorreante de queso fundido.

—Bueno... verduras lleva.

Becca pone los ojos en blanco.

—¿Tendría que reírme? ¿Sabes que el metano de las vacas es veintidós veces más nocivo para el medio ambiente que el CO_2?

—Tú métete en una sala de reuniones con doce polis peludos... me río yo de las vacas.

—¡Papá dice que podemos hacer un muñeco de nieve!

Becca se encoge de hombros.

—Si te hace ilusión...

Vuelve a coger el móvil para revisar sus notificaciones, siempre presentes, y yo siento que mis dedos responden con pequeños espasmos: la adicción tiene memoria muscular; mi pulgar es capaz de deslizarse en busca de una nueva dosis antes de que surja cualquier pensamiento consciente para detenerlo.

Sophia tiene la nevera abierta y está rebuscando en el cajón de las hortalizas. Emerge, triunfal, con una zanahoria.

—Ahora un sombrero.

Sale corriendo hacia el vestíbulo para dar con lo que busca y yo vuelvo a meter la lasaña en el horno para que no se enfríe. En el congelador hay una hamburguesa vegetal de esas de Linda McCartney (debió de sobrar de la última vez que vino Becca a hacer de canguro): la saco y la meto también en el horno, debajo de la rejilla.

Tapadas de nuevo con los abrigos y las botas, Becca y Sophia salen al jardín. Levantan del suelo montones de nieve virgen, y Sophia chilla de alegría por la novedad de salir a jugar de noche. Cierro y las observo un instante a través del cristal de la puerta trasera.

Voy cerrando la mano en torno al móvil hasta que junto las yemas de los dedos. Me aparto de la puerta, pero aun así las chicas están muy cerca, de modo que me dirijo al dormitorio. Subo los peldaños de las escaleras de dos en dos, con el corazón embalado por la impaciencia, como cuando empiezas a salivar al saber que se acerca la hora de comer. Echo un vistazo por la ventana para comprobar que Sophia y Becca siguen ocupadas, mientras experimento el tropel de emociones conflictivas que me invade cada vez que miro a Sophia.

—Se la ve siempre tan feliz... —nos dijo la señorita Jessop durante la última reunión de padres.

Mina me lanzó una mirada fugaz.

—Qué alegría oír eso, porque... A veces no sabemos qué hacer con ella. A veces.

¿«A veces»? Yo diría que la mayor parte del tiempo. Mina volvió a mirarme en busca de apoyo.

—Su comportamiento puede ser difícil de manejar —intervine—. Tiene crisis, crisis de proporciones épicas. Llegan a durarle una hora o más.

La vida con Sophia en ocasiones es como atravesar una capa de hielo que nunca sabes con seguridad cuándo se va a romper. Es estar a merced de las emociones de una niña de cinco años.

—Puede ponerse muy controladora —añadió Mina. Hablaba despacio, eligiendo sus palabras con cuidado—. Posesiva. Respecto a mí, sobre todo. Lo cual genera un poco de... —vaciló— tensión.

Se produjo una pausa mientras la señorita Jessop asimilaba lo que acababa de oír.

—Hummm... Debo decirles que en la escuela no hemos vivido ese tipo de experiencias. O sea, estoy al corriente de sus evaluaciones psiquiátricas, pero, sinceramente, a simple vista uno nunca se lo imaginaría. Me pregunto si... —nos miró a los dos alternadamente, con la cabeza medio de lado— ¿es posible que esté notando algún problema en casa?

Lo único que evitó que perdiese del todo los papeles fue saber que estaría reforzando su argumento. Esperé a que estuviéramos fuera del recinto de la escuela, pero Mina se me adelantó.

—¡¿Cómo se atreve?! O sea que ¿básicamente es culpa nuestra que Sophia tenga trastornos de conducta? ¿No tendrá nada que ver que la engendrara una mujer que la mitad del tiempo ni siquiera se acordaba de que tenía hijos, o que pasara por dos familias de acogida distintas antes de llegar a nosotros? —Rompió a llorar—. ¿Es culpa nuestra, Adam? ¿Estamos haciendo algo mal?

En un extraño momento de proximidad, me dejó rodearla con los brazos.

—No es culpa nuestra —le dije. Olía diferente (un champú nuevo, tal vez) y me dolió en el alma que aquella pequeña parte de su ser me hiciera sentirme como un extraño—. Al menos seguro que no es culpa tuya: eres una madre increíble.

Ahora, aquí solo, en lo que un tiempo fue nuestro dormitorio, miro la pantalla del móvil. Abro los mensajes y rápidamente me inundan esa vergüenza y ese miedo tan familiares. La he cagado pero bien. Me he hundido más y más en algo tan tóxico que no puedo salir de ello, y he arrastrado a Mina y a Sophia conmigo.

De golpe se me aparece en la cabeza la imagen de la cara de mi hija, llorosa y confundida. Demasiado asustada para hablar siquiera. Era Katya quien había hablado, cuando Sophia había dejado de llorar y estaba arrebujada en una manta delante de la televisión, como si estuviera enferma.

—Se acabó, no aguanto más. —Katya subió a la planta de arriba.

La seguí.

—Por favor, Katya...

Sacó las maletas de debajo de la cama y comenzó a tirar ropa dentro.

—Ya no más mentir. Se ha terminado.

—No se lo digas a Mina. Te lo suplico. —Las cosas ya iban lo bastante mal entre los dos. A duras penas hablábamos, y Mina había empezado a interrogarme de una forma inusual en ella. Que dónde había estado. Que a qué hora había salido de trabajar. Que con quién hablaba por el móvil—. Me dejará.

—¡No es problema de mí! —Katya se dio la vuelta y me golpeó con un dedo en el pecho—. Es problema de ti.

Cierro los mensajes, abro Facebook y accedo al perfil de Mina. Pensé que quizá me bloquearía después de echarme de casa, pero no ha cambiado nada. Como situación sentimental, aún aparece «casada», y es patético lo fuerte que me aferro a eso como una señal de esperanza. Ha actualizado su foto de perfil: es un selfi, sin filtros; sale en un sitio nevado, pero no reconozco dónde es. Lleva un gorro con una borla de pelo y tiene copitos de nieve pegados a las pestañas.

La he cagado bien cagada. He perdido a la única mujer a la que he querido de verdad.

Conocí a Mina después de un partido de rugby. Se me coló de un empujón en la barra de un bar.

—Pasa, pasa —le dije con ese aire pasivo-agresivo tan británico que te permite desquitarte cuando no has oído el «perdona».

Se volvió hacia mí, sin dejar de empuñar un billete de diez libras para que no se le adelantaran.

—Lo siento, ¿acabo de colarme?

No había ni rastro de disculpa en su expresión, pero para entonces ya me daba igual. Tenía un pelo espectacular, unos rizos salvajes que le caían por la cara y le bailaban a la altura de los hombros cuando se giraba.

En la mejilla izquierda llevaba pintada una bandera de Inglaterra; en la derecha, una de Francia. Las señalé con el dedo.

—Jugando sobre seguro, por lo que veo.

—Soy mitad francesa.

—¿Qué mitad?

No fui muy original, pero se rio de todos modos y me invitó a un trago. Salimos a tomarlo a la calle y, por acuerdo tácito, nos alejamos de la multitud que se había formado a la salida del bar, doblamos la esquina y nos sentamos en lo alto de un murito.

—Mi madre es francesa. —Mina dio un sorbo a su pinta de cerveza—. Francoargelina, para ser exactos: se fue a vivir a Toulouse antes de que yo naciera. Mi padre es medio francés, medio inglés. Nos vinimos a vivir a Inglaterra cuando yo tenía seis años. —Sonrió, bromista—. Soy mil leches.

Fui a pedir otra ronda y se apoderó de mí el miedo a que pudiera desaparecer; me abrí paso a empujones hasta la barra, diciéndome que en el amor y en la guerra todo vale.

—¿Cómo has tardado tanto? —me dijo cuando volví. El destello en los ojos la traicionó, a pesar de la cara de ofendida.

Le respondí con una sonrisa.

—Perdón por el retraso.

Mina estaba estudiando para ser piloto; llevaba solo unas semanas en un curso con alojamiento incluido. Yo nunca había conocido a ninguna piloto, y menos a una tan joven y demencialmente atractiva como aquella; la exaltación que me subía a la cabeza no tenía nada que ver con las cervezas que me había bebido.

—Tampoco es tan glamuroso —me dijo—. Al menos por ahora. Estamos en aulas normales, como las de un colegio, y no puedes ni imaginarte la de matemáticas que nos hacen estudiar.

—¿Cuándo empiezas a volar?

—La semana que viene. Cessna 150.

—¿Y eso qué es?

Mina me sonrió, divertida.

—Dejémoslo en que está a años luz del Concorde.

La acompañé a su apartamento. Habría ido a donde fuera con ella. Y cuando me tuve que marchar, insistió tanto en que me llamaría, que quería verme otra vez, que entre nosotros había algo interesantísimo, algo importante de verdad, que no le pedí el teléfono después de darle el mío. Nunca dudé de que me llamaría.

Sin embargo, no lo hizo. Y, cuando por fin reuní el coraje que necesitaba para acercarme a su piso, se había mudado. Ni una nota ni un mensaje. Me había dejado plantado.

—Eres un puto imbécil —digo en voz alta.

Lo tenía todo: la mujer a la que amaba, una familia. Y lo he mandado todo a la mierda. Perdí a Mina una vez y, después de recuperarla, he conseguido que vuelva a abandonarme. Y si no tengo cuidado, voy a perder a Sophia también. Ella siempre se ha refugiado en Mina y, ahora que yo ya no vivo aquí, el mero hecho de seguir formando parte de su vida es una lucha continua. Hacen falta años para superar un trastorno de vinculación; no basta con estar con Sophia en los cumpleaños y las ocasiones especiales, o un fin de semana de cada dos. Tengo que estar con ella cuando se rasguñe la rodilla, y de noche, cuando pase miedo: tengo que demostrarle que no la abandonaré.

Saco las piernas de la cama. Podría bajar a ayudar a las chicas a terminar el muñeco de nieve, y así Sophia podría ponerle el gorro y una bufanda en el cuello. Y si no quiere que las ayude, podría quedarme a mirar. Podría decirle lo bien que lo ha hecho.

Corro escaleras abajo, decidido a estar más... ¿Cómo es esa expresión que ahora veo por todas partes? «Presente». Me guardo el móvil en el bolsillo, satisfecho. He ignorado los mensajes; no he respondido. Eso demuestra que tengo fuerza de voluntad, diga lo que diga Mina.

El suelo del recibidor está mojado; un rastro de nieve fundida lleva hasta el baño de abajo: ya han acabado.

—Vaya par de blandas —digo entrando en la cocina—. ¿Os ha podido el frío?

Becca está sentada en la encimera, jugando a algo con el móvil. Recorro con la mirada la cocina vacía.

—¿Dónde está Sophia?

—Está fuera. He entrado a preparar chocolate caliente.

El hervidor, todavía caliente, saca vapor por la boca, pero no hay ninguna taza en la encimera.

—Pues no has avanzado mucho. —Me meto a presión las botas de goma que guardo junto a la puerta trasera.

Nuestro jardín es un pequeño rectángulo con un cobertizo cerrado a cal y canto en un rincón y un penoso corrillo de tiestos en la parte de la terraza. Oculto bajo la nieve hay un camino de cemento que lleva hasta el cobertizo. Ni Mina ni yo somos grandes jardineros; no es más que un espacio para que juegue Sophia.

Solo que ahora no es el caso.

El jardín está vacío.

Sophia no está.

8

Ocupante del asiento 2D

Me llamo Michael Prendergast y, al embarcarme en el vuelo 79, me senté en la parte de delante.

De pequeño siempre que cogía un vuelo de larga distancia con mis padres, ellos se sentaban en primera clase; yo iba detrás, en turista. Mamá y papá se turnaban para dejarse caer de vez en cuando por mi zona, comprobar que estaba bien y darme los bombones que les servían con el café como si fueran una ofrenda de paz.

—A ti no te hace falta el espacio extra —decía mi madre—. Además, en esto de los aviones, cuando te sientas delante, ya la has pifiado: nunca quieres volver atrás.

No entendía su justificación. Teníamos bastante dinero para volar siempre en primera, ya fuera para una escapada de fin de semana a Lisboa o para los quince días que pasábamos cada año en Mustique, en el chalet de un cliente de papá. ¿Por qué ir a lo cutre cuando se puede viajar con estilo?

Una vez que fuimos a Antigua, a las cinco horas de viaje me colé en primera para ver a mis padres. Era tarde, y casi todo el mundo dormía; contuve la respiración mientras atravesaba de puntillas el pasillo hasta mamá, que estaba dando una cabezada en su asiento. Yo era un fideo de doce años, demasiado grande ya para compartir asientos, pero aun así me las ingenié para apretujarme a su lado.

—No deberías estar aquí.

—Solo un ratito.

Me dio su bolsa de palomitas, todavía por abrir, y una botella de agua con gas, y me enchufó los auriculares para que viera la tele. Fui saltando de canal en canal (había cuatro veces más que en turista), pero, antes de que pudiera elegir, se acercó una sombra enorme por el pasillo.

—Lo siento —dijo mamá. Sonrió a la azafata con una actitud como de: «¡Vaya! ¡Me has pillado!» y me quitó los auriculares.

—Ven aquí, anda.

La azafata le devolvió la sonrisa a mamá, pero sus uñas se me clavaron en los hombros mientras me acompañaba de vuelta a turista y me ardieron las mejillas de vergüenza. No estaba haciendo daño a nadie; ¿qué les habría costado dejarme allí? Y en cuanto a mis padres, ¿cómo se atrevían a tratarme como a un ciudadano de segunda?

Cuando aterrizamos, observé a los pasajeros de la parte delantera del avión desembarcar primero; examiné su ropa y sus equipajes y me hice una lista mental de todas aquellas marcas en torno a las cuales quería construir mi vida. Mis padres iban de Louis Vuitton; yo llevaba una maleta de ruedas que venía de regalo con un maletín que se había comprado papá.

«Cuando ganes tu propio dinero —me decía él—, podrás tener la maleta que quieras». Me daba unos sermones interminables acerca de entender el valor del dinero, cuando mil libras son mil libras, lo mires como lo mires. Mi paga consistía en cinco por aquí, diez por allá… mientras que algunos de mis amigos recibían veinte a la semana.

«No es cuestión de dinero —me dijo papá cuando estaba a punto de cumplir los dieciocho e intenté tener una conversación con él sobre el tema, con calma, de hombre a hombre—, sino de principios».

Pero sí que era cuestión de dinero. Una vez, íbamos a Mustique y nos encontramos con que había asientos vacíos en primera clase.

—Veo que están sentados en zonas diferentes —constató la mujer del mostrador—. Hoy puedo cambiarles el asiento de turista por otro de ejecutiva por solo trescientas libras.

¡Trescientas libras! Había visto a mi madre gastarse más en un par de zapatos sin pestañear. El corazón me dio un brinco de la emoción: ¡por fin iba a suceder! Me imaginé tumbado bajo una mantita suave, pasando de una película a otra y bebiendo Coca-Cola como un descosido.

—Ya le va bien en turista, gracias.

Me quedé con la boca abierta.

—Pero...

Papá atajó mis quejas con una mirada fulminante antes de dirigirse de nuevo, con una sonrisa, a la mujer del mostrador.

—Estos niños de hoy en día, ¿eh? No saben de qué va la vida.

Ella me miró un segundo mientras yo contenía unas lágrimas que sabía que no habrían desencadenado más que otra monserga de mi padre, y luego le dedicó a él una sonrisa incómoda.

«Él siempre es así —me dieron ganas de explicarle—. No es ni por dinero ni por principios. Es así y punto».

Me retorcí en el asiento todo lo que duró el vuelo, resentido y fastidiado por todos los atisbos mortificantes que tenía del otro lado de la cortina que me separaba de mis propios padres. Mientras picoteaba de un sándwich acartonado y me bebía mi brik de zumo, me preguntaba qué estarían sirviendo en primera. Me imaginaba panecillos calentitos y esponjosos, y vasos de zumo de naranja recién exprimido, salpicados de pequeñas gotas de condensación.

Por suerte tenía a la abuela. Me pasaba horas en su casa mientras mis padres trabajaban. Veíamos reality shows, nos reíamos de las caras de orgasmo que ponía Nigella Lawson al probar mousses de chocolate y conversábamos sobre que Burberry era mucho mejor que Hugo Boss. Ella me hacía regalos; me escondía camisas de diseño dentro de bolsas de Primark para que me las llevara a casa de extranjis. La abuela vivía en una antigua rectoría, una casa enorme, con su piscina y sus establos, y se dedicaba a disfrutar de lo que ella llamaba «las mejores cosas de la vida».

—Es culpa mía que tu madre tenga gustos tan refinados —me dijo un día mientras nos tomábamos un té con leche—. Los sábados por la mañana nos íbamos juntas de compras por Oxford Street y no parábamos hasta que nos caíamos de agotamiento.

—El fin de semana pasado me dio veinte libras para comprarme unos vaqueros —le conté muy apenado—. ¡Veinte libras!

La abuela frunció los labios hasta asemejarlos al culo de un gato.

—Bueno, es la influencia de tu padre. Tu madre no era mala hasta que se casó con ese. —Pegó un bufido—. Para empezar, todo ese dinero ni siquiera es suyo. Es un arribista y un parásito, eso es lo que es. Nos conoció a mí y a tu abuelo, que Dios lo tenga en su gloria, echó el ojo a esta casa y le puso a tu madre un anillo en el dedo en menos de lo que se tarda en decir la palabra «herencia». —La abuela no tenía pelos en la lengua—. Pero, bueno —añadió—, a cada cual le llega lo suyo.

—¿Qué quieres decir, abuela?

No quiso explicármelo, y no fue hasta que murió cuando comprendí a qué se refería: no les legó nada. A ninguno de los dos. Su testamento dejaba muy claro que ni una sola libra de su enorme patrimonio financiero —ni tampoco, por supuesto, de su patrimonio físico, con piscina y demás— iría a parar a mis padres.

Me lo había dejado todo a mí.

Papá se puso hecho una furia.

—Es una barbaridad de dinero. No es posible que lo hiciera a conciencia.

Estaban en la cocina: sus voces subían por las escaleras hasta el rellano, donde yo los escuchaba sentado con la espalda contra la pared.

—Es lo que ella quería —respondió mamá—. Lo adoraba.

Me dolía el pecho como después de haber tragado demasiado rápido: no podía imaginarme la vida sin la abuela, y mi repentina transición a millonario, por disparatada que fuera, no iba a compensar el hecho de haberla perdido.

—Debió perder la chaveta… Tendremos que impugnar el testamento.

—Mi madre estaba más en sus cabales que muchos con la mitad de años que ella, lo sabes perfectamente.

—No irás a aceptarlo y punto, ¿no? ¡Ese dinero debería haber sido para nosotros!

—Para mí, técnicamente —oí que decía mi madre, pero él hizo caso omiso.

—¡Tiene dieciocho años, por el amor de Dios! No tiene ningún sentido de la responsabilidad.

Esperé la réplica de mamá, pero nunca llegó. Tragué saliva. Que les dieran a los dos. A mí no me importaba el dinero (no como me importaba la abuela), pero no pensaba dárselo a mis padres. Ya no tendría que seguir aguantándolos: tenía mi propia casa y pasta suficiente para hacer lo que me viniera en gana.

La vida iba viento en popa, y no solo para mí: yo no era un agarrado, como mis padres. Por cada libra que me gastaba en mí, me gastaba otras dos en los demás. Iba de bares e invitaba a rondas improvisadas a desconocidos, y acababa la noche rodeado de nuevas amistades. Cubría a mis novias de flores, bombones y joyas, y, cuanto más me gastaba, más me querían. Hice donaciones públicas de gran envergadura a obras de beneficencia y siempre resté importancia a unos aplausos que, por dentro, me hacían bullir en éxtasis.

Y, como no podía ser de otro modo, empecé a volar en la parte delantera. Siempre. Como decía mi padre: no era cuestión de dinero, sino de principios.

En el vuelo 79 hay gente que nunca ha viajado en primera clase: lo ves por la forma en la que abren todos y cada uno de los cajones y pulsan uno por uno todos los botones del panel de control para llamar a la azafata y preguntarle cómo funciona la cama, si todos los canales de películas van incluidos en el precio, a qué hora van a servir la comida... Yo me recuesto y dejo que todo se adapte a mí, como un traje a medida de Savile Row.

Las dos azafatas se afanan entre un pasajero y el siguiente, y yo, para pasar el rato, me dedico a compararlas. Aunque las separan unos cuantos años, ambas tienen su atractivo. La mayor es sin duda la jefa: sus ojos revolotean por cada uno de los asientos, buscando cualquier detalle que pueda ir en detrimento de nuestra comodidad. Su mirada se posa en mí y me quedo paralizado: vuelvo a tener doce años.

«Ven aquí, anda».

Las uñas que se me clavaban en el hombro...

Sonríe.

—¿Desea que le traiga algo más, señor? ¿Un poco de vino?

—Gracias, pero no bebo. —Ya hace años que no. Prefiero el estímulo de la cafeína a la manera en que se sube el alcohol a la cabeza.

—Bueno, si necesita algo, aquí estoy.

Suspiro. Curioso que siga sintiéndome un impostor, tantos años después.

—Gracias.

Está todo controlado. Tengo un billete de clase ejecutiva. Tengo dinero en el bolsillo. La vida por fin me está yendo como yo quería.

9

A doce horas de Sídney
Mina

La zona de descanso parece más un falso techo que una habitación: las paredes se curvan hacia dentro hasta cerrarse del todo; aquí la forma del avión se intuye con la misma claridad que en la cabina de control. El suelo está hecho de colchones encajados que recuerdan a las colchonetas de un gimnasio escolar. Los separan unas cortinas que cuelgan del techo como en una sala de hospital: cada compartimento es del tamaño de un ataúd.

Estábamos todos demasiado alterados para dormir. Solo Erik ha corrido la cortina y nos ha dejado a los demás hablando en voz baja.

Los siete miembros restantes de la tripulación, despatarrados por el suelo, intercambiábamos los típicos chismorreos sobre pasajeros que no sería prudente compartir en la galera.

—Hay un tío en las butacas de en medio, y de verdad que no os miento, que debe de pesar doscientos kilos —ha dicho uno de los tripulantes de la cabina de turista.

Carmel ha hecho una mueca.

—Pobre hombre, debe estar superincómodo.

—¡Pobre del tío que tiene al lado, querrás decir! Está en el asiento del pasillo, y cada vez que paso se me queda el carrito atascado. Y yo en plan: «Hummm... ¿Le importaría apartar la... hummm... barriga?».

Ha estallado una carcajada general que se ha detenido en seco cuando Erik ha carraspeado detrás de sus cortinas. Todos sabíamos lo que era intentar dormir cuando nadie más quería, pero reinaba en la habitación una atmósfera pueril —como de fiesta de pijamas a medianoche en casa de un amigo— que hacía que se nos escapara la risa y nos tapáramos la cara con las manos. Al menos no molestaríamos a los pasajeros: el sonido no viaja entre la zona de descanso y la cabina. Cuando subimos ahí, estamos completamente aislados.

Yo no me encontraba del todo presente. Una parte de mí participaba en uno de esos juegos de preguntas y respuestas («¿A quién besarías? ¿Con quién te casarías? ¿A quién rechazarías?») y opinaba sobre las decisiones de Carmel en materia de diseño de interiores; la otra trataba de recordar cuándo había sido la última vez que había visto la epinefrina de Sophia.

Ayer por la mañana la llevaba en la mochila, de eso estaba segura. Siempre lo compruebo cuando saco la fiambrera y la botella, y ayer no tuve ningún motivo para no hacerlo. ¿Y si la saqué al llegar a casa, cuando le vacié la fiambrera? Nunca lo he hecho e, incluso de ser así, sigue sin explicar cómo acabé subiéndola al avión.

¿Estarían gastándome una broma pesada?

Recuerdo a Adam, hace años, partiéndose la caja mientras me describía cómo había sido su «iniciación» en la academia de policía.

—Mi sargento me dijo que íbamos a pegarle un susto al nuevo auxiliar forense haciéndole creer que uno de los cuerpos estaba vivo —me contó entre carcajadas, casi sin poder articular palabra—. Pues nada: me tumbo en la camilla, me tapan con una sábana y me meten en el congelador. Y ahí estoy yo, aguantando la risa pensando en cómo, cuando me saquen, haré un «¡buuuuuu!» de esos de fantasma, pero entonces… entonces… —Le entró otro ataque de risa: se doblaba y todo, y yo no pude evitar reírme con él, pese a que la idea de estar rodeada de cadáveres me daba escalofríos—. Entonces, de repente… —prosiguió— oigo como una voz que viene del cadáver de arriba y dice: «Hace un frío de cojones, ¿no?». —Se tronchaba; parecía que le iba a dar algo de tanto reír al recordar cómo descubrió que todo había sido una broma que le tenían reservada.

Adam vive en un mundo de contrastes absolutos. Por un lado, decisiones cruciales y altercados violentos. Por el otro, inodoros cubiertos de papel film, teléfonos móviles pegados con celo a escritorios y falsas llamadas por megafonía que convocan a agentes nerviosos a la presencia de un superior sin sentido del humor.

«Reír por no llorar», dice siempre. Una ligereza que, por infantil que pueda parecer, ayuda a contrarrestar lo siniestro de un accidente de tráfico mortal, una violación o la desaparición de un niño.

Adam ya era policía cuando lo conocí, y siempre me he preguntado cómo sería antes, si siempre habrá tenido ese tipo de cambios de humor que lo arrastran hacia un lugar inalcanzable para mí. Cuando nos casamos, los bajones le duraban tan solo unas horas —como mucho, un día—, pero, a medida que fue pasando el tiempo, la sombra de la depresión le pisaba los talones cada vez más de cerca. El último año ha sido insoportable.

—¿A quién estás escribiendo?

Fue el año pasado, más o menos por esta época; llevábamos un rato viendo la tele, pero Adam apenas había levantado la vista del móvil. Katya estaba en su habitación; Sophia, durmiendo.

—A nadie importante.

—No parece que te haga mucha gracia, sea quien sea.

Adam tenía la mandíbula tensa e iba dando golpecitos en la pantalla con los pulgares. Lo dejé estar, pero no le quité ojo durante el resto de la noche, incapaz de concentrarme en no sé qué serie de risa que se suponía que estábamos viendo.

Después de que Adam se fuera de casa y Katya hubiera regresado a Ucrania, la ansiedad me tenía en vela hasta primeras horas de la madrugada. Me sumía en un sueño intranquilo, solo para despertarme con un sobresalto cuando un nuevo mensaje hacía que me vibrase el móvil. Era Adam, a quien los remordimientos —o la culpa— habían asaltado a medio turno de trabajo.

Lo siento.
Te echo de menos.
Te quiero.

Empecé a dormir con el móvil en silencio.

Una mañana tenía seis mensajes y dos llamadas perdidas suyas, y mientras bajaba las escaleras a trompicones, atontada por la falta de sueño, la pantalla de mi teléfono parpadeaba con insistencia. En lugar de dejarlo sonar, rechacé la llamada: un pequeño acto de rebeldía que sabía que le dolería. Una vez abajo, tardé unos instantes en identificar con exactitud de dónde salía aquel olor tan extraño que impregnaba las habitaciones. Eché un vistazo en la cocina, preguntándome si me habría dejado algo en el horno, pero era en el recibidor donde más olía a productos químicos.

Habían empapado el felpudo de gasolina.

Aturdida por el sueño, me pregunté si habría derramado algo antes de irme a la cama o si habría entrado en casa con las suelas sucias. Abrí la puerta de la calle para que se fueran las emanaciones y pestañeé, desconcertada, al ver que Adam salía de su coche y se acercaba hacia mí por el sendero de la entrada.

—Te estaba llamando. ¿Estás bien?

Tenía cara de desquiciado; daba la impresión de haber dormido aún menos que yo. Se le iban los ojos de un lado a otro, alterados, como si hubiera tomado alguna clase de sustancia (aunque sabía que nunca lo haría).

—¿Por qué me llamabas? —El aire fresco de la mañana me había espabilado: cada pieza iba encajando en su lugar y formando una imagen que no quería ver—. De todos modos, ¿qué estás haciendo aquí?

—Tengo que coger algo de ropa.

—¿A las siete de la mañana? —No esperé a que diera explicaciones—. Estaba a punto de llamar a la policía. Han vertido gasolina por debajo de la puerta.

Me sorprendió lo tranquila que estaba, dadas las circunstancias. Echar a Adam de casa me había hecho sentir más fuerte, con más control sobre las cosas; la falta de sueño añadía una capa de distanciamiento a nuestras interacciones, como si me viera a mí misma desde arriba.

—¿Cómo? —Miró alrededor agitadísimo, como si los responsables pudieran andar al acecho todavía—. ¿Cuándo? ¿Estás bien? Y Sophia, ¿está bien?

Había algo raro en él; parecía que me ocultara algo. «Como si no le hubiera sorprendido lo más mínimo», se me ocurrió de repente.

—Sophia está bien; esta noche ha dormido conmigo. Llamaré a la policía y pondré una denuncia.

—Ya lo hago yo. De todas formas iba de camino al trabajo. Así será más difícil que la desechen.

Más tarde, con Sophia ya en la guardería, cambié la bombilla del porche y le pregunté a Mo si había visto algo.

—Lo siento, preciosa —me contestó ella—. El doctor me ha dado una cosa para ayudarme a descansar: llevo unos días que duermo como un lirón. Pero hace un par de semanas había una panda de chavales en el parque intentando prender fuego a los cubos de la basura. A lo mejor han sido ellos.

Llamé a la policía para proporcionarles aquella información extra.

—Me temo que no hemos registrado ningún delito de daños en esa dirección.

—Lo ha denunciado mi marido esta mañana. Es el sargento Holbrook, del Departamento de Investigación Criminal.

—Parece que aún no ha tenido el momento de hacerlo. Si quiere, puedo tomarle los datos a usted.

Luego envié un mensaje a Adam.

¿Has puesto la denuncia?

Sí, tema resuelto. No sé si podrán hacer nada, pero probarán a investigar a los pirómanos habituales.

Me quedé con la mirada clavada en la pantalla del móvil. ¿Por qué no lo había denunciado? ¿Y por qué me estaba mintiendo?

Me llegó otro mensaje:

Me quedaría más tranquilo si estuviera en casa contigo. Solo unos días. Puedo dormir en la habitación de invitados.

En los rincones oscuros de mi mente, empezó a cobrar forma una idea: ¿era posible que Adam hubiera echado la gasolina por debajo de la puerta, en un intento patético de obligarme a dejar que volviera? ¿Se creía una especie de caballero de brillante armadura?

«Nos las apañaremos. Gracias», contesté. No estaba asustada: Adam quizá fuera un idiota, pero no un psicópata.

—Deberíais haber dormido un poco —dice Erik ahora, mientras salimos de la zona de descanso y bajamos por las empinadas escaleras de caracol hacia la cabina—. Queda mucho para el próximo descanso.

—Gracias, papá —murmura alguien más arriba.

Se oye una risita ahogada.

Erik tiene razón: deberíamos haber dormido, pero la cháchara de las otras chicas me ha distraído gratamente de la cuestión de cómo ha llegado el inyector de Sophia hasta el vuelo 79. No puedo evitar preguntarme si Adam tendrá algo que ver. ¿Estará intentando hacer que me sienta culpable por haber abandonado a mi hija? ¿O esperando que me preocupe lo bastante para necesitar su ayuda? ¿Es esto, como la gasolina, una forma retorcida de quedar como mi salvador?

No ha sido nadie del trabajo, eso seguro. No es como con Adam y sus compañeros, que llevan años juntos y conocen sus límites: yo trabajo con personas nuevas cada vez, desde el momento en que ficho. ¿Quién le gastaría una broma pesada a un desconocido?

Ya de nuevo en la cabina, poso la mirada en el hombre del asiento 3F. Jason Poke tiene una de esas caras juveniles, con hoyuelos, que hacen que las adolescentes se derritan y que las madres digan: «Cuidadito con ese». A menos que uno haya estado viviendo dentro de una cueva, es imposible que no haya visto nunca las «Bromitas de Poke», un canal de culto de YouTube que conquistó al gran público en cuanto pasó a emitirse en Channel 4. Me acuerdo de un episodio que vi con Adam mucho antes de que todo comenzara a ir cuesta abajo: Poke iba disfrazado de cura, con una nariz postiza y una peluca gris, y recitaba atropelladamente los votos matrimoniales delante de una incauta pareja.

«Para amaros y destetaros... digo... respetaros...». Risitas ahogadas entre la congregación. A Poke le entra hipo y farfulla la frase siguiente. La cámara enfoca a una señora mayor que hace un mohín, y Poke vuelve la espalda a la parejita feliz y da un buen trago a una petaca en la que se lee VINO DE MISA. La novia se queda boquiabierta. Detrás de ella, el padrino de boda ríe a carcajadas mientras Poke se arranca la nariz falsa y la peluca, y un cámara emerge de la sacristía.

«¡Otra bromita de Poke!», dice la voz en off.

—¡Insuperable! —exclamó Adam, resoplando por la nariz de tanto reírse.

—Yo me habría puesto como una fiera.

—Solo al principio. Luego habrías terminado encontrándole la gracia.

—Pobre chica. —El televisor nos regaló entonces las «tomas de reacción» que acabábamos de ver: la novia horrorizada, su madre llorando...—. Tantos meses planeando la boda y aparece ese capullo y lo estropea todo.

—Lo organizó todo el padrino. No es que Poke se presentara allí porque sí.

—Me da lo mismo.

Paso junto al asiento del bromista y echo una ojeada a su pantalla para averiguar qué está viendo: me sorprende descubrir que se trata de un documental sobre Auschwitz, y me ruborizo cuando Poke levanta la vista y me pilla espiándolo.

—Cosas serias —comenta, subiendo la voz más de la cuenta a causa de los auriculares.

Debí de ser yo la que subió la epinefrina a bordo. Recuerdo haber pasado revista al bolso que llevo a diario al trabajo; puede que el inyector se quedase enganchado entre las páginas. ¿O puede que Sophia lo metiese por accidente en la bolsita de papel con la galleta? Tiene que haber sido eso.

Ignoro a la voz de mi cabeza que me dice que el inyector, en todo caso, estaría en la mochila de Sophia, no en mi bolso; que sin duda sería demasiada coincidencia que hubiera caído de un lugar a otro no una sola vez, sino dos; que la epinefrina no estaba para nada cerca de la galleta. Ignoro a la voz que me recuerda la gasolina por debajo de la puerta, las llamadas perdidas que he estado recibiendo últimamente... la extraña actitud de Adam durante estos últimos meses. Paso. Solo es un autoinyector de epinefrina: ¿qué iba a sacar nadie de subir eso al avión?

Me encantaría enviarle un mensaje a Becca, solo para comprobar que va todo bien, pero desde la torre de control me dicen que no pueden hacer nada con el wifi. Dindar ha tirado la casa por la ventana para esta ruta: butacas más anchas en turista, películas exclusivas, reducción de emisiones de CO_2 y wifi gratis para todo el mundo, independientemente de la categoría del billete. En la revista de a bordo, un anuncio a página completa anima a los pasajeros a compartir en directo su experiencia de viaje utilizando la etiqueta #LondresSidney: como se entere de lo de la avería, se subirá por las paredes.

Echo un vistazo a lo largo y ancho de la cabina, tratando de identificar a los periodistas. La primera, una mujer de rasgos angulosos que escribe una columna en el *Daily Mail*, guarda tanto parecido con la foto que acompaña su firma que casi no me hace falta comprobar su nombre en la lista de pasajeros, pero lo hago de todas formas, para ir sobre seguro. Alice Davanti es su nombre de pluma; en sus documentos de viaje aparece como Alice Smith. Será su apellido de casada, tal vez, o a lo mejor Davanti es un seudónimo escogido para darle glamour al asunto.

Tardo un poco más en localizar al segundo periodista: no reconozco ni su nombre ni de cara, y sin Google estoy perdida. Recorro los pasillos arriba y abajo, ojeo las pantallas de los portátiles y las páginas de los libros. Me doy cuenta de que el hombre de las gafas redondas ha metido la carta de vinos en una libreta, y la segunda vez que paso junto a él está utilizando una cámara profesional, y no un móvil, para hacerse una de esas fotos tipiquísimas donde aparecen unos pies en alto y la película que se está viendo. De la vieja escuela. Repaso la lista: Derek Trespass. Pese a sus amarguras con el wifi, parece como en casa.

Vuelvo a palpar el autoinyector, sintiéndome a un tiempo

cerca de Sophia y a miles de kilómetros de ella. Pienso en la nota que le dejé en la almohada y me pregunto si ya la habrá encontrado. Me encantaría mensajearme con ella. En la cabina de control tienen un móvil Sky, así como la radio VHF que utilizan los pilotos para intercambiar información con los controladores cada media hora y cada vez que entramos en el espacio aéreo de un país o salimos de él. No es inaudito que se envíen y se reciban mensajes personales a través de esos canales (he estado en vuelos donde se han anunciado partos y, cuando hay Mundial, se celebran todos los goles de Inglaterra), pero esto no es ninguna emergencia.

—Estoy pensando en pintar las paredes de gris; una la forraré de papel color rosa palo, para que destaque. ¿Qué te parece? —Carmel me está describiendo una por una todas las habitaciones del apartamento que se ha comprado con su novio.

—Suena precioso.

—Me gustaría poner un sofá rosa de terciopelo, de esos suavecitos, pero me pregunto si con la pared no habrá ya demasiado rosa. ¿A ti qué te parece?

—Igual sí. —Vuelvo a mirar el reloj. El tiempo se ha ralentizado, y estoy deseando que termine mi turno para subir a las literas y taparme con la cortina. Quizá para entonces ya funcione el wifi y pueda enviar un mensaje a casa.

Una figura menuda entra con sigilo en la galera: es Finley, demasiado tímido, quizá, para pulsar el botón de llamada.

—Hola, cariño —le digo—. ¿Querías algo de comer?

Me enseña los auriculares.

—Por favor, ¿podría…?

—¿Otra vez? Pero ¿qué les haces?

Carmel se hace cargo y deshace los nudos con las uñas, de manicura francesa.

—A los míos les pasa lo mismo cada dos por tres. Los enrollo perfectamente y, luego, cuando los quiero usar, parecen espaguetis.

Se oye un grito en la cabina y se va levantando un tumulto a ambos lados del pasillo. Oigo que alguien chilla: «¡Ayuda, ayuda!», y me da un vuelco el corazón. Seguro que es esa mujer de clase turista, que estará otra vez causando problemas en el bar.

Sin embargo, justo cuando estoy a punto de ir a ver qué ocurre, Erik entra corriendo en la galera, con la cara, normalmente inexpresiva, enrojecida.

—¿Qué ha pasado?

No me contesta. Se acerca el interfono y habla con una firmeza y una serenidad que encubren su agitación.

—Si hay algún doctor a bordo, que se dirija a la parte delantera del avión, por favor.

—¿Hay algún pasajero enfermo? —pregunta Carmel, y doy por sentado que Erik le soltará un moco por constatar lo que parece una puñetera evidencia, pero se queda mirándola, y advierto que está temblando.

—No, enfermo no —dice—. Muerto.

10

Ocupante del asiento 6J

Me llamo Ali Fazil y ojalá no hubiera puesto un pie en este avión.

La tripulación corre por los pasillos. Se respira el pánico en el aire: la gente pide ayuda a gritos y se levanta de la butaca para ver qué ha pasado.

La verdad, me consuela saber que no soy el único que está aterrorizado.

Todo este tiempo he tenido que quedarme aquí sentado, taquicárdico perdido y con las manos sudadas, viendo como todos a mi alrededor ignoran el peligro que corremos. Tiene que haber personas inteligentes entre ellos: gente que lea artículos, gente que conozca los hechos; ¿cómo es que no están tan asustados como yo?

Ya sé lo que estás pensando: te estás preguntando por qué me he subido a un vuelo de veinte horas cuando a mí volar me afecta de esta manera. Pero algunos trabajos requieren subirse a un avión, y no queda otra.

Me imagino escribiendo al jefe para decirle «la verdad, volar me pone de los nervios y la idea de pasarme tantas horas en el aire me está quitando el sueño...».

Lo de volar ya habría dado lo mismo: habría prescindido de mí.

Mi hermana me dijo que tendría que haber renunciado,

que no era sano someterse a las órdenes de alguien de esa manera, pero ella no está lo bastante informada para comprenderlo. Existe una jerarquía, por supuesto, como en cualquier organización, pero aquí todos tiramos del carro. Somos como una familia.

He intentado superarlo. He probado la hipnoterapia, la reflexología, la terapia cognitivo-conductual. Irónico para un psicólogo, ¿verdad? Sin embargo, haga lo que haga, da lo mismo: los datos siempre tienen la última palabra.

¿Sabes cuántas personas han muerto en accidentes de avión desde 1970? 83.772. ¿No te da pánico? ¿No hace que te lo pienses dos veces antes de embarcar?

Las razones son diversas. En ocasiones es algo tan simple como quedarse sin combustible. A los conductores de coches les pasa constantemente, ¿no? Nadie se queda sin gasolina a propósito, pero a veces ocurre algo —tienes que tomar un desvío o te quedas atrapado en un atasco— y de golpe te encuentras con que el coche va frenando hasta detenerse del todo, mientras el indicador del combustible parpadea. Es un fastidio (a lo mejor te toca quedarte horas parado en el arcén o tienes que andar varios kilómetros para rellenar un bidón que al menos te dé para llegar hasta una gasolinera), pero no te morirás por quedarte sin combustible.

A menos que estés en un avión.

Porque a los aviones también se les acaba, ¿lo sabías? A veces porque los obligan a desviarse o el mal tiempo les impide aterrizar o alguien ha hecho mal los cálculos, porque ¿sabías que son los pilotos quienes calculan cuánto carburante se necesita, que eso no lo hace una máquina? ¿Lo sabías? Piensa en cuántas veces has hecho mal un cálculo porque estabas cansado o habías discutido con tu pareja o por un millón de cosas más. Basta con que se equivoquen en la operación y...

No puedes aminorar la marcha y desviarte hacia el arcén en un avión. No hay luces de emergencia ni el vehículo se detiene en seco cuando el motor deja de funcionar. No hay forma de ir a pie hasta la gasolinera. Lo único que hay son trescientas toneladas de metal cayendo desde el cielo...

Con nosotros dentro, como lemmings, precipitándonos hacia nuestra muerte.

A veces se debe un parabrisas roto: el piloto se ve succionado por el exterior directamente de su asiento. Podría tratarse de un incendio: algún imbécil que ha ido a fumar al lavabo y ha metido la colilla entre las toallas de mano. El humo nos engulle poco a poco hasta que no sabemos si preferimos morir asfixiados o quemados.

Y a veces, por supuesto... a veces es deliberado.

La gente está ahí sentada, comiendo, bebiendo y fingiendo que es completamente normal estar suspendidos en el aire, que no hay ninguna posibilidad en absoluto de caer desde el cielo. Nadie se lee las instrucciones de seguridad, nadie mira el vídeo informativo.

Yo sí, por supuesto.

Me he enterado de dónde están las salidas. Nada más entrar, he contado las filas de asientos; así, si se apagasen las luces, sabría dirigirme a tientas hasta una de las puertas. He comprobado que mi chaleco salvavidas estuviera debajo del asiento y, de haber sido posible, habría tirado de la máscara de oxígeno para asegurarme de que funciona.

Quiero estar preparado.

Más del noventa y cinco por ciento de los pasajeros sobreviven a los accidentes de avión, aunque eso incluye los accidentes que tienen lugar en la pista, así que esas estadísticas no son fiables. Dudo que sobreviva el noventa y cinco por ciento de la gente si un Boeing 777 cae en picado al mar o se estrella contra una montaña. Dudo que el noventa y cinco por ciento de la gente sobreviva a un incendio si está encerrada en un avión.

Todo el mundo se levanta del asiento, así que yo hago lo

mismo, y se me hace un nudo en la garganta: hay un hombre en el suelo. Han pedido un médico y la mujer que ha salido lo está examinando, pero él no se mueve, y la cara...

Aparto la vista. Vuelvo a contar las filas que hay hasta la salida, compruebo otra vez que el chaleco salvavidas esté en su sitio, saco la lámina con las instrucciones de seguridad y me la leo del derecho y del revés. Tendría que haber hecho caso a mi hermana.

Yo pensaba que moriríamos todos de golpe, con una explosión espantosa aunque misericordiosamente breve que desperdigaría pedazos de avión y de cuerpos humanos en un radio de varios kilómetros, pero puede que me haya equivocado. Puede que muramos uno a uno.

Puede que ese hombre sea solo el primero.

11

19.00
Adam

—¡Sophia!

La nieve mitiga la crudeza del aire nocturno y el silencio responde a mi grito de terror. Corro por el jardín, dejo atrás el muñeco de nieve inacabado y sacudo la puerta del cobertizo; una capa de nieve cubre todavía el candado. Meto la cabeza por el hueco estrecho que hay entre el cobertizo y la valla, y grito el nombre de mi hija, aunque la nieve acumulada en el interior permanece imperturbable. La valla mide algo más de metro ochenta: es imposible que mi hija haya trepado por ella, pero aun así me subo a una sillita de jardín inestable para echar un vistazo por encima.

—¡Sophia!

Un día, cuando la niña tenía dieciocho meses, Mina y yo estábamos con ella en una piscina de bolas y nos dimos cuenta de que había una mujer tan pendiente de nosotros que hasta resultaba incómodo. Cuando comenzó a acercarse poco a poco, yo ya la había reconocido de aquel álbum de fotos que habían elaborado los de Servicios Sociales: era la abuela biológica de Sophia. No llegaba a los cincuenta años, y llevaba consigo a su hijo menor, nacido el mismo año que nuestra hija. No hizo nada, pero resultó perturbador: un recordatorio de las medidas de seguridad que la gran mayoría de las familias ni siquiera han de tener en cuenta al colgar fotos en Instagram y compartir su ubicación en Facebook.

Pasamos una temporada paranoicos. No salíamos a ningún sitio sin tomar todas las precauciones imaginables: ni siquiera dejábamos a Sophia sola en el coche en el momento de cerrar con llave la puerta de la calle, aunque la casa estuviera a tan solo unos metros. Cuando fue transcurriendo el tiempo y la familia biológica de Sophia siguió sin hacer ningún intento de retomar el contacto, nos relajamos un poco y le dimos a nuestra hija la independencia que ansiaba.

Pero ahora las cosas son distintas.

El riesgo es mayor; las consecuencias, peores, y no hay nadie a quien pueda llamar para pedir ayuda. Ni a los Servicios Sociales ni a la policía. Todo esto me lo he buscado yo solito.

—¡Sophia!

Me agarro a la parte de arriba de la valla: la madera astillada se me clava en los dedos mientras llamo a mi hija a gritos en dirección al parque silencioso. Me llega el resplandor sulfúreo del alumbrado público que flanquea el camino, pero no percibo movimiento: solo sombras.

En primavera, cuando aún me aferraba a la falsa convicción de que no estaba haciendo nada malo, Sophia se escapó. La niña llevaba un rato en la cama; Mina y yo estábamos viendo la tele en el salón, y oímos sus pasos en las escaleras. Un segundo después, la puerta de la calle se cerró de golpe. Alcé la vista y advertí en la cara de Mina el mismo pavor que seguro que reflejaba la mía. Nos levantamos de un bote —yo descalzo, Mina en pantuflas— y nos dividimos: cada uno salió corriendo en una dirección distinta, llamando a Sophia a voces.

Veinte minutos más tarde, regresé a casa, trastocado por la preocupación. Sophia estaba en la mesa de la cocina, comiéndose una galleta con toda la tranquilidad del mundo. Le di un abrazo que enseguida me colmó de alivio y entonces noté que la niña se ponía rígida durante una milésima de segundo, como hace siempre.

—¿Dónde estabas? —le pregunté cuando el alivio fue dando paso a la ira.

—Aquí.

No se había marchado de casa. Había abierto la puerta y luego la había cerrado de golpe, y entonces se había escondido detrás del cortinón que corremos durante las frías noches de invierno. Nos había visto salir corriendo a la calle como locos y había oído el pánico en nuestras voces mientras la llamábamos.

—Quería ver si ibais a buscarme —añadió, y su tono de voz fue desapasionado, casi clínico, como si estuviera llevando a cabo un experimento científico.

—No es normal —dije más tarde, cuando Mina ya había comprobado que Sophia estaba definitivamente dormida y yo le había instalado un pestillo en la puerta, demasiado alto para que lo alcanzara.

—Vaya, qué bonito decir eso sobre nuestra hija.

—No estoy diciendo que ella no sea normal; lo que no es normal es su comportamiento. Necesita ayuda profesional: un seguimiento psicológico… Algo. No basta con que le encasqueten una serie de etiquetas y nos envíen a todos a casa con unos folletos informativos. Es que… por Dios, Mina, no sé cuántas situaciones más como esta voy a soportar.

—¿Y eso qué significa?

Ni yo mismo lo sabía.

—¿Vas a abandonarnos?

—¡No!

—¿O a lo mejor quieres que la devolvamos? —Me escupió las palabras, pero aquello no fue lo peor de la noche. Lo peor fue que, en el silencio que siguió, Mina se percató de que yo ya llevaba un tiempo dando vueltas a esa idea.

—Por supuesto que no —contesté, demasiado tarde para que contase.

Irrumpo en la cocina; Becca sigue sentada en la encimera.

—Sophia no está fuera.

—Estaba fuera hace un segundo. —La canguro se queda boquiabierta y mira alrededor como si pudiera equivocarme, como si Sophia estuviera ahí mismo, a mi lado—. No hace ni un minuto que he entrado. —Se desliza hasta el suelo y deja el teléfono en la encimera, que repiquetea cada vez que vibra el móvil.

—¿En qué quedamos, Becca? ¿Un segundo o un minuto? —No me interesa su respuesta. Vuelvo a llamar a Sophia, intentando encontrar un punto medio entre «Ven aquí ahora mismo» y «No estoy enfadado»—. ¿Es posible que haya entrado sin que te dieras cuenta?

Becca se ha ido acercado a la puerta trasera y está llamando a Sophia una y otra vez, con la voz enronquecida por el miedo.

—No lo sé. Es posible.

Busco por toda la casa, entrando de golpe en modo policía y avanzando sistemáticamente de una habitación a la otra. Dejando pisadas de nieve por todas partes, miro primero en el baño, luego en el armario de la ropa blanca y luego abro la puerta del húmedo sótano que hay debajo de la cocina, aunque sé que Sophia no llega a alcanzar la llave. Tampoco está ahí, y cuando salgo de nuevo al jardín veo algo que antes he pasado por alto: al pie de la valla hay un tablón suelto que se aguantaba con un tiesto del revés; el tiesto ha desaparecido, y el lugar que ocupaba está limpio de nieve. Me agacho y levanto el tablón, y al hacerlo destapo un agujero lo bastante grande para que pase un niño a gatas. En la madera se ha quedado enganchado un trozo de lana roja.

Detrás de mí, Becca rompe a llorar.

—¿Y si le pasa algo?

Ella también es una cría, pero eso no hace que se me pase el enfado. Le pagamos para que vigile a Sophia, joder, no para que juegue al *Candy Crush* ni para que se mensajee con chicos. En mi cabeza van desfilando las peores hipótesis a toda velocidad; cada una de ellas se corresponde con un hecho real, lo cual empeora aún más las cosas: asesinato, abuso sexual, trata de menores... En casos como esos se basa mi vida laboral.

—Al parque —digo—. Ya.

Mientras Becca se va corriendo por el camino más largo —vuelve a atravesar la casa, sale por la puerta de la calle y dobla la esquina trasera para llegar a la entrada del parque—, yo me subo de nuevo a la sillita y me aúpo para impulsarme por encima de la valla; aterrizo al otro lado con una sacudida tan fuerte que me entrechocan los dientes. La nieve que hay al otro lado del tablón está pisoteada: Sophia debe haber salido gateando por allí. Donde han retirado la nieve y la han amontonado a un lado se ven trozos despejados de hierba; más adelante, hay un rastro desdibujado de huellas diminutas, casi cubierto ya por la nieve que sigue cayendo. A poca distancia de la valla, medio enterrado, está Elefante. Noto una opresión en el pecho.

—¡Sophia!

Nunca la habría repudiado. Nunca iba en serio, no del todo. Nunca me imaginé de verdad llamando a los Servicios Sociales para decirles que no aguantábamos más, que ya no queríamos seguir siendo los padres de Sophia. Fue una reacción, eso es todo, al hecho de que se escondiera y se peleara y se negara a que la abrazase; surgió de la envidia, supongo, hacia todos los padres con hijos fáciles de entender.

—¡Sophia! —grito más fuerte aún, incapaz de ocultar el pánico de mi voz mientras corro hacia el centro del parque.

Si esto fuera una carrera, estaría controlando el ritmo, consciente de la distancia que me queda por delante, pero ahora ni lo sé ni me importa: correré la noche entera con tal de encontrar a mi hija.

Ya es de noche: el parque solo lo iluminan alguna que otra farola y un tenue halo amarillo procedente de la urbanización que hay al otro lado. Con la linterna del móvil, voy siguiendo las huellas y me pregunto cuánto tiempo voy a esperar a llamar al teléfono de emergencias. Enviarán un helicóptero en cuestión de minutos, sobrevolarán el bosque y comprobarán si en el lago...

Doy un traspié: he tropezado con la raíz de un árbol. Respiro de forma entrecortada pese a que apenas habré corrido cien metros, y el miedo hace que empiecen a flaquearme los brazos y las piernas.

—¡Sophia! —Becca me alcanza al fin, con toda la cara manchada de rímel—. En la entrada no hay nadie, ni rastro.

Baja la vista al suelo, advierte las pisadas que ha ido borrando a su paso y se tapa la boca con las manos; el eco de un gemido agudo hiende el silencio. Su histeria me arranca a mí de la mía.

—Ve a mirar donde los toboganes y los columpios. Yo busco en los árboles. —Pienso en el lago, con su islita poblada por patos, en las preguntas constantes de Sophia: «¿Cuántos hay? ¿Cómo se llaman? ¿Cómo saben cuándo es la hora de irse a la cama?».

Entonces oigo algo que atraviesa el frío aire de la noche.

—Chisss... —Cojo a Becca del brazo y se traga los sollozos de inmediato.

Otra vez.

Esa risa.

—¡Sophia!

Corremos hacia el sonido. El corazón me late al ritmo de los pasos de mis botas. Pienso en el día en que Katya se fue, en la cara llena de lágrimas de Sophia, fruto del miedo y la decepción causados por mis actos.

Sophia está al otro lado de una pequeña arboleda; veo que arroja una bola de nieve a un grupo de adolescentes. Uno de ellos se agacha, coge un puñado de nieve, hace otra bola con ella y la tira sin mucha fuerza contra el brazo de Sophia.

—¡Dejadla en paz! —rujo.

No parece que le hayan hecho daño, pero se me cierran los puños. Más de cerca, veo que no son ni adolescentes: rondarán los once años, doce como mucho. El grupo lo forman tres niños aparentemente avergonzados y una niña que me mira con expresión desafiante. ¿Haciéndole el trabajo sucio a alguien? Me aproximo despacio a ellos y no me detengo hasta que estoy lo bastante cerca para que se den cuenta de con quién se las ven.

—¿Quién os envía? ¿Quién os ha dicho que os la llevarais?

El chico más alto tuerce la boca.

—¿De qué coño hablas?

—¿Qué hacéis aquí?

—Esto es un sitio público. Tenemos el mismo derecho que tú a estar aquí.

—No si es con mi hija.

Sophia tiene la cabeza gacha. Le levanto la barbilla para verle la cara: sabe que se ha metido en un lío y se aparta de mí de golpe.

—¿Cómo sabemos que es tu hija? —suelta la chica. Lo dice medio riendo, pero los demás aprovechan para cebarse.

—No parece que le caigas muy bien.

—Sí, a lo mejor la estás secuestrando.

—¡Pederasta!

—Sophia, nos vamos a casa. —La cojo de la mano, pero se me suelta con violencia. «Por favor, Sophia, ahora no».

—¡No quiere irse contigo!

—¡Secuestrador!

—¡Pederasta!

Le enseño a Elefante y ella aplasta la cara contra su pelaje húmedo. Saco el estuche donde llevo la placa y lo abro de un manotazo.

—Soy el sargento Holbrook, y esta es mi hija. Ahora iros a tomar por culo.

Se van a tomar por culo, en efecto, corriendo hacia la urbanización, y sueltan un tímido «¡Gilipollas!» cuando ya están a una distancia prudencial, fuera de mi alcance.

Miro a mi hija mientras el corazón me retumba en el pecho y trato de alcanzar un nivel mínimo de calma para no asustarla.

—¿Por qué lo has hecho?

—La nieve es mejor aquí.

—Me has asustado. Pensaba que se te habían llevado. —Se me saltan las lágrimas. Me dejo caer de rodillas; la nieve, al momento, comienza a empaparme los pantalones. Abro los brazos—. Ven aquí, cariño.

Cuando Sophia era aún muy pequeña, los hijos de nuestros amigos luchaban contra la angustia de la separación; nosotros, con lo contrario. Cuando dejábamos a Sophia en la guardería, sus amigos lloraban; cuando íbamos a un parque infantil, se aferraban a sus padres en lugar de marcharse a explorar los túneles y la piscina de bolas.

—Tiene mucha seguridad en sí misma —decían los adultos, admirando la forma en que Sophia se alejaba al trote sin preocuparse lo más mínimo—. Después de todo lo que ha vivido, uno pensaría que nunca querría despegarse de vosotros.

Ahora sé mucho más acerca del trastorno de vinculación. Sé que es muy común entre los niños adoptados, en especial entre aquellos que pasaron por una familia de acogida antes de encontrar a la definitiva. Conozco los síntomas (en el caso de Sophia, el rechazo a las manifestaciones de afecto y las muestras de cariño inapropiadas hacia algunos desconocidos) y sé cuál es la mejor forma de afrontarlo. Mi hija no tiene la culpa: solo es víctima de sus circunstancias. Sé que es así.

Lo que no sé, y nunca he sabido, es cómo dejar de sufrir por ello.

Está claro que lo que yo sienta debería dar igual. Es Sophia quien necesita ayuda, y con razón: cualquier hija abandonada por su madre merece ser el centro de atención. Yo debería tener la capacidad de sobreponerme a las adversidades, de sonreír después de ir a achucharla y que ella me dé la espalda, y decir: «Seguiré estando aquí si cambias de idea».

La teoría es muy fácil.

Intenta aplicarla con una niña a la que hayas criado, a la que hayas querido como tu hija desde el instante en que la viste. Inténtalo y dime si no te rompe el corazón.

Sophia me mira a los ojos y, sin apartarlos, tiende la mano a Becca, quien vacila un segundo antes de darle la suya. Se me forma un nudo en la garganta y tengo la sensación de que me voy a asfixiar.

—Hummm... —comienza Becca, removiendo nerviosamente la nieve con las botas.

—¡Venga! ¡Volved a casa!

Me levanto del suelo y, cuando ya se han ido, me siento en la oscuridad de ese parque nevado y rompo a sollozar.

Media hora más tarde, Sophia y yo nos estamos comiendo la lasaña que ha dejado Mina. La niña le quita los trozos de pimiento rojo y los deja en un rincón del plato. Becca se ha comido una ensalada y tres tostadas; su hamburguesa había quedado carbonizada. He cerrado con llave la puerta de atrás y he echado el pestillo a la de la calle, por si Sophia intenta marcharse otra vez por ahí. Miro a Becca.

—Deberías irte a casa.

—No pasa nada, no pensaba salir esta noche.

—No puedo... —No sé cómo terminar la frase sin inspirarle desprecio (o lástima). Mina ha dejado el dinero de Becca en un sobre, pero las horas extras no tengo con qué pagárselas—. No he podido pasar por el cajero.

Se produce una pausa cortísima.

—No pasa nada. Me quedaré un rato más. Así te ayudo a preparar a Sophia para acostarse.

Me pregunto cuánto sabrá Becca de lo que está ocurriendo entre Mina y yo. ¿Le habrá dicho mi mujer que no confía en mí, que no cree que esté capacitado para cuidar de mi propia hija? ¿Le habrá pedido que se quede hasta que Sophia esté acostada?

Quizá no haya sido Mina. Puede que fuera Katya la que le dijo que yo no era de fiar. Ellas dos se conocían, pero ¿serían amigas? ¿Íntimas? ¿Le confesaría Katya algo a Becca, aunque yo le rogase discreción? La paranoia me recorre como un picor que no llego a rascarme.

—¿Podemos comer galletas de avena? —pregunta Sophia—. Están ahí. —Señala una cajita de hojalata que hay junto al hervidor; la cojo, le quito la tapa y la dejo encima de la mesa—. Las he hecho yo.

—¡Uy, qué espabilada! —exclama Becca, y coge una galleta—. A mí también me gusta hacer dulces. ¿Sabes que puedes ir a recolectar ingredientes gratis a la naturaleza? Yo he hecho galletitas de agujas de pino, y también puedes echarles dientes de león. Hay muchas webs sobre el tema.

—Qué rara eres. —Sophia me mira, aburrida por una conversación que no entiende—. Quiero volver a ver a mamá.

—Abro la aplicación de los vuelos y le paso el móvil por encima de la mesa—. Gracias, papá.

Me dirige una sonrisa enorme, una sonrisa preciosa que hace que le salgan hoyuelos en las mejillas y me impulsa a devolverle el gesto sin dudarlo un instante. Mi hija es un cúmulo de contradicciones, incapaz de comprender que cada vez que me niega un abrazo me está clavando un cuchillo en el corazón.

«Pues claro que no lo entiende —diría Mina—, «¡tiene cinco años! El adulto eres tú; tú eres el que tiene que mostrarse comprensivo con ella».

Sophia recorre con el dedo la línea descrita por la ruta que sigue el avión de Mina.

—A los pasajeros les dan primero la comida, luego la cena y después el desayuno —le explica a Becca—, y entremedio les dan cosas de picar y muchas cosas de beber. Les dan todo lo que quieran.

—¿Has ido alguna vez en avión?

—¡Muchísimas! He ido a Francia, a España y a América.

—Qué suerte. A mí, cuando tenía tu edad, me llevaban a un camping de caravanas una vez al año. No estuve en el extranjero hasta el año pasado, que cogí un ferry.

—Las caravanas también están bien —dice Sophia amablemente. Salta de la silla y se le sienta a Becca en el regazo.

La gente no entiende lo del trastorno de vinculación. Ellos ven a Sophia dando abrazos a granel e intentando hacer cosquillas al cartero y lo que ven es a una niña afectuosa, atenta, cariñosa. Y ella es todas esas cosas, pero con toda una carga de problemas que hacen que esas virtudes no siempre se canalicen de la manera correcta.

«Pues yo no le veo nada raro —dijo una vez mi madre después de haberle hecho de canguro durante unas horas—. Se me ha sentado en el regazo, le he contado cuentos... Es una cría encantadora».

A mi madre le dolería que le dijera que a Sophia le resulta más fácil entablar relaciones con personas que no le importan: el cartero, las canguros; sus abuelos, a quien solo ve una vez cada tantos meses... Con ellos se mostrará abierta porque no espera nada a cambio.

Pero ¿con nosotros? Nosotros somos los importantes. Amarnos significa salir herida, o al menos eso es lo que le indica su instinto.

Me pongo a recoger los platos.

—Todos esos viajes los hacemos gracias al trabajo de Mina: la acompañamos al aeropuerto y nos metemos en la lista de espera, por si les quedan sitios libres. A veces tenemos que acabar volviendo a casa. ¿Verdad que sí, Sophia?

—No me gusta cuando pasa eso.

—A mí tampoco.

Sophia empieza a hablarle a Becca de la capacidad de combustible de los Boeing 777, y la otra se ríe.

—Eres una sabihonda, ¿a que sí?

—También sé pilotar aviones.

—¿Ah, sí? —Becca lo dice como tomándoselo a broma, y Sophia pone cara de ofendida.

—Sí que sé. Díselo, papá.

—Organizaron unas jornadas familiares en el aeropuerto —explico—. Mina se la subió a un simulador de vuelo: es lo que usan los pilotos para las prácticas. Se les daba bastante bien, tanto a la madre como a la hija.

—De mayor seré piloto.

Me pregunto si en la comisaría podría celebrarse una jornada de puertas abiertas, si a Sophia le gustaría sentarse en un coche patrulla y probarse el uniforme.

—Mamá quería ser piloto. —Lleno el fregadero de agua caliente mientras recuerdo el día en que conocí a Mina: aquella foto que me enseñó donde salía con la ropa reglamentaria y una cara de pura felicidad.

Después de que me dejara plantado, hice un intento poco entusiasta de dar con su paradero. No la encontré en Facebook, así que me fui al aeródromo donde estaba la escuela de aviación. En la recepción, el vigilante de seguridad se negaba a buscarla por el nombre —decía que aquello iba contra las leyes de protección de datos—, pero cuando ya me iba oí que me llamaba.

—Mira en el White Hart, un bar que hay en la esquina. Casi todos los estudiantes van allí a tomar algo.

Esperé con una cerveza en la mano hasta que un grupo de aspirantes a piloto se abrió camino entre el gentío; estaban hablando sobre el parte meteorológico del día siguiente.

Mina había dejado el curso.

—Sufrió un ataque de pánico... la primera vez que cogía un avión. —Aquel antiguo compañero de Mina hacía un esfuerzo por contener el tono de mofa—. Por poco se estampan. Está acabada.

—Ah, ¿sí?

Me di la vuelta y vi a un hombre mayor que nosotros sentado en la barra, con una ceja arqueada en nuestra dirección. Me saludó inclinando la cabeza.

—Vic Myerbridge. Soy uno de los instructores. No hagas caso a Xavier; tiende a exagerar.

—O sea que ¿Mina no sufrió un ataque de pánico?

Vic me contestó con tacto.

—El avión no estuvo en peligro de estrellarse en ningún momento. Y oye, mucha gente acaba dejándolo: este curso es duro. Mina no es la primera que se da cuenta de que esto no es para ella y tampoco será la última. A veces las cosas no salen, y punto.

—Me imagino que no sabrá usted por dónde anda ahora.

—Lo siento. No sabría decirte.

Eso era todo, pues: me había dejado plantado y no había vuelta de hoja.

Tres meses después, vi que entraba en una tienda de la calle principal. Crucé corriendo la calzada, salvándome por poco de ser atropellado, solo para frenar en seco cuando llegué a la acera de enfrente. ¿En qué estaba pensando? ¿De verdad quería que me rechazaran de nuevo, solo que esta vez en persona?

Pero ¿y si lo único que pasaba era que había perdido mi número?

Aún estaba indeciso cuando salió Mina. Se había cortado el pelo: todos aquellos tirabuzones alucinantes habían desaparecido y se habían visto reemplazados por un corte demasiado al raso para rizarse: aquello le acentuaba las facciones y hacía que sus ojos pareciesen aún más grandes, y me dominó el mismo deseo arrebatador que cuando nos conocimos.

—¡Vaya! —dijo.

—Hola.

—No te llamé. Lo siento.

—No pasa nada.

—¿De verdad?

—Bueno...

Mina respiró hondo.

—Si te llamase ahora... o sea, no ahora mismo, obviamente, pero, si te llamase uno de estos días y te propusiera quedar... ¿sería demasiado tarde?

No había ni gota de despreocupación en la sonrisa bobalicona que me atravesó la cara.

—Genial. ¿Quieres que te dé mi...?

—Lo tengo.

—¿Todavía tienes mi teléfono?

—Todavía lo tengo.

Aquel viernes, después de unas cervezas y un guiso de curri, Mina se vino a mi casa y no se marchó hasta el lunes por la mañana.

No es una historia de amor convencional, supongo, pero es la nuestra.

—Si Mina quería ser piloto —dice ahora Becca—, ¿cómo es que trabaja de azafata?

—Cambió de opinión.

Traté de convencer a Mina para que retomara la formación de piloto, quizá recurriendo a la ayuda de un profesional para superar lo que fuese que le había provocado aquel ataque de ansiedad, pero ella no se dejó convencer. Tuvo un par de trabajos, aunque le costaba mucho concentrarse en ellos. Después de que muriera su madre, dijo que tenía que replantearse las cosas.

—La decepcioné —me contó— y a mi padre, también. Con todo el dinero que se gastaron en mis estudios, y ahora mi padre ni siquiera tiene aquella casa que tanto les gustaba. Solo querían que llegara lejos en la vida.

—No —repuse con dulzura—: querían que fueses feliz.

Y ella no lo era; no tanto, al menos, como cuando la conocí, cuando era toda alegría. Le sugerí, tanteándola, que empezara una carrera alternativa, una que seguiría permitiéndole hacer esos viajes que ansiaba, embarcarse en esos vuelos que la fascinaban. Al principio no estaba segura, pero entonces fue a una jornada de puertas abiertas, investigó un poco y al final se decidió.

—Aparte, el nombre oficial es auxiliar de vuelo, no azafata —corrijo a Becca al tiempo que le tiro un trapo de cocina.

Ella enarca las cejas.

—Vaya, cómo os gusta a los polis que se respeten los rangos. —Se ríe al tiempo que se seca las manos—. La auxiliar de vuelo Mina y el agente Adam: proteger y servir.

—Soy sargento, no agente —murmuro, pero Becca ya está hablando con Sophia.

—Venga, vamos a bañarte y a prepararte para acostarte, que así papá subirá a leerte un cuento.

—Quiero que me lo leas tú —oigo mientras suben al piso de arriba.

Se oye el ruido del grifo de la bañera. Me sirvo una copa de vino: la mitad me la bebo de un trago, hostigado por los recuerdos que acabo de evocar. Mina y yo tuvimos una segunda oportunidad de estar juntos, y ahora lo he mandado todo al traste.

Sophia, risueña, corretea en la planta de arriba, y sé que Becca está jugando a ser el monstruo de la bañera y que en breve, cuando la bañera esté llena, el monstruo de la bañera atrapará a Sophia y la convertirá también en monstruo, con su barba de jabón y sus cuernos de espuma. Es uno de sus juegos favoritos, superado tan solo por el de volar: Mina se estira con las piernas en alto y Sophia hace equilibrios encima de sus pies, con los brazos y las piernas extendidos cual paracaidista.

Suena el timbre de la puerta y voy a abrir con la copa de vino todavía en la mano. Entonces me detengo y noto que se me eriza el vello de la nuca: a veces, cuando ve mi coche afuera, Mo se presenta porque necesita que la ayude con algo, pero no a estas horas de la noche, no con el tiempo que hace. Dejo la copa en el alféizar de la ventana y descorro poco a poco el pestillo, no sin antes asegurarme de que Sophia esté a salvo en la planta de arriba.

He hecho bien en ser precavido. Quien ha llamado es un tipo como de metro ochenta de alto por metro ochenta de ancho. Lleva la cabeza completamente afeitada, reluciente: lo único que le ensombrece el rostro es un tatuaje verdoso que le rodea el cuello.

—¿Qué tal, Adam?

—¿Te conozco?

El hombre esboza una sonrisa despacio. Lleva un anorak negro, vaqueros y unas botas de cuero desgastadas en la parte delantera, por donde se entrevén dos punteras de acero rayadas.

—No. Pero yo a ti sí.

—Aún no lo tengo —contesto. Apoyo una mano en la puerta, pero él se me adelanta: viene directo y me empuja hacia el interior del recibidor, contra la pared. Mi copa se cae a un lado y desparrama el vino por el suelo. Levanto las manos con las palmas hacia delante—. Escúchame, colega…

—No soy tu colega. No me toques los cojones, Adam: solo estoy haciendo mi trabajo, igual que tú haces el tuyo. Tienes hasta medianoche, si no... —Deja la frase inacabada.

Me agarra del cuello con una mano recia y me inmoviliza contra la pared. Rápidamente, le propino un puñetazo en la barriga, pero entonces levanta el brazo derecho y me pega de lleno en la cara. Luego me suelta e intento golpearlo de nuevo, pero la sangre me resbala por la cara y él me pilla el brazo y me lo retuerce a la espalda antes de cogerme de la cabeza y estampármela contra la pared; una, dos, tres veces. Me deja caer al suelo y me quedo tirado sobre un costado, protegiéndome la cara con los brazos mientras intento patearlo con una pierna. Sin embargo, estoy acorralado y no puedo liberarme: el puntapié de una bota certera me corta la respiración, hasta el punto de que creo que me voy a desmayar. Me da otra patada, una más, y ya no me queda otra opción que encogerme, esconder la cabeza y esperar a que termine.

Parece prolongarse durante horas, aunque en realidad no habrán pasado más de un par de minutos. El hombre se detiene y siento cerca su presencia, de pie, jadeando.

—Esto es de parte del jefe.

Carraspea y, un segundo después, noto un salivazo espeso en la oreja. Se va y deja la puerta abierta de par en par, y a mí escupiendo sangre en la alfombra del recibidor.

12

Ocupante del asiento 17F

Me llamo George Fleet y soy pasajero del vuelo 79.

Cuando uno sale de tiendas y le entra hambre, va y se compra un sándwich, ¿verdad? O una hamburguesa. A lo mejor entra a comer en algún sitio, o tal vez se coge algo para llevar y se sienta en un banco o incluso se lo come de camino a otro lugar, ¿verdad?

Deja que te explique cómo es todo esto para mí.

Primero debo mentalizarme de lo que voy a hacer: ¿de verdad tengo que hacerlo? ¿Estoy lo bastante hambriento para someterme a ese proceso? Hostias, pues claro que lo estoy, si siempre tengo un hambre de mil demonios. Vale, pues tengo que comer algo. Estoy sudando solo de pensarlo, pero pienso hacerlo.

Me gustaría comerme una hamburguesa, pero ¿voy a someterme a eso, cuando las calorías están ahí mismo, escritas en la pared, al lado de cada foto? No. No pienso hacerlo. Un sándwich, pues; me pongo a la cola y empiezo a observar las bandejas con sándwiches de atún y de huevo con mayonesa que hay al otro lado de la vitrina.

¿Sabías que puede llegar a sentirse la mirada de la gente? ¿Nunca lo has experimentado? Qué suerte. Es como un ácido que te abrasa la nuca, antes incluso de llegar a oír los cuchicheos, las risitas crueles. Y, por supuesto, es aún peor en el momento de pedir. Uno vegetal con jamón, pienso; ese está bien: es sano.

—¿Quiere mayonesa?

Me rugen las tripas. Alguien se ríe. Niego con la cabeza.

—¿Mantequilla?

Normalmente también digo que no a eso: mejor tragar pan seco que tener que hacer frente a las burlas en voz alta. Pero hay veces en que… ¡A la mierda! Hay veces en que quiero comer lo mismo que todo el mundo; lo que tú comes, sin planteártelo siquiera.

—Sí —respondo—. Con mantequilla, perfecto. Gracias.

Alguien detrás de mí hace un ruido con la nariz. Comentan algo entre dientes. Paso la tarjeta, cojo el sándwich y lucho por salir de ahí antes de que el violento rubor que siento ya en el cuello se me suba a la cara y todos se enteren de que han conseguido herirme. Las he oído de todos los colores: «Gordito», «Mejor una ensalada, ¿no?», «¿No te han dicho que hay que hacer deporte?», «Oinc, oinc»…

Siempre he sido grande. Alto también y corpulento. Y, sí, gordo. A los trece años tenía más tetas que las chicas. El día que comenzaban los exámenes finales del instituto, entré en el vestíbulo de la escuela y me encontré con que habían hecho llevar un montón de sillas con una mesita incorporada en uno de los brazos: solo había un huequito para sentarse. Creí que iba a vomitar. Miré al señor Thomas, rogándole en silencio que se diera cuenta de que no había forma humana de que cupiese en una de esas sillas, que estaban hechas para canijos, pero él se limitó a echar un vistazo a su portapapeles y marcarme como presente en la lista.

Todavía tengo pesadillas con ese día, ¿sabes? Me despierto sudando en la oscuridad porque durante un segundo he vuelto a estar allí, oyendo como retumba la risa de un centenar de críos en el gimnasio; sintiendo una humillación tremenda mientras el resto de los alumnos se sentaban y yo me quedaba ahí parado, esperando a que me trajeran una mesa y una silla especiales.

No llegué a inscribirme en los estudios preuniversitarios.

En fin... comprar un sándwich, decía. Igual me lo llevo al parque y camino hasta dar con un banquito al que no hayan añadido esos reposabrazos que les ponen. Son para que la gente no se tumbe encima, pero arréglatelas tú para meter ahí las nalgas cuando los pantalones de chándal que llevas han sido confeccionados a medida por una tienda online de ropa para «chicos grandes». Porque ¿y sentarse en el césped, quitarse las zapatillas con un par de patadas y disfrutar del tentempié bajo el sol? Si yo hago eso, luego no puedo levantarme sin la ayuda de algún tipo de maquinaria pesada.

Cuando ya he encontrado un sitio donde sentarme, lejos de la mirada penetrante y prejuiciosa de esas personas que creen que los gorditos no deberían comer nada, el sándwich ya ha perdido toda la gracia. Aun así, comer hay que comer, ¿no? Con quitarte quinientas calorías al día es suficiente para perder peso, se supone, pero bueno: en mi caso, aun así, seguiría necesitando bastante más de tres mil al día.

Lo curioso es que tampoco salgo mucho a comer fuera. Todos los momentos vergonzosos que he pasado en pubs me han enseñado que no se averigua la resistencia de una silla con solo mirarla; además, tampoco puedo quedarme de pie mucho tiempo, por los dolores de cadera. Irónico, la verdad: yo me veía dedicándome a hacer monólogos de pie ante un micro.

Soy divertido, ¿sabes? Tal vez ahora no, así en frío, pero puedo serlo. ¿No dicen que para lidiar con las desgracias no hay nada como reírse de uno mismo? Lo de reír por no llorar y todo eso.

Pues bueno, en el avión, cuando me he dado cuenta de que el cinturón de seguridad no me cerraba, le he hecho una broma al que se sentaba a mi izquierda: «Soy tu airbag; ¡creo que me he inflado antes de tiempo!».

Él ha forzado una sonrisa, a pesar de que me sobresalía medio culo por debajo del reposabrazos de su asiento. Me he preguntado si seguiría haciéndole gracia después de cinco o diez horas de tener que sentarse torcido. He visto la cara que ha puesto cuando me acercaba, con paso fatigado, hasta la butaca vacía que había junto a la suya: «Me cago en diez... ¿Por qué ha tenido que tocarme este al lado?».

Me habían dado un asiento de pasillo, gracias a Dios, lo cual significaba que lo único que debía hacer era ponerme de costado cada vez que pasaba el carrito. Así que nada, supongo que tendré que quedarme despierto durante las próximas veinte horas. ¿Cómo es eso que dicen? ¿«No hay paz para los malvados»? Me habría venido bien el espacio extra de primera clase, pero dondequiera que vaya existe una jerarquía, y yo siempre he ocupado la última posición en ella.

Sabía que no iba a poder bajar la mesita plegable, así que ni siquiera lo he intentado, por mucho que implicara tener que decir que no cada vez que traían comida. Llevaba unas barritas energéticas en el bolsillo, para comérmelas en el lavabo (eso si es que podía entrar en él). Cuando el avión ha despegado, ya tenía tantas cosas de las que estar pendiente, tantas cosas en la cabeza...

Pero en Australia daré un cambio radical: adelgazaré, haré amigos, le daré un primer impulso a mi carrera de humorista... El vuelo 79 señala el final de un capítulo que no quiero volver a leer nunca y el comienzo de otro totalmente nuevo. Empiezo de cero.

Nunca había sido tan feliz.

13

A once horas de Sídney
Mina

El pasajero tiene la cara amarillenta y empapada en sudor. La doctora —una mujer de turista con una coleta impecable y unos pendientes de botón con forma de herradura—, levanta la vista del cuerpo y se queda en cuclillas.

—Lo siento.

A mi lado, Carmel emite un sonido que está entre un jadeo y un sollozo. La rodeo con el brazo, tanto para tranquilizarme a mí misma como para consolarla a ella, porque de repente noto como que mis piernas no me pertenecen. La noticia viaja por la cabina en un susurro atónito, y los pasajeros que se habían levantado de sus asientos para observar con descaro la escena vuelven a hundirse en ellos poco a poco. Veo que Alice Davanti alarga el cuello en la otra punta del pasillo. Se da cuenta de que la estoy mirando y vuelve a sentarse, guardándose un móvil en el bolsillo. ¿En serio estaba haciendo una foto?

—¿Qué cree que ha pasado? —Soy incapaz de apartar la vista del cadáver que tengo delante, de esos ojos inmóviles e inexpresivos, de la pálida piel de ese pecho descubierto.

La doctora retira las palas del desfibrilador y le abotona la camisa con delicadeza.

—Algún tipo de ataque; es probable que un infarto.

—Ha dicho que no se encontraba muy bien.

Todo el mundo se da la vuelta: un hombre alto con gafas y una barba perfectamente recortada está de pie delante de su asiento. Lleva una sudadera de color gris y no para de tirarse de la manga, como si lo incomodara haberse convertido de pronto en el centro de atención.

—Antes, cuando hacíamos cola para el lavabo, se llevaba la mano al pecho. Ha dicho que era un poco de indigestión.

—Le estaba dando al oporto como si fuese agua.

En el otro extremo de la cabina, junto a la entrada del bar, está el futbolista Jamie Crawford, sin un ápice de la incomodidad del otro pasajero. No sabría decir en qué equipo jugaba aunque me fuera la vida en ello, pero, gracias a las revistas del corazón de la peluquería y a mi extraordinaria memoria para los datos inútiles, lo que sé es que se retiró a los treinta y cuatro, tiene una casa en Cheshire con nueve dormitorios y, milagrosamente, sigue con su esposa, Caroline, pese a haberse cepillado a más de una *girl band*. Van los dos en chándal: el de él es gris y el de ella, de color salmón, con la palabra AMOR destacada en brillantitos en el pecho.

—Y se ha metido dos pasteles de esos de nata —añade ella.

—Ya. Gracias. —De pronto siento el impulso de defender a ese pobre hombre tirado en el suelo, cuyas decisiones personales están siendo desmenuzadas por ese par de completos desconocidos—. A ver, escúchenme todos: ¿creen que podrían dejarnos un poco de espacio? —Jamie y Caroline regresan sin prisas al bar, y yo me dirijo a Carmel—: ¿Estás bien? —Ella asiente con la cabeza, insegura—. Avisaré a los pilotos.

Cruzo los escasos metros de pasillo que nos separan de la galera y cojo la lista de pasajeros: constato que el nombre del muerto es Roger Kirkwood. Me voy a la cabina de control, tecleo el código de acceso y espero unos segundos a que los pilotos comprueben las cámaras, las cuales les demostrarán que estoy sola. La puerta se desbloquea con un zumbido, y de repente me invaden todas esas emociones contradictorias que me asaltan siempre que entro en una cabina de pilotaje. El cuadro de mando se extiende no solo delante de los dos asientos, sino también entre ellos: monitores que indican altitud, velocidad, combustible, etcétera. En el techo, un gran despliegue de botones reduce aún más el escaso espacio disponible; solo la vasta y resplandeciente blancura del exterior evita que uno sienta claustrofobia.

Yo podría haber estado ahí sentada. A la derecha, como copiloto, o tal vez algún día en el asiento del comandante. Yo podría haber sido la que desfilara por el aeropuerto al frente de la tripulación, la que comunicara al equipo sus instrucciones al principio de cada vuelo. Yo habría dado la bienvenida a los pasajeros al llegar a su destino y habría salido a pasearme entre los asientos en pleno vuelo, como el chef de un restaurante con estrellas Michelin. Podría haber sentido bajo las manos, durante el despegue de un B777, esa extraordinaria explosión de energía.

Y sin embargo...

La manera en que me zumban los oídos me dice que estoy lejos de haberlo superado. Puedo mantenerlo a raya si respiro despacio, si aparto la vista de los controles, si me concentro en mi trabajo, pero el miedo sigue ahí.

Ben está bostezando con la boca tan abierta que se le ven las amígdalas; la cierra cuando le digo lo que acaba de pasar.

Louis estaba haciendo anotaciones en el plan de vuelo.

—Menuda cagada. —Levanta la vista hacia Ben—. ¿Qué quieres hacer?

—¿Ahora mismo? Ponerme cómodo, tomarme unas cervezas e irme a dormir a mi cama. Pero, dado que es imposible, me encantaría que este vuelo transcurriera sin contratiempos.

—Un poco tarde para eso.

Ben se vuelve hacia mí.

—¿El muerto iba en clase ejecutiva?

—Sí.

—¿Viajaba solo?

Asiento con la cabeza.

Ben tamborilea en el muslo.

—Déjalo.

—¿Estás seguro?

—Estamos entre la espada y la pared, ¿sí o no? Dindar se pondrá hecho un basilisco si se entera de que hemos abortado su preciado viaje inaugural. Asegúrate de que su butaca tiene puesta la mampara; luego lo sientas, lo tapas y bajas un pelín la calefacción.

Sonríe con malicia y yo me trago la bilis que me causa lo que está dando a entender con sus palabras. Todavía nos quedan más de diez horas para llegar a Sídney.

El protocolo para los pasajeros muertos es de esos apartados de los manuales de instrucción que uno se limita a ojear, dando por hecho que las probabilidades de necesitar esa información son más bien escasas. Pero los aviones son ciudades suspendidas en el aire y, en las ciudades, la gente vive y muere. El caballero del asiento 1J no será declarado difunto legalmente hasta que aterricemos y, hasta entonces, nosotros tenemos para con él la misma responsabilidad que para con el resto de los pasajeros: la de cuidarlo.

Roger Kirkwood pesa más de lo que parece humanamente posible. Carmel y yo lo cogemos cada una de una pierna, y Erik y Hassan lo levantan por los hombros. Juntos lo arrastramos hasta su butaca y lo aupamos para sentarlo. Carmel se esfuerza por no llorar.

—Yo lo tapo —digo—. Vosotros id a echar un ojo a los pasajeros, aseguraos de que estén todos bien. Algunos tienen pinta de necesitar un té con mucho azúcar, o un brandy incluso. A mí, desde luego, no me vendría mal. —En el suelo del pasillo hay una copa; se le ha caído al pasajero al desplomarse. El suelo está salpicado de una mancha color rojo sangre. Recojo la copa: queda una gota de líquido en el fondo, pero contiene algo más: un residuo arenoso, como cuando te desaparece una galleta dentro de una taza de té. La olisqueo, pero solo huelo a oporto.

Poco después de que empezase a trabajar para World Airlines, una mujer se quedó dormida en un vuelo de corta distancia a Barcelona y no se despertó. El avión iba lleno, y no había sitio al que trasladarla, por lo que se quedó donde estaba, con el cinturón abrochado y cogida de la mano de su hija, hasta que aterrizamos. Los desvíos de emergencia no son raros, sobre todo cuando aún cabe la posibilidad de salvar la vida a alguien, pero he oído historias sobre cadáveres tumbados a lo ancho de tres asientos, e incluso en el suelo de la galera. Una leyenda urbana que la gente se regodeaba en compartir cuando yo estaba en la academia de aviación hablaba de la desafortunada tripulación que guardó un cadáver en el lavabo solo para luego descubrir que había quedado atrapado dentro con el *rigor mortis*.

Me entra un escalofrío cuando le estiro las piernas al señor Kirkwood. Alguien —tal vez la doctora— le ha cerrado los ojos mientras yo hablaba con Ben y con Louis, pero aún tiene la boca abierta, con la lengua hinchada colgándole a un lado entre los labios azulados. Lleva una alianza: la carne hinchada del dedo se desborda alrededor y sujeta el oro en su sitio. Su pariente más cercano no recibirá ninguna notificación hasta que se declare oficialmente el fallecimiento; me pregunto si su esposa fue a decirle adiós al aeropuerto o si estará esperando en Sídney para darle la bienvenida a su hogar.

Kirkwood no había usado la manta, así que la saco del plástico y le cubro las piernas con ella; lleva la chaqueta hecha un higo, y se la pongo bien, como si las arrugas pudieran molestarlo. Le saco la cartera que lleva en el bolsillo izquierdo para guardarla a buen recaudo, en la galera. Es raro que tengamos ladrones a bordo, y no puedo ni imaginarme a nadie tan desalmado como para robar a un cadáver pero, aun así, la guardaré en un lugar seguro. Es una billetera negra de cuero, un artículo caro pero sencillo. Cuando la abro, cae una fotografía: una imagen impresa en casa, en papel barato.

Alargo una mano para recuperar el equilibrio, aunque el avión apenas se mueve. No puede ser. Es una coincidencia, eso es todo: una similitud que debería desestimar.

Pero no. Conozco esa cara como si fuese la mía.

Es una foto de Sophia.

14

Ocupante del asiento 1B

Me llamo Melanie Potts y estoy en el vuelo 79 para honrar el recuerdo de mi hermano.

Los auxiliares de vuelo han cubierto el cadáver con una manta. No sé qué me esperaba que hiciesen con él ni dónde me imaginaba que lo pondrían, pero distaba mucho de eso. La gente ha seguido comiendo y bebiendo, y viendo películas, con un muerto a apenas unos metros de distancia: surrealista, la verdad.

El único muerto que he visto, aparte de este, fue mi hermano. Yo no quería verlo, pero sí decirle adiós, y al final me alegré de haber ido. Es cierto eso que dicen de que el cuerpo de un fallecido, de algún modo, está vacío: solo es un recipiente para la persona que antes lo habitaba. Supongo que, si uno lo piensa así, no resulta tan extraño lo de dejar un cadáver en un asiento de primera clase.

Mi hermano fue asesinado por la policía. Puede que el expediente judicial diga otra cosa, pero os aseguro que fue lo que pasó. Fueron seis agentes (y todos ellos más grandes que mi hermanito): oyeron un acento, hicieron suposiciones, vieron lo que querían ver.

«Fue necesario usar medidas coercitivas —declaró uno en el juicio—, dado que el sujeto se estaba comportando de un modo cada vez más violento».

¿Tú no te pondrías violento si tuvieses a media docena de polis sentados encima? ¿No darías golpes, patadas y mordiscos para liberarte? Eso es lo único que hizo mi hermanito y lo aplastaron contra el suelo hasta que fue incapaz de respirar. Asfixia postural, lo llaman.

Yo lo llamo asesinato.

Se les llena la boca con lo de purgar a los polis corruptos, los violentos, los que guardan rencor a determinados grupos; cada tanto dejan a alguno con el culo al aire y se distancian del caso para poder decir que se lo ha buscado solito, que no ha tenido nada que ver con ellos. Pero a la que rascas un poco te encuentras con cientos de demandas por brutalidad policial, y miles por ofensas, racismo, sesgos, prejuicios... Tienen a la ley de su parte porque ellos son la ley; porque las logias masónicas están llenas de jueces y magistrados y gente poderosa, y basta un apretón de manos para borrar de un plumazo las molestias causadas por un chico de barrio que estaba en el lugar equivocado en el momento equivocado.

¿Y cómo me afectó a mí? Al principio perdí el norte. Luego me entraron ganas de suicidarme y me duraron tanto que se convirtieron en mi nueva normalidad. Te seré sincera: hubo días en que no podía levantarme de la cama o en que, si hacía un esfuerzo por salir a la calle, me encontraba con que mis pies me habían llevado hasta el puente de la autopista; lo cruzaba hasta la mitad mientras miraba los camiones que pasaban por debajo e iba pensando: «Venga, tírate. Acaba con todo».

Pero no lo hice. Porque entonces ellos habrían matado no a una, sino a dos personas, ¿y de qué habría servido? ¿Cuál habría sido mi legado, la marca que habría dejado en el mundo? Muerta sería tan intrascendente —tan invisible— como lo fue mi hermano en vida. O en los tribunales. Si algo he aprendido de lo que pasó, es que hay que aprovechar cada día al máximo.

Comencé a hacerme oír. Escribí a diputados del Parlamento y subí varios vídeos a YouTube. Conocí a otras familias cuyos seres queridos habían sido asesinados por la policía o funcionarios de prisiones o enfermeras negligentes en hospitales dirigidos por directivos poderosísimos a los que solo les importaban los balances finales. Hablé por todos nosotros.

Me llegaron invitaciones de todo el país: de grupos de presión e institutos de la mujer; escuelas y organizaciones humanitarias querían aprender de mí y ofrecerme su ayuda. Me llegaron también de las autoridades: desde cuerpos policiales hasta ayuntamientos ávidos de demostrar su competencia en materia de integración social. Me tragué la rabia todo el tiempo que hizo falta para transmitir mi mensaje y aceptar los cheques, los cuales me permitían celebrar luego charlas gratuitas en otros lugares.

Me pagaban para que fuese a hablar al extranjero. Tres años después de la muerte de mi hermano, desembarqué en Washington de un vuelo en primera y tuve que luchar por contener las lágrimas: mi voz estaba sirviendo para algo; su sacrificio estaba sirviendo para algo, gracias a mí. Y agradecí mucho, muchísimo, no haber llegado a tirarme desde lo alto del puente de la autopista.

Tenía más cosas que ofrecer al mundo si seguía viva.

15

20.30
Adam

Becca pega un grito desde la escalera; el pitido de mis oídos distorsiona sus palabras. Trato de contestarle con otro grito, pero tengo la boca llena de sangre y me dan arcadas cuando se me mete en la garganta. Me duele cuando respiro y siento un leve dolor en la base de la columna y en el estómago.

—¿Adam? ¿Estás bien? ¿Quién era ese?

Consigo incorporarme a cuatro patas, y gateo hasta la puerta de la calle. Nadie pasa por nuestro camino a menos que venga expresamente a uno de los adosados, pero no puedo arriesgarme a que la gente haga preguntas.

«Tienes hasta medianoche».

Suelto un quejido de dolor. Dios mío, ¿qué voy a hacer?

—¿Estás bien? He oído la pelea, pero Sophia estaba en la bañera y... Ay, Dios mío, ¿te han hecho mucho daño? —Becca ha bajado hasta donde dobla la esquina de las escaleras. Se queda boquiabierta—. Pero ¿qué coño...?

—¿Dónde... está... Sophia? —El dolor se intensifica con cada palabra y las náuseas crecen en mi interior.

—Sigue en la bañera.

—No... la dejes... sola.

—Pero...

—¡Arriba!

Mientras Becca sube corriendo las escaleras, una segunda arcada me provoca un dolor penetrante en las costillas. Me arrastro hasta la puerta de la calle, vomito delante de casa y vuelvo a cerrarla. Trato de respirar de la forma más superficial posible —a la mínima que inspiro demasiado hondo o demasiado rápido, el dolor hace que me dé vueltas la cabeza— y, poco a poco, me voy poniendo de rodillas; luego, me levanto del suelo y cierro la puerta con llave. Un trozo de cristal me atraviesa el calcetín y me corta en el pie, pero apenas percibo el dolor. Oigo que el agua de la bañera baja por el desagüe de la planta de arriba y me voy al lavabo de abajo a limpiarme antes de que me vea Sophia.

Un ojo se me ha cerrado del todo: la piel que lo rodea está amoratada, hinchada y con algunos cortes. La sangre que me cubre casi toda la cara y gran parte de la camisa solo me brota, por suerte, de la nariz, cuyo tamaño es ahora el doble del habitual. Lleno la pila y me lavo la cara en ella, haciendo muecas de dolor mientras el agua se tiñe de rosa.

—¿Adam? ¿Estás bien?

Respondo con un impreciso «ajá» y echo un vistazo a mi reflejo: sin la sangre, es un poco menos aterrador. Me quito la camisa y la pongo en la pila, dejando al descubierto una camiseta interior lo bastante oscura como para ocultar casi todas las manchas.

—Ay, Dios.

—No, sigo siendo Adam —replico con sequedad—. Aunque más que Dios tendrías que llamarme Jesucristo, porque parece que acaben de crucificarme.

Becca no se ríe. Está a los pies de la escalera; Sophia, unos peldaños más arriba, me mira horrorizada desde los barrotes de la barandilla.

—Estoy bien, cariño.

—No lo parece —dice Becca.

—Tendrías que haber visto cómo he dejado al otro —trato de sonreír y el dolor me sube por la mandíbula, así que dejo de intentarlo—: no se ha llevado ni un rasguño.

—¿Quién era?

No contesto, y me sigue hasta la cocina. Sophia se acerca con indecisión; tiene a Elefante colgado de una mano y lleva un pijama de Action Man y una bata de forro polar con estampado de unicornios. Becca le ha hecho una trenza, pero aún tiene el pelo mojado y el agua le chorrea por la bata. Cojo un trapo de cocina y lo utilizo para absorber el exceso de humedad, satisfecho de poder hacer algo que comporte que mi hija no pueda verme la cara.

—¿Te duele, papá?

—Un poquito.

—¿Quieres que llame a una *umbulancia*?

—No, no creo que…

—Sé cómo se hace, me ha enseñado mamá.

—No, no quiero que…

—Es el nueve, nueve, nueve.

—Hummm, ¿no crees que deberían echarte un vistazo? —dice Becca—. No tienes muy buen aspecto.

Termino de secarle el pelo a Sophia y abro el armarito donde guardamos el botiquín de primeros auxilios. Al alargar el brazo para cogerlo he de apretar los dientes para no gritar, pues me entra un dolor agudo que me hace ver puntitos negros flotando delante de los ojos. Noto como si las paredes de la habitación se me vinieran encima.

—Déjame a mí. Siéntate antes de que te caigas. —Becca me conduce hasta una silla.

Sophia me observa con los ojos como platos, de puro temor y curiosidad.

—Nada de ambulancias —digo con firmeza—. Si voy a un hospital, notificarán a la policía que se ha producido un delito.

—¿Y?

—Pues que tal vez no quiero meter a la policía en esto. —Hablo en voz baja; mi tono aparenta normalidad, pero mi cara le deja muy claro a Becca cómo me siento.

Me sostiene la mirada. Sus ojos reflejan curiosidad y puede que incluso sospecha.

—¿Y eso? A ver, a mí no es que los polis me caigan especialmente bien, pero son tus colegas, ¿no?

Me da un vaso de agua y un puñado de pastillas, que engullo de golpe. De pronto me noto exhausto, no solo por la paliza, sino también por el peso enorme de haber tenido que aguantar el tipo todos estos meses; por el estrés de mentir a Mina, a Sophia, a todos los del trabajo. Es como si la reunión de esta mañana con la inspectora Butler hubiera tenido lugar hace meses.

—La he cagado —suelto de repente.

En la lista de toda la gente a quien podría confesarme, una chica de diecisiete años no ocuparía el primer puesto, pero a veces es más fácil hablar con alguien ajeno al problema. Dirijo a Sophia una mirada cargada de intención.

Becca reacciona enseguida.

—¿Quieres que te ponga *La Patrulla Canina*? —Tiende la mano a mi hija y se la lleva al comedor.

Instantes después oigo la música del programa, que ya me resulta familiar. Becca vuelve a entrar en la cocina y se cruza de brazos.

—El tío que te ha pegado era el novio de Katya, ¿a que sí?

Me pilla tan desprevenido que no soy capaz de contestar.

Becca sonríe con picardía.

—¿Pensabas que no sabía que te estabas tirando a la *au pair*? Me lo dijo una madre una vez que fui a recoger a Sophia al colegio: quería que lo supiese por si lo intentabas conmigo. —Ha adoptado un tono áspero, como si cualquier forma de respeto que me hubiera demostrado hasta ahora hubiera sido mera fachada.

—¿Intentarlo contigo? Yo jamás...

Se ríe.

—¡No tendrías ninguna posibilidad!

—Ay, madre...

Me froto la cara, olvidándome del estado en que me encuentro; el dolor que siento entonces me sirve como grata distracción del hecho de saber que los padres de los amigos de Sophia me consideran un depredador sexual.

—Un clásico, ¿eh? —Becca ahora parece mayor de diecisiete años; me pregunto cómo habrá llegado a adquirir esa actitud de hastío hacia los hombres. ¿De verdad somos tan malos?—. El viejo que se acuesta con...

—¿Viejo?

—... con la *au pair* ucraniana.

—¡Por el amor de Dios, Becca! ¡Yo no tenía ninguna aventura con Katya!

De pronto se hace un silencio que solo se ve roto por la interpretación musical de Ryder y sus colegas caninos. Por la expresión de Becca, está claro que no me cree.

—¿Cómo es que se largó, entonces? Tal y como me lo contó Mina, es obvio que pensaba que tú tenías la culpa. —Se levanta y se sirve una copa de vino, como si estuviera en su casa; como si fuera una adulta, no una cría.

—Aún eres muy joven para...

—¿Quieres una?

Llena otra copa sin esperar mi respuesta. Hay cierta autoconciencia en su desfachatez, en su resolución, como si estuviera interpretando un papel. Me asalta la idea de que todo lo que ha dicho sobre mí intentándolo con ella también podría haber sido una actuación, de que esté probando a llevar las cosas hacia un desenlace determinado. ¿La habrá convencido Mina para que lo haga? La ocurrencia me parece absurda tan pronto como la concibo, pero ¿será esto una especie de trampa de seducción?

Me noto la piel pringosa. Cojo la copa que me ofrece Becca y le doy un sorbo para intentar quitarme el regusto a cal de los analgésicos y la sangre que se me ha quedado en la garganta. Tengo la nariz demasiado hinchada para respirar por ella.

—Yo no he tenido jamás una aventura con Katya —digo con firmeza, o al menos con toda la firmeza que me permite el mareo—. Yo no he tenido jamás una aventura. Pero sí que fue culpa mía que Katya se marchase. —Está apoyada en la encimera, con la cabeza inclinada hacia un lado—. El hombre de antes, u otro como él, amenazó a Katya. Sophia también estaba.

Tengo un flashback de repente de ese día de perros, cuando Katya y Sophia entraron corriendo en casa; ambas lloraban tanto que apenas podían hablar.

«¡Papá! ¡Papá!».

«¡Él dice que me hace daño! ¡Él dice que hace daño a Sophia!».

—Sophia no logró entender exactamente qué le dijo aquel hombre a Katya —le cuento ahora a Becca—, pero ver la reacción de ella la asustó lo suficiente para producirle pesadillas.

Me quedo mirando por la ventana: ya está anocheciendo y mi reflejo se superpone a las siluetas sombrías del jardín. Ha empezado a nevar más: livianos copitos blancos pasan flotando por delante de la ventana.

—No lo entiendo. ¿Por qué no quisiste contárselo a la policía? ¿Por qué dejaste que Mina pensara que le estabas siendo infiel cuando no habías hecho nada malo?

—Es que sí que lo había hecho. —Sigo contemplando al jardín a través de mi reflejo—. Debo dinero. Mucho dinero.

La suma es cada día más alta: números rojos, tarjetas de crédito —la que Mina conoce y otras cinco que no—, tarjetas de compra, pagos del coche, dinero que pido prestado a gente del trabajo porque «las cosas están algo complicadas desde que Mina me echó de casa»…

Y lo más gordo: las diez mil libras que recibí de aquel prestamista. Nuestros caminos se cruzaron por primera vez a raíz del trabajo, y por motivos nada buenos. Se las pedí para poder pagar el grueso de las deudas, y con unos intereses que entonces me daban igual, porque aquello solo era una solución a corto plazo y porque tenía un plan, me iba a salir todo bien…

Pero ya no podía parar.

—Tengo problemas con el juego.

Tres años, y es la primera vez que pronuncio esa frase o que la pienso siquiera. Me he dicho a mí mismo que tenía que bajar el ritmo, que solo jugaría a la lotería una vez por semana, que, cuando fuese a la tienda, solo compraría un rasca y gana en lugar de gastarme veinte libras en ellos. Me he detenido delante del canódromo tras dos días seguidos de apuestas y he tenido un momento de vacilación antes de entrar. Nunca lo he llamado por su nombre —adicción—, pero eso es lo que es. Y estoy a su merced.

—Aquellos diez mil se acercan ya a los veinte mil —le explico a Becca, aunque si se hubiera ido de la cocina creo que habría seguido hablando igualmente. Lo estoy sacando todo: todas las mentiras, toda la vergüenza—. Mandaron a aquel tío para meterme el miedo en el cuerpo amenazando a Katya y a Sophia. Le rogué a Katya que no le contara nada a Mina. Semanas después alguien se acercó a casa cuando Katya estaba sola y volvió a amenazarla. Ella se marchó al día siguiente, y fue entonces cuando mi mujer me acusó de acostarme con ella.

—Tendrías que haber sido sincero con ella.

—¡Lo sé, ahora me doy cuenta! Pero entonces pensaba que me las arreglaría. Solo con que diera un pelotazo en alguna partida ya tendría para saldar todas las deudas y entonces…

—La voz se me va apagando ante mi propio patetismo. «Cuando tengas un problema…», se oye en el comedor, «¡solo tienes que avisarlos!».

—¿Y no puedes decirle nada a la policía porque recibiste dinero de un prestamista ilegal?

—No puedo decir nada porque llevo tres años escondiendo un trastorno de ludopatía. —Me acerco la botella de vino y lleno hasta arriba las copas—. No puedo decir nada porque estoy hasta las cejas de deudas no declaradas, lo cual es una infracción disciplinaria grave. —Becca deja la copa en la mesa, sin tocarla siquiera, y yo me bebo la mitad de la mía de un trago. No es la mejor idea después de haberme tomado un cóctel de calmantes, pero ya me da todo igual—. No puedo decir nada porque me arriesgo a perder el trabajo si se enteran.

Becca se cruza de brazos. Está tratando, sin éxito, de contener su regocijo, y me pregunto si es mi desgracia en sí lo que la hace disfrutar o el simple hecho de ser la única que está al corriente.

—Estás de mierda hasta el cuello, ¿eh?

—Gracias.

—Y entonces ¿cuál es el plan?

Apuro el vino. Doy la espalda a Becca, aprieto las palmas de las manos contra el escurridero y me inclino hacia delante, como si estuviera a punto de hacer una flexión, mientras noto el bombeo de la sangre en el rostro amoratado.

—No tengo ni puta idea.

16

Ocupante del asiento 40C

Me llamo Elle Sykes y subirme al vuelo 79 fue la manera definitiva de mandar a la mierda a mis padres.

En los exámenes finales del instituto, me presenté a catorce asignaturas: todas las que suelen elegirse, más otras complementarias: Matemáticas Avanzadas, Biología, Latín, Chino y Cultura General. «Mi pequeña genio», me llamaba mi madre, aunque aquel año había pegado el estirón y le veía la coronilla cuando la abrazaba.

«Los profesores prevén que sacará sobresaliente en todo», contaba papá a la gente, y yo ponía los ojos en blanco y salía a hurtadillas de la habitación, huyendo de los discretos susurros de admiración que se producían a continuación.

La tensión me subía por el estómago como un ascensor, y tenía que beber unos tragos enormes de zumo de naranja para que bajara. A veces oía a mi padre, que seguía hablando («En las pruebas de acceso a la universidad escogerá Matemáticas, Matemáticas Avanzadas y Física, supongo»), y entonces al ascensor le daba igual cuánto pulsara yo los botones, que continuaba subiendo. «Sería una pena que dejara el chino; es la única que lo estudia en su promoción, ¿sabéis? Y, por supuesto, saber latín nunca está de más». El ascensor me llegaba a la garganta y tenía que apoyarme en el fregadero, boqueando como un pez que ha mordido el anzuelo.

Éramos seis en lo que la escuela llamaba el Grupo de Alumnos con Talentos y Altas Capacidades: cuatro chicos y dos chicas. Ellos, claro está, eran muy cerrados, por lo que se me hacía muy incómodo ignorar a Sally, que llevaba calcetines hasta la rodilla y mantenía una relación poco seria con el desodorante. No es que no me cayese bien; es solo que no teníamos nada en común aparte del don de sacar las mejores notas en todos los exámenes. Sally prefería pasar la hora de comer practicando cálculo, mientras que yo lo que quería era ir a fumarme un cigarro a escondidas con otros compañeros, que me perdonaban que fuese lista porque hacía aros de humo y sabía dónde conseguir hierba.

Y además, tampoco era tan lista. No tan lista como Sally. No era una de esas personas con un CI sobresaliente y una genialidad innata que entran en la universidad a los trece. Tenía buena memoria y agilidad mental, y me esforzaba mucho; cuanto más lo hacía, mejores eran mis resultados, y cuanto mejores resultados obtenía, más se esperaba de mí, y cuanto más se esperaba de mí, mejores resultados obtenía. Y así pasé los años, atrapada en aquella espiral interminable, hasta que los catorce sobresalientes que saqué aquel día no vinieron acompañados de euforia, ni siquiera de alivio, sino de una sensación de mareo en el estómago.

«Entrar en Cambridge será pan comido». Papá sonreía de oreja a oreja, en el coche, de camino a casa. Yo me recosté en el asiento, volví la cabeza y cerré los ojos: el paisaje del campo discurría en parpadeos de luz tamizada. Cambridge había rechazado a mi padre y la espinita que llevaba clavada desde entonces había adquirido el tamaño de un tronco de alcornoque. Mi plan, desde que tenía uso de razón, era estudiar Medicina allí; digo «mi plan», pero supongo que ya os imaginaréis que la idea no había sido mía. No es que me importara demasiado —de algo iba a tener que trabajar, decía yo, y no tenía ninguna objeción real contra el hecho de ser médica—, pero a veces me preguntaba qué pasaría si un día me daba la vuelta y decía: «¿Sabéis qué? Quiero estudiar para ser actriz» o «He decidido que a partir del año que viene quiero centrarme en la educación física». Lo cierto es que lo último me llamaba bastante la atención: Ciencias del Deporte en la Universidad de Loughborough.

El verano que pasó entre los exámenes y el día de los resultados, por cierto, no tuve vacaciones: tenía clases particulares todas las mañanas, con deberes para cada tarde. «Así, cuando llegue septiembre, comenzarás con buen pie». Mis padres no estaban precisamente forrados, y sabía que las clases suponían un gran sacrificio para ellos, pero mi resentimiento comenzaba a propagarse como un germen. Jamás me habían preguntado: «¿Quieres clases particulares?», «¿Quieres estudiar chino?», «¿Qué te parecería presentarte a seis asignaturas en lugar de tres?». Todo aquello se había ido dando por hecho. Y mis padres estaban que no cabían en sí de entusiasmo y de orgullo ante aquella nueva oportunidad que me habían granjeado.

—El profesor Franklin dice que puedes ir al instituto los sábados por la mañana —dijo papá aquel primer trimestre de otoño de mis estudios preuniversitarios—. Sally también. Os prepararán para las pruebas de aptitud.

El profesor Franklin era el director del instituto, un centro público que, pese a sus excelentes resultados, aún no había conseguido meter a ningún estudiante ni en Oxford ni en Cambridge, las universidades más prestigiosas del país.

—Genial.

Me pregunté si de hecho era posible fallecer de agotamiento mental, y si aquella presión que se me había generado en la cabeza como una tormenta eléctrica era real o psicosomática. Pensé en los dos años siguientes de estudio, en el verano antes de empezar la universidad, durante el cual, sin duda alguna, acabaría matriculada en clases de repaso para entrar preparada a la licenciatura. Me imaginé que me estallaba la tapa de los sesos en mil pedazos y que cada uno de ellos llevaba adherido un trocito de conocimiento.

师父领进门，修行在个.

$z^2 = x^2 + iy^2$.

A la mierda todo.

Ya no podía más.

—Me voy a tomar un año sabático.

Mis padres se miraron el uno al otro y luego me miraron a mí.

—No estoy muy segura de que sea buena idea —respondió mamá—. Cambridge es un sitio increíblemente competitivo. ¿No crees que podrían no cogerte si te ven poco comprometida?

—Quizá si es para adquirir alguna experiencia relevante... —Mi padre pensaba en voz alta—. ¿Un voluntariado en algún hospital de campaña, tal vez? Hablaré con...

—¡No! —Sonó más cortante de lo que pretendía. Cogí aire—. Quiero organizarlo yo sola. Quiero un año sabático normal: ir a albergues, viajar, conocer a gente nueva. Leer algo que no sean lecturas obligatorias. Quiero... —me horroricé al sentir cómo se me quebraba la voz— quiero ser normal.

Me dijeron que se lo pensarían, pero yo ya había tomado una decisión. Quería pasar un tiempo fuera de casa. Quería emborracharme, enrollarme con gente, drogarme, salir de fiesta... Quería hacer todo lo que mis compañeros de clase harían durante los dos años siguientes mientras mi madre esparcía aceites esenciales por mi habitación («Para ayudarte a consolidar lo aprendido mientras duermes»).

Haría los exámenes, y luego lo que quería era subirme a un avión y alejarme todo lo que pudiera de mis padres. Quería vivir la experiencia de toda una vida.

Quería vivir, simplemente vivir.

17

A diez horas de Sídney
Mina

Cuando Mike y Cesca bajan de la zona de descanso de los pilotos, ninguno de los dos tiene pinta de haber pasado seis horas en una litera estrecha, apretujados en la parte superior del morro del avión. Cesca va maquillada de forma impecable; lo único que delata su cansancio es una arruga diminuta en la mejilla. Carmel les sirve dos cafés.

—Gracias. —Mike Carrivick tiene el pelo canoso y unos ojos azules que se le arrugan un poco en las comisuras cuando me sonríe. En breves instantes, él y Cesca asumirán el control del avión y, durante las seis horas siguientes, dormirán los pilotos de relevo, Ben y Louis.

Mike da un sorbo al café y suelta un suspiro de satisfacción.

—¿Todo bien por aquí?

Se hace una pausa breve.

—No para el del 1J —responde Carmel en tono sombrío.

Dejo que informe a Mike y a Cesca y me alejo hacia la ventanilla, donde la oscuridad no refleja nada más que mi cara ceniciento. Estamos sobrevolando algún lugar de China; son las nueve de la noche (hora británica), y en Oriente todavía faltan horas para que amanezca. Aquí, en la cabina de pasaje, han bajado las luces: una invitación sutil a los pasajeros para que descansen. Echo una ojeada a la butaca 1J, cuya mampara de privacidad impide que se vea la figura de Roger Kirkwood, envuelta con la manta.

«¿Qué hacía ese hombre con una fotografía de mi hija?».

Se me hiela la sangre en las venas cuando en mi cabeza empiezan a aparecer bandas de prostitución infantil, traficantes de niños, pederastas... Pienso en la cara cérea de Kirkwood, en cómo le colgaba la lengua, y la bilis se me sube a la garganta.

¿Sería él también quien subió la epinefrina de Sophia a bordo? Había dado por sentado que quienquiera que la hubiese dejado ahí tenía intención de que la encontrara yo (una especie de broma macabra o Adam tratando de hacerme sentir culpable), pero ¿y si tienen esos inyectores por si Sophia los necesita?

Porque tienen pensado raptarla.

Apoyo la frente en la ventanilla. Cesca y Mike se encuentran ya en la cabina de control, donde Ben y Louis los están poniendo al tanto de cómo ha ido el trayecto hasta ahora. Necesito hablar de esto con alguien. Esperaré a que haya terminado el relevo, luego tengo que hacer algo. Debo enviarle un mensaje a Adam para asegurarme de que Sophia está bien.

La copa que sostenía Kirkwood cuando se ha caído sigue en la galera, apartada en un rincón. La cojo y la repaso por dentro con el dedo: el sedimento me mancha la piel. No es el poso de la bebida, como creía al principio, sino una especie de arenilla o una pastilla machacada.

«Un medicamento».

¿Se lo ha tomado a conciencia o se lo ha metido alguien en la copa?

Si Roger Kirkwood ha sido asesinado, todo este avión es el escenario de un crimen; cada pasajero, un sospechoso.

«Y cada miembro de la tripulación, también», añade una voz en mi cabeza.

Un pasajero pulsa el botón de llamada, pero me quedo inmóvil. Siento que me están mirando y, cuando levanto la vista, Erik tiene los ojos clavados en mí. Entonces los desvía de forma palmaria hacia el indicador luminoso de las llamadas.

—¿Puedes ir tú? —logro articular.

Kirkwood llevaba encima una fotografía de mi hija. Yo no tengo nada que ver con el asunto, no tengo nada que ver con su muerte, pero ¿opinará lo mismo el resto?

¿Opinará lo mismo la policía?

Pese a que Erik refunfuña de forma audible, da media vuelta y se marcha a ver qué quieren en la cabina. Envuelvo la copa de Kirkwood en un trapo y la guardo en el fondo de un armarito.

Cuando se abre la puerta de la cabina de control y aparecen Ben y Louis, siento que un rubor se me extiende por las mejillas y les doy la espalda; tendré toda la pinta de estar escondiendo algo.

—Cesca y Mike son majísimos, ¿verdad? —les dice Carmel a los dos pilotos de relevo—. Mike estuvo en el último vuelo de prueba, ¿lo sabíais? Consiguió convencer a Dindar para que lo dejara ir en el primero oficial. Por su currículum, supongo. —Les prepara algo de beber a Ben y a Louis para que se lo lleven al puesto de pilotaje, mientras ellos se pasean por la cabina de pasaje.

Cuando vuelven a llamar al botón, pillo a Carmel y a Erik intercambiando una mirada; entonces él se cruza de brazos y se apalanca contra la encimera.

—Ya voy yo —digo.

Él abre mucho los ojos, como si el hecho de que esté haciendo mi trabajo fuera una novedad, y la rabia comienza a crecer en mi interior. No tiene ni idea de por lo que estoy pasando. Primero el autoinyector, luego la fotografía: alguien está intentando volverme loca; ¿tan extraordinario es que tenga la cabeza en otras cosas que no sean servir cócteles a la maldita Alice Davanti?

Cuando regreso a la cabina, la cola de los lavabos llega hasta la galera. La repentina afluencia humana me pone los nervios de punta. Necesito espacio. Debo ser capaz de quitarme esta máscara de sonrisas y «cómo puedo ayudarles», y averiguar cómo actuar en relación con lo de Kirkwood, con lo de la foto de Sophia.

Porque ¿es Sophia la de la foto? Había tanto jaleo, y con la conmoción de haber perdido a un pasajero... He visto a una niña con trenzas oscuras, pero ¿no haría mi cerebro una asociación que sencillamente no existe?

«Llevaba el mismo uniforme escolar que ella».

—Hay más lavabos en la parte de atrás —les indico a los de la cola, procurando sin éxito que mi tono de voz no suene antipático.

El hombre de las gafas y la barba recortada levanta la mano una décima de segundo, como un niño que no sabe si pedir permiso para hablar.

—Hay uno bloqueado. Nos han dicho que vengamos aquí.

Hago una mueca. Me pregunto qué proporción de la investigación de Dindar se centró en calcular si los lavabos resistirían al pasaje completo.

Ben y Louis vuelven. No parece que tengan prisa para irse arriba: apoyados como si nada en la encimera de la galera, charlan con los pasajeros de la cola. Me sube el calor por dentro; tengo tanta tensión en la cabeza que podría reventarme el cráneo de un momento a otro. El otro periodista, Derek Trespass, sale del lavabo y se queda merodeando por allí; hace preguntas a Ben acerca de la altitud, la capacidad de carga máxima, la nubosidad... Yo lo único que necesito es que se marchen todos cinco minutos, nada más que unos minutos, para examinar la foto.

Podría ser otra niña, ¿no? Otra niña de cinco o seis años con el pelo oscuro y rizado, y un uniforme azul y blanco.

Por todas partes se oyen voces —hablando, riendo— y, de

fondo, el ruido blanco, grave e incesante, del propio avión. Me abro camino a empujones entre la multitud —consciente de pronto de lo cansada que estoy, de cuánto me duelen los pies y la cabeza—, y alguien se choca de cara conmigo y me derrama su copa en la manga.

—¡Oiga! ¡Que esto no es el bar!

Todos paran de hablar. Carmel me mira con los ojos como platos.

—Lo siento, es que... —Trago saliva y noto que empiezan a aflorar las lágrimas a mis ojos.

—Estamos dando una imagen un pelín caótica, ¿no? —Ben corta el silencio con una jovialidad profesional, disolviendo la tensión tan rápido como yo la he creado—. Venga, va, hagamos un poco de hueco y dejemos trabajar a la tripulación.

—Lo siento —le digo mientras los pasajeros se van apartando de la galera—. Estoy un poco...

—Te estás encargando de lo que de verdad importa. —Me guiña un ojo—. Prefiero mil veces tratar con aviones que con personas.

—Está un poco concurrido, eso es todo.

Si la de la foto no es Sophia, no pasa nada, ¿no? Me habré traído la epinefrina yo a bordo, sin darme cuenta. Lo del hombre que ha muerto... a ver, es horrible, pero no tiene nada que ver conmigo ni con Sophia; no si la niña de la fotografía no es ella.

Ben coge la bebida que le ha preparado Carmel.

—Nos llevamos esto ya y os dejamos trabajar. Gracias otra vez.

Y se esfuman. Sé que me he portado como una borde, pero no para de aumentarme la presión en la cabeza. Tengo que ver esa foto de nuevo como sea. Tengo que observarla con atención esta vez; comprobar que los rasgos de la niña son distintos, darme cuenta de lo ridículo que ha sido que le haya encontrado cualquier mínimo parecido con mi hija.

La cola del baño se va disipando lentamente. Alguien pulsa el botón de llamada y Carmel va a atender después de dedicarme una mirada fugaz; no he estado a la altura del grupo y empieza a notarse. Sola al fin, me saco la foto impresa del bolsillo y la aliso con la mano.

No es una foto muy buena. No es de esas para enmarcar o enviar a los abuelos; ni siquiera es del tipo de fotos espontáneas que uno guarda por los recuerdos que traen. Sophia —no hay duda de que es Sophia— está sentada en su clase, en el colegio. A su espalda hay una colección de mariposas pintadas a mano y unos planetas de papel maché flotan por encima de su cabeza. Al fondo, detrás de la puerta del aula, en el guardarropa, se intuye a unos niños quitándose los abrigos; por tanto, esta foto se la hicieron nada más entrar en clase.

¿La habrán impreso desde la web de la escuela? Trato de recordar si firmé alguna hoja de consentimiento (ni siquiera sé qué aspecto tiene la web), pero la foto sale algo movida en primer plano, lo cual la convertiría en una mala elección para cualquier plataforma promocional.

Pero no, no está movida: es un reflejo. Alguien ha sacado esta foto desde el otro lado de una ventana. Recorro con el dedo la imagen de mi hija —su cara, los rizos que le enmarcan la frente, las trenzas que le recogen el resto del pelo y dibujan dos líneas perfectas sobre sus hombros—, y el terror me hiela la sangre.

Una gomita roja y la otra azul.

La fotografía es de esta mañana.

De pronto el avión se inclina hacia la izquierda. Una botella de agua se desliza de una punta a otra de la encimera, se detiene durante una décima de segundo y luego vuelve a su sitio cuando viramos hacia la derecha. En la cabina la gente aguanta los vasos rectos, tratando de evitar que el líquido se vuelque cuando el avión cabecea hacia delante. Alice Davanti, que regresaba del lavabo, se ve lanzada de costado por uno de esos violentos bandazos. Se agarra primero al asiento más cercano y luego se va agarrando de uno en uno para regresar sin peligro hasta el suyo. Hago una llamada a la cabina de control.

—¿Todo correcto? Hay mucho bache aquí atrás. —Mientras hablo, la señal del cinturón de seguridad se ilumina con un ping, y Carmel y Erik recorren cada uno un pasillo, comprobando que todos los pasajeros lleven el suyo abrochado.

—Perdón por las molestias —dice Mike—. Viento cruzado. Hemos tenido que virar para retomar el rumbo. Tenemos para unos minutos, me temo. —La botella de agua que ha ido deslizándose de un lado al otro de la galera lleva a cabo su descenso final y va a parar al suelo, a mis pies. Oigo la orden de Cesca en estéreo (a través del interfono y de la megafonía): «Tripulación de cabina, por favor, ocupen sus asientos».

Nos abrochamos el cinturón y observo el cielo nocturno, de aspecto inofensivo, a través de la ventana. Hasta dentro de seis o siete horas no empezaremos a ver Australia y, sin embargo, ya estoy a ocho mil kilómetros de casa. Echo tanto de menos a Sophia que siento un dolor físico en el pecho, amor y culpabilidad unidos de forma tan estrecha que resulta imposible separarlos. No tendría que haberla abandonado. No tendría ni que estar aquí, para empezar.

Cierro los ojos con fuerza y me hago promesas mudas, sin sentido: «Si todo el mundo llega sano y salvo, no la dejaré sola nunca más, no volveré a volar...». Me asalta el pensamiento absurdo de que hay alguien que sabe lo que ocurrió en la escuela de aviación, que sobreviví cuando en realidad debería haber muerto. Que engañé al destino.

—Son solo turbulencias —me dice Erik desde el asiento plegable contiguo.

Me quito las manos de encima de las rodillas. Piensa que tengo miedo de que nos estrellemos, pero lo que me asusta es muchísimo peor que eso.

¿Por qué tendría Kirkwood una foto de Sophia?

¿Es posible que tuviese alguna conexión con su familia biológica? Hace años nos encontramos a su abuela materna en una piscina de bolas y todavía me acuerdo del miedo visceral que me asaltó cuando vi que observaba a Sophia. ¿Será que su familia la quiere de vuelta? En estos cinco años, jamás han tratado de contactarnos.

No puedo quitarme de la cabeza la idea de que esto es un castigo, el karma, por todas las veces que he lloriqueado a causa del comportamiento de mi hija, por todas las veces que he apretado los puños y he aullado mirando al techo: «¡No puedo más con esto!».

En una ocasión, me escribí una nota a mí misma. Habíamos pasado un día perfecto jugando en el parque —Adam, Sophia y yo— y lo habíamos redondeado tomándonos los tres un chocolate caliente en la mesa de la cocina con la bata puesta. Adam acostó a Sophia y yo saqué el móvil y redacté una nota, entre las listas de la compra y los miles de recordatorios de buscar a un electricista para que revisara la cocina de inducción.

«Quiero a mi hija», empezaba...

«La quiero por la forma en que ha memorizado todos los datos de los carteles informativos del zoo. La quiero porque tiene la seguridad suficiente para decirle a otra familia que "No es un chimpancé, es un mono araña; los chimpancés no tienen cola". La quiero porque quería darle a aquel niño otro helado cuando se le ha caído el suyo. La quiero por lo divertida que es, por lo lista que es y por las ganas que tiene de aprender cosas nuevas. Y sobre todo la quiero porque es nuestra hija y porque nosotros somos sus padres».

Tres días después, mientras Sophia me gritaba que me odiaba y que quería que me muriese, me encerré en el baño del piso de abajo y me puse a releer la nota una y otra vez.

«Quiero a mi hija, quiero a mi hija, quiero a mi hija».

¿Qué clase de madre necesita un recordatorio así?

Yo. Yo lo necesito. Porque intentar recordar que quieres a alguien que te está gritando que te odia, que acaba de arrojar al suelo la cena que con tanto amor le has preparado, es como intentar acordarte del verano cuando fuera estás a menos dos. Es como intentar imaginarte lo que es volver a tener hambre cuando estás gruñendo de satisfacción después de una comida de domingo. Son sensaciones transitorias, escurridizas, que se olvidan demasiado rápido; que se recuerdan de una forma abstracta, pero no se experimentan de verdad.

«Quiero a mi hija».

Ahora mismo no necesito esa nota. No necesito un recordatorio. Ni siquiera necesito visualizar la cara de mi hija o evocar un recuerdo. Lo que siento por Sophia fluye por cada una de las venas de mi cuerpo, por cada terminación nerviosa, hasta convertirse en una pasión devoradora: amor incondicional, ilimitado...

Y miedo.

Rebusco en mi memoria algún detalle que haya podido observar en la primera mitad del vuelo, pero no encuentro nada destacable: no hay indicio alguno de que Roger Kirkwood me prestara especial atención. De su cartera no he obtenido nada útil: una tarjeta platino de pasajero habitual de World Airlines, una fotografía —esta vez sí, bien impresa— de quienes podrían ser su mujer y sus hijos, ya mayores, y una tarjeta de visita que revela que trabajaba como director comercial para una empresa de refrescos.

En cuanto nos dejan levantarnos, caigo en la cuenta de algo: la fotografía de su mujer se hallaba guardada de forma meticulosa entre los billetes; la tarjeta de visita, entre la tarjeta de crédito y la tarjeta cliente. Pero la foto de Sophia, para ser exactos, no iba en ninguna ranura, sino por dentro de la cartera sin más. Me esfuerzo por visualizar la imagen del momento en que le he sacado la billetera del bolsillo de la chaqueta y pienso en que la foto, en lugar de ir metida con cuidado en uno de los pliegues interiores, estaba toda arrugada, como si la hubieran introducido ahí a toda prisa.

¿Podría ser que alguien le hubiera metido a Kirkwood la fotografía en el bolsillo sin que él lo supiera? ¿Y que luego lo mataran? ¿La persona que ha subido a bordo el inyector de Sophia y la fotografía será un asesino?

Me dirijo hacia el bar, ignorando el runrún de las quejas de Erik, que dice que me estoy escaqueando de mis obligaciones.

Finley levanta la mano cuando paso y debo hacer un esfuerzo para ocultar mi contrariedad.

—Estoy un poco ocupada ahora mismo; igual puede ayudarte tu madre. ¿Quieres que la despertemos? Además, quizá tenga hambre.

—Me ha dicho que no la despierte. Odia volar, así que se toma una pastilla que la hace dormir todo el camino.

—Qué suerte tiene tu madre —contesto apretando los dientes. Le cojo los auriculares, que están aún más enredados que antes—. Mira, en un segundo te lo deshago, ¿vale? —Finley se resiste a perderlos de vista—. Te los devolveré; te lo prometo. —Es demasiado educado para quejarse. Me meto de cualquier manera los auriculares en el bolsillo, con lo que sin duda logro que se líen todavía más.

Los asientos del bar están tapizados de azul marino con ribetes esmeralda, y los cientos de lucecitas del techo me hacen sentir dentro de una discoteca; lo único que falta es la música. Es solo cuando miras por las ventanillas cuando recuerdas que estás en un avión, que no hay nada entre tú y el suelo excepto varios kilómetros de aire.

—El muerto... —Trato de restarle ansiedad a mi voz al hablarle a Hassan—. ¿Tú has hablado con él?

—Le he servido alguna copa. Hablar... pues lo típico, ya me entiendes. —Me observa las manos y caigo en la cuenta de que estoy estrujando un montón de servilletas de papel hasta hacer una bola.

—¿Te ha dicho algo?

—¿Sobre qué?

Abro la boca, pero no me sale nada. «Sobre mi hija. Sobre si su bebida tenía sabor raro. Sobre si le habían metido una fotografía en el bolsillo». Hassan hace un gesto en dirección a Jamie Crawford y a su esposa, que están sentados en un rincón.

—Ha estado un rato hablando con esos dos.

Cruzo el pequeño espacio del bar.

—Perdón por interrumpir —les digo—. Me preguntaba si...

—Claro, hombre. —El exfutbolista sonríe con desgana, se levanta del asiento y me rodea los hombros con el brazo—. Caz nos la hace. ¿Dónde tienes el móvil, cariño?

—No, si yo no... —Respiro. Intento tranquilizarme—. No quería ninguna foto, solo quería hablar con ustedes de una cosa.

Él se encoge de hombros, como diciendo que yo me lo pierdo, y vuelve a sentarse.

—Usted ha dicho que el pasajero que ha muerto había bebido mucho oporto.

—Se ha tomado como cuatro en media hora.

—¿Han visto a alguien...? —Me corto en seco. Si les pregunto si han visto a alguien echándole algo en la bebida, en cuestión de minutos lo sabrá todo el avión. Nos veríamos forzados a aterrizar, y la policía quedaría al mando, y... Pienso en la foto de Sophia, en mis huellas dactilares, que están por toda la copa que he envuelto en un trapo y he escondido en el fondo de un armarito, y empiezo a sudar.

Caz se inclina hacia delante.

—¿De qué ha muerto?

«Envenenado».

Trago saliva.

—Hum… de un ataque al corazón, creo. Me preguntaba si ustedes han llegado a hablar con él.

—No se cuidan, y luego pasa lo que pasa. —El futbolista suspira, con la petulancia de quien tiene a un cocinero y un entrenador personal disponibles en marcación rápida.

—Pero sí que hemos hablado con él, ¿no, Jamie? —Su mujer le pone una mano en la rodilla; el dedo anular apenas se le ve, tapado por un diamante inmenso—. Era ese que iba un poco pedo y que no paraba de querer invitarte a un trago.

—¡Ah, sí! Yo ya se lo decía: «El bar es gratis pero, bueno, como tú veas».

—¿Lo han visto con alguien más?

—Había una pareja con un bebé y… —Caz contrae la cara— un tipo que ha dicho que era periodista, creo.

No sé qué me esperaba. ¿Que hubieran visto a alguien drogar a Kirkwood? Aun así, me siento frustrada. Doy las gracias a los Crawford, cruzo la cortina por donde se sale a la cabina trasera y busco con la mirada, entre los asientos, a la doctora que se ha ofrecido cuando Erik ha pedido ayuda.

Cuando me aproximo, alza la vista del libro con una expresión un tanto alarmada.

—No me diga que alguien más se encuentra mal.

—No, yo… solo quería darle de nuevo las gracias por su ayuda.

La doctora se ruboriza, sin duda incómoda con tanta atención.

—Solo siento haber llegado demasiado tarde.

La mujer que tiene sentada al lado está poniendo la oreja de manera descarada, pero yo sigo a lo mío.

—Los controladores aéreos están recogiendo algunos detalles para pasárselos a su pariente más cercano, y me preguntaba si usted podría darme algo más de información.

¿Qué le hace pensar que la causa de la muerte ha sido un infarto, por ejemplo?

—Lo que me han contado su compañero y el resto de los pasajeros concuerda con un diagnóstico de ataque cardiaco.

—¿No podría haber sido otra cosa?

—Me ha dicho que necesitaba a una doctora; no ha especificado que tuviera que ser patóloga. —Sonríe, y su tono de voz es engañosamente agradable, casi chistoso, pero la expresión de sus ojos es dura—. ¿Quiere que trate de hacerle una autopsia completa? Quizá podría tumbarlo en la barra del bar ese tan chulo que tienen y hurgar dentro de él con una cuchara para cócteles. —La mujer de al lado reprime un resoplido. La doctora la fulmina con la mirada y se vuelve de nuevo hacia mí, endulzando la expresión—: Podrían haber sido muchas cosas.

—¿Como por ejemplo...?

La doctora suspira.

—Mira... —echa un vistazo a mi placa identificativa—, Mina. He hecho lo que podido, que por desgracia no ha sido mucho, pero... —Hace un movimiento discreto aunque elocuente con el libro que lleva entre las manos; pillo la indirecta.

De camino a la galera, en las últimas filas de la clase ejecutiva, un pasajero me para chasqueando los dedos, sin apartar los ojos de su pantalla. Está jugando a algo: es uno de esos puzles absurdos de apilar piezas que va cobrando velocidad con cada nivel.

—Un café —dice.

Dejo que pasen unos segundos antes de contestar «Por supuesto», con la esperanza de sonsacarle un «por favor», pero no se da ni cuenta. En la galera, Erik y Carmel cortan de golpe su conversación y, mientras le preparó el café al pasajero, tengo la clara sensación de haber interrumpido algo.

Regreso a la cabina.

—Su café, caballero. —Sonrío mientras se lo sirvo y me

quedo plantada como si esperara una propina. Es un hombre alto y rubio, con la cara llena de aristas, como si se la hubieran tallado por partes y luego se la hubieran ensamblado—. De nada, para servirlo.

A él se le tensa la mandíbula.

—En serio —le digo mientras me alejo—, el placer es mío.

En la galera, vuelvo a pillar a Carmel y a Erik mirándose.

—¿Algún problema?

—No, nada —contesta Carmel.

Erik pega un bufido; lo fulmino con la mirada. Él no se amedrenta.

—¿Qué tal ese café? ¿Has sabido cómo hacerlo? Porque parece que no tienes mucha práctica.

—¿Cómo? —Me quedo demasiado atónita para construir una frase coherente.

—Lo hemos hecho todo Carmel y yo: preparar las comidas, las bebidas, limpiar los baños... ¡Tú no estás haciendo nada!

—Erik, no... Nos van a oír los pasajeros. —Carmel echa una ojeada nerviosa a la cabina.

—Lo siento. —Me aprieto con los dedos el puente de la nariz, sintiendo ese escozor que precede a las lágrimas—. Solo estoy muy cansada.

—Todos estamos...

Con un gesto violento, me meto la mano en el bolsillo, saco con cierta brusquedad la fotografía de Sophia y la sostengo con manos temblorosas, pero, antes de que pueda decir nada, Carmel ya me está dando un abrazo y estrujándome con fuerza.

—Ay, pobre... Debes de echarla mucho de menos. ¿Está con su papá? Seguro que se lo están pasando genial. Yo creo que apenas se dará cuenta de que te has ido; ya sabes cómo son. —Por encima del hombro de Carmel, veo que Erik pone los ojos en blanco y sale de la galera. Carmel me suelta, coge la fotografía y exclama «Oooh…» antes de doblarla con cuidado y guardármela otra vez en el bolsillo—. Qué bonito que la lleves así contigo a todas partes. Venga, te pongo un vaso de agua. —Sigue hablando sin parar, como si conversara con una niña pequeña—. ¿Es por la menopausia? Mi madre dice que las hormonas la traen por el camino de la amargura.

—¡Tengo treinta y cuatro años!

—¿Eso es que sí?

—No, Carmel, no es por la menopausia.

—Bueno, tú quédate aquí. Ya nos ocupamos nosotros de la cabina. Prepárate un té y verás qué bien.

Veo mi reflejo en la ventana, borroso e irregular, y me imagino a alguien junto a la escuela de Sophia, apuntando con la cámara al cristal de la ventana. La cabeza se me llena de una especie de ruido blanco, pero eso no basta para ahuyentar mis pensamientos.

«Yo no debería estar aquí».

Carmel y Erik están recogiendo la cabina, formando grandes pilas de bandejas llenas de vasos y servilletas usadas. Carmel va y viene a toda prisa; deja una de las bandejas a un lado, y me obligo a acercarme y voy separando los desperdicios y los cubiertos sucios. Erik trae una más, y Carmel otra, y yo voy separando la mantelería hasta que veo un sobre parcialmente escondido debajo de una servilleta. Es de color azul cielo, como el de una de esas cartas antiguas de correo aéreo, y lleva una sola palabra escrita en tinta azul marino.

«Mina».

—¿Qué es esto? —pregunto sacándolo con la mano.

Mis grandes esfuerzos por ayudarlos a recoger no han servido para amansar a Erik, que se queda mirándome fijamente.

—Es un sobre.

—A lo mejor es una propina —dice Carmel.

Erik ríe por la nariz.

—¿Como recompensa por qué?

—¿De quién? —replico con impaciencia.

Ambos se encogen de hombros. Carmel mira agobiada la pila de basura que han recogido de la cabina: podría haber sido cualquiera.

—¡Igual es una carta de amor! —dice—. Como sea del tío del 5F, me muero de envidia. ¡Está buenísimo!

—Si es una propina, tendrás que compartirla.

Las paredes del avión se cierran a mi alrededor como si fueran a aplastarme; noto que me falta aire en los pulmones y espacio en la caja torácica. Aparto a Carmel de un empujón y corro hacia el baño, echo el pestillo y me apoyo de espaldas contra la puerta mientras rasgo el sobre. Dentro hay una sola hoja de papel; trazada con la misma tinta azul, una caligrafía impecable surca de arriba abajo la página.

Leo la primera línea y se me viene el mundo encima.

«Las siguientes instrucciones pueden salvar la vida de su hija».

18

Ocupante del asiento 8C

Me llamo Peter Hopkins y soy pasajero del vuelo 79.

Casi desde el momento en que despegamos, la gente he empezado a quejarse de la falta de espacio para las piernas. La mujer que tengo al lado ha reclinado el asiento y lo único que ha conseguido fue que el tío de detrás se pusiera a darle paraditas en los riñones. Al parecer existe un protocolo a la hora de volar en turista: el asiento no se reclina hasta que han apagado las luces. ¿Quién lo hubiera dicho?

Yo creo que estas butacas son bastante cómodas, la verdad. Desde luego, he pasado la noche en sitios mucho peores: colchones mugrientos en casas okupas que olían a meado, cartones, entradas de tiendas que habían puesto rejas en los escaparates para evitar que se colara gente como yo... en salones de amigos y en sofás de personas a quienes apenas conocía pero que no podían decirme que no cuando me presentaba allí bajo una lluvia de mil demonios. Evidentemente las camas desplegables de primera clase estarían mucho mejor, pero al final uno aprende a conformarse con lo que le dan. De todas maneras, no tengo pensado dormir. Nunca hay que bajar la guardia: esa es otra lección que aprendes cuando has vivido en la calle.

Los que manejan el cotarro podrían poner fin a la indigencia en un pispás. ¿Te acuerdas de cuando se celebró aquella boda real en Windsor y durante cuarenta y ocho horas no hubo un solo vagabundo en la calle? Por supuesto, tan pronto como la parejita feliz cogió el avión hacia la luna de miel, volvieron a ponerlos a todos de patitas en la calle, pero el quid de la cuestión es el siguiente: tienen camas de sobra. Aquello lo demostró. El gobierno podría dar una renta básica a todo el mundo y asegurarnos un sitio donde vivir y una barriga llena, pero les va bien que sigamos en lo más bajo de la pirámide social: no estamos censados, por lo que nuestra opinión no cuenta; no pagamos impuestos, así que ¿por qué debería contar? Al final todo se reduce a mantenernos en nuestro sitio, a que continuemos siendo ciudadanos de segunda.

Necesitamos una revolución. Un alzamiento multitudinario, en el que marchemos hacia el Parlamento y derroquemos al gobierno. Nada de esas puñeteras peticiones que firman por internet los progres de clase media, que creen que con una transferencia bancaria y cuatro chasquidos de desaprobación ya han cumplido. Una revolución de verdad: acción directa, es lo único que funciona. Tender trampas a la poli en los callejones de Londres; untar de vaselina el parabrisas de los furgones antidisturbios y meterles patatas por el tubo de escape. Pequeños actos, grandes acciones. Como aquella vez que nos pasamos un año y medio erre que erre protestando por la masificación del albergue nocturno, y ellos no movían un puto dedo para resolverlo. Un pequeño incendio: no hizo falta más. Nadie salió herido, no hubo daños graves, pero aquel almacén que siempre decían que iban a remodelar se arregló en menos de una semana: doce camas extras y se acabó la masificación, así de fácil. Acción directa.

Por cierto, hablando de masificaciones: en este avión no podrían meter más butacas aunque quisieran. Para embarcar hemos hecho una cola larguísima que avanzaba muy despacio, como si nos guiaran en tropel hacia la cámara de gas.

Esquivando piernas y cargando la maleta al hombro para no dar a nadie con ella, hemos ido a acomodarnos a nuestros asientos. Entonces he pensado: «Espero que no haya un incendio». Está muy bien saber dónde quedan las salidas de emergencia y todo eso, pero las probabilidades de llegar hasta una son escasas, me imagino; antes acaba uno pisoteado. La gente te arañaría para poder pasar: sálvese quien pueda.

No me entiendas mal: como ya he dicho, he pasado la noche en sitios mucho peores, aunque, si uno lo piensa, resulta bastante raro prestarse a permanecer de forma voluntaria en un espacio de menos de un metro cuadrado durante veinte horas, y dentro de algo que, a fin de cuentas, es un peligro volante. Es como un camión de esos que se ven en la India, a reventar de vacas, gallinas y mujeres con sus bolsas de la compra repletas de cosas.

Y nadie se queja. Van todos ahí sentados, satisfechos con sus roñosos paquetitos de frutos secos y sus botellitas de vino, que los azafatos reparten con el criterio con el que los farmacéuticos dispensan metadona. ¡Porque viajan a Sídney! ¡Y están tan emocionados! ¡Tan felices! ¡Tan contentos! Me entra la risa.

Ya sé lo que estás pensando: piensas que seré el primero en protestar, ¿verdad?

Tengo fama, y con razón, de problemático, sí, pero también sé cuándo hay que evitar meterse en líos. Ahora tengo una corazonada. Un billete a Australia, mi primer pasaporte, la promesa de una cama donde dormir cuando finalmente tomemos tierra: un nuevo comienzo.

¿De qué iba a quejarme?

19

A nueve horas de Sídney
Mina

Las siguientes instrucciones pueden salvar la vida de su hija.

Dentro de una hora, pedirá a uno de los pilotos que salga de la cabina de control. Puede utilizar la excusa que desee, pero bajo ningún concepto hará saltar las alarmas. El baño adyacente a la cabina de control ya estará ocupado. Cuando no quede más que un piloto en la cabina, solicitará acceso a la misma y permitirá que entre el ocupante del lavabo. Luego cerrará la puerta.

Es lo único que le pido que haga, Mina. Si obedece, su hija vivirá.

Si no lo hace, morirá.

Se me resbala la carta de los dedos; me fallan las rodillas y caigo en el lavabo. Los accesorios de baño traquetean en el estante de encima del lavamanos, y ya no sé si el rugido que oigo es el avión o mis propias palpitaciones, que no dejan pausa entre un latido y otro.

Esto es un intento de secuestro aéreo. No hay otra explicación. Alguien quiere tomar el control de este avión y, si se lo permito, probablemente morirá todo el mundo. Si no lo hago...

Ni siquiera me atrevo a pensar en las palabras. Eso no

puede ocurrir. Mi hija tiene cinco años, tiene toda la vida por delante. No ha hecho nada para merecer esto.

«¿Y los pasajeros de este avión sí?».

A veces nos envían a cursos donde nos enseñan cómo afrontar amenazas a bordo. Existen palabras en clave, técnicas de defensa personal, sistemas para reducir a un oponente... Nos enseñan a permanecer alerta, a identificar posibles terroristas por sus gestos, por su apariencia, por su forma de comportarse.

En la clase todo parece muy fácil. Hay una pausa para comer y salimos a conversar al pasillo: «¿Te imaginas encontrarte de verdad con algo así?». Mientras tanto, uno se sirve una bandeja de ensalada, la otra se pide una Coca-Cola light y la tercera pregunta quién se quedará por ahí el fin de semana: «En el Prince Albert tienen noche de chicas: las mujeres entran gratis». Me acuerdo de los simulacros que hicimos entre varios; de cómo practicamos la negociación: «Conceded, pero nunca cedáis» es lo que nos dijeron que hiciésemos. Ojalá fuera todo tan simple.

Nunca pensé que sería de esta forma.

Yo me imaginaba un arma cargada, un cuchillo contra la garganta de algún compañero. Pensaba en gritos, amenazas, fanáticos religiosos en busca del martirio. Nosotros contra ellos. Movimientos rápidos, pensamientos veloces. He visto más de una peli de Hollywood donde salían hombres que apuntaban con su pistola a auxiliares de vuelo con brillo de labios, y me he preguntado cómo reaccionaría yo, cómo me sentiría. Imaginaba terror, pánico, descontrol.

Lo que nunca me había imaginado es que me sentiría tan sola.

Carmel golpea la puerta.

—¿Estás bien, Mina?

—Estoy bien. Salgo enseguida. —Las palabras me suenan tan falsas como las percibo.

Tiro de la cadena, abro el grifo y me quedo mirándome en el espejo, incapaz de hacer cuadrar el aspecto que tengo con la forma en que me siento. Soy la misma persona que era al principio del vuelo y, a la vez, otra completamente distinta. Pienso en aquel día nefasto de septiembre de 2001, cuando el mundo vio caer las Torres Gemelas; cuando vimos que morían miles de personas en Nueva York ante nuestros propios ojos.

Si alguien hubiera podido parar aquello, lo habría hecho sin pensárselo dos veces.

Yo lo habría hecho.

Y sin embargo...

«Si obedece, su hija vivirá. Si no lo hace, morirá».

Me alegro de que sea tan tarde. Si Sophia estuviera todavía en la escuela, o jugando con sus amigos, habría un millón de formas de que llegaran hasta ella. Pero ya son casi las diez de la noche en casa: mi hija ya estará arropada en la cama, con su padre en la planta de abajo viendo Netflix. Pese a todos sus defectos, Adam es un buen padre. Daría la vida antes de dejar que le pasara nada a Sophia; mi hija estará a salvo con él.

—¿Es por la carta? —pregunta Carmel cuando salgo del baño. Tiene la cara contraída en un gesto de preocupación.

—¿Carta? —El esfuerzo por aparentar desenfado por poco acaba conmigo—. ¡Ah! No, era alguien que se quejaba de lo del wifi. ¡Como si por escribir una carta fuera a solucionarse! No, es que creo que he pillado algún virus estomacal... tenía que ir corriendo al lavabo sí o sí.

Erik parece asqueado. Se aparta de nosotras y nos deja solas, lo cual significa que al menos ya hay un problema resuelto. Carmel parece haberse creído mi excusa a pies juntillas.

—Pobrecita. Mi madre siempre dice que la Coca-Cola normal va bien para cuando tienes la barriga delicada. ¿Quieres que te traiga una?

—Sí, gracias.

Sonríe de oreja a oreja, encantada de poder ayudar, y la veo revolver los armaritos en busca de lo que necesita. Tiene poco más de veinte años y está acaramelada perdida con ese novio suyo que trabaja en la City: no hay ni pizca de maldad en ella.

—Lo siento, Carmel. —Se me nublan los ojos y parpadeo para contener las lágrimas.

Ella se vuelve hacia mí, perpleja.

—No seas tonta, no es culpa tuya que estés malita. —Remueve mi bebida con energía, y las burbujas estallan al flotar hacia la superficie—. Esto te sentará bien.

La cojo, voy dando sorbos y diciendo «qué bien, está funcionando, gracias a Dios, ahora me encontraré mejor seguro», y entonces oímos otra llamada y ella pone los ojos en blanco y dice: «No hay paz para los malvados».

No hay paz para los malvados.

Echo una ojeada hacia la cabina de clase ejecutiva a través de la cortina. Paul Talbot me devuelve la mirada, con la esperanza de que le haga caso; su mujer se ha quedado dormida viendo una película y Lachlan, el bebé, está al fin tranquilo, totalmente despierto en brazos de su padre. Cruzo los pocos pasos que nos separan y fuerzo una sonrisa.

—Es demasiado si te pido que me aguantes al niño un segundo mientras voy al baño, ¿verdad? —pregunta Paul—. Cada vez que lo dejo en el carrito, se pone a llorar.

Me quedo mirándolos un instante, incapaz de asimilar que todo continúa con normalidad, que nadie sabe que su vida está en mis manos. Lachlan abre la boca, con ese gesto de los recién nacidos que no es una sonrisa, sino un eructo flojito, y la culpa me inunda el cuerpo como un líquido: Sophia tiene toda la vida por delante, pero también este bebé.

Trago saliva.

—Por supuesto. —Lachlan me acerca la cara al cuello y se me encoge el corazón.

El día que Adam y yo conocimos a Sophia estaba lloviendo. Llegamos a casa de la familia de acogida haciéndonos un lío con los paraguas y los abrigos. A mí los nervios me hacían hablar de más; a Adam, de menos.

—Sophia está por aquí.

Estaba tumbada en una alfombra de juegos, debajo de un móvil con figuritas de animales de granja. «Mi hija», pensé, preguntándome si algún día sería capaz de decir aquello sin sentirme como una farsante.

—Es preciosa. ¿A que es preciosa, Adam? Hola, Sophia, ¿a que eres preciosa? —Insté a mi marido a que dijera algo, preocupada por que la trabajadora social pudiera interpretar aquel silencio como falta de compromiso. Pero cuando la miré, la niña sonreía y entonces miró a Adam, que tenía los ojos llenos de lágrimas.

—Es perfecta —dijo.

Lachlan desprende ese olorcillo a galletas que tienen los recién nacidos, cálido y sedante. La mujer que se sienta al otro lado del pasillo observa al bebé (o a mí) con mala cara. Lleva el pelo largo y gris recogido en una coleta. Si tiene hijos, serán mayores; ya se habrá olvidado de lo que es viajar con un bebé.

La ansiedad me va formando un nudo en la garganta que alcanza el tamaño de una pelota de tenis, y me cuesta tragar saliva. Alguien del avión me está vigilando. Alguien ha escrito esa carta; alguien sabe exactamente cómo me siento ahora mismo y por qué.

Paso junto a Alice Davanti, quien escribe frenéticamente en un miniteclado, y junto a lady Barrow, que tiene los ojos cerrados y sigue con los dedos el compás de la música que está escuchando por los auriculares. Mis ojos se detienen en cada pasajero, mientras la paranoia me provoca un hormigueo en todas las terminaciones nerviosas y unas arañas invisibles me bajan por la columna y los brazos.

«¿Quién eres?».

Jamie Crawford y su mujer siguen en el bar. Se les han unido algunos pasajeros más, entre ellos Jason Poke, que está bebiendo champán y deleitando a su pequeña audiencia con anécdotas de sus rodajes.

—... el sentido del humor en el culo. ¡Y le pegó al cámara!

Todo el mundo se desternilla, y Lachlan da un respingo, echa la cabeza hacia atrás y se pone a llorar.

—¡Está claro que al hombrecillo no le haces mucha gracia, Jason!

¿Y si todo esto es un montaje? ¿Una bromita de Poke? Levanto la vista hacia el techo en busca de algún indicio de posibles cámaras ocultas. Lachlan me sigue la mirada y abre los ojos ante las lucecitas brillantes que hay dispersas aquí y allá. ¿Cuántas veces en su corta vida habrá visto el cielo nocturno? Se me cierra la garganta; en mi interior, el miedo crece y se expande como una marea. Nadie, ni siquiera Jason Poke, bromea acerca del terrorismo. No en un avión. Décadas atrás, tal vez, pero no ahora; no después de todas las atrocidades que han ocurrido.

Vuelven a estallar las carcajadas. El otro periodista, Derek Trespass, lleva una libreta en la mano. Tal vez haya ido al bar a trabajar o en busca de alguna historia. Ahora no hay ni rastro de esa supuesta dedicación; se limita a intentar meter con calzador sus propias batallitas entre las que va contando Poke.

—El diputado no ha cambiado nada: no tiene ningún sentido del humor. Me acuerdo de una entrevista, en 2014...

En la otra punta del bar, otros tres pasajeros están tomándose ya los cafés. Van picando de las tartas que hay en la barra y Hassan les saca platitos y servilletas dobladas. Pillo fragmentos de la conversación mientras me llevo a Lachlan de vuelta a la cabina de clase ejecutiva.

—Hacía años que queríamos ir a Sídney, pero a mí tantas

horas de viaje siempre me echaban para atrás. En el momento en que supe que podríamos ir sin hacer escalas, reservé billetes, ¿verdad que sí, amor?

—Es que esto ya es otra cosa, ¿eh? Aunque, ojo, hemos pagado el billete más caro.

—El primer vuelo a Sídney sin escalas: somos unos privilegiados. ¡Mañana saldremos en todos los periódicos!

De pronto se me aparece una imagen precisa de nuestro avión en las noticias, cayendo desde el cielo, envuelto en llamas. Corren los titulares al pie de la pantalla: «Vuelo 79 de World Airlines: no hay supervivientes».

«Y yo ni siquiera debería estar aquí».

Adam y yo siempre nos hemos cogido vacaciones la última semana antes de Navidad: compras de regalos de última hora, un paseíto por las casetas del mercado navideño, un pastelito caliente de fruta confitada, un vinito especiado (y quien dice uno dice tres). Es nuestra tradición: una época que siempre pasamos los dos juntos.

—Podríamos seguir haciéndolo. —Lo soltó como quien no quiere la cosa, pero le vi en los ojos lo mucho que deseaba que contestara que sí. Todavía era verano, y la conversación había surgido de la necesidad de Adam de decidir para cuándo reservarse las vacaciones—. A lo mejor es justo lo que necesitamos: un tiempo solos los dos.

—Me lo pensaré.

Las listas de la tripulación para el vuelo Londres-Sídney salieron al día siguiente.

—Lo siento —le dije a Adam cuando ya estaba confirmado que me cambiaría con Ryan—: me han hecho la putada de ponerme en el vuelo a Sídney. Estaré fuera toda esa semana.

Una mentirijilla. Y ahora aquí estoy.

Y no debería estar aquí. No en este vuelo. Ni en este ni en ninguno.

Mientras cruzo de vuelta la cabina, varios pasajeros se

vuelven hacia mí. ¿Es porque llevo a un bebé en brazos? ¿Porque quieren tomar algo más?

¿O es porque uno de ellos ha escrito la nota?

No saberlo me hace estar exageradamente pendiente de mis movimientos; los brazos, de repente, apenas me responden, y temo que se me vaya a caer el bebé. Sigo observando a todos los pasajeros, pero no sé qué estoy buscando: ¿a alguien con una actitud confiada, a alguien arrogante? ¿O a alguien tan aterrorizado como yo?

La mujer del 5G tiene los ojos rojos y se pasa un pañuelo de papel hecho trizas de una mano a la otra.

—¿Está usted bien? —Me agacho para ponerme tan a su altura como me permiten las rodillas.

—No mucho. —Habla con aspereza, con antipatía. «La gente que secuestra aviones está mal de la cabeza, ¿verdad? Trastornada. Radicalizada. Esta mujer encajaría con cualquiera de esas interpretaciones».

—¿Le apetece contármelo? —Apenas soy capaz de controlar mi propia voz, pero sé que debo conservar la calma.

La mujer se queda mirando al bebé que tengo en brazos.

—Cuando eres joven te crees que tienes todo el tiempo del mundo.

Contengo la respiración.

—Entonces te das cuenta de que el reloj cada vez va más deprisa y de que no has hecho ni la mitad de lo que querías hacer; ni la mitad de lo que era importante de verdad.

Le apoyo una mano en el brazo y se vuelve hacia mí.

—Se está muriendo. —Tiene los ojos claros, del color de un mar de invierno; los fija en los míos sin pestañear ni contener las lágrimas—. Mi mejor amiga. Yo la llamaba «hermana», aunque nos llevábamos mejor que todas las hermanas que he conocido. Se mudó a Sídney hace veinte años para casarse con un idiota con una tabla de surf, y le juré de todo corazón que iría a visitarla, pero la vida se interpuso entre nosotras. —Tiene los ojos anegados—. Ahora es la muerte la que se interpone.

—¿Va a pasar las Navidades con ella?

—Si para entonces todavía está con nosotros… —dice la mujer en voz baja.

—Estoy segura de que sí —respondo, porque no sé qué más decir y porque esta mujer no tiene nada que ver con la nota que he recibido. Lo único que quiere es llegar a Sídney a tiempo para despedirse.

Una fila más atrás, al otro lado del pasillo, hay un hombre que, por sus rasgos, parece de Oriente Medio; su piel oscura se ve realzada por un brillo leve. Se me empiezan a poner los nervios de punta: mi instinto y mis prejuicios trabajan codo con codo.

—¿Todo bien? —Fuerzo una sonrisa. Está temblando, y yo voy marcando en mi lista mental los indicios de peligro: apariencia nerviosa, comportamiento errático, viaja solo.

—¿Todo correcto con el avión?

—Todo correcto —le respondo con cautela—. Va todo bien.

—No me gusta volar. Me he tomado un Valium, pero no me está haciendo nada.

—Va todo bien —repito—. Hoy en día los aviones son muy seguros. Muy muy seguros. Es imposible que nada vaya mal.

—No es verdad. Hay accidentes constantemente, basta con ver las noticias.

—Pero este avión… —me tiembla la voz—, este avión es seguro.

Me voy, obligándome a caminar despacio, tal y como me muevo normalmente por la cabina. Ya no quiero seguir con Lachlan en brazos: no quiero un recordatorio tan palpable de todas las vidas inocentes que van a bordo de este avión. Se lo devuelvo a Paul Talbot.

Las aerolíneas realizan maniobras de seguridad constantemente: alarmas de incendios, simulacros de amerizaje forzoso, ensayos de protocolos de actuación... Solo para esta ruta, habrán hecho muchísimas, sin pasar por alto un solo detalle. ¿Y si esto es otra de las comprobaciones de Dindar, una enrevesada estrategia publicitaria diseñada para demostrar lo seguro que es el vuelo?

Me conozco el protocolo de actuación como la palma de la mano.

El primer paso es informar al puesto de pilotaje de lo que ha sucedido. Sé perfectamente que la seguridad de mi hija no influirá en la decisión de los pilotos; suena cruel, pero es comprensible: si alguien toma algún rehén a este lado de la puerta de la cabina de control, no se les permite abrirla, se trate de un pasajero o de un miembro de la tripulación. Aunque su propia familia estuviera a bordo y ellos vieran por la cámara a un terrorista ahí de pie, con un cuchillo en la garganta de uno de sus seres queridos, tendrían prohibido abrir esa puerta. Puede que Sophia esté en peligro, pero eso a Cesca y a Mike les dará igual: hay demasiadas vidas en juego.

La puerta se abre con un clic y entro en la cabina de control. Al otro lado del amplio parabrisas, no hay más que tinieblas y, de pronto, tengo la sensación de estar cayendo, de descender en picado por la madriguera del conejo de Alicia, girando de forma descontrolada...

—Hola... —Mike echa un vistazo a mi placa identificativa, más que acostumbrado a viajar con desconocidos—, Mina, ¿qué tal todo por ahí atrás?

A lo largo de ese segundo, las cosas siguen bien. Quiero hacerlo durar, alargar el momento antes de que todas nuestras vidas den un vuelco. Se lo notificarán a los controladores tan pronto como se enteren. Tendrán que teclear un código silencioso: 7500, «Secuestro en curso».

Lo que ocurra a partir de entonces nadie podrá controlarlo. Quizá haya un aterrizaje de emergencia en el aeropuerto más cercano, o vengan unos cazas a escoltarnos para que nos alejemos de cualquier núcleo de población importante. Si el espacio aéreo pertenece a alguna zona inestable, existe incluso el riesgo de que nos abatan: una explosión controlada que se considerará preferible a dejar que se estrelle un avión.

Trago saliva. Eso ya no depende de mí. Mi trabajo es velar por la seguridad de los pasajeros, no por la del avión. Mi trabajo es contarles a Cesca y a Mike que tenemos un secuestrador a bordo.

—Todo bien —digo—. Pero... —Me entran palpitaciones y acabo la frase con un acelerón—: hay un niño en clase ejecutiva que se muere de ganas de conoceros. Es un auténtico friki de la aviación. ¿Hay alguna posibilidad de que uno de los dos salga a saludarlo?

En 2015, el copiloto del vuelo 9525 de Germanwings encerró a su comandante fuera de la cabina de control y estrelló el Airbus A320 en los Alpes. Todo el mundo a bordo falleció. La respuesta por parte de las aerolíneas estuvo muy dividida: la mitad implantó de inmediato protocolos de actuación que estipulaban que los pilotos jamás podrían quedarse solos; la otra mitad no hizo ninguna de esas modificaciones y, en cambio, comenzó a plantearse qué podía hacer para prever trastornos de salud mental como los que sin duda habían desembocado en aquella tragedia.

World Airlines no modificó sus políticas.

—Su madre es un poco imbécil —añado—. Se ha quedado roque y ahora el crío tendrá que valerse por sí mismo lo que queda de vuelo.

—No aguanto a los padres así —dice Mike—. Ni que esto fuera una guardería, coño.

—Voy yo. —Cesca se pone de pie y estira los músculos—. Tenía que ir al baño de todas formas.

No le doy las gracias. Soy incapaz de hablar. Tengo la

boca como esparto; se me pegan los labios a los dientes y, al salir de la cabina de control, con Cesca siguiéndome muy de cerca, me sube la bilis a la garganta.

Soy madre.

No tengo elección.

20

21.30
Adam

Tengo la cabeza abotargada, y la mezcla del vino con los analgésicos me está dando náuseas. Tiro el vino que me quedaba en la copa y la relleno con agua, pestañeando con fuerza mientras el contorno del cristal empieza a difuminarse. Me duelen las costillas y la zona de los riñones, un recordatorio constante de la paliza que acaban de pegarme.

Tengo que encontrar una solución rápida: debo pagar lo que debo al prestamista ilegal y quitarme a sus gorilas de encima, y después ya me ocuparé de los bancos. Cuando la deuda deje de crecer, sé que podré comenzar a hacer que disminuya.

«Solo necesitas ganar una vez a lo grande», me dice una vocecilla maliciosa.

Aprieto aún más las manos contra el escurridero.

Siempre me había gustado hacer apuestas. Nada habitual, apostar algo de dinero una vez al año en las carreras del Grand National y, de vez en cuando, en el canódromo, cuando íbamos con los amigos del trabajo. Diez libras por aquí, veinte por allá... Cuando me casé con Mina, regalamos billetes de lotería como recuerdo de boda: «Cuando nos conocimos nos tocó el gordo», rezaba la caligrafía amanerada de los sobres, «¡Que tengáis la misma suerte!». La tía de Mina se llevó cien libras; a un par de invitados les tocaron diez. Fue divertido, como se supone que deben ser estas cosas.

Durante mucho tiempo no pasó de ahí. Mina y yo comprábamos lotería siempre que se jugaba un bote importante. Si ganabas, te avisaban por correo electrónico, pero, aun así, nos sentábamos juntos a ver el sorteo en directo: lo que disfrutábamos era la expectación, más que nada.

—¿A quién se lo dirías primero? —me preguntó Mina.

—A nadie. Echaría un cable a la gente en secreto; como un hada madrina, pero más peluda. Y nadie sabría que fui yo hasta que me muriese, y entonces me santificarían.

Mina me tiró un cojín.

—Y una mierda. Al día siguiente ya estarías en el concesionario de Lamborghini.

—Cómo me conoces. ¿Rojo o amarillo?

—Amarillo. Puestos a llamar la atención, cojamos el más hortera.

No ganamos ni una vez. Nunca acertamos ni siquiera tres números. Y, al principio, me daba lo mismo: las probabilidades eran escasísimas, y solo se trataba de divertirse un poco. Pero, a medida que fue pasando el tiempo y nuestra vida se volvió más estresante, acabé comprando el billete los lunes en lugar de esperarme hasta el sábado por la tarde. Iba toda la semana con aquel papelito en la cartera y, cada vez que la abría, pensaba: «A lo mejor esta vez...».

Pensaba en lo increíble que sería poder dejar mi trabajo, y que Mina también pudiera. Pensaba en que Sophia ya no tendría que sufrir por que la abandonasen, pues ya nunca tendríamos que alejarnos de ella, ni por el trabajo ni por nada.

Cuando llegaba el sábado y resultaba que no habíamos ganado, en lugar de arrugar el billete y encestarlo en la basura, me quedaba mirándolo y releía los números. Me entraban celos de los ganadores, y un amargo resquemor por que no hubiéramos sido nosotros. Notaba a Sophia tensándose entre mis brazos y pensaba: «Esto cambiaría si ganásemos la lotería».

Comencé a jugar cada semana.

«Haríamos mejor en meter dos libras en un tarro cada siete días —dijo Mina—. Al menos de esa forma nos llevaríamos ciento cuatro libras al final del año».

«¿Y qué tendría eso de divertido?», contesté yo, aunque para entonces la diversión ya se había acabado.

Domicilié los pagos: parecía más fácil que ir a sacar dinero cada vez y, además, pensé que también aumentaría nuestras probabilidades. Cuando hice cinco filas, Mina me frenó.

«Son solo diez libras a la semana».

«Eso son quinientas libras al año, Adam. Podríamos irnos de vacaciones con ese dinero». Canceló la domiciliación, y los sábados por la noche, después de las ocho, cambiaba de canal y ponía algo de la BBC en lugar del sorteo.

—Creo que deberías sentarte —dice Becca ahora.

—Estoy bien. —No articulo bien y ella me mira de un modo extraño.

Es como si no me cupiera la lengua en la boca y tengo el interior de las mejillas seco, como de tiza. Me agarro a la encimera. Me he protegido la cabeza lo mejor que he podido mientras me pateaban, y estoy bastante convencido de que mis riñones se han llevado la peor parte, pero empiezo a pensar que quizá tenga una conmoción cerebral. Sufrí una durante un partido de rugby una vez, y estoy tratando de recordar cuáles fueron las sensaciones, pero los detalles se me escapan.

Fueron los rasca y gana lo que me jodió. Casi me avergüenza admitirlo, como si fuera un alcohólico adicto al champán para adolescentes o un toxicómano incapaz de dejar el Dalsy. Gané doscientas cincuenta libras con la primera tarjeta que compré: ¡doscientas cincuenta! Le habría dado un morreo al tío que me la vendió. Llevé a Mina a cenar fuera, compré a Sophia aquel unicornio que cambiaba de color que hacía tiempo que quería y me guardé veinte libras para comprar más rascas. Nunca hay que apostar más de lo que te puedes permitir: utilizaría una parte de todo lo que ganase para comprar más tarjetas y de esa manera jamás me metería en líos.

Pero hubo una vez que solo gané una libra, y la siguiente no gané nada, y la de después tampoco...

Lo veo todo borroso. Percibo vagamente a Sophia, que entra en la cocina.

—¿Qué le pasa a papá? —le pregunta a Becca.

Oigo la respuesta de Becca como si estuviera sumergido bajo el agua y sacudo la cabeza para despejarme.

—Estoy bien, cielo, solo un pelín cansado. —Todavía tengo al lado el botiquín de primeros auxilios. Me pongo a revolver en el contenido mientras me pregunto lo fuertes que debían de ser esos calmantes, porque, aunque la cabeza me da vueltas, me sigue doliendo todo el cuerpo—. ¿Me has dado ibuprofeno o paracetamol? —le pregunto a Becca—. Si solo ha sido uno de los dos, puedo tomar del otro también.

—¿Papá? —Sophia se frota los ojos: este primer trimestre la ha dejado agotada.

El botiquín está lleno de toda clase de porquerías: frascos pegajosos de jarabe para la tos, una amplia selección de tiritas... pero ningún analgésico. Parpadeo y sacudo otra vez la cabeza como un perro que acaba de salir corriendo del mar.

—¿Dónde están? —Me vuelvo hacia Becca, quien me mira a su vez sin mover un solo músculo de la cara. Ya no parece una adolescente: se la ve mayor, más avispada, más perspicaz, por así decirlo.

En medio del dolor y de la confusión lo veo, de repente, todo claro.

—Becca, ¿qué me has dado?

Tengo la boca tan seca que me cuesta articular las palabras y a través de la turbiedad de mi cabeza las oigo superponerse: «¿Beccaquemehasdado?». El dolor de las costillas y de los riñones me parece ahora tan distante que podría corresponder a otra persona.

—Algo para ayudarte a dormir.

Becca sonríe como si hubiera hecho algo bueno y yo me rompo la cabeza para intentar encontrarle el sentido a la situación. ¿Desde cuándo tenemos pastillas para dormir? ¿Puede que le hicieran una receta a Mina? ¿Sufriría de insomnio y dejaría las pastillas en el botiquín? Pero ¿por qué iba a hacerlo? Y aunque lo hubiera hecho…

—¿En la cajita no ponía qué eran? —Eso es lo que digo, creo, pero la mirada inexpresiva de la cara de Becca me sugiere que lo que me sale por la boca es algo completamente distinto.

De pronto se le ilumina el rostro.

—¡Ah, vale! ¿Piensas que te he dado somníferos por accidente en lugar de analgésicos? —Suelta una carcajada—. No, hombre, no, no soy tan tonta. Lo he hecho aposta: los llevaba encima.

Me aferro a la encimera para detener el vaivén que podría venir tanto de mi cuerpo como de la habitación. Sophia sigue en el umbral; mira primero a Becca y después a mí. Le sonrío, pero ella recula.

—¿Se encuentra mal papá?

No culpo a Sophia de sus sospechas: la forma en que me he comportado estos últimos meses no ha ayudado para nada a que confíe en mí, pero ahora mismo tengo que hacerle entender que con quien está a salvo es conmigo. Con el pulso tembloroso, le tiendo una mano; trato de que mis palabras suenen reconfortantes, sin embargo, lo que expulso por la boca es una masa informe llena de ansiedad: «Nopasanadabichitovenconpapá».

Sophia se tira de la trenza y se la retuerce con fuerza mientras alterna la mirada entre Becca y yo.

—Ven aquí, preciosa. —Becca le alarga los brazos.

—¡Sophia, no!

Me sale demasiado fuerte, con demasiada agresividad. Mi hija se tapa los oídos, suelta un chillido y se va corriendo hacia Becca, quien la levanta del suelo y la columpia de lado a lado. Sophia se agarra a ella con las piernas, como un mono, y hunde la cara en su jersey.

Encima de la cabeza de Sophia se ve la sonrisa de Becca: un gesto victorioso, como si acabara de ganar un juego en el que yo no tenía ni idea de estar participando.

Me esfuerzo por hacer pausas entre palabra y palabra.

—Tienes. Que. Irte. Ahora. Mismo.

—Esto no ha hecho más que empezar.

Comienzo a avanzar hacia ellas, apoyándome en la encimera porque la habitación no para de moverse.

—No sé a qué estás jugando, pero por lo pronto acabas de cometer un delito muy grave. —Hablo poco a poco; mis labios resecos forcejean con cada sílaba—. Administrar a alguien sustancias nocivas se castiga con la cárcel, y no pienses que te irás de rositas solo porque aún eres una cría de instituto. —El esfuerzo de hacerme entender me deja sin aliento, como si estuviera luchando por salir de arenas movedizas.

—En realidad tengo veintitrés años. ¡Sorpresa! —Lo dice con ligereza, en un tono casi cantarín, como si le hablara a Sophia, quien sigue abrazándola fuerte mientras la mece para tranquilizarla—. Quédate donde estás, Adam.

He vivido ya incontables situaciones como esta: gente enajenada, borrachos, locos. He conducido por el centro de más de una ciudad con las luces del techo encendidas, experimentando un subidón de adrenalina ante la posible inminencia de una pelea, y he dado la talla cuando me superaban tres veces en número.

También me han pillado desprevenido, por supuesto: visitas a domicilio que de pronto se han puesto feas o luchas inesperadas al trasladar a un prisionero de vuelta a su celda. Eso puede surgir de la nada, pero de alguna manera, cuando uno está de servicio, siempre está preparado para que ocurra.

Ahora no lo estoy. Ni física ni mentalmente. No cuando el cuerpo no me responde, y no en mi propia casa, con mi hija. No cuando alguien que para mí era una niña de diecisiete años ha resultado ser una psicópata adulta.

—Suéltala.

—Te he dicho que te quedes donde estás.

—Y yo te digo que la sueltes.

Becca menea el brazo que le queda libre y sonríe.

Me quedo donde estoy.

Porque ahí, en la mano, a apenas unos milímetros del cuello de Sophia, tiene una jeringa cargada.

21

Ocupante del asiento 7G

Me llamo Ritchie Nichols y me he pasado medio vuelo 79 jugando a videojuegos.

No entiendo a la gente que dice que no le gustan los juegos de ordenador. «¿Cuáles no te gustan?», es lo que siempre pregunto. Porque eso es como decir que no te gustan los animales o que no te gusta la comida. Hay tantos juegos distintos que es imposible que los detestes todos. Si no te gustan los de lucha, hay de deportes y de rol, y de esos de estrategia donde corres por todos lados recogiendo mierdas varias. No son mis favoritos, pero a cada cual lo suyo. En este avión solo tienen juegos tipo pasatiempo, pero al menos sirven para matar el rato.

A mí me gustan los de disparos en primera persona. En esos puedes meterte de lleno: no es que estés observando un mundo, es que estás dentro de él. Puedes jugar durante horas, con las luces apagadas y los cascos puestos. Oyes la respiración del personaje y, cuando el juego te ha absorbido, ya ni siquiera oyes la tuya. Eres un único ser: un híbrido de humano y avatar. Lo único que te separa de los malos es el cañón de tu pistola. Cuando disparas y el controlador se te estremece entre las manos, casi podrías sentir el retroceso en el hombro, porque todo lo demás ya lo tienes: el sudor, el ruido, la sangre…

Juego desde que era pequeño. Mi madre no paraba de amenazarme con que me quitaría la PlayStation, pero nunca lo hizo. Por aquel entonces yo todavía iba a casa de mi padre los fines de semana, y mi madre sabía lo mucho que nos gustaban los videojuegos a los dos. Después de clase, si ella no me dejaba jugar, lo que hacía era irme con él. Mi madre, al final, desistió de intentar hacerme bajar de mi habitación a la hora de la cena: me la subía en una bandeja y, cuando se percató de que se me enfriaba sin que hubiera probado bocado, comenzó a prepararme sándwiches. Tampoco es que comiera muchos: me subía un hervidor y me hacía unos fideos instantáneos mientras se cargaba la partida siguiente; luego apilaba las cajas vacías fuera, delante de la puerta.

Era lo único que me apetecía hacer, y era lo único que hacía. Y no era solo yo: éramos unos cuantos en el instituto. Entrábamos todos en modo multijugador a última hora de la tarde y nos poníamos a machacar zombis hasta pasada la medianoche. Más de una vez acabé empalmando con la mañana siguiente y luego me saltaba Ciencias para irme a dormir a los servicios de minusválidos. Me pasaba casi todas las clases ideando una estrategia para la sesión de aquella noche, y creo que nadie se sorprendió más que yo cuando conseguí sacar los suficientes cincos pelados para pasar a los estudios preuniversitarios.

Fue entonces cuando empecé con los simuladores. Te dejaban llevar el portátil a clase y tenías un montón de horas de estudio durante las cuales podías hacer lo que te diera la gana mientras te quedaras en el aula. Eso sí, como te pillasen jugando a cosas violentas, la habías cagado. Mis juegos eran de motos, sobre todo; hasta pensé en comprarme una. Luego probé por primera vez un simulador de vuelo y me enganché: aviones comerciales, cazas, biplanos de la Segunda Guerra Mundial… Los pilotaba todos.

Todo se fue al garete cuando entré en la universidad: lo

que en la escuela me parecía sencillo ya no lo era y me resultaba más fácil quedarme en mi habitación que acudir a seminarios a que me hicieran sentir como un tonto. Mamá se arrejuntó con un tío al que había conocido en bailes de salón, y entre los dos convirtieron mi habitación en un vestidor para guardar todos sus trajes de lentejuelas. Para mí los videojuegos eran lo único por lo que valía la pena levantarse cada mañana, y cada vez se me daban mejor.

—Es una lástima que no puedas ganarte la vida con ello —dijo papá de repente en mitad de otra de nuestras muchas discusiones sobre cuánto dinero me estaba enviando y sobre cómo esperaba que en algún momento me sirviese para algo.

Me expulsaron de la uni a mediados del segundo curso. Encontré trabajo en una fábrica y lo perdí a la primera semana, y eso es, más o menos, lo que ha ido sucediendo desde entonces: todo queda entre la oficina de empleo, una habitación de mierda en un edificio de mierda en el más mierdoso de los barrios y yo.

Justo cuando había tocado fondo, las cosas empezaron a irme mejor: hice amigos —amigos de verdad— y poco a poco comencé a sentirme bien conmigo mismo otra vez. Me apunté al gimnasio y recuperé parte de la confianza perdida. Seguía jugando a todas horas, pero también cuidaba lo que comía; incluso salía a la calle de tanto en tanto.

Un colega me consiguió un trabajo. Sabían que yo era acojonante como jugador (sus palabras, no las mías) y necesitaban mis habilidades. Me necesitaban y —¡chúpate esa, papá!— estaban dispuestos a pagar por mis servicios.

Jugar se convirtió en mi oficio: testar próximos lanzamientos para varios desarrolladores, descubrir cómo hackear un sistema para obtener el arsenal de armas completo sin haber pagado por las expansiones y luego volver a testarlo una vez que creían haberlo hecho más seguro.

Me levantaba cada día con la nueva sensación de estar

haciendo algo con mi vida, y no era solo por la nómina, la cual me permitió hacerme con un fondo de armario decente y comprarme al fin un coche. Ni siquiera era por formar parte de un equipo; seguía prefiriendo trabajar solo. Era solo por el hecho de tener un objetivo, una meta concreta.

Cuando embarqué en el vuelo 79, ya era una persona distinta: sabía adónde me dirigía. Me cogí un asiento en clase ejecutiva, entre toda esa gente que nunca se había cuestionado su derecho a estar ahí. Tampoco yo me cuestiono ya el mío: por fin siento que este es mi sitio.

Por fin me siento importante.

22

22.00
Adam

Hay una luna pálida en la nuca de Sophia, donde la gruesa trenza le ha caído a un lado y donde ahora la aguja se cierne sobre su piel.

«Quédate quieta, Sophia».

No le veo más que la comisura del ojo derecho; las pestañas, oscuras, le resaltan contra las mejillas. Se ha metido el pulgar en la boca y se lo chupa al compás del suave balanceo de Becca.

«No te muevas ni un pelo».

—¿Qué hay en esa jeringa, Becca?

Trato de no levantar la voz, de hablar en un tono sosegado para no asustar a Sophia, como si estuviéramos conversando sobre el tiempo que hace, sobre los estudios de Becca, sobre cualquier trivialidad. Lo intento, pero las palabras se me enredan unas con otras. Oigo el eco de mi propia voz en mi cabeza, y cada pocos segundos se me nubla la visión: una segunda silueta de Becca y Sophia aparece junto a la primera, como si les hubiera sacado una foto movida.

—Insulina.

¿Insulina? Mi padre era diabético. No lo llevaba bien: sufría hipoglucemias varias veces a la semana; el sudor le cubría la frente mientras se ponía a buscar a tientas una pastilla de glucosa. Sophia no necesita más insulina de la que produce su organismo de manera natural: incluso una dosis mínima podría hacer que su cuerpo dejara de funcionar.

—¿Cuánta?

—La suficiente.

Creo detectar cierto temblor en el tono de Becca, detrás de esa bravuconería impasible, pero su expresión no revela nada. El cuerpo ya no me da para más: siento que voy perdiendo toda sensibilidad, como si me estuviese arrastrando hacia la cama después de haber doblado turno en el trabajo y haberme tomado una copita de buenas noches.

—¿Por qué? —consigo decir. Arrastro un pie hacia delante: pasos de ancianita. Un, dos, tres… al escondite inglés.

—El mundo tiene que despertar y ver lo que está ocurriendo.

Se me hiela la sangre. Mis ojos van de la mirada gélida e imperturbable de Becca a la punta de la aguja que acecha la piel blanca y pura de Sophia. ¿Irá Becca drogada? Por definición, uno nunca pasa demasiado tiempo con la niñera: cinco minutos al dejarle a la niña y cinco minutos al volver; entremedias está sola con tu hija. En ese lapso de tiempo, podría estar haciendo cualquier cosa. Podría ser cualquier tipo de persona.

—Cada batalla ganada, implica sacrificios.

Su voz tiene algo de robótico, como si estuviera recitando un guion. Me acuerdo de una sesión formativa a la que asistí en el trabajo donde hablaron sobre la radicalización de adolescentes en el Reino Unido. Los chicos que salían en el vídeo hablaban así: vomitando las palabras que les habían hecho tragar los extremistas islámicos. Primero los seducían y adoctrinaban; después los usaban como carne de cañón.

¿Qué sabemos realmente de Becca? Habrá venido a cuidar a Sophia unas veinte o treinta veces desde que Katya se fue. Su madre siempre la ha recogido en coche en la esquina de la calle principal —no le gustaban los baches del camino que lleva hasta nuestra casa—, así que, cuando yo volvía de trabajar, Becca metía los libros en la mochila y…

«En realidad tengo veintitrés años».

Nos la ha estado jugando desde el principio. Los libros de texto, los nervios por los exámenes de acceso a la universidad, las discusiones con su madre acerca de qué carrera iba a escoger… todo era una pantomima para hacernos creer que no era más que una cría, para ganarse nuestra confianza.

«Katya le dijo que igual nos haría falta una persona para cuidar de Sophia después de clase».

Ninguno de los dos comprobó la historia de Becca. ¿Cómo íbamos a hacerlo? Katya no nos dejó ninguna información de contacto; no podríamos haberle preguntado nada sobre Becca aunque hubiésemos querido.

Sophia respira más despacio. Antes tenía las piernas pegadas como una lapa a la cintura de Becca; ahora le cuelgan inmóviles a ambos lados. Se está quedando dormida, calmada por el movimiento de vaivén y el hablar monótono de Becca.

—Tenemos que actuar ya si queremos evitar una extinción en masa.

¿«Extinción en masa»? Lucho para expulsar el miedo que se me ha instalado en el pecho: está loca, es capaz de cualquier cosa. Arrastro los pies un poco más.

—Vale… —Los arrastro otro poco. Mis ojos atraen su atención. «Mírame a los ojos, no a los pies. Un, dos, tres… al escondite inglés». El cerebro no me responde a la hora de establecer las conexiones necesarias: mis pensamientos son como un camino de piedras que atraviesa un río crecido, y el espacio entre una piedra y la siguiente es demasiado grande para saltarlo—. ¿Y qué tenemos que ver nosotros con eso, Becca?

Hay que usar el nombre de pila, siempre el nombre de pila. Hay que crear un vínculo. Lo conseguiré: me dedico a eso. Pienso en el suicida al que convencí para que no se tirase de aquella cornisa, en el chaval al que encontré en su habitación, agazapado, con un cuchillo en las muñecas. «Cuéntamelo. Cuéntame qué te pasa por la cabeza».

Ya debería ir tres pasos por delante; debería estar trazando nuestra ruta de huida hacia la puerta, debería haber encontrado las llaves y algo que usar como arma; tendría que estar planeando una estrategia. Pero tengo la cabeza embotada por el dolor y los medicamentos; los brazos y las piernas se me caen al suelo y arrastran mi peso consigo. Noto la barbilla húmeda, levanto la mano con torpeza y me la seco: es saliva.

—¡Tu mujer podría estar luchando por la causa y, en cambio, está en un puto avión!

Me está costando entenderla: ¿es que alguien trató de reclutar a Mina, de radicalizarla? Esto es ridículo. Demencial.

—Está en un avión porque trabaja allí. —Mis palabras se entremezclan.

—¡Exacto! —Becca adopta una actitud triunfal, como si le hubiera dado la respuesta que ella quería en lugar de buscar la mía.

—¿Quieres que deje el trabajo? ¿Es eso? —La cabeza me da vueltas. Me pregunto si es que Becca forma parte de una especie de secta clandestina, de una organización retrógrada que cree que las mujeres no deben abandonar el hogar—. De acuerdo, lo dejará. —«Nunca hay que hacer promesas», eso es lo que nos dicen en el trabajo. A la mierda. Ahora no se trata del trabajo, sino de mi hija. Prometeré la luna si con ello consigo salvarla. Haré lo que Becca me mande.

Sophia se revuelve y roza con el pelo la mano de Becca y la aguja de la jeringa, muy cerca de su cuello.

—¡Mamá!

—¡Ni se te ocurra tocarla! —Los brazos se me disparan hacia delante sin que yo se lo ordene.

—¡Quédate donde estás! —me grita Becca.

—¡Mamá! ¡Mamá! —Sophia se retuerce entre los brazos de Becca, sobresaltada, atemorizada. Lucha por escapar, gritando en su confusión mientras Becca la estruja aún más fuerte.

—¡Sophia! —grito—. Estate quieta.

—¡Papá!

Me suelto de la encimera, doy un paso al frente y siento cómo la habitación da vueltas a mi alrededor. Becca blande la jeringa. Las tengo a menos de dos metros de distancia, creo; no paran de moverse, o a lo mejor soy yo quien se mueve o la habitación. Lo único que tengo que hacer es agarrar el brazo que sostiene la jeringa. Si Becca suelta a Sophia, dará igual: no está muy lejos del suelo, así que la caída no le hará nada, al contrario que la insulina. ¿Cuánta contiene esa jeringa? ¿Cómo le afectaría?

—No te acerques más —dice Becca—. Lo haré. Lo voy a hacer. ¡Lo haré!

Esa insistencia me da esperanzas: está asustada. Está intentando autoconvencerse de que tiene lo que hay que tener. Me obligo a hablar despacio y con serenidad.

—No es así como convencerás a los demás de que compartan tus creencias, Becca.

—Vamos a obligar a la gente a abrir el debate: es el primer paso.

«Vamos».

Becca todavía es joven, aunque no lo sea tanto como fingía. Es otra persona quien mueve los hilos.

—¿Quién te está obligando a hacer esto?

—Nadie. Yo misma me he dado cuenta: es el deber de todos actuar.

—¿Quién está al mando?

Becca se ríe.

—¡Típico de los polis! Para vosotros la jerarquía lo es

todo, ¿a que sí? El sistema. Los poderes fácticos. ¿Cuándo os daréis cuenta de que es justamente el sistema lo que lo está mandando todo al carajo?

Sophia está llorando; trata de soltarse, pero Becca la aferra con demasiada fuerza. Ambas están aterrorizadas, forcejeando la una con la otra, y en cualquier momento esa aguja va a acabar clavándose en...

—Si le inyectas eso, morirá, y tu irás a la cárcel por asesinato.

Sophia suelta un chillido y me parte el alma ser el causante, pero debo persuadir a Becca antes de que sea tarde. Tengo la cabeza llena de remolinos borrosos y de pronto la noto demasiado pesada para mi cuerpo. Si pierdo el conocimiento, ¿qué le pasará a Sophia? ¿Adónde se la llevará Becca?

—Si Mina hace lo que tiene que hacer, la soltaré.

Estoy hecho un lío: nada tiene sentido. Mina no va a regresar a casa hasta dentro de unos días; ¿el plan de Becca es retener a Sophia hasta entonces?

—Mina está en un avión, no puede...

—Si hace lo que se le ha mandado, en la aplicación de rastreo se verá cómo su avión ha cambiado de rumbo y entonces os dejaré en paz.

—¿Cómo...? ¿Piensas que...? —No puedo ni formular una frase ni descifrar lo que significa eso. Mina no puede cambiar el rumbo del avión, a menos que... Entonces lo veo todo claro.

A menos que a ella también la estén amenazando.

—¿Y si el avión no cambia de rumbo?

Becca mueve muy ligeramente la mano con que sostiene la jeringa: una gotita de un líquido claro vacila un segundo antes de desprenderse de la punta de la aguja y caer en el cuello de Sophia. Lo veo todo borroso: entre mi hija y yo hay un túnel oscuro, y nada más que eso a nuestro alrededor. Ya me da todo igual: tengo que llegar hasta Sophia, tengo que quitársela a Becca, y si le pone la inyección necesitaré azúcar tendré que llamar a una ambulancia al número de emergencias no voy a decepcionar a Sophia no voy a decepcionarla… Ordeno a mis piernas que sigan corriendo, y se mueven, pero no lo bastante rápido y veo como se eleva el suelo hasta chocar conmigo y me engulle una densa niebla negra y todo queda sumido en el silencio.

23

A ocho horas de Sídney
Mina

Cuando Cesca me sigue hasta la cabina de pasaje, se nota de repente una intranquilidad colectiva, como ese cambio que se produce en la atmósfera de una oficina cuando entra el jefe. La oigo decir «Hola» y «Espero que el vuelo esté siendo de su agrado» y «Las condiciones pintan bien, quizá incluso lleguemos antes de la hora», y la culpa me nubla la mente. Me detengo para permitir el paso a alguien y Cesca hace lo mismo; por un segundo, nos quedamos la una al lado de la otra. Le veo la cara de soslayo: es mayor que yo, pero joven todavía; tiene los pómulos altos y el pelo negro, corto, con un flequillo espeso que le cae por encima de los ojos.

Cuando el hombre cruza por delante de nosotras, capto un olorcillo a sudor, a nervios y a haber pasado demasiado tiempo en el mismo sitio: es el pasajero del asiento 6J, el que parece de Oriente Medio, que avanza de un asiento a otro cogiéndose de los respaldos, como si fuera subiendo escalones. Pasa sin responder al saludo de Cesca y sale por la cortina del fondo. Se me acelera el pulso: ¿será él? El hombre se mete en el compartimento de la galera y quiero seguirlo, pero ya estamos a la altura del asiento 4H, el que ocupa Finley, que está viendo una película de Pixar.

—¿Me ha deshecho el nudo?

Por un momento, la pregunta me confunde; entonces me

acuerdo del lío de cables que llevo en el bolsillo. Tengo la sensación de que pertenecen a una época completamente distinta, una en la que yo me limitaba a hacer mi trabajo, e íbamos rumbo a Sídney, y nadie amenazaba a mi hija.

—Ahora lo deshago, te lo prometo. Espera, que... —Me quedo a medias, pensando en todas las veces que Sophia me ha pedido que haga algo y yo he comenzado mi respuesta de esa misma forma: «Espera, que tengo que llamar al trabajo», «Espera, que tengo que acabar tal cosa», «Vale, ahora juego contigo; espera, que antes tengo que hacer tal otra». ¿Por qué no le diría que sí y ya está?

—Me han dicho que quieres ser piloto. —Cesca se agacha junto al asiento de Finley.

Él se queda mirándola, confundido; al lado, su madre, que por fin ha vuelto en sí, se quita los cascos. Me marcho antes de que descubran mi mentira, y porque pienso llevar esto hasta las últimas consecuencias; sí, voy a hacerlo, voy a hacerlo por Sophia. Tengo que hacerlo ahora mismo. Siento el flujo de la sangre en los oídos, fundiéndose con el ruido del avión y generando algo insoportable, algo que me empuja las paredes del cráneo desde dentro con fuerza suficiente para atravesármelas. Aparto la cortina que separa la cabina y la galera, y casi se me escapa un grito cuando me choco con el pasajero árabe, que estaba volviendo a su asiento. Parece tan asustado como yo; balbucea unas disculpas y se dirige a su asiento agarrándose de respaldo en respaldo.

Jamie Crawford y su mujer también han regresado a sus butacas, y los Talbot están dormidos, Lachlan incluido. No veo a Derek Trespass, el periodista; tampoco a Jason Poke, y por mucho que estire el cuello para atisbar en los asientos de la parte posterior, no podría decir si están vacíos o sus ocupantes están tumbados. ¿Quién falta? ¿Quién es el secuestrador?

Cesca se ha puesto de pie. Sigue hablando con el niño y con su madre, y me pregunto lo que le estarán diciendo, si se habrá enterado ya de que he mentido y estará preguntándose por qué. En los próximos minutos —los próximos segundos, quizá—, les dirá «Será mejor que vaya volviendo a la cabina» y «Disfruten el resto del vuelo». Puede que invite al niño a visitar el puesto de pilotaje cuando aterricemos, para que se siente en el sitio del comandante y se pruebe la gorra. El chaval estará deseándolo; pensará en toda la gente a la que enseñará la foto después. A lo mejor empieza a plantearse de verdad ser piloto y a soñar con elevarse por encima de las nubes, con vestir de uniforme, con desfilar por el aeropuerto de camino a California, México o Hong Kong, como soñé yo en su día.

La culpa hace que se me salten las lágrimas, que me resbalan por las mejillas, calientes y desatadas, mientras busco con los ojos el pestillo de la puerta del baño contiguo a la cabina de control, deseando que esté vacío, deseando que todo esto no sea más que un tremendo error. Que sea un simulacro, que sea una patochada para YouTube. Que me despidan, que me ridiculicen en público, que me vilipendien hasta el fin de mis días como la mujer que estuvo dispuesta a sacrificar a cientos de personas para salvar a su hija. Que sea lo que Dios quiera, pero, por favor, que no sea verdad.

El letrero dice: OCUPADO.

Camino directa hacia él. Tengo la sensación de avanzar con rigidez, igual que los gráficos de un videojuego, con todos los músculos en tensión, como si esperase a que me dispararan. Me encuentro a apenas unos centímetros de quienquiera que sea que esté ahí dentro y trato de imaginarme qué estará haciendo, qué estará pensando. ¿Llevará un arma? ¿Explosivos? Me corre el sudor por la espalda; la camisa se me pega a la piel cuando me muevo.

La puerta del baño se halla situada en perpendicular a la de la cabina de control. Pulso el código de entrada con la cabeza gacha, pues sé que la cara debe delatarme, y cuando la cabina se abre con un pitido, algo hace clic detrás de mí: la puerta del lavabo está desbloqueada.

Siento la presión de una mirada en la nuca y trato de conservar una expresión neutra cuando abro de un empujón la puerta de la cabina de control. Mike no se da la vuelta: tiene la vista clavada en un periódico; está haciendo un crucigrama. Mike, que tal vez sea padre, hermano, marido de alguien. Mike, que le ha dado la mano a toda la tripulación y ha sonreído para las cámaras.

Mike, que muy probablemente no sobrevivirá a los próximos minutos.

Me hago a un lado y me concentro en una imagen de la cara de Sophia mientras cometo el acto más terrible que he cometido nunca. Mike se vuelve hacia mí: la sonrisa se le desvanece antes de formarse del todo; sus facciones reflejan primero confusión y luego espanto cuando desvía la mirada hacia el maleducado de antes, el de la cara llena de aristas, el que jugaba a videojuegos. La puerta se cierra y, durante esos instantes, solo tres personas en el mundo saben que el vuelo 79 ha sido secuestrado.

He seguido las instrucciones al pie de la letra.

Mi marido y mi hija están a salvo.

Todos los ocupantes de este avión están en peligro.

SEGUNDA PARTE

24

Ocupante del asiento 1G

La primera vez que infringí la ley fue en el Campamento de Mujeres por la Paz de Greenham Common. Apretujadas conmigo estaban mi madre y una octogenaria con los bolsillos llenos de galletitas. Tiré una piedra y le di a un policía. «Buena puntería», dijo mamá. Por aquel entonces yo tenía nueve años, con lo que mi edad me absolvía de mis actos. Recuerdo la intensa sensación de poder que me invadió cuando el policía se volvió frotándose el hombro y buscando al responsable; a mí no me dedicó ni una sola mirada.

Esconderme a plena vista, permanecer libre de toda sospecha: ese ha sido mi objetivo desde entonces.

Lo creas o no, infligir dolor o sufrimiento a los demás no está en mi naturaleza, pero al final llega un punto en el que tienes que sopesar las consecuencias de actuar con las de no hacer nada. En tiempos de conflicto, por ejemplo, se acepta que se utilice la violencia contra los soldados enemigos y que las bajas civiles son un daño colateral trágico pero inevitable de las acciones de guerra. Si un bombardero fracasa a la hora de alcanzar su objetivo, no tardará en convertirse él mismo en un blanco.

Y es que estamos en guerra, no te equivoques. Puede que no lo parezca, igual que la Segunda Guerra Mundial no se pareció en nada a la Primera, pero aun así es una guerra, y más peligrosa si cabe para aquellos que no la reconocen como tal.

El código penal del Reino Unido nos otorga a todos —no solo a los policías— el derecho a emplear «tanta fuerza como sea razonable en cada circunstancia en pro de la prevención de un delito», lo cual nos lleva a la siguiente pregunta: ¿qué entendemos por delito? El diccionario querría hacernos creer que es una «acción u omisión penada por la ley», pero la ley de un país no tiene nada que ver con la de otro. Apostar, por ejemplo, no se considera un delito en el Reino Unido, pero la ley islámica sí lo prohíbe. Mascar chicle es ilegal en Singapur; las parejas que mantengan una relación prematrimonial no pueden vivir juntas en los Emiratos Árabes Unidos. O sea que ya lo ves: «delito» puede significar muchas cosas diferentes para un montón de gente distinta.

Los que gozamos de libertad de expresión y movimiento tenemos el lujo de poder elegir de qué manera responder ante cualquier crimen que tenga lugar delante de nuestros ojos. Podemos pasar de largo o podemos acogernos a los poderes que emanan de la ley vigente. Yo elijo actuar y sé que tú tomarías la misma decisión. Aunque no nos conozcamos de hace mucho, me atrevería a afirmar sin ningún género de dudas que no serías capaz de quedarte de brazos cruzados: no está en tu naturaleza.

Y aquello que entendamos por «razonable», en lo que a la fuerza se refiere, por supuesto dependerá de cada crimen. Quitarle la vida a alguien, en muchas circunstancias —en casi todas las circunstancias, podríamos decir—, no es razonable, pero ¿y si la vida se la estamos arrebatando a un asesino o a un violador? ¿Y si al privar a esa persona de su existencia estuviéramos evitando futuros asesinatos, futuras violaciones?

Ya lo ves: la línea que separa el bien del mal no está tan bien definida, ¿eh?

Permíteme que te diga algo acerca de la guerra en la que combatimos: es la mayor guerra de todos los tiempos, la más desmesurada, la más peligrosa. Los crímenes cometidos son múltiples y sus efectos, de largo alcance, por lo que toda vida nacida y por nacer está en juego.

¿No te parece que deben atajarse tales abusos?

¿Qué es una muerte comparada con delitos de esa magnitud?

Nada. No es nada.

25

A medianoche
Adam

Mis párpados se resisten a abrirse. Hago ademán de refregármelos para quitarme lo que sea que me los mantiene pegados, pero tengo los brazos entumecidos y no me obedecen. Me palpitan las sienes, tengo la boca seca y noto un regusto asqueroso en la garganta, como si anoche me hubiera tomado diez pintas y un kebab en lugar de... Sacudo la cabeza para intentar despejar la mente: ¿qué ocurrió anoche?

Es más: ¿es de día? Me envuelve un manto de oscuridad, así que no estoy seguro de si tengo los ojos abiertos o cerrados. Suena música, una canción de la lista de grandes éxitos, interpretada por alguno de esos grupos prefabricados. No estoy en la cama, debajo de mí hay una superficie dura y fría. ¿Dónde estoy?

Poco a poco, los recuerdos van abriéndose camino en la atmósfera viciada de mi cerebro. El hombre que vino a cobrar la deuda. Becca. Sophia.

—¡Sophia! —digo con un susurro desgarrado e inaudible.

Agua, necesito agua. ¿Sigo en la cocina? Ahí estaba cuando me caí, ¿no? Me duele hasta el último centímetro del cuerpo, como si lo tuviera todo roto y lleno de moratones.

De pronto me asalta una imagen: la de la jeringa llena de insulina acariciando la piel de mi hija. ¿Se la inyectó Becca? Veintitrés años, dijo, no diecisiete, así que no va al instituto. Tal vez ni siquiera esté estudiando. ¿Quién coño es?

Me viene una imagen de Sophia gritando mientras la aguja se le clava en la piel; su cuerpo, en estado de choque, convulsiona mientras la insulina penetra en su organismo.

—¡Sophia! —El sonido reverbera de vuelta.

¿Dónde estoy? Me encuentro en una posición incómoda, tendido de costado; el suelo está tan frío que parece mojado. Me incorporo como puedo para sentarme mientras pestañeo en la oscuridad. Algo me tira de las muñecas y me impide levantarme.

Tengo las manos atadas.

No, atadas no: esposadas. Y los brazos, a la espalda, me inmovilizan contra una pared. Toqueteo el metal de las piezas rotatorias de una de las esposas y me pincho con el trinquete que las mantiene unidas; están tan apretadas que me duelen las muñecas y he perdido sensibilidad en las manos. Un plástico rígido separa una manilla de la otra: son como las que usa la policía o similares.

Algo me separa de la pared, un objeto duro y frío que se me clava en los riñones: una barra de hierro o una tubería fina, con suficiente espacio detrás para que pasen las esposas. Recorro el metal con los dedos hasta el suelo y luego los subo de nuevo, unos treinta centímetros, hasta que la barra se hunde en la pared. Doy un tirón, pero el hierro no cede. La música se detiene y se oye un anuncio: lo que suena es la radio, una de esas emisoras comerciales con presentadores llenos de energía y las mismas cuarenta canciones reproducidas en bucle.

El suelo es de losas: en las yemas de los dedos noto la aspereza de la tierra o arenilla que tienen entremedio. Saco una pierna hacia la oscuridad y luego la arrastro a un lado hasta que choca contra la pared a la que me encuentro esposado; luego hago lo mismo con la otra, tratando de orientarme en el espacio. La habitación es estrecha; el techo, bajo. Una filtración me gotea en la cabeza.

Ya sé dónde estoy.

Estoy en el sótano que hay debajo de la cocina.

—¡Sophia! —La última sílaba desaparece en un sollozo. Tiro de las esposas y estas chocan con el hierro una y otra vez, y otra y...

La oigo.

Maldigo a esos presentadores dicharacheros que se han puesto a conversar acerca de la pregunta del día a los oyentes —«¿Cuál es el peor regalo que te han hecho en Navidad?»— y cierro con fuerza los ojos, concentrándome en el único sentido que necesito.

—¿Sophia?

«¡También puede ser algo que hayáis regalado vosotros! Solo falta una semana para Navidad y... Michelle, por favor, no me juzgues, pero todavía no le he comprado nada a mi mujer».

«Hazme caso, Ramesh: no le compres ese juego de sartenes».

«¡Pero si le encanta cocinar!».

«¿Os dais cuenta de lo que tengo que aguantar, queridos oyentes insomnes? Llamadnos con vuestras anécdotas y sugerencias, y no dejéis de sintonizarnos para las canciones más fiesteras. ¿Qué opinas, Ramesh?».

Por debajo de los comentarios banales de Michelle y Ramesh, de Rise FM, oigo a alguien respirar.

—Sophia, ¿eres tú? Cariño, ¿estás ahí?

—¿Papá?

Me invade una sensación de alivio.

—Estoy aquí, cariño. ¿Te han hecho daño?

No contesta. Oigo un roce de suelas con la piedra, parpadeo para acabar de limpiarme los ojos y permito poco a poco que se vayan adaptando a la escasa luz. Trato de intuir algo a través de las tinieblas, en lugar de dejar que me bloqueen la visión. Desde que entré en el Departamento de Investigación

Criminal, he pasado más turnos detrás de un escritorio que en la calle, pero tengo experiencia como agente uniformado. He cruzado a tientas almacenes abandonados en plena noche y he perseguido a intrusos por recintos deportivos oscuros como boca de lobo. La luz de una linterna transmite una falsa sensación de seguridad, creando sombras en los rincones y ensombreciendo aún más lo que no está alumbrado. «Tú confía en tus ojos», pienso.

Nuestro sótano medirá unos tres metros de ancho por seis de largo; en un extremo, hay una escalera empinada de piedra que baja desde la cocina. Cuando compramos la casa teníamos el ambicioso plan de convertirlo en otra habitación: había que quitar la vieja carbonera y rebajar el suelo del jardín para poder poner un tragaluz a la pared. Nos salió un presupuesto exorbitante, por lo que abandonamos la idea. Este sótano es demasiado húmedo para funcionar como tal; en cuanto bajan las temperaturas, vienen ratones en busca de calor y de comida. Instintivamente se me curvan los dedos hacia dentro.

«El peor regalo que me han hecho nunca, Michelle, fue un calcetín tejido a mano por mi suegra».

«¿Uno solo, Ramesh?».

«Se le había acabado la lana».

—Papá. —Alguien gimotea en la oscuridad.

Las paredes del sótano son de ladrillo y están construidas dentro de los cimientos de la casa. Se me van los ojos de un lado a otro en busca de alguna diferencia en la penumbra, algo negro que destaque sobre el gris.

¡Ahí está!

Ahí arriba, en las escaleras: una sombra de formas infantiles encogida en el último escalón, adonde llega una luz muy tenue que se filtra por debajo de la puerta de la cocina. La luz parpadea, como la de una bombilla a punto de fundirse. Los ojos, poco a poco, se me van acostumbrando a ella.

—¿Estás bien, cielo?

Sophia tiene las piernas flexionadas contra el pecho, los brazos rodeándolas con fuerza y la cabeza entre las rodillas. Tiro inútilmente de la barra de hierro. Los efectos de lo que sea que me haya dado Becca se me están comenzando a pasar: la ofuscación, poco a poco, empieza a disiparse. Siento un dolor agudo en las costillas, y cada vez que intento soltarme las muñecas de un tirón se me corta el aliento. La única forma en que Becca podría haberme traído aquí es arrastrándome hasta la entrada del sótano y dejándome caer escaleras abajo, y cada centímetro de mi cuerpo intuye que es justo lo que ha hecho.

—No me gusta este sitio, papá.

—A mí tampoco. ¿Te han hecho daño?

—Tengo la barriga rara.

—¿Te ha dado algo Becca, Sophia? ¿Algo de comer? —Tiro con fuerza de las esposas, enfadado con Becca, conmigo mismo, con la puta cañería que no hay forma... de... que... ¡ceda!—. ¿Te ha dado algo? ¡Tengo que saberlo! —Sophia esconde otra vez la cabeza entre las piernas, y yo me muerdo la lengua y modero el tono—. Cariño, ¿te ha dado Becca alguna medicina?

Ella hace algo con la cabeza, pero no sé si es un gesto de afirmación o de negación.

—¿Eso es un no?

—Sí.

—¿Ningún medicamento?

—Ningún medicamento.

Suspiro.

—Pero ¿te duele la barriga?

—La noto rara. Como cuando me haces girar como un tiovivo o cuando viene el monstruo de la bañera o cuando juego a volar con mamá. —Habla con voz débil, medrosa.

—Ah. Yo también la tengo un poco así, la verdad.

La ronda de preguntas de la radio da paso a la previsión meteorológica, que advierte de que esta noche van a reanudarse las nevadas y la temperatura va a descender hasta tres grados bajo cero. La humedad del suelo de piedra me cala hasta los huesos. Voy con una camisa y unos pantalones de vestir; Sophia, con su pijama y su bata de estar por casa. Ella, al menos, lleva zapatillas; yo tengo los pies adormecidos del frío.

Trato de escuchar otros ruidos de la casa aparte de la radio, pero no se oye nada. ¿Se habrá marchado Becca o estará arriba todavía?

—Cariño, ¿esa puerta está cerrada?

—Sí.

—¿Podrías volver a mirarlo? ¿Puedes zarandearla bien, que yo lo vea?

Sophia se levanta poco a poco del escalón y la rayita de luz de debajo de la puerta se ensancha. La niña gira el pomo y luego lo sacude con violencia. La puerta no se abre.

—Está atascado. —Vuelve a sacudir el pomo.

—Dale golpes. Dale puñetazos, lo más fuerte que puedas.

Empieza a pegarle a la puerta sin parar y, si aquí en el sótano retumba muchísimo, por narices tiene que estar oyéndolo el pueblo entero. Becca ha dicho que, si el avión de Mina no cambiaba de rumbo, haría daño a Sophia, pero Sophia está a salvo aquí, conmigo (si es que a estar encerrados en un sótano se le puede llamar estar a salvo). ¿Significa eso que Mina ha cumplido con las instrucciones? ¿Que han secuestrado el vuelo 79? El miedo se apodera de mí, más frío todavía que las losas del suelo.

¿Se habrá estrellado el avión?

—Sophia, quiero que grites, ¿vale? Todo lo fuerte que puedas. Yo también gritaré, o sea que tápate los oídos y grita hasta que ya no puedas más. ¿Preparada? Uno, dos, ¡tres!

El ruido, ensordecedor, reverbera por todo el sótano: el

chillido de Sophia y mi furioso alarido de «¡Becca!». No pienso gritar «¡Socorro!»; no quiero que mi hija se asuste más de lo que ya lo está.

—Vale. Ahora, chisss… Escúchame.

Pero lo único que oímos es un villancico pop-rock. Me doy cuenta entonces de que hay dos luces: una, la que parpadea, procede de la radio portátil, que han colocado al otro lado de la puerta; la otra, tenue y fluorescente, es la del techo de la cocina. Mientras trato de descifrar por qué habrá querido darnos Becca el dudoso lujo de dejarnos escuchar la radio, oigo las siguientes palabras: «… vuelo inaugural a Sídney».

«La preocupación ha cundido cuando los controladores se han visto incapaces de contactar con los pilotos, pese a que los canales de comunicaciones parecían activos. Los pilotos tienen la obligación de informar al personal de control de tierra de cualquier entrada o salida que realicen en un espacio aéreo extranjero…».

—Puedo gritar más fuerte. —Sophia abre la boca.

—Déjame escuchar esto.

«Poco después de las once de la noche, hora del Reino Unido, alguien ha publicado un tuit desde una cuenta perteneciente al Grupo de Acción Climática. En él se aseveraba que varios miembros de la organización habían secuestrado el vuelo 79 en señal de protesta contra el cambio climático».

«Cambio climático». «Extinción masiva». De eso hablaba Becca. Trato de desentrañar el sentido de todo esto: quienes secuestran aviones son terroristas; los terroristas son extremistas religiosos, no ecologistas.

Y sin embargo…

«"La industria de la aviación representa la peor amenaza para el medio ambiente —afirmaba el tuit— y los líderes mundiales deben tomar medidas inmediatas"».

—Ven, siéntate en mi regazo, Soph.

A eso se refería Becca cuando ha dicho que Mina había elegido no luchar por la causa. No se trataba de intentos de radicalización —al menos no por parte de fanáticos religiosos—, sino de forzar aterrizajes, de impedir que la gente vuele, de llevar a las aerolíneas a la bancarrota.

—El vuelo 79 es el avión de mamá. —Le tiembla la voz.

¿Tendría que mentirle? ¿Decirle que no es el avión de Mina, que todo eso no tiene nada que ver con Becca ni con el hecho de que estemos encerrados en el sótano? No. Sophia no es una niña de cinco años normal: lee y escribe mucho mejor que la media de su edad, y lo retiene todo; sabe exactamente dónde está Mina. Además, ya he dicho más mentiras de la cuenta.

«El Grupo de Acción Climática ha emitido un comunicado en el que niega su participación en los hechos. Alegan que su cuenta de Twitter ha sido hackeada y que ahora mismo están reevaluando sus medidas de seguridad. Seguiremos informándolos tan pronto como conozcamos más detalles».

En la emisora dan paso a una cortinilla y oigo algo en la cocina: es el ruido de las patas de una silla al arrastrarse por el suelo, como si alguien acabara de levantarse rápidamente.

—¡Becca!

—El avión de mamá es el vuelo 79.

—Ya lo sé, cariño. ¡Becca! —grito, aún más fuerte, consciente de que estoy asustando a Sophia, pero sin saber qué otra cosa puedo hacer. Han secuestrado el avión de Mina: hay que poner fin a todo esto.

—El avión de mamá es un Boeing 777. Tiene 353 pasajeros.

—Así es. ¡Becca!

Otro ruido, más cercano esta vez. Estoy seguro —no sé por qué, pero lo estoy— de que Becca está ahí mismo, al otro lado de la puerta, con la oreja contra la madera. Hago lo que puedo para hablar con más serenidad.

—Becca, sé que estás ahí. Ya tienes lo que querías: lo que fuese que Mina tenía que hacer, lo ha hecho. Habéis tomado el control del avión. Ahora ya puedes soltarnos.

Se oye un ruido ahogado, algo a medio camino entre un resoplido y una tos, y entonces Becca responde. Habla en un tono agudo y desapacible, mucho más rápido que la voz mesurada y calculadora que ha utilizado después de drogarme.

—No ha cambiado de rumbo. No puedo soltaros hasta que haya cambiado de rumbo.

—¡Han secuestrado el avión! Lo han dicho por la radio. Becca, tienes que soltarnos.

—¡Cállate!

—Ya has hecho lo que te dijeron que hicieras. Ahora…

—¡Te he dicho que te calles!

—¡Papá! —grita Sophia desde los escalones, y me muerdo la lengua para no soltar las palabrotas que Becca se merece.

Bajo la voz e intento sonar tan afable y protector como puedo.

—Ven a sentarte conmigo, cariño.

—¿Por qué hablan del avión de mamá en la radio?

—En mi regazo estarás más calentita.

Sophia recula, asqueada.

—Se me van a comer los *ratos*.

Una vez que decidimos no convertir el sótano en un espacio útil, le prohibimos bajar a Sophia. Los escalones eran muy empinados y no había iluminación: una receta perfecta para el desastre. «El señor Ratón te pegará un mordisco como te vea ahí dentro», le decía, pellizcándole los pies mientras ella chillaba de risa.

—Aquí no hay ratones —le digo ahora, deseando estar en lo cierto.

Becca ha subido el volumen de la radio: la música bombea felicidad artificial a través de la puerta, pero a ella no se la oye. ¿Seguirá ahí, escuchándonos?

Sophia baja con cautela los escalones y viene a acurrucarse en mi regazo: notar el peso de su cuerpo me devuelve los ánimos. Me muero de ganas de darle un abrazo; pienso en los cientos de veces que he ansiado que acudiera a mí de esta manera, y en cuántas de esas ocasiones ha preferido irse con Mina. Me apoya la cabeza en el pecho y se le abre la boca en un bostezo involuntario. Le planto un beso en la coronilla.

—Esta situación es un poco complicada —le digo con toda la mesura de que soy capaz, muy a pesar de lo que siento—, pero papá lo va a arreglar todo, ¿vale? Papá nos va a sacar de aquí.

Solo tengo que averiguar cómo.

26

Ocupante del asiento 1G

Hay gente —no tú, de eso no me cabe duda— que cruza a la otra acera cuando ve a una persona sin hogar, en lugar de detenerse a comprobar si se encuentra bien. No le echan una moneda en el bote ni le compran un sándwich. Yo no comprendo a esa gente, pero imagino que serán los mismos que cambian de canal cuando ponen un anuncio difícil de digerir (niños con inanición, perros apaleados, pozos cavados a mano y llenos de agua sucia) porque no lo soportan.

Si esas cosas no podemos ni verlas, piensa en lo que debe ser vivirlas.

Y si no podemos ni verlas, deberíamos hacer algo para cambiarlas, ¿no crees? Donar dinero, firmar peticiones, participar en marchas de protesta...

Cuando esos individuos leen el periódico, ¿verán las noticias sobre cárceles masificadas o sobre la devastación provocada por el trazado de un tren de alta velocidad? ¿Pasarán de página porque no se dan cuenta o porque les da igual? Cuesta saber qué es peor, si la apatía o la ignorancia.

Mateo 9, 36: «Y al ver las multitudes, se compadeció de ellas; porque estaban desamparadas y dispersas como ovejas sin pastor».

Nuestro trabajo es hacer de pastores. Nuestro trabajo es guiar a esas ovejas —apáticas o ignorantes— para que tomen las decisiones correctas, para que salven el mundo. Tenemos que educar a la gente, porque sin educación estamos perdidos.

Allá por 2009, tuve una revelación. Puse las noticias y vi un incendio que arrasaba un bosque californiano.

«En la Costa Oeste se han registrado las temperaturas más calurosas de que se tiene constancia —decía el presentador—. Hemos hablado con la profesora Rachel Cohen, de la Universidad de California, cuyo estudio más reciente analiza la conexión entre los incendios forestales y el cambio climático».

Oí a Cohen hablar mientras el incendio se propagaba sin control dentro de un pequeño cuadradito proyectado sobre su cabeza. Luego la emisión volvió al plató y el presentador ofreció las últimas novedades acerca de la cumbre de Copenhague. Vi que el representante de Medio Ambiente de las Naciones Unidas declaraba que el cambio climático era uno de los mayores retos del presente y sentí un subidón de adrenalina.

Yo había participado en numerosas manifestaciones en favor de varios colectivos marginados, pero había sido en campañas animalistas y ecologistas donde había invertido la mayor parte de mi tiempo e implicación: los animales carecen de voz, los bosques son mudos. No pueden defenderse solos, así que tenemos que luchar por ellos. Yo llevaba años luchando, pero mi estrategia había resultado ineficaz: al dividir mi tiempo entre tantas protestas a pequeña escala, estaba diluyendo mi energía.

¿Qué sentido tenía luchar para salvar un único terreno virgen cuando estaban destruyéndose hectáreas enteras de selva tropical día tras día? ¿De qué servía impedir el cierre de un centro de atención a la infancia si los niños que acudían a él iban a quedarse sin un planeta en que vivir? Me había dedicado a achicar agua de la cubierta, cuando durante todo aquel tiempo había habido un agujero en el casco del barco.

El cambio climático ha provocado mortíferas olas de calor e incendios incontrolables. Huracanes, sequías e inundaciones. Océanos contaminados, polos derretidos. La extinción de un tercio de todas las especies animales conocidas. El cambio climático es la mayor emergencia a la que se enfrenta el mundo y la única que importa.

Sabiendo eso, ya no puedes cruzar a la otra acera, ¿verdad?

27

A siete horas de Sídney
Mina

Esperaba que el avión descendiese en picado, que las botellas de los estantes de la galera empezaran a traquetear mientras caíamos dando bandazos. Me había preparado para oír los gritos de los pasajeros cuando nos precipitáramos hacia el suelo.

No ha pasado nada.

Por ahora sigue sin pasar nada.

Por el hueco de las cortinas, veo a un puñado de pasajeros: leen, duermen, ven la televisión. Tras despedirse de Finley, Cesca ha aprovechado para pasearse por el avión y charlar en voz baja con los que siguen despiertos. Nadie me presta atención. Nadie ha visto lo que acabo de hacer.

Me veo incapaz de regresar a la cabina de pasaje. Estoy como clavada en el suelo: la culpa me martillea el pecho, y en el cerebro tengo grabada la imagen de la cara de Mike al darse cuenta de lo que ocurría. Es un tío grande y parece en forma: no caerá sin pelear. Un sollozo emerge desde mi interior: pura repugnancia por lo que acabo de hacer, por lo que tiene que estar sucediendo ahora mismo en la cabina de control.

¿Por qué no cae el avión? Necesito que esto termine. No lo soporto más.

Me imagino a Sophia recibiendo la noticia y las lágrimas

me resbalan por las mejillas. Tiene cinco años: ¿se acordará siquiera de mí? Pienso en la nota que le dejé en la almohada sin plantearme que podía ser la última, que podía ser el elemento físico definitivo que nos conectase a ambas. Siempre he sabido que mis notas eran más importantes para mí que para ella, pero ahora me pregunto si Sophia guardará en algún lugar ese corazón dibujado deprisa y corriendo. Si esa última nota, al fin, habrá sido algo especial para ella.

Mis lágrimas caen con más ganas aún. Lloro por los días en que volverá de clase y necesitará estar conmigo, por los consejos maternos que querrá y por los mimos que al fin estaba empezando a concederme. Lloro por su primer día de instituto, por el día de su boda, por el día en que tenga su propio bebé.

«Aun así, estará viva —me obligo a recordar— y tendrá a su padre». Contengo un sollozo en la garganta al pensar en Adam; no en el Adam de los últimos doce meses, el que a base de mentiras e infidelidades se ha ganado su expulsión de nuestro matrimonio, sino en el hombre del que me enamoré.

El hombre al que todavía quiero.

«Podríamos seguir haciéndolo —me dijo—, pasar la semana de antes de Navidad los dos juntos, comprando regalos, tomando vino especiado… Pasar un tiempo los dos solos». Y yo le dije que no, porque ya lo había organizado todo para pasar esos días lejos de casa (para estar en este maldito vuelo), y no porque no quisiera estar con él, sino precisamente porque sí quería. Porque todavía lo amo y aceptar habría sido mi perdición.

—¡Sí, señor! Ya estamos en la recta final —va respondiendo Cesca a un pasajero cuando entra en la galera.

Trato de encontrar saliva suficiente para hablar, mientras me debato en busca de las palabras que usaré. ¿Ahora cómo voy y le cuento a Cesca lo que he hecho? Cada segundo que ha transcurrido desde que he abierto esa carta —más bien, desde que he encontrado la foto de Sophia—, he estado pensando en mi hija, en lo que me estaban pidiendo que hiciese. Pero, ahora que ya lo he hecho, ¿qué va a suceder? ¿Qué va a ocurrir con nosotros?

—Qué niño tan mono. Quería saber si le habías desenredado los… —Me observa durante unos segundos, antes de correr la cortina—. ¿Qué te pasa?

No puedo hablar. No puedo moverme. Tengo la espalda apoyada contra la puerta de la cabina de control, y presiono las paredes de ambos lados con las manos, como si estuviera bloqueando el camino, cuando en realidad lo que estoy es afianzándome, pues siento que no pertenezco al mundo real. Nada de todo esto parece pertenecer a él.

Cesca debe detectar algo en mi expresión. Se le endurecen los rasgos, y entonces me empuja a un lado y pulsa el código de solicitud de acceso a la cabina de control. ¿Se molestará el secuestrador siquiera en levantar la vista hacia las cámaras? ¿Verá el terror en la cara de Cesca cuando la puerta no se abra?

Noto, detrás de nosotras, que alguien entra en la galera; Erik, creo.

—Vamos, Mike, joder. —Cesca vuelve a introducir el código, a la espera del clic que indique que el piloto ha desbloqueado la puerta.

—¿Qué ha pasado? —Oigo la voz tajante de Erik, seguida de la de Carmel, más dulce.

—¿Todo bien?

Los cuatro nos apiñamos alrededor de la puerta de la cabina, y me pregunto qué haremos si algún pasajero quiere usar el baño o viene a pedirnos algo de beber: le resultará obvio que hay algo que va muy mal.

—Mike no me deja entrar. —Cesca maldice en voz baja mientras desliza los dedos por las teclas. Respira acelerada y ruidosamente; el pánico que está sintiendo empieza a salir a la superficie. Una fina alianza le ciñe el dedo anular—. ¿Se encontrará mal o...? ¡Mike! —Lo dice con apremio, pero sin alzar el tono: es imposible que Mike la oiga.

Intento decir algo, pero tengo la boca tan seca que no me sale nada. Cesca prueba el código una y otra vez; Erik me echa una ojeada y, al instante, sabe lo que está ocurriendo. Lo sabe.

—¡Pero si es padre! —exclama Cesca—. ¿Por qué iba a...?

—Teclea el código de emergencia —dice Erik.

—¡No! —No he podido contenerme.

El código de emergencia funciona a la inversa que el código estándar de solicitud de acceso: en lugar de pulsar un botón para permitir el paso, el piloto tiene que apretar otro para impedirlo. Pero, para ello, tiene que saber que ese botón existe; tiene que saber cuál es el que debe pulsar.

Todos se quedan mirándome.

—No lo hagas —pido muy flojito.

Creen que Mike está solo ahí dentro; que se encuentra mal o que ha perdido la cabeza. No saben que nos han secuestrado. No se dan cuenta de que a ellos también podrían hacerles daño.

—Ha sido ella. —Erik me señala con un dedo acusador.

—Yo...

—Ha hecho algo.

El mundo me da vueltas, como si estuviera a punto de desmayarme. Tengo que darles alguna explicación.

—Mi... mi hija... mi...

—Lleva escondiendo algo desde que hemos despegado.

¿Por dónde empiezo? Noto un sabor salado en los labios y me doy cuenta de que estoy llorando otra vez; puede que no haya parado en ningún momento. Oigo las voces de los demás como las de una llamada internacional: hay un lapso de tiempo brevísimo entre que recibo el sonido y lo comprendo.

—Ha estado mucho tiempo en el baño. Demasiado —continúa Erik.

«Sophia —digo para mis adentros—, lo he hecho por Sophia».

—Ha recibido una carta. Era de un pasajero. —Carmel se sonroja levemente y me rehúye la mirada mientras se lo cuenta todo a Cesca.

Los tres me rodean, y deseo que lo que tenga que ocurrir ocurra ahora, que el avión se desplome y suceda lo inevitable, y que todo termine.

¿Revelará la investigación cómo accedieron a la cabina de control? ¿Sabrá algo la gente del dilema irresoluble ante el cual me encontré? Pienso en los titulares, en las fotos que rescatarán de donde sea para revelar el rostro de la mujer que traicionó al mundo entero. ¿Las esconderá Adam de Sophia? ¿Le contará que lo hice por ella, para salvarle la vida, para que no le ocurriese nada malo? ¿Entenderá Sophia que la quería tanto como para hacer cualquier cosa por protegerla? ¿Que morí para salvarla?

—¡Mina! —Cesca me zarandea por el hombro—. Si estás ocultándonos alguna información, te ordeno que me lo digas ahora mismo.

Abro la boca, pero entonces el sistema de megafonía emite un crujido. Todos nos quedamos inmóviles.

—Señoras y señores, la dirección de este vuelo ha cambiado de manos. Me llamo Amazonas y soy su nuevo piloto. Lo único que va a garantizar ahora su seguridad es su colaboración absoluta.

El silencio de la conmoción inicial se ve roto por un grito de terror que resuena en la parte de atrás de la cabina. Entonces, como si se hubiera reventado la presa de un pantano, se desencadena una oleada de ruido, mientras los pasajeros salen corriendo en desbandada entre las butacas y por los pasillos.

—Decidles que se sienten —ordena Cesca, y Carmel se

apresura a obedecerla, pero la mitad de los pasajeros ya están apelotonados en torno a la galera, abriendo las cortinas a tirones y exigiendo que les expliquen qué está ocurriendo.

«¿Han secuestrado el avión? ¿Qué es esto, una especie de broma? ¿Un atentado terrorista?». Pasadas las siete filas de asientos de clase ejecutiva, enmarcado en el contorno de la entrada del bar, está Hassan con un trapo en una mano y el vaso que estaba secando en la otra. Detrás de él, al otro lado del bar, la tripulación de turista lucha por mantener el orden. Por todos lados hay pasajeros llorando y agarrándose los unos a los otros; la histeria va creciendo con la fuerza de una marea.

Erik y Carmel se colocan cada uno en un pasillo. Oigo el miedo latente en sus voces mientras dicen a los pasajeros «por favor, vuelvan a sus asientos» y «traten de conservar la calma». Los que ya están sentados se aferran a los reposabrazos. Algunos han adoptado una posición fetal mirando hacia delante, como indican los protocolos de emergencia; unos cuantos rezan.

Recupero la voz.

—El secuestrador es el que se sentaba en el asiento 7G.

Cesca se me lleva aparte a rastras y me empotra contra los armaritos de la galera, inmovilizándome un brazo con cada mano. Las puertas metálicas de los armaritos se me clavan en los huesos de las muñecas.

—¿Cómo sabes tú eso?

Cojo aire y lo suelto en un gemido.

—Porque he sido yo quien lo ha dejado entrar en la cabina de control.

—¿Estás trabajando con él?

—¡No!

—No te creo.

—Ha amenazado a mi hija. Sabía cosas sobre ella, sabía a qué escuela va. Tenía una foto suya de esta misma mañana;

tenía una cosa de su mochila. Me ha dicho que, si no hacía lo que él me decía, iba a matarla. ¿Qué querías que hiciese? —El volumen de mi voz aumenta; la declaración de inocencia con que termino mi confesión se habría oído hasta en la cabina de pasaje de no ser porque allí ya están haciendo suficiente ruido.

—¡Podrías haber hecho una llamada! —Unas gotitas de saliva me caen en la cara—. ¡Has puesto en peligro la vida de todo el mundo!

—Él me ha dicho que si cooperábamos...

—¿Y tú vas y te lo crees? —Cesca ríe con desprecio—. No sé si eres peligrosa o simplemente eres tonta, Mina.

—Mi hija se llama Sophia —respondo bajando la voz.

—Me da igual cómo...

—Tiene cinco años. Acaba de empezar el colegio. Es muy lista y tiene un memorión; es increíble. —Hablo tan rápido que no dejo espacio entre las palabras, y en lugar de ver a Cesca veo los rizos alborotados de Sophia y sus ojazos marrones. Noto su suave manita cogida de la mía, el peso de su cuerpo al abrazarla—. Nació de una mujer a quien le daba igual que su hija estuviese viva o muerta, y nos la dieron a mí y a mi marido porque a nosotros nos importaba de verdad. —Las lágrimas ahogan mis palabras, pero aun así continúo. Siento que Cesca me afloja un poco la presión sobre las muñecas—. Juré que la protegería pasase lo que pasase.

Cesca me suelta las manos, pero permanece inmóvil. Me palpitan las muñecas.

—¿Tú tienes hijos?

Después de una pausa considerable, Cesca asiente con la cabeza.

—Tres.

—¿No habrías hecho lo mismo?

No me contesta. Da un paso atrás y se sacude para espabilarse.

—Tenemos que calmar a toda esta gente; la histeria no

ayuda a nadie. Iremos por la cabina y hablaremos con cada uno de ellos de manera individual, ¿vale?

Asiento con la cabeza.

—Les diremos que vamos a hacer todo lo que podamos para garantizar su seguridad; que sí, que alguien ha irrumpido en la cabina de control, pero que vamos a intentar comunicarnos con el secuestrador para recuperar el control del avión. ¿Entendido?

—Sí.

—Ah, y Mina... —Cesca levanta la barbilla, sin dejar de taladrarme con la mirada—, quédate donde pueda verte.

Todas las camas que había desplegadas vuelven a ser asientos; cuelgan auriculares bajo películas abandonadas. Hay sábanas y almohadas desparramadas por el suelo, y los pasajeros van dividiéndose en pequeños grupos; se les nota el pánico en la cara. Finley se ha subido al regazo de su madre y esconde la cara en su cuello.

Al frente de la cabina, Leah Talbot sostiene en brazos a Lachlan, quien con unos lloriqueos inaudibles empapa el edredón en el que le ha envuelto su madre. Me agacho junto a su butaca y hago un esfuerzo tremendo para encontrar las palabras adecuadas.

—Todo saldrá bien —me oigo decir a mí misma, y me doy asco por mentir así.

Leah me observa; la boca se le crispa mientras intenta hablar.

—Llevaba diez años queriendo tener un bebé. —Se mece adelante y atrás, arrimada a su niño.

Paul se acerca a ella.

—Leah, no...

—No puede ser que... No podíamos... —Llora, y al final de cada frase el dolor la hace atragantarse—. La hermana de Paul se quedó embarazada por nosotros. Hemos estado viviendo con ellos desde que nació Lachlan.

—Leah... —Su marido también está al borde de las lágrimas, pero ella continúa hablando.

—Cuando pasamos por el registro en el aeropuerto, los tres juntos, yo no cabía en mí de felicidad. Por fin éramos una familia. Por fin iba a poder traer un bebé a casa.

—Todo va a salir bien —repito, tratando de sonar sincera—. Estamos haciendo todo lo posible para recuperar el control del avión.

—Vamos a morir, ¿verdad? —pregunta Leah.

Se derrumba entre los brazos de Paul; le deja que le masajee la espalda y que se rompa la cabeza en busca de unas palabras de alivio, aunque no valgan de nada ante el horror de la situación en que se encuentran y, al alejarme de ellos, algo cambia en mi interior.

No podemos dejar que esto ocurra.

Todas y cada una de las personas de este avión tienen un motivo para estar aquí: alguien a quien van a visitar, alguien que llorará por ellos si nuestro avión no llega nunca. Cada pasajero tiene una historia: una vida por vivir. Yo he hecho lo único que podía hacer, que era velar por la seguridad de mi hija, pero ahora nos toca pelear.

Me seco las lágrimas y me obligo a distanciarme mentalmente de lo que he hecho: ahora lo que importa es cómo me enfrento a ello. Lo que importa es que pueda volver a casa, con Sophia; que todo el mundo pueda volver a su casa. El hombre del asiento 7G no ha estrellado el avión justo después de que le permitiese acceder a la cabina, lo que significa que deben de planear llevarnos lejos antes de...

No dejo que el pensamiento acabe. Si nos conducen a otro sitio, el tiempo corre a nuestro favor.

Alice Davanti está escribiendo. Cuando ve que me aproximo, alza la vista, pero la baja de nuevo a su libreta antes de que yo llegue, sin dejar de mover el bolígrafo con frenesí de un lado a otro de la página.

—Está usted… ¿trabajando? —Me parece extraordinario, pero la situación también es extraordinaria.

—Una carta —responde, rotunda—. Para mi madre.

Llego a entrever la primera línea —«Lo siento muchísimo»— antes de dejarla sola para ir a hablar con el pasajero siguiente, y el siguiente… Sus emociones son muy distintas: algunos están asustados; otros, confundidos; otros, enfadados. Derek Trespass, el periodista medio calvo, está en el pasillo hablando con la pareja fugitiva, quienes han alcanzado un nivel de intoxicación etílica que los protege de la realidad.

—¡Abrid ya la puerta y sacad a ese tío de ahí! —exclama Doug—. ¡Yo mismo lo haré!

—No, amor, que te harán daño. —Su prometida lo agarra del brazo. El rímel le corre por las mejillas.

—Me tienta la idea… Vaya si me tienta —dice Trespass—. Al menos estaríamos haciendo algo.

—Comprendo su preocupación, pero, de verdad, necesitamos que mantengan la calma. Por favor, regresen a sus asientos…

—¿Que mantengamos la calma? —replica Doug—. ¡Han secuestrado el avión, por amor de Dios!

Solo un puñado de pasajeros permanecen en sus asientos, reprimiendo el miedo y estirando el cuello hacia la puerta de la cabina de control. ¿Qué estará pasando ahí dentro? ¿Está Mike muerto? Pienso en lo que ha dicho Cesca —«¡Pero si es padre!»— y se me revuelve el estómago.

Una mujer mayor se levanta en la parte frontal de la cabina y da una palmada, tal y como haría una maestra de primaria.

—¡Un momento, por favor! —Tiene una voz aguda y desagradable, pero inspira cierta autoridad; poco a poco, todos los pasajeros se vuelven hacia ella—. Perder los nervios es innecesario y no va a ayudarles en nada. —Es la mujer de la melena canosa que ha repartido sus pertenencias entre varios armaritos en lugar de guardar la maleta en el portaequipajes.

En algún lugar se oye un murmullo de descontento, pero la mayor parte de la cabina guarda silencio. La gente necesita una voz sensata en momentos de crisis, y a menudo les cuesta menos confiar en uno de ellos que en las personas que están al mando. Esa mujer podría sernos útil. Trato de que me venga su nombre a la cabeza, pero no hay manera.

—Ninguno de ustedes saldrá herido mientras colaboren.

Comienzo a trazar un plan. Habrá otros pasajeros como esa mujer: con determinación, con capacidad de liderazgo. Podrán ayudarnos a tranquilizar a los demás mientras nosotros…

Mi cerebro asimila entonces lo que acabo de oír.

«Ninguno de ustedes». No «ninguno de nosotros».

—Ahora este avión está bajo nuestro mando. —Rondará la sesentena. Parece una maestra, o una trabajadora social o una enfermera, no una terrorista. Dos filas más atrás, un hombre hace el amago de ir a por ella, pero la mujer lo detiene con un gesto de la mano—. Tenemos armas y no dudaremos en usarlas.

Lentamente el hombre se deja caer en un asiento vacío.

—Yo soy Missouri —prosigue—. Pero no estoy sola.

Recorre la cabina con la mirada y, uno tras otro, los demás hacemos lo mismo. La mía se posa un instante en cada pasajero: Jason Poke, los Talbot, Finley y su madre. Lady Barrow. El hombre con miedo a volar. La rubita que estaba de los nervios cuando hemos despegado.

—Mis amigos y aliados se encuentran sentados entre ustedes —añade Missouri antes de esbozar una sutil y efímera sonrisa—. Intenten hacer cualquier cosa y lo sabremos.

El pulso me va al galope. Pensaba que estaba acatando los deseos de un único secuestrador, el hombre de la cara angulosa que está ahora al mando del avión, pero hay más. No sabemos cuántos. No sabemos dónde están sentados.

No podemos confiar en nadie.

28

Ocupante del asiento 1G

Por norma general, prefiero trabajar por mi cuenta. Comporta menos riesgos (las fugas de información involuntarias y todo eso), y me ahorra esas discusiones en bucle que conllevan mucha palabrería pero poca acción.

Algunos trabajos, no obstante, son demasiado grandes para una sola persona.

Con los años, he acabado liderando una escisión del grupo de activismo climático al que me uní después de mi revelación. Aquella organización tenía el empuje y la energía de un movimiento político, pero sin ningún tipo de jerarquía o estatutos claros, y, pese a que no éramos muchos, nos apasionaba la idea de salvar el planeta. Yo tenía muchos escrúpulos sobre quién se unía a nosotros: nada de heterodoxos, de veletas, de lobos solitarios. Quería a personas capaces de trabajar en equipo; quería seguidores, no líderes.

Poco a poco fui formando mi propia manada.

Los medios de comunicación ofrecen un estereotipo injusto de los ecologistas. Nos pintan con rastas y barba, descalzos y con las manos sucias. Se creen que vivimos de las subvenciones, en el bosque, abrazados a los árboles. Se ríen de nosotros y, de esa manera, influyen sutilmente en la sociedad para que esta también se tome a broma las problemáticas que denunciamos: si los ecologistas son un chiste, el ecologismo también debe de serlo.

En realidad entre nosotros hay gente de origen muy diverso.

Uno de mis primeros reclutamientos fue un ama de casa. Yo administraba un grupo de Facebook que entonces se llamaba «Trucos para las labores del hogar». Ya hacía tiempo que el contenido de la página estaba decantándose hacia formas de evitar el uso de plásticos desechables, y yo iba publicando cada vez más fotos de animales para ver la reacción de los integrantes del grupo. Enseguida cambié el nombre de la página por «Acción Climática» y la fusioné con la página principal. De aquella manera, acababa de crear una comunidad de más de cien mil personas procedentes de todo el mundo.

Solos, no somos más que una vocecilla; juntos, somos un rugido.

En una ocasión, una mujer publicó una foto de un oso polar desnutrido acompañada de un emoji llorón.

«Hace ocho días que empecé mi mes sin plástico —escribía—. Un poco duro, la verdad, pero esto me ha recordado por qué lo estoy haciendo».

Debajo de su publicación, se desplegó enseguida un hilo de mensajes.

«Bien hecho, ¡sigue así!».

«Gracias ☺. A mi marido no le gusta nada llevarse los sándwiches con envoltorio de cera de abeja. ¿Podríais recomendarme alguna alternativa?».

«¿Papel de plata?».

«¡Ah, pues claro! ¡Qué burra soy!».

Hablaba mucho de su marido, quien al parecer lo quería todo a su manera, ella incluida.

«Esta mañana he probado el champú en barra. ¡¡¡Se ve que echo un pestazo que tira para atrás, ja, ja, ja!!!».

De forma individual, sus publicaciones apenas llamaban la atención: el grupo tenía tres mil miembros activos y el tema de conversación cambiaba cada dos por tres a medida que bajabas por la página. Pero si leías con atención, como en mi caso, terminabas atando cabos.

«¿Alguien sabe cómo quitar manchas de grasa de una corbata? ¿¿¿Porfa???».

«¿Se puede cambiar la mantequilla por un aceite de cocina bajo en calorías, de esos que venden en aerosol?».

Su foto de perfil mostraba a una rubia bastante guapa, con una cintura finísima. Si uno iba haciendo clic en las fotos de años atrás, parecía haber encogido; se la veía cada vez más minúscula al lado de aquel individuo que salía junto a ella en casi todas las fotos, sujetándola del hombro con una mano posesiva.

Le envié un mensaje.

«¡Hola! ¡Gracias por ser uno de los participantes más activos de "Trucos para las labores del hogar"! Solo quería hacerte saber que agradezco mucho tus publicaciones y comentarios».

Su respuesta fue instantánea.

«¡Uau, gracias! Sois un grupo muy agradable; ¡no sé qué haría sin él!».

«¿Pudiste quitarle la grasa a la corbata?».

«No». A continuación había puesto un emoji triste, con una lágrima resbalándole por la mejilla.

«Ah, vaya —le respondí—. Bueno, ¡será por corbatas en este mundo!».

«Dile tú eso a mi marido».

Chateábamos casi todos los días. Yo ya empezaba a intuir cómo era esta mujer y en qué clase de matrimonio estaba metida, pero aun así me quedé de piedra cuando, después de unos cuantos días sin saber de ella, me escribió para decirme que había estado en el hospital, después de una fractura bastante fea en el antebrazo izquierdo.

«No fue culpa suya —me dijo—. Ha tenido una época de mucho estrés en el trabajo».

Yo tenía los dedos posados en el teclado frente a lo que esperaba que sería otro de esos chateos intrascendentes que por su parte tiraban un poco a terapia; entonces se me cerraron en un puño. Pobre mujer. Y él, vaya un hijo de la gran puta.

«¿Ha pasado otras veces?».

Algo apareció en la pantalla y volvió a desaparecer. Me la imaginé indecisa: escribiendo y borrando, escribiendo y borrando.

«Casi cada día. Pero nunca tan fuerte».

Y así, como si hubiera abierto un grifo, todo comenzó a salir a chorro: todas las excusas de su marido, todos sus errores. Traté de leer entre líneas para dar con la verdad y lo que hallé me horrorizó: había conseguido aislarla de sus amigos; le controlaba el dinero, lo que hacía, adónde iba. Estaba completamente atrapada.

«Yo llevo un grupo de activismo medioambiental —le dije—. Somos miles de personas en todo el mundo, pero solo unos pocos, en segundo plano, nos encargamos de las tareas organizativas. Tendrías que unirte a nosotros».

«No podría ayudaros en nada. ¡No soy más tonta porque no entreno, ya me lo dice siempre mi marido!».

«Siempre se te ocurren soluciones para las dudas del grupo. Serías un fichaje muy valioso para nosotros».

«A mi marido no le gustaría».

«No se lo cuentes. Es todo online. Te daré un seudónimo. Es un grupo estupendo; seguro que a los otros les vas a caer genial».

Con aquello di en el clavo. Era lo que ella más necesitaba en el mundo, y era tan sencillo... Solo necesitaba a alguien que la quisiera.

«Vale, va. ¡Genial! Muchísimas gracias. Besos».

Días más tarde, me dijo que «daba gracias a la vida» por haber recibido mi mensaje justo cuando necesitaba a alguien con quien hablar. Sin embargo, no había ocurrido por casualidad. Ni el destino ni la fortuna tenían nada que ver. Todos dirigimos nuestra propia orquesta y podemos escoger a quienes tocan en ella.

Aun así me sentía responsable con respecto a Sandra: yo era la única persona a la que ella había contado que su marido la maltrataba; ¿cómo no iba ayudarla? Era profundamente insegura, pero, bajo su falta de confianza, yo veía a una mujer amable y compasiva, concienciada con el medio ambiente. Veía a una mujer que había tocado fondo. A una mujer con una falta tan tremenda de convicción en sí misma que agradecía hasta el menor halago. A alguien tan acostumbrada a ver sus pensamientos sustituidos por los de otra persona que podría moldearla a mi absoluta voluntad.

Vi una oportunidad.

Toda oveja necesita su pastor.

29

A seis horas de Sídney
Mina

La mujer que se llama a sí misma Missouri lleva un jersey de lana verde muy grueso, tejido a mano.

El miedo que me estremecía el cuerpo se va aplacando: esta no es la terrorista que me esperaba; no es más que una abuelita. No estamos a salvo ni mucho menos, pero si los demás son iguales que ella...

Está claro que no soy la única que lo piensa, porque los pasajeros que están de pie empiezan a avanzar hacia la señora como obedeciendo a una señal acordada previamente. La mente se me dispara; ya estoy pensando en el momento en que la tengamos contra el suelo. En las taquillas de personal hay esposas de plástico y, por muchos que sean ellos, nosotros somos más. Lo único que tenemos que hacer es...

Pero entonces Missouri se levanta el jersey verde y todo cambia.

La avanzadilla de pasajeros recula: debajo del jersey hay cuatro bolsas de plástico pegadas con cinta adhesiva a una especie de faja que la mujer lleva ceñida al pecho. Las bolsas son negras y su contenido, lo bastante maleable para que se les doblen un poco las esquinas; de cada una salen dos cables finos que desaparecen bajo la parte superior del jersey.

—Tomen asiento. —Missouri se sitúa al frente del pasillo, junto a la entrada de la galera.

Poco a poco, todos los pasajeros van regresando a su asiento. El silencio aterrorizado solo se ve roto por el llanto de Lachlan y las voces inquietas de los pasajeros de la parte posterior del avión, a los que el nuevo acontecimiento ha pasado inadvertido. Me llega la voz de una auxiliar de vuelo de turista que les está asegurando que «todo está controlado», y el sudor me corre por los riñones; de controlado nada de nada.

Hay una bomba en el avión.

La gente siempre protesta por las colas de los controles. Los oyes a todos quejarse cuando se quitan los zapatos; los ves corriendo hacia la puerta de embarque porque han dejado el control para el último momento. «¿Tengo cara de terrorista?», sueltan molestos cuando los apartan para cachearlos. Pero no todos los terroristas tienen el mismo aspecto; esta en concreto viste un jersey verde tejido a mano.

—Se está tirando un farol —susurra Cesca.

Estamos las dos en el pasillo, del mismo lado que Missouri, unas cuantas filas más atrás. Tengo ganas de que se baje el jersey, como si el hecho de no ver los explosivos fuese a reducir la posibilidad de que los haga detonar.

—A lo mejor, sí. ¿Quieres jugártela?

Es una pregunta retórica: ninguna de las dos piensa arriesgarse. Los sistemas de seguridad de los aeropuertos son rigurosos, pero ninguno es infalible. Un bote de tinte capilar te lo confiscarán, pero un botecito de champú tamaño neceser, hasta arriba de agua oxigenada, puede llegar a colarse. No puedes llevar ningún cuchillo, pero sí agujas y tijeras de coser y limas de metal para las uñas. Hay armas de sobra si uno quiere tirar de ingenio.

Carmel y Erik están en la otra punta de la cabina; ella no para de retorcerse un anillo que lleva en el dedo. La mujer del asiento 5J —la rubita a quien he visto tontear con uno en el bar— continúa de pie; le hago un gesto a Erik para que le indique que se siente. Cuando él se le acerca, en lugar de ir hacia su butaca, ella camina en dirección a la galera y adopta una posición idéntica a la de Missouri pero en el lado opuesto de la cabina. Las dos intercambian una mirada y la rubia sonríe antes de saludarnos a todos con una brevísima inclinación de cabeza.

—Zambeze —dice.

Tardo unos segundos en caer en la cuenta de que se está presentando.

Su aspecto es delicado, como de muñequita, y tiene las manos juntas, como una novia a la que le falta el ramo. Recorro con la mirada el contorno de su cuerpo en busca de alguna señal de explosivos: un vestido elástico le cae desde un par de clavículas marcadas y le perfila un abdomen hueco. Debajo lleva unas mallas negras que le hacen bolsa en las rodillas.

«Zambeze», «Missouri». Qué extraña pareja; qué terroristas más raras.

Missouri retrocede hasta el interior de la galera, sin apartar los ojos de la cabina. Los cables del chaleco deben pasarle por dentro de la manga, porque van empalmados a un objeto de plástico negro que lleva en la mano izquierda. Coge el micro de megafonía con la derecha y se dirige a todo el avión.

—Llevo suficientes explosivos para acabar con la vida de todos los que vamos a bordo.

Lo único que se oyen son unos sollozos casi imperceptibles pero tan insistentes que parecen provenir de la misma osamenta del avión.

—Os da miedo morir, y aun así desperdiciáis el agua que con tanta urgencia necesitan las cosechas. Calentáis los océanos y agotáis las reservas marinas. Vais en coche cuando podríais ir a pie, coméis carne cuando podríais plantar un huerto, taláis árboles para construir casas y así cobijar a una población que está creciendo de forma descontrolada. Estáis matando al planeta y el planeta tiene tanto miedo como vosotros ahora mismo.

¿Cómo? ¿Por eso han secuestrado nuestro avión? ¿Por eso han amenazado a mi familia? ¿Porque «el planeta tiene miedo»? La ira estalla en mi interior y lo único que puedo hacer es guardarla ahí. Me había imaginado a un fundamentalista religioso, a un fanático; no esto. Esto es la viva imagen de la locura: una mujer canosa vestida con un jersey verde, con patas de gallo en torno a los ojos y manchas de envejecimiento en las manos. Pienso en todas las veces que he visto reportajes sobre protestas ecologistas y en lo rápido que he cambiado siempre de canal, ignorándolas por completo. Estaban un poco chalados, quizá, pero no realmente locos; no eran peligrosos.

—Los deseos y las necesidades son cosas muy distintas —continúa Missouri. Tiene los ojos como cuentas negras y gesticula mucho con la cara—. Ninguno de vosotros necesitaba coger este vuelo. Hay sitios preciosos que visitar en vuestros propios países y en otros a los que podéis llegar en tren o en barco. Podéis trabajar con empresas de todo el mundo gracias al correo electrónico, el teléfono, el vídeo… No necesitáis destruir el planeta: es un acto egoísta, que sale muy caro y que tiene que parar.

Pienso en Leah y en Paul Talbot, que vuelven a casa con su bebé, y en la mujer que esperaba llegar a tiempo a Sídney para despedirse de una amiga a las puertas de la muerte. Pienso en Pat Barrow, que escapa de su pena. Pienso en los veinte integrantes de la tripulación, con hipotecas que pagar y niños a los que alimentar. Las necesidades son relativas.

—Y entonces ¿qué haces tú en un avión?

Se oye a alguien reprimir un grito en el otro extremo de la cabina y todo el mundo gira la cabeza para descubrir el origen de la pregunta.

—¡Doug, cállate! —Ginny se aferra a su prometido, que gesticula como un borracho en un bar de cómicos un sábado por la noche.

—El inventor de la bombilla trabajaba a la luz de las velas —dice Missouri, a quien al parecer la interrupción la ha divertido más que irritado—. El creador del automóvil viajaba en diligencia. Quienes trabajamos para construir un futuro mejor tenemos que usar las herramientas que haya a nuestra disposición para descubrir otras nuevas.

—¿Por qué no nos hemos estrellado todavía? Es lo que a mí me gustaría saber. —Al otro lado de la cabina surge una voz histérica, que se va haciendo más aguda con cada palabra—. Si vamos a morir, terminemos de una vez con esto. Es insoportable, ¡insoportable!

—Que alguien la haga callar, a la chica de al lado —dice Derek Trespass—. Y tú, tío, ya la has oído: si colaboramos, nadie saldrá herido.

—¡Que lleva una bomba!

Esas palabras parecen propagar de nuevo el miedo por la cabina. Observo a la muñequita Zambeze y veo que una sonrisa le asoma a la comisura de los labios: lo está disfrutando.

Missouri alza la mano y se hace el silencio.

—Tenemos preparada una proclama que, según lo previsto, se publicará en las redes sociales dentro de unos minutos. Entre otras cosas, pedimos al gobierno que adelante a 2030 su objetivo de cero emisiones de carbono y que empiece a multar a las aerolíneas que no demuestren su compromiso con las energías renovables.

El pasajero del asiento 2D —el de las piernas largas, el que me ha dicho que alegrase la cara— tiene el cuerpo echado hacia delante, con los brazos apoyados en las rodillas. No solo no muestra la misma expresión de pánico que los demás, sino que va asintiendo con la cabeza a las palabras del discurso de Missouri. Le doy un leve codazo a Cesca y lo señalo con la cabeza hasta que ella me sigue la mirada.

Amazonas, Missouri, Zambeze y ahora el del 2D. Son cuatro en total. ¿Cuántos más hay? ¿Habrá algún otro en la parte de atrás, en turista? De pronto me asalta una idea: ¿habrá alguno entre la tripulación?

—Nosotros solo hemos tomado como rehenes a unos pocos cientos de personas —añade Missouri—. Nuestros políticos tienen en sus manos el futuro del mundo entero.

Erik se ha cambiado de sitio en la otra punta de la cabina. La última vez que he mirado, estaba al lado de Carmel, pero ahora se encuentra unas cuantas filas más cerca de la galera que antes. Zambeze está absorta en el discurso de Missouri, y Erik, a su vez, tiene la vista fija en Zambeze. Veo que vuelve a moverse: primero un pie, luego el otro, tan lento que apenas se nota. Contengo la respiración: ¿qué se supone que está haciendo?

—Seguiremos en el aire hasta que el gobierno acepte nuestras exigencias, o bien… —Missouri hace una pausa— o bien hasta que nos quedemos sin combustible.

Se produce un instante de silencio en que nuestra imaginación colectiva ve el horror de su amenaza en todo su esplendor. Antes de que a nadie le dé tiempo a hablar, Missouri prosigue:

—No tengo ninguna duda de que vamos a conseguir nuestro objetivo. Sentenciar intencionadamente a muerte a centenares de sus propios conciudadanos sería marcarse un gol en propia puerta, ¿no creéis? —No parece esperar respuesta alguna—. Mientras tanto lo único que tenéis que hacer es cooperar.

Erik vuelve a moverse, muy poquito a poco. ¿Será él el número cinco? Pienso en cómo ha corrido la cortina de su litera durante el descanso, negándose a seguirnos el rollo con los cotilleos y los juegos. Ha dicho que quería dormir, pero ¿y si tenía alguna cosa que esconder?

—Y si no, ¿qué? —exclama Derek Trespass.

Missouri levanta el brazo, con lo que deja que se le deslice la manga del jersey hasta el codo: los cables hablan por sí solos. La esposa de Jamie Crawford se echa a llorar con unos aullidos escandalosos que atraen las miradas nerviosas de la gente tanto como Missouri, pues temen que aquel arrebato emocional incite a los secuestradores a actuar. Algo se mueve velozmente en dirección a la galera: es Erik, que corre hacia Zambeze y le retuerce el brazo a la espalda. Los gritos resuenan por toda la cabina, y Carmel sale corriendo hacia ellos; su voz se alza por encima del ruido.

—¡Erik! ¡No! ¡Vas a conseguir que nos maten a todos!

Todos los pasajeros se han levantado de la butaca y se han puesto a llorar y a chillar y a corretear en varias direcciones. Missouri atraviesa la galera y reaparece por detrás de Zambeze, quien forcejea con Erik, de cuyo brazo tira una Carmel histérica, y por encima de todo se oye al bebé Lachlan berreando hasta desgañitarse. Emprendo el camino más corto a través de la cabina, trepando por los asientos, sin saber qué haré cuando llegue al otro extremo, sin tener ni idea de quién es quién ni en qué dirección corre cada uno, únicamente sabiendo que alguien terminará herido si...

Nunca había visto tanta sangre.

Sale disparada trazando un amplio arco por encima de las butacas y salpica la pared de carmesí. Alguien grita y grita sin parar, sin detenerse a coger aire.

—¡Ayudadme a tumbarla en el suelo! —dice el hombre de la barba perfectamente recortada, con las gafas manchadas de sangre. Lleva la sudadera gris empapada también de sangre e intenta tapar con las manos una herida que jamás se cerrará; da igual lo fuerte que presione.

Gritos. Muchísimos gritos.

Carmel. Veintidós años. Una cabeza llena de paredes por pintar, de sofás de color rosa palo, de hoteles remotos y de un novio que trabaja en la City. En el aire, a treinta y cinco mil pies de altura, la sangre se le escapa a borbotones entre los dedos de un desconocido: le han clavado en el cuello un saca-corchos.

30

Ocupante del asiento 1G

Lo que tienes que entender es que yo nunca quise que nadie saliera herido. Pero como reza el dicho: no se puede hacer una tortilla sin romper algunos huevos. A veces la violencia es el único lenguaje que la gente entiende.

El sacacorchos era por si acaso: necesitaba un arma más inmediata, más específica que la amenaza de una bomba. Me lo metí en el bolsillo cuando fui a «admirar el bar», sin verdadera intención de usarlo, y me alegré de llevarlo encima cuando vi que la tripulación trataba de sabotearme el plan. El metal se clavó en la garganta de esa chica con un ruido hueco que me pareció curiosamente satisfactorio: la primera persona a la que maté en la vida; mis manos, manchadas de sangre.

Su muerte fue una desgracia, como todas, pero de entre quienes estaban a bordo del avión, los miembros de la tripulación de cabina eran los mayores culpables. ¿Te imaginas qué declaración de principios tan poderosa sería para el mundo que el personal de una aerolínea se negara a volar, que exigiera un descenso de las emisiones contaminantes y el empleo de energías renovables?

Pero, bueno, supongo que nadie muerde la mano que le da de comer.

Esa chica fue un sacrificio, como el hombre del asiento 1J,

que murió para que Mina entendiera la importancia de nuestras reclamaciones. Él, en el bar, abrió la cartera, orgulloso de su familia, y entonces entreví su tarjeta de pasajero habitual: no era tan culpable como la tripulación, pero tampoco es que fuera inocente. Había elegido generar 5,8 toneladas de dióxido de carbono al volar de Londres a Sídney; había elegido destruir quince metros de casquete polar: quien siembra vientos recoge tempestades.

Trituré un Rohypnol y se lo eché en la bebida; luego, lo rematé con una sobredosis de insulina, la cual le provocó convulsiones violentas y un coma inmediato, seguido de una muerte casi instantánea. Resulta que la insulina no debe guardarse en la bodega del avión, puesto que hay que conservarla a una temperatura constante. Independientemente de si el viaje dura una semana o seis meses, te permiten llevar todo tu suministro en el equipaje de mano, sin que haga falta más que la autorización de un médico para garantizar que es seguro. Me parece increíble haber tenido que quitarme los zapatos para un control de explosivos, mientras que, tras poco más que una mirada superficial, me han permitido pasar tan campante con suficiente insulina para dos meses enteros y veinte comprimidos de Rohypnol guardados en una caja de paracetamol.

Armas humildes, tal vez, pero mucho más fáciles de justificar que cualquier veneno ilegal, y también más efectivas, como ya has visto. De acuerdo, el Rohypnol que le administramos a Adam Holbrook podría haber surtido efecto un poco antes, pero Volga no había tenido en cuenta su tamaño ni su fuerza. Aunque lo mismo da: al final, terminó sucumbiendo.

Ay, Volga… Todo esto se debe a ella, en realidad. Aunque, en aquel momento, ella no se daba cuenta.

Ya hacía tiempo que la industria de la aviación se había convertido en nuestro principal objetivo; habíamos conseguido un éxito notable al paralizar la actividad del mayor aeropuerto del Reino Unido usando solo un par de drones. La cobertura mediática fue increíble —por fin la gente nos escuchaba—, y supe que podíamos lograr algo aún mayor. Algo tan grande que a nuestros mandamases no les quedaría más remedio que actuar.

El verano siguiente, estaba yo supervisando los mensajes del grupo de Facebook cuando Volga me obsequió con el vehículo perfecto para transmitir nuestras ideas. Y cuando digo vehículo, hablo de manera literal.

Volga llevaba ya un tiempo con nosotros, asistiendo a las manifestaciones. Parecía tener un olfato especial para detectar los follones y había ido acumulando un historial delictivo considerable. Era una de esas jóvenes que se creen indestructibles, con una debilidad por las drogas de farmacia que me permitía atarla corto.

«Sé de una persona que ha adoptado una tortuga para su hija a través de WWF —escribió—, pero ojo: ¡es una puñetera auxiliar de vuelo!».

Nuestra conversación había ido centrándose en ese tipo de activistas de salón de clase media que ostentan un fervor declarado hacia las lecheras de cristal retro, pero que no se lo piensan dos veces antes de coger un vuelo de fin de semana a la otra punta del mundo para tumbarse junto a una piscina.

«¡Menuda hipócrita!», concluyó Ganges, y con razón.

«En diciembre tiene un vuelo sin escalas hasta Sídney. ¿Os hacéis una idea de la huella ecológica que puede dejar eso?».

Yo estaba pensando en algo más que en la huella ecológica.

Busqué la ruta en Google. Los medios hablaban mucho de ella; la prensa amarilla ya especulaba sobre la lista de famosos a los que podían haber invitado a aquel viaje a Sídney, encantados de que asociaran sus nombres a un acontecimiento histórico como aquel.

Los billetes acababan de salir a la venta.

Mensajeé a Volga en privado, le sonsaqué hasta el último dato de que disponía y le prometí tal cantidad de opiáceos que no se le borraría la sonrisa de la cara hasta Navidad. Volga no conocía en persona a aquella mujer, sino a su *au pair*, una chica ucraniana. ¿Y si esa chica —me pregunté yo— podía servir de pretexto para que Volga conociese a la familia? Si podía entrar en su casa, averiguaría más cosas sobre ellos. Yo sabía que Volga tenía unos veintitantos y le propuse que se planteara si podía pasar por alguien más joven. He observado que la sociedad no cree que la gente joven sea lo bastante inteligente para levantar sospechas y esa inocencia aparente puede ser de utilidad.

El resto, ya lo sabes: Becca Thompson, de diecisiete años. Estudiante preuniversitaria de Arte, Historia y Francés. Niñera. Activista encubierta. Yo la veía perfectamente capaz de estar a la altura, a pesar de su edad. Al fin y al cabo, el elemento sorpresa jugaba a su favor.

De hecho, lo único que me preocupaba era que fuese un poco demasiado lejos.

31

1.00
Adam

La primera vez que cogí un vuelo con Mina, acabábamos de irnos a vivir juntos. Fuimos al aeropuerto en coche y nos despedimos delante del mostrador de facturación, sin saber si volveríamos a vernos al cabo de dos horas o de tres días.

—Crucemos los dedos. —Mina me besó y luego se volvió hacia la tía del mostrador, juntando las manos como si rezara—. Haz todo lo que puedas, ¿vale? Este me gusta mucho.

Llegué a entrever un guiño pícaro justo antes de que su abrigo esmeralda revoloteara cuando se dio la vuelta para marcharse en dirección al control de seguridad, con la maleta de ruedas siguiéndola dócilmente. El pelo, que apenas unas horas antes había estado esparcido por mi almohada, lo llevaba sujeto en un moño impecable a la altura de la nuca, gracias al medio bote de laca que se había echado y que había dejado el baño irrespirable.

En la puerta de embarque, aguardé manoseando el pasaporte hasta que la gente hizo una fila y desapareció pasarela adentro. Desde la cristalera, observé el avión de World Airlines que esperaba en la pista y me imaginé a Mina dando la bienvenida a los pasajeros y revisando tarjetas de embarque.

«Último aviso para el señor Williams...».

Mientras el sonido del comunicado se desvanecía, puse atención a ver si oía los pasos de alguien que acudiera a toda prisa. Miré a la gente que seguía sentada en busca de la cara de asombro de alguien que estuviera pensando en las musarañas. «Lo siento mucho, tenía la cabeza en otra parte...». «No se preocupe, caballero; venga, lo acompaño a bordo». Traté de intercambiar una mirada con la chica del mostrador para recordarle que estaba allí, pero ella estaba metida de lleno en una conversación. El vuelo debía despegar al cabo de diez minutos.

Decidí que, si no subía, llamaría a los colegas, a ver si había alguien libre para tomar una cerveza en lugar de quedarme en casa de bajón. Sería divertido; quizá incluso más que un fin de semana en Roma.

«Último aviso para el señor Williams: el embarque ya ha finalizado y su vuelo está a punto de despegar. Último aviso para el señor Williams».

¿Más divertido? ¿A quién quería engañar? Un año atrás, unas cervezas y un kebab con los colegas del trabajo habría sido mi idea de una noche perfecta, pero para entonces estaba enamorado hasta las trancas. Roma era lo de menos: habría esperado allí una semana por pasar una noche con Mina en cualquier motel playero de mala muerte.

—¿Adam Holbrook? —Esta vez la voz no procedía de megafonía; me habían llamado desde el mostrador.

Me levanté tan rápido de la silla que me tropecé con la maleta de mano y se me cayeron al suelo el móvil y la revista que había comprado para el viaje. La chica del mostrador se rio.

—Iba a decirte que es tu día de suerte, pero ya no estoy tan segura.

—¿Puedo embarcar?

—Puedes embarcar.

Entré en la cabina y me topé con la mirada hostil de dos centenares de pasajeros que creyeron que era el tardón de Williams. Dediqué una gran sonrisa a Mina mientras ella iba explicando las instrucciones de seguridad igual que aquella vez que me las había explicado a mí desnuda, de pie encima de la cama y con una copa de champán en la mano. «Las salidas de emergencia están sexuadas aquí, aquí y aquí...».

Fue un fin de semana inmejorable. Uno de esos que se pasan rapidísimo y que a la vez parecen durar una eternidad; uno de esos en que no paras de hablar ni de reírte. Así era nuestra relación.

¿Qué ha sido de todo aquello?

«Eres tú quien lo ha echado a perder. Y ahora puede que no vuelvas a verla nunca».

Ojalá supiese qué está pasando con Mina ahora mismo. Maldigo la radio por la falta de noticias nuevas. ¿Cómo es posible que estén hablando de otras cosas? ¿Cómo puede ser que en Rise FM sigan poniendo villancicos y anuncios de ropa interior, cuando cientos de personas podrían haber...?

«¡No! No han muerto. Mina no ha muerto».

Intento evocar su imagen, intento sustituir el horror que me ocupa el pensamiento por algo esperanzador, pero lo único que me viene a la mente son escenas de películas de catástrofes: armas, bombas, aviones que caen en picado, que se hunden en el mar, que atraviesan edificios....

Cierro los ojos con más fuerza si cabe, pero la ráfaga de escenas no se detiene y, con ella, tampoco la consciencia de que todo esto es culpa mía. Si no me hubiera endeudado ni hubiera mentido a Mina, ella aún me querría. Y, si me quisiera, no se habría subido a ese avión.

En ningún momento me metí donde no me llamaban. Mina había quedado con nosotros en el parque, para acompañar a Sophia hasta casa, y yo la convencí para que fuéramos a tomar un helado. Se pasó todo el rato sentada en el borde de la silla, mirando el reloj y preguntándole a Sophia si ya estaba acabando. El patrón siempre era el mismo: yo quería quedarme un poco más, Mina se moría de ganas de marcharse. Si hubiésemos podido pasar un día entero juntos... Pero para ella era impensable.

«Necesito espacio», decía siempre.

—¿Y si hacemos algo el mes que viene? —le había propuesto yo la última vez que nos vimos—. Un día que Sophia tenga clase hasta tarde. Podríamos ir al arboreto, por ejemplo, cuando las hojas ya hayan cambiado de color. Te encanta ese sitio.

Creí advertir arrepentimiento en sus ojos mientras me decía que no, pero quizá me hiciese ilusiones.

Seguí insistiendo.

—O, si no, en Navidades. Ya sé que aún faltan meses, pero pronto repartirán los turnos de vacaciones. Me cogeré algún día libre la semana de antes de las fiestas, y así podemos ir a los mercadillos y comprarle algo bonito a Sophia.

Pensé que con aquello la tendría en el bote, pero ella se limitó a contestar:

—Me lo pensaré. —Y se acabó la discusión.

El día del helado, al segundo de que Sophia dejara la cucharilla, ella cogió a toda prisa la cuenta y se la llevó al mostrador para pagar. Su móvil vibró encima de la mesa y el instinto me obligó a cogerlo: el mismo tipo de respuesta automática que lleva a mis dedos a deslizar la pantalla del mío para entrar en webs de apuestas. Eché un rápido vistazo: era un mensaje de un tal Ryan.

> Ya he arreglado lo del cambio con los de Personal. Te han puesto en el vuelo a Sídney. ¡Sigo pensando que he salido ganando yo con el trato!

No fue tanto que yo no lo entendiese —aunque lo cierto es que no lo entendí— como que no se me quedó grabado como algo importante. Pero, cuando ya nos íbamos, Mina me dijo:

—Ah, y sobre lo de ir a los mercadillos de Navidad... No hace falta que te cojas ningún día libre: me han hecho la putada de ponerme en el vuelo a Sídney. Estaré fuera toda esa semana.

De pronto comprendí lo que quería decir el mensaje de Ryan.

Mientras Mina se alejaba con Sophia, me sentí hecho polvo: que me odiase tanto como para preferir estar a casi veinte mil kilómetros de mí... Culpa mía, ya lo sabía, aun así...

Ahora pienso en ella, a merced de unos terroristas, y voy repasando los actos que han provocado todo esto. Cambio de postura sobre las losas frías, tratando de recuperar algo de sensibilidad en las piernas sin molestar a Sophia, que se me ha quedado dormida en el regazo. La tenía apoyada en el pecho, pero a medida que le entraba sueño se le ha resbalado la cabeza a un lado y, como no tenía las manos libres para sujetarla, he tenido que echar el hombro hacia delante para evitar que se cayera al suelo. Al principio era incómodo, luego molesto, y ahora es casi insoportable, pero de momento lo mejor que puede hacer Sophia es dormir, mientras yo pienso en qué debería hacer y en cuánto de todo lo que está pasando es culpa mía. Estoy seguro de que, si no hubiera estado tan distraído —si no hubiera acabado tan dolorido de la paliza que me han metido—, nunca me habría vencido alguien como Becca.

Debería haberle contado a Mina la verdad desde el principio, pero es que jamás tuve intención de mentirle. Puede que comprar un rasca y gana, técnicamente, sea apostar, pero nadie lo define de esa forma hasta que se convierte en algo serio, y no fue algo serio hasta que empezó a serlo. Para entonces ya estaba demasiado preocupado, avergonzado y desesperado por saldar la deuda antes de que Mina lo descubriese.

El agua que gotea pared abajo me humedece la espalda de la camisa y me entra un escalofrío. Sophia se revuelve, intranquila, y me quedo totalmente inmóvil, pero es demasiado tarde: se ha despertado.

—¡Mamá! —Lo repite, más fuerte—: ¡Mamá!

—Chisss, papá está aquí.

—¡Mamá!

La mezo con dulzura; mi hombro grita de dolor con el movimiento. Sophia rompe a llorar.

—No me gusta este sitio, quiero estar con mamá. ¡Mamá!

—¿Y si te cuento un cuento?

—¡No! ¡Quiero estar con mamá! —El cuerpo se le tensa y comienza a darme patadas en las espinillas.

—En la habitación verde y tranquila había un teléfono…

—Mamá… —dice ya más bajito.

—… un globo rojo en una esquina y un cuadro de… —termino la frase con tono de pregunta.

—… un cuadro de una vaca que salta una luna fina —susurra Sophia, que deja de darme patadas.

—Y otro…

—Otro con tres osos en sus sillas, perezosos.

Qué rabia me daba *Buenas noches, luna*. Una vez se lo escondí; lo metí debajo de la alfombra de su habitación. Me dije que a Sophia le iría bien variar de cuento a la hora de acostarse, para romper con aquella absurda dependencia de la rutina y la repetición. Me dije que, de todas formas, tampoco era un cuento muy bueno; los hay mucho mejores por ahí. Fui a la librería de una gran superficie y le compré una pila de cuentos nuevos. Traté de acallar mi mala conciencia con *El grúfalo* y *¡Cómo mola tu escoba!* Encargué un ejemplar de *Le Petit Prince*, y le sugerí a Mina que tal vez a Sophia le gustaría oír cuentos en francés.

—¿Tu madre te hablaba en árabe de pequeña?

Mina sonrió.

—Solo cuando se cabreaba.

—Podríamos buscarle a Sophia cuentos tradicionales argelinos.

—A ella le gusta *Buenas noches, luna.*

—Ya, pero ¡es que es el mismo todas las noches!

La repetición no era lo único que me sacaba de quicio: era el hecho de que Sophia quería que solo se lo leyera Mina. Cuando ella le leía *Buenas noches, luna,* Sophia se mostraba participativa: señalaba los dibujos y se llevaba un dedo a los labios cuando la viejecita decía «chisss». Yo siempre era un segundón, un jugador suplente del equipo perdedor. «Buenas noches, estrellas. Buenas noches, aire. Buenas noches, ruidos en todas partes», terminaba yo, y Sophia se incorporaba en la cama: «¿Cuándo va a volver mamá?».

—No lo dice para herirte —insistía Mina, pero yo nunca me he quitado esa espinita.

—Buenas noches, ruidos en todas partes —digo ahora.

Sophia mete la cabeza bajo mi mentón.

—Gracias, papá.

—De nada, bichito.

—Tengo mucho frío.

Noto el calor de su cuerpo contra el pecho, pero cuando le poso los labios en la frente, la tiene helada. Meneo la parte de arriba del cuerpo para moverla de un lado a otro.

—Venga, ¡arriba esos pies! Hora de hacer ejercicio.

Se levanta del suelo y por poco me echo a llorar por la mezcla de dolor y alivio que me produce relajar los hombros y encoger las piernas.

—¿Te acuerdas de cómo se salta haciendo la tijera? —Sophia asiente con la cabeza—. Hazme veinte, pues. ¡Vamos, vamos, vamos!

Mientras ella salta abriendo brazos y las piernas, y volviendo a cerrarlos, una y otra vez, yo empiezo a mover tantas partes de mi cuerpo como me permiten las ataduras. Un hormigueo brutal me paraliza las extremidades en cuanto la sangre empieza a circular. Sophia termina los saltos, sin aliento y entre risas.

—Ahora, a correr sin moverte del sitio. ¡Ya!

La fuerzo a hacer ejercicio sabiendo que en no demasiado tiempo acabará hambrienta de la extenuación, pero, entre eso y que coja una hipotermia, prefiero lo primero. Se queja cuando le digo que ya es suficiente por ahora, pero, si empieza a transpirar, el sudor se le va a enfriar en la piel y se va a encontrar todavía peor.

—¿Jugamos al veo veo?

Repaso el sótano con la mirada; ya tengo los ojos completamente adaptados a la penumbra: piedra, escalones, una puerta cerrada con llave.

«Veo, veo... ¿Qué ves?... Una cosita... ¿Qué cosita es?... Que no hay salida».

—Tengo una idea mejor. ¿Y si jugamos a que tú eres mis ojos y nos vamos a explorar?

—¿Al jardín? —dice Sophia, esperanzada.

—Aquí dentro, de momento.

Ella suspira y acepta sin mucho convencimiento, arrastrando la voz.

—Bueeeno...

—Empieza en la esquina. Esa de allí. —Sophia, obediente, se va con un par de brincos hasta el rincón más alejado—. Ahora pasa las manos por las paredes. Dime si encuentras algo.

—Me dan miedo los *ratos*.

—*Ratos* no, ratones. Aquí no hay ratones, cariño, eso fue una tontería que se inventó papá. ¿Notas algo?

—Ladrillos.

—Toca el suelo también. ¿Hay algo en el suelo? —Un ladrillo suelto, una herramienta olvidada, ¡lo que sea!

En la academia de policía nos enseñaron a registrar casas

en busca de drogas o de armas. Empiezan una pareja de agentes en una esquina de la habitación y otra en la esquina contraria, después se cambian el sitio y cada una registra el trozo de la otra. Hay que dividir el área en cuatro sectores y asegurarse de haber examinado bien cada uno antes de pasar al siguiente.

—Haz como que eres policía —digo— y que estás buscando pistas.

—Pero yo seré piloto.

—Tú hazlo ver.

Sophia encuentra un clavo y una lata de Coca-Cola light, de antes de que nos diéramos cuenta de que la humedad dejaba una capa de sarro encima de cualquier cosa que intentásemos almacenar aquí abajo.

—Podemos bebérnosla. —De repente la idea me parece irresistible: tengo la garganta rasposa y los labios irritados—. ¿Crees que podrías abrirla?

Tarda un montón: a sus deditos les cuesta levantar la anilla metálica. Yo le aguanto la lata con los pies y, finalmente, lo consigue: el líquido burbujeante me empapa los calcetines. Sophia bebe primero, emocionada por que le dejen tomar algo que normalmente tiene prohibido; después me vuelca la lata dentro de la boca, con tanta prisa que el refresco pegajoso me resbala por el cuello hasta el pecho. Cuando nos la hemos terminado, Sophia suelta un eructo enorme. Intenta pedirme perdón, pero le viene otro y se tapa la boca con la mano. Mantiene los ojos muy abiertos, a la espera de una reprimenda, y se queda de piedra cuando, en cambio, eructo yo también.

—¡Papá!

Me doy cuenta de que me paso el día regañándola. Diciéndole que se esté quieta, que se porte bien, que cuide los modales en la mesa y que no sea contestona. La regaño mucho, muchísimo más de lo que la elogio. ¿Tan raro es que prefiera a Mina?

Vuelvo a eructar.

—¡Sophia!

—¡Has sido tú! —Se abalanza sobre mí y acuso su peso en las piernas. Me agarra la cara con las manos, apretándome las mejillas y riéndose de la expresión que pongo cuando río.

—Me gustaría darte un achuchón.

Sophia me tira de los brazos.

—Están bien sujetos, me temo. A menos que puedas hacer aparecer una llave por arte de magia… —Entrechoco las esposas con la barra de metal.

A Sophia le viene una idea y deja escapar un «¡Aaah!». Se me baja del regazo y recoge el clavo del suelo.

—Buena idea, bichito, pero eso solo funciona en las películas. —Sophia baja la vista, así que me contorsiono para enseñarle el agujerito de las esposas donde debería entrar la llave—. Venga, pues, haz lo que buenamente puedas. —Me inclino hacia delante, dándole vía libre, y me pregunto si mi extraña y preciosa hija me va a sorprender con un talento oculto para forzar cerraduras.

Debemos de llevar horas aquí abajo. ¿Cuánto más seguiremos en este sitio?

Llamo de nuevo a Becca, pero no hay respuesta, y no saber qué planes tiene para nosotros hace que me inunde un terror únicamente comparable al miedo que siento por Mina. Estaba previsto que el vuelo 79 aterrizase en Sídney dentro de unas pocas horas, y lo único que sabemos, por la radio, es que ni ha variado de rumbo ni se ha estrellado.

Por ahora.

32

Ocupante del asiento 1G

No es fácil pilotar un avión.

Necesitábamos un piloto, eso estaba claro, pero intentar convencer a un piloto comercial en activo de nuestra manera de pensar habría sido complicadísimo y habría puesto en riesgo nuestros planes antes incluso de que tomasen forma. Traté de dar con algún piloto caído en desgracia, pero no son tan fáciles de localizar como, por ejemplo, los médicos cesados, cuyos datos se encuentran ampliamente disponibles.

En plena investigación —la cual se desarrolló, sobre todo, en foros de internet—, me encontré ante la evidencia de que muchos aviadores comparten una gran pasión por los videojuegos de simulaciones. Me parece increíble que, después de una semana pilotando, alguien pueda tener ganas de pasarse los días libres manipulando un avión pixelado en una pantalla, pero así es. Se ve que muchos simuladores modernos son tan verosímiles y tienen tanta sensibilidad que es casi como pilotar un avión real.

Me percaté de que había estado siguiendo la estrategia equivocada. ¿Por qué buscar a un piloto al que meter en el ajo cuando podía fabricarme uno a partir de un discípulo ya existente?

Había dos posibilidades. Teníamos a Yangtsé, nuestro informático de confianza: fue él quien creó nuestro foro en la red oscura, y quien se aseguró de que este se autodestruiría cuando el avión despegase; también había creado nuestras numerosas páginas de Facebook, que yo había usado para amasar seguidores de una forma tan sutil que ni ellos mismos se daban cuenta.

A diferencia de la mayoría de los miembros de mi grupo, no fui yo quien encontró a Yangtsé, él nos encontró a nosotros. Antes lo coordinábamos todo a través de un canal de mensajería rudimentario resguardado por una serie de contraseñas supuestamente complejas. Un día encendí el ordenador y me encontré con una calavera sonriente en la ventana de inicio de sesión. Al intentar acceder, la pantalla se desintegró ante mis propios ojos y los colores quedaron amontonados en la parte inferior del monitor. Un aviso de mi bandeja de entrada me informó del motivo de aquella astuta trastada: o le pagaba mil libras para que me devolviera mi página web con todas las garantías de seguridad o el hacker remitiría el contenido a la policía.

Aquella audacia hizo que me entrara la risa. Nuestras hazañas, por aquel entonces, apenas bordeaban los límites de lo legal: que nos descubrieran habría supuesto una inconveniencia, pero no una catástrofe. Mil libras me parecía una cifra curiosamente baja para cualquier aspirante a chantajista, así que respondí a aquel correo electrónico con una oferta alternativa. Si pretendíamos llevar a cabo alguna acción directa más significativa, estaba claro que íbamos a necesitar una guarida virtual más segura, y acababa de encontrar a la persona ideal para construirla.

Yangtsé era un tipo raro: había heredado una gran suma de dinero de su abuela, y aquello lo había vuelto indolente y arrogante al mismo tiempo. Según descubrí, no estaba ni remotamente interesado en las motivaciones de nuestro grupo: solo en los retos de la clandestinidad. Aquella combinación lo convertía en un bien muy preciado, aunque también en un peligro, y yo no pensaba ni darle el control de un avión ni proporcionarle un arma.

Amazonas también era un tipo imprevisible, pero me las había arreglado para dominarlo como nunca llegué a dominar a Yangtsé. Igual que a casi todos los demás, lo encontré por internet y concluí desde el primer momento que el grupo podía beneficiarse de sus habilidades. Tenía un carácter difícil, con cambios bruscos de humor que lo hacían bastante inestable.

La clave para captar nuevos miembros es hallar el equilibrio entre el deseo y la satisfacción. Yo te voy a dar un salario base: ¿que necesitas veintiocho mil libras al año? Te pago esas veintiocho mil. Pero un jefe espabilado debe ir un paso más allá. Los cazatalentos experimentados inspeccionan las redes sociales de sus objetivos, para identificar sus puntos débiles antes de lanzarse al ataque. «Tenemos un servicio de guardería excelente, gimnasio en las instalaciones, seguro médico...». «Cada viernes salimos a tomar algo con los colegas». «Trabajamos desde casa». «Vestimos informales».

El punto débil de Amazonas era interesante.

«¡Solo he venido a jugar!», rezaba sin más la biografía de su perfil. Estudié el resto del muro: su falta de interacción con otras personas, las publicaciones que compartía y más tarde borraba... «No —pensé—, tú lo que quieres es reconocimiento. Quieres gustar a los demás. Quieres demostrarles a tus padres que no has malgastado tu vida». Miré también sus otras publicaciones —compartía imágenes «patrióticas» de extrema derecha y firmaba muchas, muchísimas peticiones en favor de causas radicales y un tanto difusas—, y supe que era un hombre cuya ira y frustración podría canalizar en la dirección que yo quisiera.

Le envié un enlace a un perfil mío en *Grand Theft Auto*. Supuse que no me haría ninguna pregunta y no me equivoqué; se limitó a agregarme aquella misma tarde. Mientras jugábamos iba dejándole caer lo que se me pasaba por la cabeza, como quien va sembrando semillitas.

«Rojos de mierda… Mira que no dejar que la gente lleve amapolas en la solapa para celebrar el día de los Veteranos… ¿Te parece normal?».

«¿Has visto a esa pava del periódico? Se pasa la noche aceptando copas ¡¿y luego se queja de que la han violado?!».

«¿Día Internacional de la Mujer? Y el día Internacional del Hombre, ¡¿para cuándo?!».

No hubo ni una sola vez que no picara el anzuelo, lo cual confirmó mis sospechas de que no le quedaban ideas propias, de que tantos años jugando a videojuegos habían hecho mella en su cabeza hasta tal punto que necesitaba que las opiniones se las dieran los demás, como si fuera un paciente al que alimentan por sonda. Poco a poco, fui regulando el contenido de mis mensajes hasta que mis diatribas acabaron siendo puramente ecologistas; hasta que era él, no yo, quien les daba pie.

Cuando tuve la certeza de que era ya uno de los nuestros, entré a cuchillo.

—Un amigo mío está buscando jugadores profesionales; trabaja en una empresa de programación y necesitan comprobar la solidez de sus sistemas de seguridad. ¿Estarías interesado?

Por supuesto que lo estaba.

Durante un año podríamos decir que estuvo trabajando para mí: le encargaba que hackease las pantallas de un juego de simulación aérea, y después le reenviaba exactamente el mismo juego y le decía que los niveles de seguridad se habían reforzado.

—¡Eres un fenómeno! —le decía cada vez que volvía a burlar el sistema—. No sé qué haría sin ti.

Me costó dinero, claro, pero íbamos bien de ingresos. La imagen del oso polar desnutrido —todo un triunfo en nuestras páginas de «Trucos para las labores del hogar»— dio como resultado un flujo constante de donaciones. La gente que dona dinero «para el medio ambiente» nunca pregunta de qué forma va a emplearse.

Hacer que Amazonas pasara de los juegos de disparos a los de simulación aérea me costó lo mío («¿Dónde está la diversión, si no puedes matar a nadie?»), pero para entonces ya estaba condicionado a aceptar cualquier trabajo que le ofreciese. Lo hice pasearse por todo el país para probar simuladores de vuelo auténticos, hasta que se sintiese tan cómodo en el asiento de una cabina de control como en su sillón de jugador; después se apuntó a una serie de clases con aeronaves ligeras, nunca dos veces en el mismo aeródromo.

«¡El instructor me ha dicho que tengo un talento natural!», me dijo en un mensaje después de su primera sesión.

Me tomé un instante para reflexionar sobre lo lejos que había llegado aquel hombre en un espacio de tiempo tan corto. No conocía a Amazonas en persona, pero me lo imaginaba con la espalda un poco más erguida y la cabeza algo más alta. Lo mismo me pasó con Zambeze, quien ya no guardaba ninguna similitud con la esposa maltratada a la que yo había levantado del suelo. Nuestro trabajo —una tarea importante, capaz de alterar el mundo entero— también estaba transformando la vida de personas cercanas.

Se requieren unas sesenta horas de vuelo para obtener una licencia de piloto privado, y Amazonas debió alcanzar los miles de horas de juego solo ese año. Cuando se subió al vuelo 79, disponía de una licencia privada y había pasado montones de horas jugando a simuladores de Boeing 777. Me bastaba y me sobraba para lo que tenía en mente.

Después de todo, ¿cuánta instrucción hace falta para caer desde el cielo?

33

A cinco horas de Sídney
Mina

Los gritos han dado paso a un silencio cargado de miedo e incredulidad. Derek Trespass ha hecho que todos los pasajeros se aparten de Carmel y se coloquen en el lado izquierdo de la cabina, bramando «¡Un poco de respeto!» al ver que nadie reaccionaba. Erik, Cesca y el hombre de la sudadera gris están ahora en el suelo del pasillo conmigo, con Carmel tumbada en medio.

—Ya sangra menos —dice Erik.

Los borbotones que nos han empapado a todos han perdido fuerza y uniformidad. El hombre de las gafas sigue ejerciendo presión en torno a la herida, y la sangre le resbala entre los dedos. El sacacorchos lo han cogido del bar: es una simple espiral de hierro con un mango de madera. Parece una barbaridad dejárselo ahí clavado, pero el agujero que quedaría si se lo quitásemos haría que la pérdida de sangre fuese aún mayor.

Se impone, pues, la decisión más lógica.

—No es que sangre menos —contesta Cesca, con tono lúgubre—, es que está dejando de sangrar.

Vemos como a Carmel se le escapa la vida del cuerpo: el ritmo de sus convulsiones desciende a medida que sus órganos van fallando y pierde el conocimiento. Se le quedan los ojos en blanco, y tiene la piel de alrededor azulada y cubierta de una humedad viscosa. Su rescatador le retira las manos de la garganta, se deja caer hacia atrás y se sienta sobre los talones. Se quita las gafas y se enjuga el sudor y la sangre que le cubren la frente; tiene la cara desfigurada por el horror.

Le pongo la mano en el brazo y se estremece, atrapado todavía en la pesadilla que acabamos de vivir.

—Has hecho todo lo que has podido.

—Podría haberle presionado más la herida o...

—Has hecho todo lo que has podido. —Con la última palabra se me quiebra la voz.

—Vaya una estúpida. —Igual que el resto, Missouri ha acabado regada por la sangre de Carmel, pero, a diferencia de nosotros, su expresión es impasible.

La miro fijamente.

—¿Cómo has podido?

—Esto es lo que pasa cuando se ignoran las instrucciones.

—¡No ha hecho nada malo, y la has matado!

—Yo no...

Me levanto con dificultad del suelo; sus excusas me están poniendo enferma.

—Eres un monstruo.

—¡Cállate, Mina, por el amor de Dios! —me suelta Erik. Me encaro con él.

—¡Mira quién fue a hablar! Carmel estaba intentando detenerte, esto es todo... —Dejo la frase a medias: mi consciencia se resiste a dejar salir las palabras restantes. Esto no es culpa de Erik: toda la culpa es mía. Él lo sabe y yo, también.

El hombre de la barba continúa con la vista clavada en Carmel.

—¿Cómo se llama usted? —le pregunto con delicadeza.

Él, por un instante, me dirige una mirada inexpresiva; luego vuelve en sí con una sacudida.

—Me llamo Rowan. Deberíamos moverla de aquí. No

podemos dejarla así, en el suelo; no está bien. —Pestañea rápidamente y trata sin éxito de limpiarse las gafas en la sudadera antes de volver a ponérselas.

Cesca se vuelve hacia la puerta que conduce al área de descanso de los pilotos.

—¿Y si...?

—La pondremos en un asiento —concluyo yo al instante.

Por su seguridad, más vale que Ben y Louis se queden donde están, y la otra mitad de la tripulación, también. ¿Para qué arriesgarnos a que les hagan daño cuando aún cabe la posibilidad de que aterricemos sanos y salvos? A los pilotos todavía les queda una hora para tener que bajar a cabina, pero, de pronto, me percato de que la tripulación de cabina de relevo debería haber empezado su turno hace una hora. ¿Dónde están? No hay transmisión de sonido entre la cabina de pasaje y la sala de las literas, pero ¿podría ser que uno de ellos hubiese bajado a por algo de beber? ¿Que hubiera abierto la puerta, solo una rendija, y hubiera visto lo que sucedía? Me los imagino resguardándose en la habitación, cerrando la puerta, concibiendo un plan.

Cesca no tarda en entender por dónde voy.

—Sí, hagámoslo así.

—Podemos ponerla en el mío —dice Rowan. Señala una butaca cuya pantalla reproduce una película en silencio—. Algo me dice que no voy a ver el final.

Cesca pulsa el botón para desplegar el asiento y convertirlo en una cama y, entre todos, levantamos a Carmel del suelo y la llevamos hasta allí. La arropo con una manta mientras contengo las lágrimas.

«Lo siento mucho, Carmel. Lo siento muchísimo».

Si pudiera retroceder en el tiempo, ¿qué haría? Sabiendo toda la sangre que iba a derramarse, ¿habría abierto esa puerta? Poso la mano sobre el cuerpo aún caliente de Carmel y, durante un horrible instante, hago el esfuerzo de imaginarme a Sophia yaciendo ahí en su lugar; entonces sé, sin atisbo de duda, que volvería a hacer lo mismo.

Cualquier madre lo haría.

La atmósfera de la cabina ha cambiado: los pasajeros se apiñan en grupos aterrorizados; ya no están en sus asientos, sino amontonados en un lado de la cabina, adonde los ha guiado Derek. Entreveo una figura en la otra punta del bar: está vigilando la cabina trasera igual que Missouri y Zambeze vigilan la de clase ejecutiva, ahora que han recuperado sus puestos al frente del pasillo. Tanta coordinación hace que me entre un escalofrío: esa gente debe de llevar meses planeando esto; ¿qué esperanzas tenemos de derrotarlos? El bullicio de la clase ejecutiva ha cesado; espero que la tripulación esté cooperando, espero que se den cuenta de lo que podría ocurrir si no lo hacen. Me limpio las manos en la falda, y me quedan manchas oscuras de sangre por toda la tela.

Avanzo a través de la cabina. Tengo que asegurarme de que Sophia se encuentra a salvo, de que todo esto no ha sido en vano. Missouri levanta el brazo cuando me acerco: el detonador de plástico resulta visible en su puño. El pánico me revolotea en la garganta, pero sigo adelante: tengo que saberlo.

Cuando me encuentro lo bastante cerca para hablarle sin que me oiga el resto, me detengo y le enseño las palmas de las manos para demostrarle que no soy una amenaza.

—¿Dónde está mi hija?

Nada.

—Me prometisteis que estaría a salvo si hacía lo que vosotros queríais. Por favor... —Se me atragantan las palabras, pero insisto—. Por favor, ¿está bien? ¿Le han hecho daño? —Lucho por reprimir el llanto; no quiero mostrar más debilidad de la cuenta. Missouri continúa sin contestar; a juzgar por su cara, apenas registra lo que ha escuchado. La ira me crece por dentro—. Me lo prometisteis. ¡He hecho exactamente lo que me pedíais!

—Qué maleducada soy. —Una sonrisa cruel le atraviesa el rostro y levanta la voz para hablar, y sus palabras resuenan por toda la cabina—. Aún no te he dado las gracias por hacer posible este secuestro.

—¿Cómo? —dice una voz estridente: proviene de Jason Poke.

—Mina nos ha ayudado muchísimo. No podríamos habernos hecho con el control del avión sin su colaboración.

—¡No jodas que eres uno de ellos!

—No, yo...

—¡Lo sabía! —exclama Jamie Crawford—. Caz, ¿no te decía yo que le veía algo raro? Zorra asquerosa. Aparte, ¿de dónde eres? Tú no eres inglesa.

—¿Y eso qué tiene que ver? —interviene Derek Trespass.

—Parece musulmana, eso es lo que tiene que ver, y estando como estamos en mitad de un puto atentado terrorista yo diría que es bastante relevante, ¿no crees?

—Son activistas medioambientales, no yihadistas, imbécil.

—Las bombas explotan igual, da igual de dónde vengas, y ya te digo yo que esa tía es una puta terrorista. —Me apunta violentamente con el dedo y pego un respingo pese a que nos separan unas cuantas filas de asientos.

No es la primera vez que me convierto en foco de sospechas. Una vez volaba de vuelta desde Dubái, con la tensión por las nubes después de que hubiera habido una amenaza de bomba en Qatar la semana anterior. En la vuelta, tuvimos que retrasar el despegue y había un grupo de jóvenes a bordo que ya empezaban a estar medio borrachos. Dos horas después, iban como cubas. Los oía picarse entre sí y, cada vez que pasaba junto a ellos, sus pullas iban subiendo de tono.

—*Allahu akbar!*

—¿Cuál es la diferencia entre un terrorista y una mujer con la regla? Que con el terrorista se puede negociar.

—Ven, cariño. Si tocas lo que tengo en los pantalones, también explota.

Los arrestaron en Heathrow por infringir la Ley Antiterrorista. Me obligué a mirarlos a los ojos mientras los escoltaban fuera del avión, pese a que me temblaban tanto las piernas que tuve que apoyarme en la pared.

—¡Solo era una broma, hostias! —dijo uno entre bufidos al pasar.

Había bastantes pasajeros indignados y con suficientes grabaciones en el móvil para que sus abogados les convencieran de que se declarasen culpables, lo cual me ahorró el mal trago de comparecer para aportar mi testimonio. Le dije al jefe que me encontraba bien, pero aquel incidente me tuvo meses en vilo, y el odio que ahora veo en los ojos del futbolista me lleva directa de vuelta a él.

—¿Y tú qué? —Crawford se gira hacia el hombre de aspecto árabe del asiento 6J, que al instante abre los ojos de puro terror—. ¿Tú también eres uno de ellos?

—¡Jamie! —A la voz horrorizada de Caroline la siguen los gritos ahogados de varios de los pasajeros que tengo alrededor—. No seas tan racista.

El pasajero del 6J deja caer la cabeza entre las manos. Noto una punzada de vergüenza por haber desconfiado de él cuando me decía que le daba miedo volar. Seguro que ninguna de las catástrofes que ese hombre haya podido presagiar era tan tremenda como la pura realidad.

—No creo que la culpa la tengamos nosotros. —Crawford está que se sale. Mira alrededor en busca apoyo y me alivia constatar que no encuentra demasiado. Casi todos le rehúyen la mirada y bajan la vista al suelo—. Siempre sois los de fuera, ¿no?

—¿«Los de fuera»? —replica Derek Trespass—. Cuidado con lo que dices.

—A mí me importa un carajo que sea musulmana, hindú

o testigo de Jehová —dice la mujer que iba a pasar las Navidades con su amiga moribunda—. Pero si ella —me señala con el dedo— los ha ayudado, entonces es uno de ellos, simple y llanamente.

—Tenían amenazada a mi hija —les explico, tratando de no perder la compostura—. Me han dicho que le harían daño si no les obedecía.

—¿Y mi hijo qué? —grita Leah Talbot desde la otra punta de la cabina. Todo el mundo se vuelve en su dirección. Las lágrimas le resbalan por la cara mientras continúa hablando de forma entrecortada a causa de los sollozos—. ¿Sabes cuánto tiempo llevaba esperando para ser madre? Once años. Once años de abortos involuntarios, de tratamientos de fertilidad, de que nos dijeran que no reuníamos los requisitos para adoptar. —Arranca a su bebé de los brazos de Paul y lo levanta para que se vea bien—. ¿Acaso la vida de Lachlan da igual? ¿Qué le hace menos importante que tu hija?

Paul se acerca a su mujer y a su hijo, y los abraza mientras Leah rompe a llorar hasta que se le retuerce todo el cuerpo a causa del llanto. Yo empiezo a temblar al recordar mi desesperación por querer ser madre, el dolor que cada mes sentía en las entrañas y que hallaba su reflejo en mi corazón.

—¡Todas las vidas importan! —Lady Barrow se ha puesto de pie y, a pesar de su minúscula estatura, su presencia impone—. Todos nuestros hijos importan lo mismo. Estoy convencida de que cualquiera de ustedes habría hecho lo que fuera que haya hecho esta joven si hubiese sido la vida de sus hijos lo que hubiera estado en juego. —En cualquier otra situación, quizá me habría hecho reír que me llamaran «joven», pero ahora guardo silencio mientras Pat reprime con cuatro gritos el rumor de superioridad moral que se ha levantado a raíz de su comentario—. ¡A callar! ¡A callar, háganme el favor! Yo, al menos, no quiero pasarme peleando las horas que me quedan de… —vacila un segundo antes de terminar con la palabra «vida» y rectifica en el último momento—: de vuelo.

La cabina se queda en silencio. Hasta ahora, Missouri no ha dejado de observar la escena con una sonrisita en los labios. Siento una repugnancia profunda al darme cuenta de que se lo está pasando en grande. Quizá incluso lo tenía planeado: quería ver cómo nos volvíamos unos contra otros en lugar de rebelarnos contra ellos.

—¿El hombre que tenéis ahí dentro —Alice Davanti señala la cabina de control, dirigiéndose a Missouri— está cualificado como piloto?

—¿Crees que pondríamos en riesgo nuestra propia misión? Sabe pilotar un avión.

—No es lo mismo.

El miedo atraviesa la cabina como un incendio, un murmullo que va cobrando volumen a medida que la histeria colectiva crece con las peores perspectivas posibles.

—Amazonas es un piloto muy dotado: nos va a llevar a nuestro destino sin ningún contratiempo, siempre y cuando sigáis nuestras instrucciones. Si no lo hacéis... —Missouri apunta con la mirada al cadáver de Carmel y se propaga un terror contenido.

Varias pantallas de televisión continúan encendidas; hay cables de auriculares abandonados sobre asientos vacíos. Veo que un furioso Zac Efron articula palabras inaudibles frente a una mujer tan enfadada y muda como él. Poco a poco, vuelven a formarse pequeños grupos de pasajeros que se consuelan los unos a los otros o intercambian suspiros convulsos. Ahora que el foco de atención se está desviando lejos de Missouri y de mí, retomo mi petición, con un tono de voz suplicante que me resulta odioso incluso a mí.

—Por favor, solo dime si está bien.

Missouri suelta un suspiro, como si yo fuera un incordio.

—Ese tema no lo llevo yo.

—Pero ¡me lo habéis prometido!

«Me lo habéis prometido». Como si hablásemos de un helado o de una bici nueva. Nunca debería haberlos creído: son terroristas, criminales. Cierro los puños y Cesca me apoya una mano en el brazo, como si intuyera lo que quizá estoy a punto de hacer.

—¿Podemos repartir algo de agua? —le pregunta a Missouri—. A lo mejor ayuda a que los pasajeros se calmen.

Missouri pondera su decisión unos instantes.

—Vale, pero rapidito. Y no intentéis hacer nada. —Alzando la voz, envía a Erik y a Rowan al otro lado de la cabina; el pasillo queda despejado y ella se dirige hacia la parte central del avión.

Cesca me suelta del brazo.

—A tu hija no le va a pasar nada —me dice con dulzura, y aunque ella no tenga manera de saberlo, eso me calma lo suficiente para dar un paso atrás.

La respiración se me estabiliza, y parpadeo para quitarme las lágrimas que se me habían acumulado en los ojos.

Debo conservar la calma; necesito concentrarme.

He hecho todo lo que he podido para salvar a mi hija; ahora nos toca salvarnos a nosotros mismos.

Le prometí a Sophia que siempre volvería a su lado.

Sea como sea, tengo que encontrar el modo de cumplir esa promesa.

34

2.00
Adam

Lo que único que Sophia buenamente puede hacer es acabar pinchándome el pulpejo de la mano con la punta del clavo, lo que me provoca un grito de dolor y desata un olor metálico, a sangre fresca. Le digo que no pasa nada, me aprieto fuerte la herida contra la espalda de la camisa y me pregunto cuándo fue la última vez que me pusieron la antitetánica. Pero ella ya está chillando, como si se lo hubiera estado aguantando todo dentro y ahora se le escapara a chorros, en forma de lágrimas, nostalgia del hogar y rabia mal dirigida.

Yo soy el primero en reconocer que nunca he sabido manejar bien las crisis de Sophia. Incluso después de enterarme de las causas psicológicas —después de enterarme de que no se estaba comportando mal aposta—, seguía costándome mucho lidiar con ellas.

—Es como estar agitando una botella de gaseosa —nos explicó su terapeuta—. Cada nuevo suceso inesperado, cada nueva dificultad, la agita un poco más. Y el tapón aguanta lo que aguanta; tarde o temprano, acabará estallando.

La solución, dijo, era ir abriendo el tapón muy despacio: darle la oportunidad de desahogarse de manera controlada. «Llevadla al parque después de la guardería o dejadla diez minutos a su aire en las camas elásticas», fue el consejo que nos dio. Aquello sonaba bien en teoría, pero era inútil en la práctica: hablábamos de una niña que a veces se tiraba al suelo nada más salir de la escuela y se ponía a gritar hasta que se encontraba físicamente mal.

«¡Sophia, ya basta!», le decía yo, que era consciente mientras lo hacía de estar empeorando las cosas, pero por algún motivo me veía incapaz de contenerme.

«Ven, cielo, deja que te coja en brazos», la engatusaba Mina, como si Sophia estuviese enferma en lugar de enfadada, y de mi frustración y mi desesperación acababa surgiendo una disputa.

—¡Mamá! —grita Sophia ahora—. ¡Quiero estar con mamá!

—¡Yo también! —Mi hija calla de repente, impactada por la ferocidad de mi respuesta, y durante un segundo nos quedamos mirándonos el uno al otro, hasta que me doy cuenta de que yo también estoy llorando.

Dejo caer la cabeza y me restriego las mejillas en los hombros. «Mina, Mina, Mina…».

Poco después de que Mina empezase a volar, hubo un intento de secuestro en un avión de otra aerolínea. Todo el mundo estaba asustado. Cada vez que mi mujer trabajaba en un vuelo, me sentía como si estuviera conteniendo la respiración hasta que aterrizaba. Le supliqué que echase un vistazo a ofertas de trabajo en otras partes del sector.

—Me encanta lo que hago.

—A mí me encantas tú y, la verdad, me gustaría saber que volverás a casa de una sola pieza.

«Sigo de una sola pieza», me mensajeó después de aquello, al segundo de haber tomado tierra. Poco a poco, nos fuimos relajando: los años trajeron consigo una falsa impresión de seguridad; en la época en la que llegó Sophia, yo apenas pensaba ya en esos peligros. Desde entonces no se había producido ningún otro secuestro aéreo relevante y, por lo tanto, todo el mundo creía que no volvería a darse. Que no era posible.

Pero sí que lo era.

Sophia se cubre las manos con las mangas de la bata y me enjuga las lágrimas. Habla en un susurro, como si le diera miedo oír sus propias palabras:

—¿Se ha estrellado el avión de mamá?

Inspiro con fuerza.

—No, cariño, no se ha estrellado.

Han ido repitiendo la noticia cada veinte minutos, y cada vez me he mentalizado para lo peor, solo para acabar oyendo el mismo guion: «No hay comunicación...», «No se ha desviado de la ruta prevista...», «Sin nueva información...». Una portavoz del Grupo de Acción Climática ha negado que tuviesen ningún tipo de conocimiento previo acerca del secuestro. «Nuestro código ético se basa en la resistencia pacífica y en la desobediencia civil —ha declarado—. No aprobamos ni instigamos ningún delito violento». No he vuelto a oír a Becca; me la imagino encorvada sobre el móvil, mirando la aplicación de rastreo y esperando a que el avión se desvíe. El miedo que he percibido en su voz no ha hecho que me sienta más seguro; al contrario: un delincuente asustado es más impredecible y, por tanto, más peligroso.

—¿Está bien mamá?

Sophia se agacha a mi lado y me acerca tanto la cara que noto su respiración en la piel. Se me forma un nudo en la garganta y, de nuevo, las lágrimas incipientes hacen que me pique la nariz. No sé qué hacer, no sé qué decirle.

Mina sí que lo sabría.

Un intenso sentimiento de amor me invade de pronto y acaba por estallar en un aullido que me hiere el corazón y me dobla por la mitad mientras recuerdo las discusiones, los agravios, el resentimiento de una relación que he echado a perder con mis mentiras.

—¿Papá?

Sophia me toca la cabeza. Percibo en su voz lo asustada

que está, pero soy incapaz de decir nada porque estoy luchando por recuperar el aliento, por encontrarme a mí mismo debajo de esta especie de desgracia humana que llora como un bebé. ¿Cómo he podido dejar que ocurriera todo esto? Si no me hubiera endeudado, nunca habría tenido que acudir a prestamistas ilegales. Nunca habrían amenazado a Katya; no habría habido secretos que nos separasen a Mina y a mí, ni habría aparecido en mi puerta un matón a cuyos puños no les importaba romperlo todo a su paso. Becca no habría podido drogarme; habría fracasado antes de intentarlo siquiera, y Sophia y yo no estaríamos aquí, en este sótano sin salida. Todo esto es culpa mía. Puede que Becca le haya dado la última vuelta a la llave, pero soy yo el que lleva meses y meses encerrándose a sí mismo.

—Papá, tengo miedo.

Debo recomponerme.

Poco a poco, voy recuperando el control de mi respiración. Flexiono todos los músculos, rígidos por el frío y la falta de movimiento. Apenas siento los dedos ahora mismo.

—Y hambre.

—Yo también. —Se me quiebra un poco la voz, toso y repito la frase, tratando de convencerme a mí mismo tanto como a Sophia de que la situación no se me está escapando de las manos. Paseo la mirada por el sótano, como si de milagro algo de comida pudiera aparecer bajo la tenue iluminación a la que mis ojos han acabado acostumbrándose—. Probaremos a gritar otra vez para que Becca nos oiga, ¿vale?

Le tiembla el labio inferior.

—Es la única que puede traernos algo de comer. No voy a dejar que te haga daño, ¿me oyes?

Interpreto su silencio como un consentimiento y grito con todas mis fuerzas.

—¡Becca! ¡Becca! ¡Becca! —Paro. Me ha parecido oír que

se movía algo, pero no estoy seguro del todo—. ¿Becca? ¡Necesitamos comida! ¡Agua!

Prestamos atención. Se oyen pasos arriba y una sombra interrumpe la estrecha franja de luz que se cuela por debajo de la puerta. La radio se detiene en seco.

—Sophia necesita comer y beber.

Nada. Pero al menos la sombra sigue ahí. Hago un segundo intento.

—Solo un poco de agua, Becca. Por favor.

—No pienso abrir la puerta. Vais a intentar escaparos.

Hay una tirantez en su voz que podría deberse a la ansiedad: ¿la de no saber qué hacer o la de saber que ya ha ido demasiado lejos? Necesito que se calme; si se tranquiliza, quizá pueda persuadirla.

—No puedo moverme. ¿Cómo voy a escapar? —Tiro de la tubería que tengo contra la espalda, que emite un seco ruido metálico al chocar con las esposas.

—Algo intentaréis.

—Por favor, Becca. Solo algo para Sophia. —Miro a mi hija y le digo en voz baja—: Venga, ahora tú.

—Por favor, Becca, tengo mucha hambre.

La sombra se retira de delante de la puerta. Por un momento pienso que se ha ido, pero entonces oigo movimiento en la cocina: el ruido de las puertas de los armaritos al abrirse y cerrarse, el cajón de los cubiertos, la nevera. La radio vuelve a encenderse: el estribillo truncado de «Last Christmas» da paso a una cuña informativa acerca de lo que significa estar solo en «esta época tan especial del año».

Es hora de pensar algo, y rápido. Esta podría ser nuestra última oportunidad.

—Sophia, vamos a salir de aquí. —Ella busca en mi cara la confirmación de que es una promesa, y me pregunto cuántas cosas más puedo pedirle que haga—. ¿A qué velocidad puedes correr?

—Muy muy rápido. Soy la más rápida del cole.

—¿Y sabes quedarte quieta, muy quieta?

A modo de respuesta, Sophia se sienta con las piernas y los brazos cruzados, y los labios muy apretados, como cuando pasan lista en clase.

Sonrío.

—Vaya, impresionante. Vamos a jugar a una especie de juego, ¿vale? Primero te vas a quedar superquieta y luego vas a salir corriendo todo lo rápido que puedas.

La puerta del sótano se abre hacia dentro, de cara a las escaleras: si Sophia se pega entre la pared y la puerta, Becca no la verá.

—Quítate la bata y ponla allí. —Señalo con la cabeza el rincón más oscuro del sótano—. Le haremos creer que estás tumbada en el suelo.

Sophia obedece. Los dientes ya empiezan a castañearle mientras coloca la bata de una forma convincente: no le ha quedado perfecto, pero los ojos de Becca tardarán en acostumbrarse a la oscuridad, y solo necesito que avance unos pasos hacia el interior del sótano.

—Le diré que te encuentras mal —le explico a Sophia—, que tiene que ayudarte. Justo cuando baje por las escaleras, tú corre hacia la cocina y luego escápate lejos de casa, ¿vale? Pase lo que pase, no pares de correr. ¿Me has entendido?

—¿Y tú no vienes conmigo?

—Esto lo vas a tener que hacer sola, cielo. —Fijo mi mirada en la suya—. Tú puedes. Yo sé que puedes.

La luz que hay al otro lado de la puerta titila mientras Becca sigue trasteando en la cocina. No tenemos mucho tiempo.

—Ponte detrás de la puerta, cariño. Ya. Quieta y callada como un ratón.

Sophia corretea hasta lo alto de la escalera y aplasta el cuerpo contra la pared. La luz es demasiado escasa para que le vea la cara, pero sé que me está mirando y me gustaría poder levantar el pulgar para indicarle lo bien que lo está haciendo en lugar de dedicarle esta sonrisa alentadora que no va a ser capaz de distinguir. Oigo que una puerta se abre arriba.

—¿Preparada? —susurro.

—Preparada.

Caigo en la cuenta, demasiado tarde, de que lo único que le he dicho a Sophia es que corra, pero no hacia dónde tiene que correr. Mo no abrirá la puerta a nadie a estas horas de la noche y la tercera casa de nuestra calle es una segunda residencia que rara vez está ocupada. La siguiente casa más cercana en línea recta está al otro lado del parque, en dirección a la urbanización. Aunque Sophia consiga llegar hasta allí, ¿a qué puerta llamará? Su amiga Holly vive en ese barrio, pero hasta a mí me cuesta encontrar su casa por aquellas calles laberínticas. ¿Y si se pierde?

¿Y si Becca la alcanza?

Cuando estoy a punto de arriesgarme a susurrarle algo a Sophia a toda prisa, se oye una especie de chirrido y un golpe fuerte y sordo. Levanto la vista hacia donde acaban los escalones, pero no hay sombra ni movimiento alguno que interrumpa la rendija luminosa de debajo de la puerta. De pronto noto una ráfaga de aire frío que me pasa por encima de la cabeza: Becca ha salido al jardín por la puerta de la calle y se encuentra junto a la vieja carbonera, cuya boca —una abertura de bastante menos de un metro cuadrado de ancho— queda oculta en la hierba cerca de la fachada de la casa. El conducto desemboca en la pared del sótano, más o menos a media altura; el grado de inclinación hace que sea imposible utilizarlo para ver el exterior. El aire frío me da lo bastante de cerca para notarlo, y sin embargo no puedo verlo; pienso en que a Mina debe pasarle justo lo contrario.

Algo cae del techo, me da en el hombro y rebota hasta el suelo. Oigo cómo arrastran otra vez la losa de cemento para tapar la abertura y la calidad del aire cambia, como si hubieran cerrado una ventana.

Me quedo un instante inmóvil, escuchando los pasos de Becca, que corre de vuelta a la puerta de la calle y entra dando un portazo. Me invade la desesperación: nuestra única oportunidad de huir y Becca se ha asegurado de que ni de coña pudiéramos aprovecharla. Llamo a Sophia para que venga.

—Pero tendré que estar lista cuando Becca abra la puerta.

—No va a abrir la puerta, cariño.

El paquete que me ha rebotado en el hombro es una bolsa de supermercado; lleva las asas atadas en un nudo que Sophia es incapaz de deshacer. Decide rasgar directamente el plástico y saca una botella de agua y dos sándwiches envueltos en papel de plata; me da uno a mí.

—Vas a tener que darme de comer.

—¿Como a un bebé?

—Me temo que sí.

Sophia coge un sándwich con cada mano y empieza a comerse el suyo mientras me acerca el otro a la boca: lleva unas lonchas de queso mal cortado, sin ninguna salsa que humedezca al pan, y el primer bocado se me queda atascado en la garganta. Durante un segundo, me da pánico atragantarme, pero después el bulto me baja por el gaznate y vuelvo a ser capaz de respirar. Sophia me imita, tragándose un mazacote exagerado que la obliga a hacer fuerza con todo el cuerpo antes de desgarrar otro pedazo de un mordisco.

—¿Mejor?

Asiente con la cabeza, con la boca demasiado llena para responder. La relajante voz del presentador del turno de madrugada nos dice que tienen «datos de última hora sobre la noticia de la noche». Hago callar a Sophia y trato de acercar la oreja en dirección a la radio.

«Esta noche, el primer ministro ha convocado una reunión de urgencia a raíz del secuestro confirmado de un Boeing 777 por parte de activistas contra el cambio climático. Se cree que más de trescientas cincuenta personas han sido tomadas como rehenes a bordo del vuelo 79, el primer vuelo directo de Londres a Sídney en la historia. Los secuestradores han declarado su intención de mantener el avión en el aire hasta que se termine el combustible, a menos que el gobierno ceda a sus exigencias de adelantar a 2030 su objetivo de cero emisiones de carbono y multar a las aerolíneas que no demuestren su compromiso con las energías renovables. Hace unos momentos, el primer ministro ha declarado lo siguiente...».

—Papá, están hablando del avión de mamá.

La emisión se centra ahora en un enviado especial en el lugar de las declaraciones. Oímos el rumor apagado de una multitud —clics de cámaras fotográficas, periodistas que hablan— y la nitidez indefinible del aire nocturno. Me imagino al primer ministro en una Downing Street iluminada por los focos; la gravedad de la situación ha sacado a los medios de comunicación de la cama.

«Diles que sí y punto —le ruego en silencio—. Da igual lo que pidan, concédeselo». No tiene por qué cumplir con su palabra, ¿no? Esa gente son criminales. Terroristas. «Diles que sí y punto». Tiro de las esposas con las muñecas, frustrado por que me obliguen a interpretar el papel de espectador de mi propia crisis. Con cada actualización informativa me siento más desamparado.

«Me gustaría transmitir mi solidaridad a las familias de todos los pasajeros y trabajadores a bordo del vuelo 79. World Airlines está contactando de manera individual con los familiares más cercanos para asegurarse de que cualquier nueva información les llegue de primerísima mano».

Mi móvil está en la cocina y ya tenía la batería bastante baja cuando he ido a recoger a Sophia. ¿Habrán intentado llamarme? Aunque bien puede ser que ya no me tengan registrado como familiar más cercano de Mina. Me la imagino enviando un correo electrónico a Recursos Humanos, haciéndoles llegar el número de una amiga, de su padre... «A causa de mi reciente separación, por favor, actualicen mi ficha personal...». Me entra un ataque de rabia, no hacia Mina, sino hacia mí mismo. Mi matrimonio se precipitaba en caída libre y yo podría haberlo salvado: no estaba a miles de kilómetros de distancia ni escuchando las noticias por la radio ni esposado a una tubería a dos metros bajo tierra. Tenía a mi lado a Mina —no una pasajera, sino mi copiloto— y no hice nada de nada.

El primer ministro prosigue:

«Unos controladores aéreos indonesios han identificado la aeronave secuestrada y han obtenido autorización para interceptarla por vía militar. Estamos en proceso de determinar cuáles han sido las medidas tomadas hasta ahora, dado que no hemos sido capaces de establecer contacto por radio con el vuelo 79».

Tras descargarse de toda culpa, deja pasar uno de esos silencios que preceden a las frases dignas de figurar en los titulares.

«No se equivoquen. —Otra pausa—. Esto es un atentado terrorista...».

«Sí». No voté al primer ministro ni a su partido, pero al menos está llamando a las cosas por su nombre. Ni activistas ni ecologistas ni hippies ridículos de los que cortan el tráfico bailando la danza de la lluvia: terroristas.

«Y no vamos a dejarnos chantajear por terroristas».

¿Qué? ¡No! No, no, no, no...

«Las cuestiones medioambientales son una parte fundamental de la estrategia de mi partido, y estamos trabajando para que el sector de la aviación logre disminuir sus cifras de emisiones...».

Dejo de escuchar. Me retumba la cabeza. Lo único que veo es a Mina; lo único que oigo son las palabras de un hombre que no tiene nada en juego, que no tiene a un ser querido secuestrado en un avión. Alguien que solo piensa en dar a la tragedia connotaciones políticas, en apuntarse un tanto, en los votos que puede ganar y en las próximas elecciones.

«No vamos a dejarnos vencer».

Entonces ¿qué pasará con Mina?

35

Ocupante del asiento 1G

Me resultó interesante ver cómo los pasajeros se peleaban entre ellos. Con qué rapidez se desprendían de sus capas de dignidad humana, a qué velocidad se apoderaban de ellos el puro instinto y los prejuicios...

Que pensaran de inmediato en el terrorismo islámico era algo natural; de hecho, yo he estudiado esos atentados en profundidad y he aprendido mucho de su devoción, de su paciencia, de su metodología. Los que tuvieron lugar en Bombay en 2008 fueron el resultado de casi un año entero de entrenamiento y planificación. Existen, sin embargo, claras diferencias entre las acciones de un yihadista y las nuestras. A ellos los motiva su fe; a nosotros, la ciencia: los hechos probados son indiscutibles, tanto si uno elige escucharlos como si decide hacer oídos sordos.

Los pasajeros de clase ejecutiva se achantaron al ver hasta dónde me habían obligado a llegar. Matar a Carmel no estaba en mis planes, pero su muerte reforzaba nuestra posición de poder, y yo sentía que las cosas iban a resultarnos más fáciles en adelante. Mientras la tripulación restante estaba ocupada repartiendo agua, aproveché la oportunidad para pasarme a visitar la cabina de turista. Justo cuando entraba en el bar, capté un movimiento detrás de la barra. Me detuve en seco.

—¿Quién anda ahí?

Lentamente un hombre se levantó del suelo con las manos en alto; le temblaban con tanta violencia que parecía que bailase.

—¿Cómo te llamas?

—Ha… Hassan…

—¡Venga, aligerando!

Respondió al instante: se agachó para salir por debajo de la trampilla del mostrador y, a trompicones, salvó los escasos metros que lo separaban de la cabina de turista, cuyo pasillo izquierdo estaba a cargo de Níger.

—Llévalo de vuelta con el resto de la tripulación.

Níger acató la orden asintiendo secamente con la cabeza y se hizo a un lado; cuando Hassan pasó corriendo por delante de él, mi compañero le propinó un empujón en los riñones que lo envió a la otra punta del pasillo. En la parte de atrás del todo, cerca de la entrada de la cocina, un corro de uniformados ayudó al desdichado camarero a sentarse en el suelo: Níger había obligado a la tripulación a colocarse en el pasillo, para vigilar mejor todos sus movimientos. Su iniciativa me sorprendió: haber vivido en la calle le daba una cierta ventaja sobre los demás, una dureza que impedía que lo intimidasen fácilmente. Cuando lo conocí en aquella manifestación contra el cambio climático, estaba untando de vaselina el parabrisas del furgón antidisturbios aparcado en una calle secundaria, mientras sus ocupantes trataban de impedir una protesta completamente legal. Nuestras miradas se cruzaron justo en el momento en que él bajaba deslizándose por el capó. Él llevaba pasamontañas; yo, un gorro de lana y una bufanda que me tapaba la boca, lo cual hacía difícil que pudiera leerme la expresión.

—Putos cerdos —dije, muy posiblemente por primera y última vez en la vida.

Asintió con la cabeza en señal de aprobación.

—Hay otra en Bridge Street.

—Te sigo.

Entonces esbozó una sonrisa traviesa y me pasó el tubo de vaselina. Osado e inteligente: de momento, no le veía ninguna debilidad. Cogí el tubo al vuelo y salimos corriendo juntos, unidos contra un enemigo común. Al acabar el día, yo ya tenía otro nuevo recluta —aunque eso Níger entonces aún no lo sabía—, y él, un nuevo lugar donde vivir, que yo le conseguí a través de gente que me debía favores. No fue aquel encuentro fortuito lo que lo llevó a poner sus habilidades al servicio de nuestra organización; cuando chateábamos por internet, él no tenía ni idea de que ya nos conocíamos en persona, y eso para mí era perfecto: ellos no me conocían, pero yo sabía quiénes eran todos.

Muy al contrario que Níger, Ganges ya comenzaba a sacarme de quicio. Era joven —aún no llegaba a los treinta— y, si bien era graduado en Psicología y trabajaba por aquel entonces en la sanidad pública, con frecuencia me encontraba con que no tenía la cabeza del todo en su sitio. Lo vi adoptar por fin su posición —en la puerta que conectaba la cabina de turista con el bar, que debía defender— y me di cuenta de que estaba temblando de los nervios. Era evidente que se había planteado abandonarnos del todo y yo sabía que no podía quitarle ojo.

Recorrí todo el avión con la mirada, haciendo un recuento de los miembros de nuestro grupo, cotejando cada puesto con un nombre y cada nombre con una cara. Parecía haber más docilidad entre los pasajeros de turista que entre los de primera clase, y me pregunté si las presunciones que quizá albergaban estos últimos serían la causa de que diesen más problemas. Quizá le estaba dando demasiadas vueltas; a lo mejor el mero hecho de que hubiera menos espacio entre los asientos facilitaba la toma de rehenes.

Varios pasajeros toqueteaban en vano sus teléfonos móviles, tal vez imaginándose todavía que el wifi seguía «inhabilitado temporalmente», tal y como les habían anunciado al principio del vuelo. Los veía pulsar los botones de forma frenética y desesperada, e incluso levantar los aparatos hacia el techo, como si la altura adicional fuera a proporcionarles señal.

Las telecomunicaciones eran un punto clave en la operación, por supuesto. Decidí que no intentaríamos interceptar la radio del puesto de pilotaje. Yangtsé estaba casi seguro de que era posible, y lo cierto es que se moría de ganas de probarlo, pero a mí me parecía una temeridad innecesaria. Una vez que el secuestro estuviera en marcha, los controladores a duras penas podrían hacer nada, y siempre existía el riesgo de que detectaran la acción de Yangtsé antes de la cuenta y alertaran a las autoridades.

Era mucho más importante deshabilitar el wifi de la cabina de pasaje. El papel de Mina resultaba crucial para el éxito de nuestra misión, y era cien por cien indispensable que ella no tuviera ninguna capacidad de comunicarse con Adam. Aquello la había hecho ponerse como loca, pero esa era justamente la idea.

Además, teniendo en cuenta cómo fueron las cosas, mejor que no se enterase de nada.

36

A cuatro horas de Sídney
Mina

Mientras Cesca y yo vamos de un lado a otro de la galera, llenando jarras de agua, echo un vistazo a la puerta de la cabina de control: ¿qué estará pasando ahí dentro? No hay nada que indique que ya no estamos en manos de un piloto experimentado, y me pregunto si es porque el hombre al que han llamado Amazonas sabe lo que se hace o porque aún estamos en piloto automático.

¿Es posible que Mike siga vivo?

Me estoy agarrando a un clavo ardiendo, lo sé, pero, si sigue vivo —noqueado, atado, pero vivo—, entonces debo enmendar mis errores por él. Debo encontrar una forma de darle la vuelta a la situación. Desde donde estoy no puedo ver a Missouri, pero la rubia —Zambeze— me está observando; va alternando la mirada entre los pasajeros de la cabina, Cesca y yo. No mide más de metro sesenta y cinco, y es delgadita, pero su postura es la de un boxeador, y su cara no muestra ni un solo indicio de nerviosismo; al contrario: exhibe una sonrisita, como diciendo: «Venga, vamos, venid a enseñarme de qué pasta estáis hechos».

El patilargo del asiento 2D se levanta y se estira, como si estuviera a punto de ir a dar un paseo en lugar de secuestrar un avión. Camina hasta la galera y se apoya en la puerta de la cabina de control, contemplando la escena. Saluda a la rubia inclinando la cabeza.

—Yangtsé. —Las comisuras de los labios le tiemblan mientras la escudriña de arriba abajo—. Una mujer, ¿eh?

—No jodas.

La contestación ha sido cortante. Le lanzo una mirada a Cesca, intentando encontrar el sentido a la conversación, pero ella está igual de confundida que yo. Trato de ver si el larguirucho oculta algún explosivo: lleva una camiseta, y no tiene ni cables ni bultos en el pecho. Se da cuenta de que lo estoy mirando y arquea una ceja con un gesto insinuante. Desvío la vista antes de que advierta mi cara de repugnancia.

—Nada de cristales.

Zambeze hace un gesto hacia Cesca, que estaba cargando una bandeja de copas bajas, de las que damos a los pasajeros de clase ejecutiva. Sin mediar palabra, Cesca vuelve a guardarlas en el armarito de la galera y se hace con una pila de vasitos de cartón. Yo me pongo a abrir cajones con una lentitud deliberada: mis manos van sacando botellas de agua y bolsas de galletitas saladas, mientras mi mente recorre todos y cada uno de los rincones de la galera para dar con algo que podamos utilizar como arma. Comida y bebida, un horno, una máquina de café, las vitrinas frigoríficas... nada que pueda coger y usar fácilmente.

Si pudiera romper algún cristal, me escondería un trozo en alguna parte, pero ¿cómo voy a hacerlo con ese par vigilándonos? En uno de los armaritos hay copas de oporto, con unos tallos delgados que se partirían con facilidad y sin hacer ruido. ¿Se notaría mucho si me dejara caer uno dentro del bolsillo de la chaqueta? Con una mano, me quito los guantes de algodón que a Dindar le gusta que nos pongamos para servir la comida.

—Espabilad.

Cierro los dedos, todavía pringados de la sangre de Carmel, alrededor de la nota que me he encontrado con la galleta de Sophia. Querría sacármela del bolsillo, pero no soporto la idea de que los secuestradores me la quiten y deshagan este frágil vínculo entre mi hija y yo.

«Para mi mamá».

Me aprieto la nota contra la cadera con la palma de la mano y recuerdo cómo era sentir el peso de Sophia cuando era muy pequeña y la sacaba del coche, medio dormida, y la llevaba en brazos, con una pierna colgándole a cada lado y la cabeza rebotándome suavemente en el pecho. Dejo escapar un lento suspiro.

«Pienso volver a tu lado, Sophia».

Me lo voy repitiendo mientras avanzo junto a Cesca por la cabina, sirviendo el agua bajo la atenta mirada de los terroristas. «Pienso volver a tu lado». Con cada reiteración me voy convenciendo más de que es posible, de que soy lo bastante fuerte para sobrevivir a esto.

—¿Estás bien? —Es Rowan, el pasajero que nos ha echado una mano con Carmel. Se ha quitado la sudadera empapada de sangre y se ha puesto otra casi idéntica, de un gris un poco más oscuro—. Me han dejado sacarla del equipaje de mano. —Observa mi uniforme ensangrentado—. ¿Quieres que te traiga algo? Siempre llevo mudas de sobra por si mi maleta acaba desaparecida.

—No, gracias, no te preocupes. —Tener la ropa cubierta de sangre de Carmel es para mí como una penitencia merecida, como un recordatorio de lo que se ha perdido hasta ahora.

—Dudo que los demás lleven explosivos. —Cesca habla bajito, con los ojos fijos en la cabina de pasaje—. No veo que tengan nada en las manos.

Los secuestradores se pasean arriba y abajo por los pasillos, gritando a los pasajeros que pongan las manos donde puedan verlas. Los miro uno a uno con atención, fijándome en la manera en que agitan los brazos. Es imposible saber si ocultan algo debajo de la ropa, pero Cesca tiene razón: no llevan detonadores.

¿Podríamos reducir entre todos a Missouri y quitarle el suyo de la mano antes de que tenga ocasión de activarlo? Se me acelera el pulso y empieza a sudarme la frente. Las probabilidades de éxito son escasísimas, y si no lo consiguiéramos... Pienso en todas las veces que Adam ha derribado a criminales violentos y luego me lo ha contado como si no fuese nada: algún que otro puñetazo, alguna que otra jeringa, algún que otro cuchillo. Aunque no presuma de ello, es un valiente.

«Pienso volver a tu lado». Repito mi mantra silencioso, y esta vez Sophia no es la única en quien pienso.

Cuando Missouri reaparece en el pasillo, volvemos todos de golpe a la realidad; la visión de la pieza de plástico y los cables que lleva en la mano basta para doblegarnos.

—Os quiero ahora mismo en turista. Ya vale con esa agua. —Se vuelve hacia la cabina, da otra palmada con esa actitud desconcertantemente remilgada y grita de nuevo la orden—: Todo el mundo al fondo del avión. ¡Ya! —En la última palabra sube el volumen, lo que origina un barullo entre los aterrados pasajeros, que se dirigen al bar para cruzar hacia la cabina de turista.

—Cambio de planes —oigo que dice Missouri a Zambeze mientras pasamos junto a ellas—. Los quiero a todos más lejos de la acción.

En la zona del bar, nos dividen a bulto en dos grupos: a cada uno le mandan que se sitúe a un lado o al otro de la cabina de turista. A mí me empujan hacia el pasillo derecho junto con Cesca, Rowan y los dos periodistas. El hombre de aspecto árabe del asiento 6J está delante de nosotros, pero permanece inmóvil; tiene todos los músculos del cuerpo en tensión y, cuando pasamos en fila por su lado, noto un agrio olor a sudor rancio. Al fondo del avión veo al resto de la tripulación de servicio, apelotonados en el suelo. Al fondo, la puerta de la habitación de las literas continúa cerrada. ¿Se habrán dado cuenta de lo que está pasando y se habrán quedado escondidos?

—Al suelo. ¡Ya!

Nos dejamos caer entre las filas de asientos de la clase turista; la repentina falta de espacio hace que me sienta casi incapaz de respirar. Yo estoy al frente del pasillo; detrás tengo a Cesca, luego a Rowan, después a Derek Trespass y, en último lugar, a Alice Davanti.

—Las manos en la cabeza.

Cientos de pares de codos sobresalen al instante. Lachlan está chillando de nuevo, con esos aullidos ensordecedores de los bebés hambrientos. En el resto de la cabina, los sollozos ahogados se extienden como un reguero de pólvora.

El zancudo de Yangtsé sigue en la zona del bar. Cuando llega Missouri, le hace un gesto de reverencia burlona, juntando los pies con un taconazo.

—Aquí Yangtsé. ¡A mandar!

Ella apenas se inmuta.

—Has tardado lo tuyo.

—Me he imaginado que ya lo teníais todo controlado.

Missouri tuerce el gesto brevemente, como si estuviera tratando de decidir si eso la halaga o la molesta, y el extraño diálogo entre los dos secuestradores en la galera de clase ejecutiva de pronto cobra sentido.

«Una mujer, ¿eh?».

«No jodas».

—No se conocen entre ellos —le digo a Cesca—. Es la primera vez que se ven.

El hombre de aspecto árabe sigue ahí en medio, mirando con inquietud en todas las direcciones. Trato de establecer contacto visual con él para intentar hacerle ver que nos está poniendo a todos en peligro; entonces Missouri pega un bufido.

—Por el amor de Dios, Ganges, estate por lo que hay que estar.

«¿Ganges?».

El hombre asiente con la cabeza y se planta con firmeza en mitad del espacio que queda libre, con los ojos fijos en la otra punta de la cabina. Un escalofrío me recorre el cuerpo mientras pienso en cómo he ignorado mis sospechas, en cómo me he sentido culpable por tenerlas.

Missouri repite sus instrucciones a un hombre que está al otro lado de la cabina.

—Níger, ocúpate del pasillo.

«Ganges». «Níger».

Son ríos, pienso, atando por fin los cabos sueltos. La cabecilla es Missouri, que está en el bar con Zambeze, la rubia, y Yangtsé, el de las piernas largas. Ganges es el chico cuyos pies están a solo unos centímetros de mis rodillas. Enclenque y de mediana estatura, Ganges tiene la piel fofa y enfermiza de quien está poco habituado a hacer ejercicio. Lleva unas gafas metálicas de varilla fina, y el cabello negro se le pone de punta solo, como si acabara de alborotárselo con la mano. Cambia de postura sin parar mientras se manosea los bolsillos, los botones, el cuello de la camisa; se rasca el cuello, se mordisquea los labios, lanza una ojeada hacia el pasillo y luego se fija de nuevo en los dos secuestradores que están en la parte posterior de la cabina. Al notar tal vez que lo estoy observando, baja la mirada. Trato de sonreírle y él se ruboriza, aparta inmediatamente la vista y vuelve a sus manoseos nerviosos. En el otro pasillo está el hombre al que Missouri se ha referido como Níger; apenas he alcanzado a entreverlo antes de que nos hicieran sentarnos en el suelo.

Me vuelvo hacia los demás y les susurro:

—He contado a seis en total, incluyendo el que pilota.

—¿Crees que puede haber más? —pregunta Derek.

Caigo en la cuenta de que es más joven de lo que yo pensaba, a pesar de la alopecia prematura y de las líneas de expresión que le surcan la frente.

—Todos los demás están con las manos en la cabeza.
—Rowan yergue el torso para recorrer de punta a punta el pasillo con los ojos; todos los pasajeros están sentados, ya sea en las butacas o en el suelo, y reina una calma inquietante. Rowan dirige la vista hacia atrás, donde están los terroristas, y se estremece—. Y pensar que han estado entre nosotros todo este tiempo sin que lo supiéramos...

—Algunos sí lo sabían. —Alice Davanti mira en mi dirección, pero nadie le sigue el juego. Tenemos que idear un plan.

Poco después de que yo empezara a trabajar, World Airlines presentó un paquete de medidas formativas destinado a dotarnos de las habilidades necesarias para actuar en caso de secuestro aéreo. Impartida por un piloto retirado y experto en artes marciales, la clase tuvo lugar en el hangar de un campo de vuelo privado del condado de Gloucestershire, utilizando solo la parte delantera de un Boeing 747 desguazado. Nos pasamos la mañana tiritando bajo los abrigos, sentados en sillas de plástico junto al avión, mientras el instructor disertaba sobre psicología barata y técnicas de negociación. Después de la hora de comer, nos dividieron en dos grupos —personal de cabina y pasajeros— y nos presentaron a una compañía de actores que interpretarían al resto de los pasajeros y a los terroristas. Reconocí entre ellos a uno que salía en una telenovela de Channel 4 y a una mujer que el año anterior había protagonizado el anuncio navideño de unos grandes almacenes.

—La situación que estáis a punto de experimentar es lo más cercano posible a lo que os puede suceder en la vida real —aseguró el instructor—. Nadie os va a hacer daño físicamente, pero esta vivencia tal vez os resulte traumática desde el punto de vista psicológico. Si necesitáis abandonar la escena, dad la voz de alarma y pararemos.

Intercambiamos sonrisas nerviosas mientras cada uno de nosotros deseaba en privado no acabar siendo el que chafara la diversión al resto.

Pensé que nos sentiríamos como tontos. Que nos quedaríamos cortados. Que habría sobreactuación y respuestas guionizadas, y puede que al principio fuese un poco así. Los que hacíamos de personal de cabina nos subimos al avión los primeros, dimos la bienvenida a los pasajeros y comprobamos sus tarjetas de embarque. Hasta ahí, todo era una reproducción fiel de la realidad, para lograr la máxima autenticidad posible. Terminamos de explicar las instrucciones de seguridad, nos colocamos en los transportines y el avión «despegó». Por todo el vehículo se oían, a un volumen bajo, efectos de sonido y una vibración grave.

Entonces se oyó que se desactivaba la señal del cinturón de seguridad y, en un visto y no visto, estábamos fingiendo que servíamos las bebidas; el rumor de las conversaciones en los pasillos lo hacía todo muy creíble, por lo que la sorpresa fue aún mayor cuando se oyó el ruido atronador de un disparo, y un grito, y levanté la vista y vi a un hombre con pasamontañas y una pistola en la mano. Había otro poniéndole un cuchillo en el cuello a una mujer mientras la arrastraba hacia la puerta de la cabina de control, y un tercero que lanzó algo en el pasillo delante de donde estaba yo. Grité y me agaché detrás del carrito mientras una nube de humo brotaba de entre los asientos. El griterío aumentó y en ningún momento tuve tiempo de pensar: «Es solo un simulacro».

Me gustaría poder dar ahora la voz de alarma.

Los lloros de Lachlan cobran intensidad y un hombre en la parte de atrás, medio agachado como nosotros en el pasillo, grita que alguien haga el favor de «callar a ese puto bebé».

—¡Cállate tú! —le grita Paul Talbot en respuesta.

—Lleva horas y horas chillando. Vaya puta falta de respeto.

Es Doug, más sobrio ya, pero vociferando igual que antes. Su prometida se le arrima y le suplica que baje la voz, que no atraiga la atención hacia sí mismo.

—¿Cómo que falta de respeto? Estamos a punto de morir ¿y tú me hablas de civismo? —Paul suelta una risa sardónica.

—Ya no puedo más. —Doug se levanta del asiento y mira alrededor con los ojos desorbitados, como si estuviera decidido a tirarse al vacío en caso de poder llegar a una puerta.

—¡Las manos en la cabeza! —le grita el secuestrador del fondo del pasillo, pero él hace caso omiso.

Ginny tira de su prometido.

—¡Cariño, siéntate! Es la única forma de poder salir de esta.

—¿Salir de esta? No hay salida, Ginny, vamos a morir.

Los sollozos se multiplican a nuestro alrededor a medida que la histeria se propaga por toda la cabina. Quienes no están llorando están mirando a Doug y a Ginny, y me pregunto si podría ser nuestra oportunidad de escabullirnos de Missouri y colarnos en la cabina de control. Pero cuando la busco veo que se mantiene en su posición y que ese espectáculo secundario no la distrae lo más mínimo.

—No. —Ginny alza la cabeza, decidida a conservar el optimismo—. No vamos a morir. Llegaremos a Sídney y nos casaremos y...

—No puedo casarme contigo.

Se produce un silencio horripilante y, a pesar de todo lo que está ocurriendo, se me rompe el corazón al ver cómo se le descompone la cara a Ginny.

—¿Qué quieres decir?

Doug agacha la cabeza.

—Me dejé llevar... Todo pasó tan deprisa y tú estabas tan entusiasmada... No quería hacerte daño, pero...

Se detiene y a Ginny se le endurece la voz.

—Pero ¿qué?

—Que ya estoy casado. —Por cómo lo dice, parece que vaya a llorar, pero no hay rastro de compasión en ninguna de las caras que lo rodean.

—Hijo de puta —suelta alguien unas filas más atrás.

—Vaya don de la oportunidad... —dice Derek entre dientes.

Ginny rompe a llorar y una mujer que tiene al lado la estrecha entre sus brazos. Espero a que uno de los secuestradores le grite que vuelva a ponerse las manos en la cabeza, pero o les da lo mismo o no se han enterado de nada.

Levanto la vista hacia el secuestrador que está protegiendo la parte delantera de nuestro pasillo. Parece tan impactado por la confesión de Doug como la pobre Ginny, y me pregunto si eso habrá servido para demostrarle que también somos seres humanos, no solo rehenes. Consigo esbozar una sonrisa.

—¿Cómo te llamas?

—Ganges.

—Tu nombre de verdad.

—Eso a ti no te importa.

—Yo me llamo Mina. En realidad es Amina, pero todo el mundo me ha llamado siempre Mina. —Eso sí lo recuerdo del comentario que nos hicieron al terminar la escenificación: «Utilizad vuestro nombre todo lo que podáis. Dadles detalles de vuestra vida; haced que piensen en vosotros como en una persona de carne y hueso». Trato de sostenerle la mirada a Ganges, pero él aparta la vista—. ¿Podrías explicarnos lo que está pasando?

Ganges echa una ojeada al pasillo opuesto. Estoy demasiado cerca del suelo para ver qué está mirando, pero está claro que se siente desbordado.

—Cooperad, y no os haremos nada. —Tiene un acento levísimo, la entonación apenas perceptible de quien lleva más tiempo viviendo en su país de acogida que en su país de origen.

—¿De dónde eres?

—Eso tampoco te importa.

—¿Cómo es que no os conocíais de antes? —Me topo con

un silencio granítico, pero insisto—. Pero ella sí que os conoce a vosotros, ¿verdad? Missouri. Eso no me parece justo. Ella os conoce a vosotros, pero a vosotros no se os permite...

—Lo único que conoce son nuestras posiciones —responde con un murmullo, no sin antes comprobar con una ojeada fugaz que Missouri no nos esté escuchando—. Sabe nuestros nombres por la posición que ocupamos.

—Ya veo. O sea que os conocéis solo de chatear por internet, ¿verdad?

Cesca avanza poco a poco hacia el espacio libre que queda a mi derecha.

—Aún no es tarde para echarte atrás. Lo sabes, ¿no? —se apresura a decir. «Te estás precipitando», pienso mientras me vuelvo hacia ella, tratando de darle a entender con la mirada que tiene que callarse, que yo estaba segura de que conseguiría algo—. Si tienes dudas, más te valdría ayudarnos a nosotros, y estoy segura de que la policía lo...

—¡Silencio! —Levanta un puño bien apretado y lo baja rápidamente antes de detenerlo a menos de un centímetro de la cara de Cesca.

«Te has precipitado».

—Consideradlo una advertencia.

Cesca recula y los otros se apiñan en torno a ella. Pero yo no he dejado de observar la cara de Ganges y he visto el levísimo gesto de alarma que la ha atravesado no cuando Cesca le hablaba, sino al levantar el puño: no se ha detenido porque quisiera advertirla sin más; se ha detenido porque es incapaz de hacer nada. «No tiene intención de hacernos daño».

Estamos demasiado cerca de Ganges para hablar de él; se lo indico a Cesca y a los demás, y comenzamos a abrir algo más de hueco. Derek se pone de rodillas y estira los músculos, con las manos todavía apoyadas obedientemente sobre la cabeza. Cuando vuelve a sentarse, ha retrocedido una fila de asientos respecto a su posición inicial. Alice espera hasta que Ganges desvía la vista —algo que hace cada pocos segundos, como si quisiera encontrar respuestas en algún otro lado de la cabina— y se desliza rápidamente hacia atrás para ocupar el espacio que ha dejado libre Trespass. Todos, despacio, vamos retrocediendo, y Ganges o no se entera o se siente aliviado de tenernos un poco más lejos.

A mi lado, en el asiento central de la tercera fila, una mujer embarazada solloza para sí, en voz baja.

—¿Estás bien? —le pregunto, aunque salta a la vista que no lo está, como ninguno de nosotros.

—Mi marido no quería que cogiera el avión. Pero él trabajaba estas Navidades, y no estaba previsto que el bebé naciera hasta dentro de seis semanas, y se me ocurrió que podía ser buena idea irme a casa con mi madre para que me cuidara un poco, ¿sabes? Y ahora...

No acaba la frase. Ni falta que hace. Me pregunto si su marido estará al tanto, o alguna de nuestras familias. A menos que el piloto de Missouri tenga el dominio suficiente para mantener abiertas las comunicaciones con los controladores, habrá bastado alrededor de media hora para que alguien se haya dado cuenta de que estamos fuera de contacto. Puede que ya esté en las noticias. Me imagino a Adam en el comedor, pegado a la pantalla de la tele; me imagino a los periodistas en el aeropuerto, frente a un mar de gente de vacaciones, incongruente con la solemnidad de la noticia.

—Lo siento mucho.

—No es culpa tuya, sino suya. —Dirige esta última frase hacia el bar, donde se ve a Missouri hablando con el resto de los terroristas—. Están como cabras. ¡Y por el cambio climático, encima! ¡Madre de Dios! Mira que hay motivos tontos, pero es que este...

—El cambio climático no existe. Lo sabéis, ¿no? —El hombre del asiento de al lado se inclina hacia delante—. Se ha demostrado que es falso. Es solo un ciclo de la naturaleza; dales cien años más y se estarán quejando de que vamos de camino a una nueva edad de hielo.

—¿Dé qué va? ¿Qué es esto, una liga de debate? ¡Que esto es algo muy serio!

—Trate de no alterarse —le dice el otro—. Las subidas de tensión no son buenas para el bebé.

La embarazada se queda mirándolo.

—¿Cuántas veces se ha quedado usted embarazado?

—Bueno, personalmente ninguna, claro, pero...

—Entonces métase la lengua por el culo. —Se levanta del asiento y avanza arrastrando los pies hasta el pasillo.

Yo también me incorporo parcialmente al ver que se acerca a Ganges, dudando de si eso va a sernos de ayuda o va a empeorar la situación.

—Tengo que ir a hacer pis.

—Tendrás que aguantarte. A sentarse.

—Tengo casi tres kilos de bebé presionándome la vejiga; no le pidas a mi suelo pélvico que aguante nada.

Ganges se pone como un tomate. Retrocede hasta el bar, sin quitarle los ojos de encima a la mujer, y le comenta algo a Missouri por lo bajo. Ella pone los ojos en blanco y sale a la cabina, agarra a la mujer por una manga y la empuja hacia el interior de uno de los lavabos. Missouri se queda delante de la puerta y veo que un hombre de la primera fila desvía la mirada para darle a la pobre mujer algo de privacidad.

Yo me vuelvo hacia los demás: la distracción nos ha dejado unos instantes para hablar.

—Tenemos que hacer algo.

—¿Algo como qué? —pregunta Rowan.

—Tenemos que entrar a la fuerza en la cabina.

—¿Cómo? —Derek se ríe—. ¿Cinco de nosotros contra seis terroristas, al menos uno de los cuales lleva un chaleco bomba? ¡Y a saber cuántos más hay a bordo!

—Derek tiene razón. —Alice me mira desesperada—. Aunque esquivásemos a Missouri y a los demás, ¿de qué serviría? La puerta de la cabina de control está bloqueada, ¿no?

—Hay un código de acceso para casos de emergencia —dice Cesca—. Sirve para anular cualquier tipo de bloqueo.

Miramos todos en dirección a la cabina de control, y yo, impulsándome, me pongo de rodillas para ver mejor: hay unos tres metros entre nosotros y el bar, detrás de Ganges, desde donde Missouri supervisa a su cuadrilla. El trecho desde allí hasta la puerta de la cabina del piloto equivale al largo de una pista de tenis. ¿Hasta dónde llegaríamos antes de que Missouri pulsara el botón?

Ganges echa otro vistazo a su cómplice del otro extremo de la cabina. Yo le sigo la mirada. Me incorporo poco a poco para poder ver por encima de los asientos centrales. Me duelen los brazos, así que junto los dedos y los apoyo en la parte de arriba de la cabeza para descansar de la postura.

—¿Y tú te sabes el código? —le pregunta Rowan a Cesca.

—Por supuesto. Pero no veo la manera de acercarnos lo suficiente sin que esa mujer haga detonar la bomba.

—¡A sentarse! —nos suelta Ganges.

Vuelvo a bajar al suelo con obediencia, pero ya he visto al hombre a quien Missouri ha llamado Níger. Y lo he reconocido. He reconocido esos pantalones militares holgados, con las botas de trabajo y la camiseta ajustada que se le pega a los bíceps, y estoy casi completamente segura de que sé algo sobre él que Missouri no sabe.

Ahora solo tengo que averiguar cómo usarlo a nuestro favor.

37

3.00
Adam

—¿Te gustaría que preparásemos algún pastel juntos, cuando todo esto acabe? —Hablo con la boca llena, pero supongo que las normas de educación habituales dejan de regir en el momento en que estás tratando de distraer a tu hija de cinco años del hecho de que os halláis atrapados en un sótano a merced de una chalada cada vez más fuera de control.

Después de que Becca tapase la carbonera, la he oído correr de vuelta a la casa y cerrar de un portazo al entrar como la adolescente que había fingido ser. Hace un momento estaba yendo de un lado a otro de la casa, paseándose por todas partes, y he notado algo en el ambiente que me ha hecho temer lo que podría llevar a cabo a continuación.

—Los papás no hacen pasteles. —Las palabras le salen confusas, como si estuviera a punto de llorar, y me pregunto si habré dicho algo malo. Tal vez le haya recordado a Mina.

—Hay muchos papás que sí hacen pasteles. Y estoy seguro de que yo podría intentarlo. Aunque sin dientes de león... ¡puaj! Mira que es tonta Becca. ¿Cómo le puede gustar comer hierbajos? —Cuanto más me esfuerzo por hacer sonreír a Sophia, más se sume ella en el silencio.

Entonces se tapa la cara con las manos.

—¡Papá! —Apenas es un suspiro ahogado por la emoción.

—Veremos pronto a mamá, bichito, te lo prometo. —A mí también se me quiebra la voz ante lo que se nota demasiado que es una mentira. Pero debe ser posible, tiene que haber algún modo de que Sophia salga de esta con vida. No soporto la idea de perderla.

—Pa… —Sophia no para de palparse debajo de la barbilla y de pronto caigo en la cuenta de que lo que refleja su voz no es emoción, sino pánico. Abre los ojos del todo, menea la cabeza y veo como se le hinchan los labios, como si le hubiera picado una avispa. Elefante cae al suelo, a su lado.

—¿Qué llevaba tu sándwich?

Lo repito más fuerte, porque se ha quedado paralizada, con sus ojos aterrados fijos en los míos.

—Sophia, ¿qué llevaba tu sándwich? Déjame probarlo, ¡ahora! —Doy un tirón a las esposas como si hubieran podido abrirse por arte de magia.

Sophia recoge como puede las migajas que había amontonado de forma ordenada en el suelo, y apenas tocan mis labios las huelo y noto a qué saben.

Mantequilla de cacahuete.

—No deberíamos ni tenerla en casa —dijo Mina un día cuando volvíamos del médico; Sophia tenía tres años y era feliz en la inopia, ajena al diagnóstico potencialmente letal que acababan de hacerle.

—Su alergia tampoco es tan fuerte. —Según nos explicó el doctor, había gente que no podía estar a menos de tres metros de un fruto seco, que notaba cómo se le hinchaban los labios en cuanto alguien abría una bolsita en el pub.

—Pero ¿y si coge el bote y lo abre? Es demasiado pequeña para entender la diferencia entre lo que puede comer y lo que no.

—La dejaré encima de la nevera; ni siquiera la verá. —La mantequilla de cacahuete es mi pecado favorito; me encanta comérmela a cucharadas, directamente del bote, antes de salir a pegarme una buena carrera, o untármela en la tostada del domingo por la mañana.

Desde que recibió aquel diagnóstico, Sophia solo ha tenido una reacción alérgica, una vez que un padre inconsciente le dio una galleta en un desayuno escolar sin consultárselo a Mina.

—He pasado muchísimo miedo —me contó Mina después, moviendo la cabeza como si tuviera una mosca atrapada dentro—. Le he puesto el inyector y de repente he pensado: «¿Qué pasa si no funciona?». Ya me entiendes: tenemos estos trastos, y uno da por sentado que funcionan, pero ¿y si nos han dado uno defectuoso? De un día que han tenido fallos en la fábrica; el único justamente que ha salido tarado.

—Pero ha funcionado —le recordé, porque soltaba toda aquella retahíla de palabras como si se hubiera olvidado de que Sophia estaba montando una cacerolada en su cocina de juguete, habiendo dejado ya atrás los nervios que había pasado aquel día.

—Ya, pero…

Me eché encima de ella para abrazarla y poner un tope físico a su terror.

—Ha funcionado.

A medida que se hacía mayor, Sophia aprendió a no aceptar comida de nadie que no fuéramos nosotros. Se acostumbró a llevarse la suya si pasaba el día fuera; le enseñamos que tenía que preguntar en las fiestas si el pastel llevaba frutos secos. Nos relajamos. Nos volvimos confiados. Pero el bote de mantequilla de cacahuete siguió encima de la nevera, lejos del alcance de Sophia, por seguridad.

—Estate tranquila. Prueba a respirar despacio.

Despacio o deprisa, apenas respira. Sé que tendrá el pecho hundido, como si se le hubieran sentado encima, y la garganta tan inflamada que cualquier inspiración le supondrá un esfuerzo. Mueve los labios, pero no brota ningún sonido de ellos. Se le han hinchado los párpados y tiene los ojos cerrados en dos ranuras estrechas.

—¡Becca! —Si para pedir comida he gritado fuerte, lo de ahora es ya ensordecedor. Me pongo de rodillas y me incorporo un poco, como si ese aumento insignificante de altura fuese a transmitir más lejos el sonido, y aporreo la barra de metal con las esposas una vez, y otra, y otra—. ¡Socorro!

Una persona puede tardar desde unos minutos hasta unas horas en morir de un choque anafiláctico. La primera vez que le ocurrió, la llevamos en coche directa al médico de cabecera; de allí nos derivaron a otra doctora. Nos pasaron rápidamente al frente de la cola y la médica, sin despeinarse, preparó un inyector de epinefrina al tiempo que llamaba al teléfono de emergencias. Ya en el hospital, nos dieron un inyector para nosotros.

—¿Qué pasaría si no tuviera la epinefrina? ¿Qué gravedad podría llegar a alcanzar la reacción?

—Imposible saberlo. Mejor no tentar a la suerte. —La médica de urgencias era joven y atenta, sus ojos reflejaban empatía—. Mejor cómprense un inyector extra.

Ahora tenemos cuatro en total. Uno lo lleva Sophia en la mochila de la escuela, otro Mina en su bolso, otro yo en el coche y el último lo guardamos en un cajón de la cocina, donde hay también copias de las llaves, pilas sueltas y juguetes de Happy Meals de McDonald's de hace tres años.

—¡Socorro!

En la cocina, el sonido de la radio se funde en mitad de «Fairytale of New York», de The Pogues.

No espero a que sea Becca la que me hable.

—Necesito la epinefrina de Sophia. Le has dado mantequilla de cacahuete, pedazo de... de...

—¡La crema te la había puesto a ti! No había bastante queso, así que...

—¡Ya! Se nos acaba el tiempo. ¡Podría morir, Becca! —Me arrepiento de mis palabras en el segundo mismo en que le veo a mi hija la cara, hinchada y presa del terror, luchando lo poco que puede por no quedarse sin aire—. No es verdad, cariño —añado en voz baja—. Solo lo he dicho porque nos hace mucha falta tu medicina.

Se oye un ruido en la planta de arriba. Oigo un repiqueteo de llaves y me imagino los contenidos del cajón de la cocina desparramados por el suelo. Tiro de nuevo de las esposas: el miedo y la frustración infunden fuerza a mis brazos agarrotados. ¿Qué voy a hacer si Sophia deja de respirar? ¿Qué voy a hacer si se le para el corazón?

—¡Corre!

—¡No lo encuentro!

Mina debe haberlo puesto en otro sitio. Me entra un ataque de rabia injusto porque no me lo haya comentado, porque no hayamos hablado sobre ello ni me haya informado, en plan: «Estaba pensando que igual es mejor guardarlo en el recibidor o en el pasillo o en el armarito de arriba».

—¡Mira en la mochila de Sophia! —grito.

Becca emite un ruido a medio camino entre un sollozo y un chillido.

—¡No está aquí! Está en el avión. Lo cogí anoche, cuando vine a cuidar de la niña. Me dijeron que lo dejase en el parque, al lado de un banco, y que pasarían a recogerlo.

—¿Cómo que está en el a...? —No es hora de hacer preguntas—. ¡En mi coche! —Sophia emite un ruido estrangulado que podría querer decir «¡Papá!», y mis brazos pelean instintivamente contra las esposas mientras tratan de alcanzarla—. ¡En la guantera! —Me duele la garganta de gritar, pero ya oigo a Becca corriendo por el jardín, el pitido del seguro y la puerta de un coche que se abre.

—Todo irá bien. Todo irá bien, cielo.

Más pisadas, y luego el chirrido de la baldosa que se retira de la boca de la carbonera, y el golpecito metálico del inyector al caer hasta el sótano.

—Cógelo, bichito. Quítale la tapa. Muy bien, tírala y ya está. Ahora clávatelo en el muslo.

Sophia me mira sin moverse, y las lágrimas le resbalan por la cara inflamada.

—Vamos, cariño. Yo no puedo hacerlo por ti. ¿Ves ese Action Man que llevas en el pijama? Ahí. El de encima de la rodilla; un poco más arriba, un poco más… ¡Ahí! Te lo clavas y te lo dejas clavado hasta que yo te diga.

Sabía que mi hija era valiente. No llora cuando se raspa la rodilla o cuando se despierta de noche con fiebre. En el parque se atreve a todo: se cuelga boca abajo y se va corriendo hasta la otra punta para probar el «tobogán grande». Pero no me hacía una idea exacta de su valentía hasta que la he visto levantar la mano con la que empuñaba el inyector y hundírselo en el muslo. Contengo un sollozo y busco en su cara alguna señal que me indique que se le está pasando, pero la hinchazón no le baja y le cuesta respirar. Tiene la mano cerrada con fuerza alrededor del inyector, y soy incapaz de comprobar si lo ha hecho bien; no sé si ha funcionado ni si la aguja está donde tiene que estar.

No sé si eso bastará para salvarla.

38

A tres horas de Sídney
Mina

Aprieto entre los dedos la nota que llevo en el bolsillo. Me imagino a Sophia tumbada boca abajo en su habitación, con la lengua medio fuera mientras traza cada letra, procurando que todas las emes tengan tres montañitas y no dos, tal y como le he enseñado.

«Para mi mamá».

No es la primera vez que Sophia me esconde uno de sus dulces en el equipaje: el mes pasado, en Nueva York, al deshacer las maletas, me encontré con un trocito de pastel de plátano envuelto en una servilleta y metido en un zapato. Sin embargo, esta era la primera vez que el dulce venía con nota incluida. Las cartas que yo le dejo en la almohada al marcharme de casa parece que apenas le causan ninguna impresión, y a menudo me he preguntado si las mira siquiera, pero quizá el mero hecho de que se las deje ya le está enseñando algo. Quizá por fin empezamos a hacer avances.

Cierro un segundo los ojos para sacar fuerzas de ese pensamiento y de la nota que llevo en el bolsillo. Murmuro afirmaciones mientras voy volcando en ellas todas mis energías, como si esa convicción por sí sola fuese a hacerlas realidad. «Sophia está a salvo. Tú has cumplido con tu parte del trato y has velado por su seguridad. Adam no permitirá que le suceda nada».

La mención de Adam saca a relucir todas las cosas que me encantan de mi marido, todo lo que nos hemos perdido desde que nos separamos. Antes de lo de Katya, todo iba bien: él habría hecho lo que fuera por mí, y yo habría hecho lo que fuera por él; así funcionan las cosas cuando quieres a alguien.

«Así funcionan las cosas...».

Miro más allá de Ganges, a lo largo del trecho de pasillo vacío al final del cual, delante de la puerta del puesto de pilotaje, se encuentra Yangtsé, y los indicios de un plan comienzan a parpadear en algún rincón de mi pensamiento. Estoy casi segura de que sé algo sobre los terroristas que ni siquiera Missouri sabe, algo que podría ser clave para ayudarnos a entrar en la cabina de control. Me imagino a Cesca ocupando rápidamente el asiento del comandante y, con una voz que por fin nos resulta familiar, pidiendo a la tripulación por megafonía que se prepare para el aterrizaje, y el corazón me da un vuelco ante la promesa de poder volver a casa.

—¡Hay wifi! —gritan de pronto al otro lado de la cabina. Me levanto del suelo, tambaleándome por las prisas e indiferente a los terroristas: las ganas de hablar con Adam superan con creces el instinto de supervivencia. Veo un brazo en alto, levantando un móvil triunfalmente—. Llevo intentándolo desde que hemos despegado, ¡y por fin he pillado la conexión!

Se desencadena una actividad frenética: los pasajeros buscan sus bolsos de mano bajo los asientos y se desabrochan los cinturones de seguridad para ir a abrir los portaequipajes. Se oyen voces de alegría totalmente fuera de lugar cuando los dispositivos se encienden y sus pantallas iluminan las caras de la gente. Echo una ojeada a los secuestradores para ver cómo se están tomando la noticia, pero lo que hace Missouri es mirar fijamente la pantalla de su propio teléfono con el ceño fruncido, sin parar de darle golpecitos con los dos pulgares.

—Lo han activado ellos —concluye Rowan.

—¿Para qué?

Rowan se encoge de hombros.

—¿Para comunicar sus exigencias, tal vez?

Ambos dirigimos la vista hacia el bar: a un lado, la mujer embarazada habla con su marido por FaceTime. Las lágrimas le resbalan por la cara mientras se acerca a la pantalla y la toca con los dedos.

—Te quiero mucho —dice.

«Yo también te quiero», oigo que contesta el marido.

Reprimo un sollozo y me doy la vuelta; no soporto la tortura de presenciar una despedida ajena. Los niveles de ruido empiezan a subir en la cabina a medida que más y más pasajeros consiguen contactar con sus seres queridos. Se dejan mensajes de voz, se hacen declaraciones de amor y peticiones de perdón. «Si no salgo de esta, diles a los niños que los quiero...».

Cesca envía un mensaje de texto, esforzándose por contener las lágrimas que veo que amenazan con penetrar su fachada de serenidad. Mi mano se muere de ganas de ir a coger el móvil; lo tengo guardado en el bolso, en la parte delantera del avión, y me pregunto hasta cuándo aguantará la red con tanta gente intentando llamar a casa a la vez.

Mi madre me llamó un día antes de morir. Yo no hacía ni un año que había dejado las clases de aviación y era incapaz de soportar otro interrogatorio sobre por qué no volvía a intentarlo; no sabía cómo reaccionar ante sus insistentes preguntas sobre qué me había pasado aquel día durante el vuelo. Vi que su nombre aparecía de pronto en la pantalla del teléfono y dejé que saltara el contestador; ya la llamaría al cabo de un rato, o el día siguiente por la mañana.

Pero no lo hice y nunca me lo he perdonado.

Una rápida sucesión de imágenes me cruza el pensamiento. Adam en el altar, que se vuelve para verme caminar hacia él por el pasillo de la iglesia. Los dos conociendo a Sophia.

Los dos llevándonosla a casa, jugando con ella al monstruo de la bañera, acompañándola a la escuela; Adam y yo cogiéndola cada uno de una mano y columpiándola bien alto. Mi madre no estuvo presente en la boda con Adam; no llegó a conocer a Sophia, nunca me vio hacer de madre. Yo no quiero eso para mi hija. Quiero estar a su lado, apoyándola; me lo prometí el día que nos la llevamos a casa.

«Jamás te abandonaré. Nunca volverás a estar sola».

—Ten.

Miro alrededor: Rowan me tiende su móvil. Alargo la mano para cogerlo, pese a que la cortesía me obliga a decir:

—No, por favor. Debes de querer...

—Tú primero. Llama a tu marido. A tu hija.

—Gracias. —Trago saliva.

Adam tiene el móvil apagado; cuelgo y llamo al teléfono fijo. Me lo imagino revolviéndose en la cama, preguntándose quién demonios estará llamando a esas horas de la noche. Es casi como si lo viera bajando a trompicones por las escaleras, echando una ojeada por la puerta abierta de la habitación de Sophia para asegurarse de que eso no la ha despertado.

«Ha llamado a la familia Holbrook. Sentimos no estar aquí para...».

Cuelgo. Le doy al botón de volver a llamar. ¿Dónde estarán? He hecho todo lo que los terroristas querían que hiciese. Lo he hecho por Sophia, para que no le pasara nada; ¿dónde está?

«Ha llamado a la familia Holbrook. Sentimos no estar aquí para atender su llamada; déjenos un mensaje y le contestaremos en cuanto podamos».

—¿Adam? ¡Si estás ahí, coge el teléfono, Adam! —Me he jurado que no lloraría, pero no puedo hacer nada ante el sollozo que me sube a la garganta y ahoga mis palabras—. Han secuestrado el avión. Me han dicho que le harían daño a Sophia si yo no... Por Dios, Adam, si estás ahí, si todavía no os ha pasado nada, marchaos a un lugar seguro, por favor. Dicen que van a dejar que el avión se quede sin combustible, y... —De lo rápido que hablo, se me traban las palabras; pulso la pantalla para finalizar la llamada, furiosa conmigo misma por haber perdido los estribos.

Rowan me apoya la mano en el hombro.

—Respira.

Detrás de él, Alice teclea con fervor en su móvil.

Respiro.

—¿Puedo volver a llamar?

—Por supuesto.

«... déjenos un mensaje y le contestaremos en cuanto podamos».

—¿Adam? Si no sobrevivo, dile a Sophia que la quiero. Dile que es valiente y guapa y lista, y que no pasa un solo día que no me asombre. Dile que he hecho todo lo que he podido por salvarla. Prometí que nunca la abandonaría y necesito que sepa que lo siento, que siento haber roto mi promesa. Va a lograr muchas cosas en la vida y, aunque no podrá verme, continuaré a su lado, velando por ella. Y... a ti también te quiero. —Trago saliva y hablo de nuevo, esta vez más fuerte, cada palabra más sentida que la anterior—. Pero no va a hacer falta que se lo digas, porque pienso volver con vosotros, Adam. Pienso volver a casa.

Espero un instante mientras me imagino el contestador automático sonando en la cocina. Cuelgo y respiro hondo. «Pienso volver a casa».

—¿Estás bien?

Asiento con la cabeza, sin soltar palabra. ¿Cómo voy a estar bien? ¿Cómo va a estar bien ninguno de nosotros?

—¿Qué pasa si se termina el combustible? —pregunta Derek muy flojito.

Cesca, Rowan, Derek, Alice y yo estamos sentados formando un círculo estrecho, apretujados en el pasillo entre las filas de asientos llenas de pasajeros. Alice continúa tecleando. A nuestro alrededor, breves fragmentos de llamadas de despedida impregnan el aire de miedo y dolor. Pienso en los seis secuestradores que he contado y me pregunto cuántos quedan por darse a conocer. A Derek se le ve todavía más desharrapado que antes, si es que es posible, con la camisa arrugada y las gafas ligeramente torcidas, como si acabaran de propinarle un puñetazo.

Cesca duda unos instantes.

—Que nos estrellamos —responde al fin.

—Pero ¿qué es lo que ocurre entonces? —insiste Derek—. ¿Qué es lo que vamos a sentir?

Me entra un escalofrío.

—Basta ya. —Alice cierra los ojos con fuerza.

—Los motores se detendrán. Primero uno, y después, en cuestión de minutos o puede que de segundos, el otro. El avión se convertirá en un mero planeador.

—Pero entonces ¿no nos desplomaremos sin más? —dice Derek.

Alice vuelve a hacer una mueca de espanto. Sigue con los ojos clavados en la pantalla y mueve los dedos tan deprisa que soy incapaz de seguirlos. Un recuerdo emerge y se me acelera el pulso; el zumbido que me suena en los oídos me traslada de vuelta a la academia de vuelo, a la calurosa y claustrofóbica cabina de control de un Cessna 150. Dejo escapar un suspiro, cuento hasta diez y me clavo las uñas en las palmas de las manos hasta que vuelvo en mí. Cesca continúa hablando.

—Un Boeing 777 tiene una ratio de planeo como de… no sé…. ¿De diecisiete a uno? O sea que, por cada diecisiete mil pies que avancemos, perderemos unos mil pies de altitud.

—¿A qué altura estamos ahora?

—A unos treinta y cinco mil —contesto en voz baja.

Todos, en silencio, tratamos de hacer nuestros cálculos.

—Tampoco es una ciencia exacta. La ratio de planeo depende del clima, las condiciones de vuelo, la altitud, el peso... —Cesca deja la frase en suspenso.

—Pero lo que es estrellarnos... —dice Derek— nos estrellaremos igualmente.

Habla con absoluta naturalidad, como si le diera igual. Como si en realidad quisiera que pasase, advierto.

—De momento —dice Cesca—, el avión sigue en piloto automático. Cualquiera podría estar delante del tablero de mando y no notaríais la diferencia. Pero los aterrizajes son otra cosa: alguien tendría que configurar el avión para un aterrizaje o un amerizaje y...

—¿Amerizaje?

—Es cuando aterrizas en el agua.

—... y el morro tiene que estar levantado cuanto más tiempo mejor. Si bajásemos en picado... —Cesca se detiene en seco y se muerde el labio inferior—. Bueno, en ese caso, remontar resulta difícil.

Se hace un largo silencio.

—Pero hay gente que sobrevive a accidentes de avión, ¿no? —Alice me mira, con los dedos todavía posados sobre el teclado—. Esas explicaciones que dais sobre las medidas de seguridad, que todos ignoramos... eso es lo que tendríamos que hacer, ¿verdad? —Asiente de manera insistente con la cabeza, como si se estuviera contestando su propia pregunta.

—Los de las butacas puede que se salven —dice Derek. Alice echa un vistazo alrededor: los pasajeros de turista llevan todos puesto el cinturón. Varios se arriman unos a otros, retorciendo el cuerpo tanto como les permite la sujeción, con las manos juntas encima de la cabeza—. El resto saldremos disparados como muñecos de trapo; para cuando toquemos el suelo, ya estaremos muertos.

Levanto la vista hacia la chica embarazada. Unas lágrimas

silenciosas le humedecen las pestañas. Cesca fulmina a Derek con la mirada.

—¿Qué quieres? ¿Que haya un ataque de histeria colectiva?

—Alice no va desencaminada —añado yo—. Dependiendo de cómo y de dónde aterricemos, puede que sobrevivamos, pero, para quienes no estemos sentados, el riesgo de lesiones físicas es significativamente mayor.

—O sea que nos hacen falta asientos. —La voz de Alice ha subido un poco de volumen. Se sienta sobre los talones, rotando la cabeza de derecha a izquierda como una suricata alerta—. He leído que la parte de atrás del avión es la más segura, así que, por intentarlo...

—El avión está a tope —contesto.

—¡Pero nosotros hemos pagado más! —Nos mira a todos, uno a uno; parece no percatarse de nuestras caras de incredulidad—. Nosotros hemos pagado más por nuestros asientos. Así que, si no nos dejan entrar de vuelta a primera clase, lo más razonable sería que...

—No. —Rowan levanta la palma de la mano hacia Alice, como si pudiera impedirle físicamente que continuara hablando—. Basta.

Ella le lanza una mirada furibunda y continúa tecleando. Justo me estoy preguntando de quién estará despidiéndose cuando se detiene, se queda con la vista fija en la pantalla unos segundos y pulsa una última tecla.

—Hecho —dice, y espira lentamente—. Enviado.

Derek se queda mirándola.

—Tienes que estar de broma. —Nos observa a los demás, que no acabamos de seguirlo—. Ha escrito un reportaje para el periódico.

—Reconócelo —replica Alice—: tú habrías hecho lo mismo si se te hubiera ocurrido. Seguro que es algo inédito: el testimonio de un secuestro desde la perspectiva de uno de los rehenes, y encima en tiempo real.

Se hace un silencio atónito. Me pregunto cuánto tardarán en subir el artículo de Alice a internet. ¿Podrá ser que Adam lo lea?

—Podríamos pedirles los chalecos salvavidas de primera clase —sugiere Derek—. Mejor eso que nada.

Cesca y yo intercambiamos una mirada, pero no decimos nada. Estamos a algo más de dos horas de Sídney; hace ya rato que sobrevolamos el norte de Australia. Si nos estrellásemos ahora, los chalecos salvavidas nos serían tan útiles como llevar una cuchara a una pelea con navajas.

—Claro —digo.

En los asientos de nuestro alrededor ya han empezado a aparecer borrones amarillos. Veo que Alice echa el ojo al chaleco que tiene más cerca, que ya lleva puesto un adolescente paliducho, y me imagino a la periodista arrancándoselo, reclamando unas mayores probabilidades de supervivencia debido al coste de su billete.

—Voy yo —dice Rowan.

—No —contestamos Cesca y yo al unísono, movidas por un mismo sentido del deber y la responsabilidad.

—Quien tiene que hacerlo soy yo —afirmo sin más, poniéndome de pie sin aguantarme apenas, con las manos en alto en señal de rendición. «Porque todo esto es culpa mía».

Despacio cruzo los pocos metros que me separan de la tercera fila, donde se encuentra Ganges. Está sudando a mares y no para de balancearse de una pierna a la otra.

—Me gustaría coger los chalecos salvavidas de clase ejecutiva —digo.

—Nadie puede salir de esta parte del avión.

—Ayudaría a que los pasajeros se calmasen. —Titubea, pero después niega con la cabeza, cumpliendo al pie de la letra las instrucciones de Missouri. Decido cambiar de táctica—. ¿Quién te espera en casa? ¿Estás casado?

—Vivo con mis padres. —Se detiene de golpe, como si se le hubiera escapado. Le entra un tic en el ojo izquierdo.

—Deben de estar orgullosos de ti.

A Ganges se le sonrojan las mejillas.

—Lo estarán. Será un orgullo para ellos verme luchar por aquello en lo que creo.

—¿Por sentenciar a cientos de personas a morir?

—¡Nadie va a morir!

—Ya ha muerto alguien. —Pienso en Carmel, en cómo se le ha ido la vida en cuestión de segundos. Ni uno más, pienso. Ni uno más puede morir.

—Eso ha sido… —Ganges se queda sin palabras—. Eso ha sido un accidente. Si colaboráis nadie saldrá herido. El gobierno aceptará nuestras demandas y Amazonas aterrizará sin ningún peligro.

—Iréis a la cárcel.

—Habremos salvado el planeta.

Niego con la cabeza.

—¿Cuántos años tienes? ¿Veinticinco? ¿Veintiocho? Tienes toda la vida por delante y te han lavado el cerebro para que la tires a la basura.

—El cambio climático es la mayor…

—… amenaza para el planeta. Lo comprendo. Pero esta no es la respuesta.

—¿Cuál es, entonces? ¿Reunirse? ¿Hablar? Las palabras no cambian nada, los actos sí. Si quieres ser parte del problema, muy bien, pero yo estoy orgulloso de ser parte de la solución.

—¡A sentarse!

El grito no viene de Ganges, que ahora jadea como si estuviera en la recta final de un maratón, sino de Missouri, quien me fulmina con la mirada mientras me agacho de nuevo hacia el suelo. Entonces le pega un ladrido a Zambeze.

—Quédate con ella.

Zambeze pone los ojos en blanco, pero obedece. Missouri, detrás de ella, camina a grandes zancadas hacia el frente del avión; lanzo una ojeada furtiva por entre las piernas de Ganges y de Zambeze, y veo que llama a la puerta de la cabina de control.

La puerta se abre y Missouri desaparece en el interior.

¿Qué está pasando?

El que pilota ahora —el que se hace llamar a sí mismo Amazonas— tiene suficientes conocimientos para abrirle la puerta a Missouri, pero ¿sabrá alguno de los dos cómo bloquear el código de acceso de emergencia?

—Me han dicho que tú pilotabas. —Cesca ha venido y se me ha sentado al lado, en la misma postura que yo.

La miro con dureza.

—¿Quién te lo ha contado?

—Un auxiliar de vuelo, este otoño. Le comenté que me había tocado el Londres-Sídney y me dijo que a él también se lo habían asignado, pero que te lo había cambiado a ti. Dijo que tenías unas ganas «loquísimas» de ir en él. —Imita la entonación de Ryan con una sonrisita.

—Vale. —Me relajo un poco. Ryan no lo sabe todo, solo que empecé a estudiar para piloto y acabé dejándolo. No ha podido evitar largar ni ese pequeñísimo cotilleo—. Hice una primera clase en una Piper Warrior. Fue un regalo de mis padres. Les pedí unas cuantas más antes de cumplir los veinte; la mayoría, en Cessnas 150.

—Él me dijo que llegaste a empezar la formación de piloto comercial. —Su expresión es curiosa, pero no cruel, y me planteo contárselo todo. Me pregunto cómo me sentiría al reconocerlo después de todos estos años: una confesión a un sacerdote, con la muerte acechando entre las sombras.

El crujido del sistema de megafonía toma esa decisión por mí, al dar paso a un comunicado de la cabina de control.

«Les habla su piloto».

Es una voz de mujer: Missouri.

—¿Por qué es ahora ella la que pilota? —pregunta Cesca.

Alzo la vista hacia Ganges, pero su cara de confusión me dice que no tiene la menor idea.

—¿Esa mujer sabe pilotar?

—No lo sé —susurra él.

Me lo imagino en casa de sus padres, en una habitación donde perviven los recuerdos de la escuela, de las amistades adolescentes, de cuando ponía la música demasiado alta. Junto a él, Zambeze mira al pasillo contrario y pienso: «Sí, he acertado. Lo sabía». Poco a poco, mi plan va tomando forma.

Missouri continúa hablando.

«Lamento informarles de que el gobierno británico no está dispuesto a aceptar nuestras exigencias y multar a aquellas aerolíneas que no demuestren su compromiso con las energías renovables».

Me doy la vuelta para intercambiar una mirada de horror con Cesca y los demás. ¿Qué está queriendo decir?

No hará falta esperar mucho para descubrirlo.

—Seguimos rumbo a Sídney —dice Missouri—. Cuando lleguemos, le enseñaremos al gobierno el verdadero impacto de su inacción: estrellaremos el avión contra el icónico edificio de la Ópera de Sídney.

Ganges se vuelve hacia Zambeze, cuya cara de espanto concuerda con la del resto de los terroristas.

No sabían nada. Esto no era parte del plan.

Se me revuelve el estómago.

Un hombre que va sentado al lado de una ventanilla se levanta con el móvil en la mano.

—¡Han movilizado unos cazas! Está por todo Twitter.

—¡Son del Ejército del Aire! —grita alguien desde el otro extremo—. ¡Vienen a rescatarnos!

Se produce una ovación (desafiante, envalentonada) y yo intercambio una mirada con Cesca, que tiene la cara rígida y descolorida. Se me revuelven las tripas. Ahora que no está

Missouri, la gente baja los brazos y se frota los músculos anquilosados.

—¿Qué van a hacer esos cazas? —pregunta Derek, cuya mirada inquisitiva detecta nuestra preocupación.

—Podrían obligarnos a desviarnos hacia Brisbane —responde Cesca—, o podrían escoltarnos hasta el aeropuerto y seguirnos de cerca hasta que aterricemos.

Rowan se arrima a nosotras, formando un cuadrante estrecho del que Alice queda excluida.

—¿Y si Missouri intenta llevarnos hasta el edificio de la Ópera, tal y como dice?

—No dejarán que lleguemos hasta allí. —Cesca hace una pausa. Baja la voz para que solo la oigamos nosotros cuatro, a sabiendas de que no puede cundir la alarma en la cabina, de que lo que va a decir es algo que el resto de los pasajeros no debe oír—. Antes nos derribarán.

39

4.00
Adam

Mina tiene una voz preciosa. Habla con esas florituras que a veces usan los lingüistas, con palabras aterciopeladas, que conocen bien los derroteros por los que está yendo cada frase. Considera el inglés su primera lengua, pues ha vivido aquí desde siempre, pero ese puesto lo ocupa también el francés, el idioma que hablaban sus padres en casa. El árabe, según dice, lo entiende pero no lo habla, aunque de cuando en cuando, hablando inglés, deja caer alguna que otra palabra «intraducible».

—Todo puede traducirse —le dije en una ocasión. Fue antes de Sophia, antes de estar casados.

—*Ishq* —me respondió sin vacilar.

—¿Eso qué significa?

—Significa «amor», pero...

—¿Ves? ¡Se puede traducir!

—... pero es mucho más que eso. *Ishq* es tu mayor pasión, tu otra mitad. La palabra para decir «enredadera» viene de esa misma raíz: *ishq* es un amor tan grande que tú y la otra persona no podéis soltaros. —Me sonrió—. *Ishq* es lo que tenemos tú y yo.

«*Ishq*», pienso en cuanto oigo el mensaje de voz de Mina en el contestador automático del fijo. Ahora no suena confiada; no es una voz suave y suntuosa, sino débil y llena de temor; el llanto le entorpece las palabras y las confunde bajo una única y aterrorizada entonación.

«Dile que es valiente y guapa y lista, y que no pasa un solo día que no me asombre».

Sus palabras brincan sobre un fondo discordante de Mariah Carey: «All I want for Christmas is...».

«Y... a ti también te quiero».

El nudo que tengo en el pecho se me cierra aún más. Nunca ha habido otra como Mina. Sí, tuve alguna que otra novia antes de conocerla, pero, en el momento en que lo hice, el recuerdo de las demás se disipó hasta tal punto que incluso me costaba acordarme de sus nombres. Aquello había sido una espera, sin más: era a Mina a quien aguardaba.

Sophia está tumbada en el suelo, con la cabeza en mi regazo; no aparto los ojos de las pulsaciones casi inexistentes que se le adivinan en el cuello. Una ligera aspereza acompaña cada una de sus inspiraciones, superficiales; tiene la cara tan hinchada que resulta irreconocible. Me muero de ganas de abrazarla, de acariciarle la cara recorriéndosela con los dedos, de cogerle las mejillas con la palma de las manos.

—¿Se encuentra bien?

Incluso a través del conducto de la carbonera, advierto el pánico que hay en la voz de Becca. Quiero decirle que no, que no se encuentra muy bien. Quiero dejar que crea que la ha matado, quiero que sienta nada más que una centésima del dolor que he sentido yo al ver a mi hija sufrir un choque anafiláctico. Dejo, en cambio, que el silencio hable por mí, con la concentración puesta en los ojos cerrados de Sophia, en el peso de su cuerpo en mi regazo. Tengo la piel de las muñecas en carne viva de tanto restregarlas contra las esposas en mis esfuerzos por liberarme, y el sudor y la sangre hacen que la suciedad se me pegue a los dedos.

—Pensaba que le mirarías el sándwich. —La voz de Becca

rebota por las paredes metalizadas de la carbonera—. ¡Normalmente se lo miras!

Yo, dos metros más abajo, observo cómo empieza a surtir efecto la adrenalina y mando al cielo una plegaria silenciosa mientras el cuerpo de Sophia expulsa el veneno casi tan rápido como lo ha ingerido. La luz de la fachada de la casa se derrama carbonera abajo hasta formar un charco donde acaban mis piernas extendidas.

—¡Estábamos prácticamente a ciegas! —grito en respuesta—. Nos moríamos de hambre. ¡Esta situación no tiene nada de normal! —Mi propia voz rebota de vuelta a mí. De repente, Sophia coge una bocanada enorme de aire y la deja escapar en un sollozo que me parte el corazón. Podría haberla perdido; aún podría perderla—. Me aseguraré de que te enteres de lo que es estar encerrada. —Hablo de cara al rayo de luz y es como si estuviera gritando a los dioses; a unos dioses que fustigan de manera indiscriminada, que castigan a una niña que no ha hecho nada para merecer su ira—. Moveré todos los hilos que haga falta para que te caiga la máxima pena posible.

—El planeta se está muriendo por culpa de personas como Mina.

—Estás loca. Mina no tiene nada que ver con el cambio climá...

—¡Tiene mucho, muchísimo que ver! Si todos los pilotos y las azafatas dejaran de trabajar...

—¡Otros ocuparían sus puestos!

—... los aviones no volarían y, si los aviones no volasen, los polos no se derretirían. ¿Es que no lo ves? Aún no es demasiado tarde para restaurar el equilibrio. Eso es lo peor: conocemos el daño que está haciendo la aviación y aun así no le ponemos freno. ¡Es como a quien le diagnostican un cáncer de pulmón y continúa fumando!

La voz de Becca tiene algo que me asusta: el tipo de

temblor que he oído a los predicadores callejeros o a los fanáticos que van de puerta en puerta tratando de convertir a la gente. Un fervor que me indica que cree de verdad en lo que está diciendo. Y, si lo cree de verdad, ¿de qué más es capaz?

—¿En serio no ves que te están manipulando? El que tira de los hilos nunca se enfrenta a la cárcel. A ellos les das igual; te la han jugado para que cargues tú con el muerto. Eres carne de cañón, Becca, eso y nada más: un peón en la partida de otra gente. Te han lavado el cerebro.

—Te equivocas. Tú no los conoces.

—¿A quién no conozco?

Durante un segundo, creo que va a darme un nombre, pero se lo calla.

—A quien nos lidera.

«A quien nos lidera», como si hablara de una especie de secta.

—¿Sabes qué hacen a la gente como tú en la cárcel, a la gente que hace daño a los niños?

Espero lo suficiente para que la idea haga mella en ella. Pienso en todas las veces en que me he sentado a una mesa de interrogatorios frente a atracadores, asesinos y violadores, y en cómo, a pesar de lo horroroso de sus crímenes, a pesar de lo mucho que me han asqueado sus actos, jamás he sentido lo que estoy sintiendo ahora. Jamás he sentido los músculos en tensión de puras ganas de pelea, jamás he querido tirar a alguien al suelo y hacerle pagar por lo que ha hecho; jamás he querido matar a nadie.

Pero, después de todo, jamás habían puesto en peligro la vida de mi hija, ni la de mi mujer. Trato de imaginarme lo que estará pasando a bordo del vuelo 79, pero lo único que tengo en la cabeza es la imagen de un avión que se estrella contra un edificio, y se repite en bucle: fuego y gritos y metales retorcidos.

—¿Cómo voy a ir a la cárcel —replica Becca— si nadie sabe ni que existo?

Su voz tiene un dejo burlón que solo consigue ponerme todavía más furioso. Noto la sangre fresca bajándome entre los dedos mientras tiro con fuerza del hierro de las esposas.

—Te encontraremos. Te encontraré.

—Ni siquiera sabes cuál es mi verdadero nombre.

La respiración de Sophia se ha vuelto más regular y, mientras se queda dormida —agotada por la anafilaxia—, hallo una claridad que antes se había visto empañada por el miedo a que muriese. Apago la catastrófica película de secuestros aéreos que se reproduce en mi cabeza y me acuerdo de quién soy, de qué es lo que se me da bien.

—El coche de tu madre es un Mini Cooper rojo; lleva un pompón colgando del espejo del retrovisor.

El silencio posterior convierte en realidad mis especulaciones, y ese punto a mi favor me infunde ánimos. Un día al salir del trabajo, justo después de fichar, me encontré a Becca en un hipermercado Tesco; le había prometido a Mina, y también a mí mismo, que iría directo a casa, pero me había podido el ansia de jugar, y de pronto me vi conduciendo en la dirección contraria, hacia el híper en las afueras del pueblo de al lado, donde habría menos probabilidades de toparme con algún conocido. Tenía el bolsillo lleno de calderilla y, de alguna manera, eso me hacía sentir menos culpable. ¿Qué era un rasca y gana, a fin de cuentas? Miles de personas los compran. No iba a volver a entrar en mi cuenta digital, no iba a gastarme más de diez libras, no iba a volver a comprar si perdía la primera vez...

Tantas promesas, tantos pactos conmigo mismo...

¿Es así como se siente un alcohólico?, me preguntaba. «No pasa nada por una cerveza; no es lo mismo una cerveza que un vodka. No pasa nada por una caña; no es lo mismo una caña que una pinta. No pasa nada si estoy con los amigos, si son más de las cinco, si el nombre del día no acaba en ese...».

Vacié el bolsillo en el mostrador, rehuyendo la mirada del dependiente por si era capaz de leerme el pensamiento, y me metí de nuevo en el coche. Ahí estaba yo, a cincuenta kilómetros de casa, rascando la pintura plateada de siete tarjetas sin premio. «El primer paso es reconocer que uno tiene un problema», dice todo el mundo. Lo que no dice nadie es cuál es el segundo.

Si me hubiera ido directo a casa, no me la habría cruzado. Pero me quedé en el coche uno o dos minutos, luchando contra el sudor que me asomaba a la piel, la culpa, la vergüenza, el deseo de más. Encontré una libra en la guantera y un montoncito de monedas de veinte peniques en el cenicero en desuso, guardadas ahí por si había que pagar algún parquímetro. Junté lo suficiente para dos tarjetas más y me bajé del coche detestándome a mí mismo, aunque aquello no me detuvo. Aquella vez iba a comprarme otras: las de rascar números; las que te dan un premio si sacas dos treses en una misma casilla, y el triple de ese premio si sacas tres. Estaría atento a las colas para intentar ponerme en una en que no me tocara el mismo cajero de antes. Y si me tocaba el mismo, le sonreiría, poniendo carita de pena. «Mi mujer me ha dicho que no eran las buenas», le diría. Pensaría que era un calzonazos: mejor eso que la verdad.

Me crucé con Becca al entrar. Ella iba pendiente del móvil mientras se dirigía hacia un coche aparcado en una plaza para minusválidos. La mujer que conducía tenía la misma nariz recta que ella, la misma curvatura en el labio superior. Será su hermana, pensé primero, y luego advertí que su pelo rubio tenía las raíces canosas, y que unas finas arrugas le enmarcaban la boca. Desvié la vista; no quería entablar conversación con ellas, ni hacer nada que no fuera ganar algo, lo que fuese, con tal de justificar mis actos.

—¿De qué estás hablando? —me pregunta Becca ahora, pero ya es demasiado tarde.

Su pausa me lo ha dicho todo. Cierro los ojos y me traslado de vuelta a aquel caminito cubierto que va de la puerta del hipermercado hasta el aparcamiento. Becca no me ha visto (no estaba mirando), ha pasado a mi lado y se ha subido al coche de su madre. Yo no estaba pendiente de ella, porque me era indiferente: lo único que me importaba eran los rascas y que, si ganaba cinco libras con ellos, solo habría perdido cuatro, pero una parte de mí seguía en modo policía. Hay una parte de mí que nunca deja de estarlo. Recuerdo que ella llevaba el pelo recogido (lo había llevado suelto el par de veces que había venido a hacernos de canguro) y vestía una sudadera con cremallera con alguna clase de logo en el pecho, y unos vaqueros oscuros.

No. No eran vaqueros. Eran pantalones de vestir azul marino. ¿Qué clase de adolescente viste unos pantalones así? De repente algo encaja: Becca llamó a Mina por primera vez totalmente de sopetón, y mi mujer se sintió tan agradecida que ni siquiera se hizo preguntas.

«Es una amiga de Katya: trabajaban juntas. Katya le contó que igual nos haría falta una persona para cuidar de Sophia después de clase».

—Trabajas en un Tesco —le digo.

Si me equivoco, he perdido. Se acabaron mis ventajas sobre ella, se terminó mi poder de negociación.

Ella no dice nada.

He acertado.

—Con lo cual, aunque les hayas dado un nombre y una dirección falsos, lo tendré tan fácil como ir al hipermercado, pedirles una grabación de las cámaras de seguridad y conseguir el número de matrícula de tu madre. Supongo que estarás inscrita en el censo electoral, ¿verdad? —Voy hablando cada vez más rápido, ganando seguridad, reconectando con el trabajo que hago día sí, día también—. Con eso ya tendremos tu nombre, tu apellido y tu fecha de nacimiento. Ah, y por supuesto tendremos también un registro de todas las veces que has estado aquí en casa, así que haré que nuestro proveedor de banda ancha me proporcione los detalles de todos los dispositivos que han estado conectados en los momentos relevantes.

Me siento como pez en el agua. Padre e investigador: las dos mitades de mi ser uniéndose de la manera más espantosa, pero también más perfecta. Y durante esos instantes sé que saldremos de aquí, y que voy a llegar hasta Becca —o como se llame en realidad— y voy a hacer que pague por todo. No con estos puños, que se mueren de ganas de entrar en acción, sino con el pan de cada día de mi vida laboral.

El sonido de unos pies que corren interrumpe mis pensamientos.

—¿Becca?

Ahora se oye un ruido en el interior de la casa. Veo que la franja de luz de debajo de la puerta parpadea cada vez que la sombra de Becca, que no para quieta, pasa por delante. Grito su nombre sin cesar, sabiendo que la he obligado a rebasar todos sus límites, pero con la esperanza de estar a tiempo todavía. La puerta de la calle se cierra de golpe; oigo el balanceo de la del jardín cuando se abre, y un golpe metálico cuando vuelve a cerrarse, y después las pisadas de unas zapatillas por el asfalto, cada vez más débiles, hasta que desaparecen del todo.

Trato de prestar atención a los sonidos de la casa, y lo único que oigo es la casa en sí: los chirridos de las cañerías, el goteo de los canalones ahora que la nieve empieza a derretirse y el zumbido grave de la nevera.

Sophia se revuelve, intenta abrir los ojos, todavía entornados a causa de la hinchazón, y se pasa la lengua por los labios agrietados.

—¿Dónde está Becca?

—Se ha ido.

Pego un tirón de las esposas. Becca se ha ido.

Y nadie sabe que estamos aquí.

40

Ocupante del asiento 1G

Estaría mintiendo si te dijera que quería morir; sería más preciso afirmar que aquello no me cogió por sorpresa. Tenía la esperanza de que los políticos vieran que su única alternativa era aceptar nuestras exigencias, y que la cuenta atrás del indicador de combustible bastase para sacarlos de su embobamiento. Pero al parecer, para nuestro gobierno, unos centenares de vidas son algo de lo que cabe prescindir. Una decisión vergonzosa, tal vez, pero que pronto se verá eclipsada por asuntos de mayor urgencia. Las malas noticias se verán silenciadas.

En lo que respecta a los demás, supongo que entenderás que no podía contarles nada. Podrían haberse echado atrás o haber claudicado en mitad de los preparativos; podrían haber hecho saltar las alarmas —de forma inconsciente o no— al despedirse entre lágrimas de sus seres queridos. Podría incluso habérseles escapado algo delante de algún pasajero, lo que desencadenaría el tipo de reacción visceral que terminaría con el avión zambulléndose en el océano. Era mejor que los pasajeros creyeran que existía alguna posibilidad de ser salvados.

«No va a morir nadie —les dije a los demás cuando les resumí nuestros planes—. El gobierno debe creer que vamos a dejar que el avión se quede sin combustible si queremos que se tomen en serio nuestras exigencias. Los pasajeros deben creer que morirán si queremos tenerlos controlados. ¡Pero, por supuesto, la idea no es esa!».

En teoría no era mentira: la idea no era esa.

Pero tampoco era lo que les dije.

«Amazonas nos desviará hasta un punto concreto del desierto de Gibson, al oeste de Australia —les expliqué—, donde unos camaradas activistas estarán esperándonos con sus todoterrenos. Evacuaremos el avión y desapareceremos, para dejar que los pasajeros sean rescatados. Nos desharemos de las identidades falsas y escaparemos sin que nos detecten».

Si hubiera sido el verdadero plan, habría supuesto un desastre. ¿Escapar sin que nos detectasen? ¿Con la mitad del ejército australiano desplegado para acorralarnos? Pero no era el plan de verdad: se trataba de una mera fantasía que podía embellecer con todo lo que hiciera falta para disipar las dudas de mis infinitamente fieles seguidores. Cada pero que ellos me ponían yo lo interceptaba con destreza y lo contrarrestaba con una respuesta que invalidaba toda su retahíla de preguntas.

«¡Seremos héroes del clima!», escribió Ganges. Se produjo entonces una gran ovación virtual.

Dudo que muchos de mis discípulos me hubieran acompañado en aquella misión de haber estado al corriente de mis verdaderas intenciones. Uno o dos puede que sí: las mentes más inestables, los ecologistas más fanáticos, pero no los demás. El resto —Zambeze, desde luego; Congo, sin lugar a dudas— estaban ahí por la nueva vida que se les había prometido.

Congo me caía bien. Lo conocí una noche de micro abierto en un bar de cómicos, organizada en solidaridad con Greenpeace. El bar estaba lleno de gente y el público se cebaba un montón interrumpiendo a los monologuistas; para cuando Congo consiguió subir su mole al escenario y recuperar el aliento, ya había gastado dos de los cinco minutos que le tocaban. La gente cada vez reía con más fuerza. Se pusieron a cantar «Un elefante se balanceaba...» mientras nuestro cómico del momento sacaba finalmente el micro del soporte.

—¡Empieza ya! —gritaron.

Su repertorio era flojo y había calculado fatal los tempos. En mitad de cada broma se le escapaba una tos sibilante. Pero no se rindió. Y, cuando comenzaron los lentos aplausos, ni se sonrojó ni tartamudeó; en lugar de eso, se tomó un buen rato para recorrer con la mirada todos los rincones de la sala y desdeñó al público entero con un sonoro: «Que os follen, hijos de puta. Podría comeros a todos y todavía me quedaría hueco para un kebab». Aquello desató la carcajada más ruidosa de la noche.

Lo seguí hasta la fila de taxis, maravillándome ante su habilidad para poner un pie delante de otro —con una lentitud dolorosa, eso sí— cuando sus muslos se debatían en busca de espacio y los tobillos le sobresalían por encima de las zapatillas. Se compró una hamburguesa en un puesto de comida y se la llevó a un callejón, donde se la ventiló en tres bocados, sin dejar en ningún momento de secarse las lágrimas, que relucían bajo el resplandor de una farola. Nunca había visto a nadie tan desgraciado y a la vez tan valiente.

En el apartado de «Próximos eventos» de su página web no había nada publicado, pero su blog era una mina. Se había vuelto más comedido en los últimos años, quizá desde que había empezado a promocionarse como monologuista, pero sus primeros textos, sinceros y descarnados, contaban una historia deplorable de acoso y victimización. Era un ecologista convencido (de ahí su aparición en aquel micro abierto para recaudar fondos) y escribía con pasión sobre el cambio climático.

«Esta noche he visto tu actuación —le escribí—. Eres muy gracioso».

Me presenté como una rubia de veinticinco años de un pueblo lo bastante lejano para no arriesgarme demasiado, soltera, interesada en conocer gente. Modelé mis intereses a partir de todo lo que había ido encontrando en su blog y le expresé mi inmensa alegría cuando vio que teníamos «tantas cosas en común». Le introduje en el grupo y lo animé a que desempeñara una labor activa en nuestros planes.

«Eres increíble. Eres tan valiente, tan inteligente… Estás haciendo mucho por cambiar el mundo».

Quería que nos conociéramos en persona. Por supuesto que quería.

«En otra ocasión —le contesté—, cuando lleguemos a Australia».

Nunca usé mi verdadero nombre en internet; para el trabajo como activista, adopté la identidad de una estudiante que se había suicidado, muchos años atrás, hacia la mitad del primer semestre del curso universitario. La familia de Sasha vivía en el extranjero y, mientras embalaba sus pertenencias, se me ocurrió que una partida de nacimiento y un pasaporte extras podían resultarme de utilidad. Hasta entonces me las había arreglado para no tener que entregar mis huellas dactilares y mi ADN a la policía, pero a medida que mi activismo político se intensificaba, también aumentaban los riesgos. Decidí que era mucho mejor encasquetarle a la pobre Sasha cualquier expediente delictivo que pudieran abrirme en un descuido.

Adopté varios seudónimos digitales para proveer a cada uno de mis reclutas de la tutela adecuada. Una de mis personalidades había perdido también a un hermano a manos de la policía. Otra compartía con su discípulo el amor por los videojuegos. Para Zambeze, era la amiga comprensiva; para Congo, una amante en potencia. Pasaba de una apariencia a otra sin despeinarme, incluso sembrando cizaña entre ellas, dándole a cada cual lo que necesitaba.

Hacía que mis títeres discutieran entre ellos; que, cuando había un disidente, se le pusieran todos en contra para defender mis propios intereses. En una ocasión fingí que había expulsado a un miembro del grupo y confesé a los demás que alguien se había ido de la lengua y que aquello había terminado muy mal para esa persona. La sumisión fue instantánea.

Mis reclutas ya no eran individuos, sino una masa homogénea a la que podía mover en la dirección que me viniera en gana. Pero sabía que solo podía poner a prueba su obediencia hasta ciertos límites. Un perro es capaz de guiar a sus ovejas a lo largo de kilómetros sin perder a ninguna, pero a un zorro le bastará un instante para dispersarlas. No podía contarles la verdad, pese a que la verdad conseguiría los titulares que todos queríamos.

Dos mil personas se dirigían ahora a la sala de conciertos de la Ópera de Sídney, donde tendría lugar la actuación conjunta de varios coros locales. A lo largo de tres meses, más de cincuenta agrupaciones distintas habían estado reuniéndose en iglesias, oficinas, bares y casas para practicar las mismas diez canciones. Me imaginé a los cantantes juntándose por primera vez entre bastidores, todos vestidos de negro, solo diferenciados de manera perceptible por las escarapelas de colores que indicaban sus respectivos distritos. Me imaginé a los invitados: famosos, periodistas, «amigos de la Ópera de Sídney»; todos ellos renunciando a sus cócteles privados en favor de aquel acontecimiento tan especial.

¿Por qué el edificio de la Ópera?

Porque estaría lleno de gente.

Un terrorista no pondrá una bomba en un edificio vacío, una tienda cerrada o una fábrica que esté fuera de funcionamiento. Un tirador no acribillará una escuela durante el fin de semana o un centro comercial a las tantas de la madrugada. Las conmociones las causan las vidas humanas, no los edificios que las albergan, y además esas vidas deben ser las adecuadas.

¿Crees que se responde con la misma celeridad cuando entran a robar a una madre soltera de un barrio deprimido que cuando las víctimas son unos pijos que viven en un adosado? Fíjate en la cobertura que dan los medios a la desaparición de un niño cuando este es blanco y guapo; luego fíjate en los que son feos o discapacitados o de otras razas y dime que la gente se preocupa igual por ellos.

Tenía que obligarlos a que se preocupasen del tema. Tenía que obligar a los políticos de todo el mundo a sentarse y pensar: «Hay que hacer algo con esto del cambio climático». Tenía que obligarlos a decir: «Seguirá muriendo más gente a menos que cambiemos nuestro enfoque de manera radical». Que el que estuviera muriendo fuese el propio planeta debería haber sido más que suficiente, pero yo había comprendido hacía tiempo que no era el caso.

Mientras se cerraba la puerta de la cabina de control, recé una oración. No iba dirigida a ningún Dios, sino a la Madre Tierra. Le di las gracias por sus bendiciones, por seguir abasteciéndonos pese a haber abusado de nuestros privilegios y haber cogido más de lo que necesitábamos. Sentí que el avión temblaba brevemente debajo de mí, como si también estuviera de mi parte.

Aquello me asustaba, claro. ¿A ti no te habría asustado? ¿Nunca has pasado miedo en una atracción de feria, aun habiéndote subido a ella por voluntad propia? A pesar del miedo, no obstante, respiré: lo acepté con gusto. Dejé de lado el dolor, el terror y el pánico, y visualicé los titulares de prensa y las cumbres internacionales. Me imaginé las conversaciones que tendrían lugar en todo el mundo: conversaciones que se desarrollarían con gente yaciendo aún entre los escombros, con sus escarapelas hechas trizas. Aquellas personas traerían al mundo un cambio para las generaciones futuras. Serían héroes.

La idea era alentadora. Me dejé llevar y me concentré con mayor claridad en lo que hacía falta que ocurriese para alcanzar mi meta. Pensé en el descenso mortal que nos llevaría directos a nuestro objetivo. Pensé en los hierros retorcidos, en los cristales rotos, en el famoso velamen del edificio de la Ópera reducido a cenizas. Los brazos y las piernas rotos, las miradas fijas, la quietud total. Le habían arrebatado la vida a la Tierra, y la Tierra les arrebataría la suya a su vez.

Una simetría bastante hermosa, ¿no te parece?

41

A dos horas y treinta minutos de Sídney
Mina

Cuando Missouri termina de hablar y la megafonía se queda en silencio, hay un instante en que todos parecen tomar aire. Entonces alguien grita.

Ese primer grito da paso a un segundo, y a un tercero, y ahora el avión vibra con el terror de 353 pasajeros que afrontan una muerte segura. A mi lado, un hombre se acurruca en el asiento; su voz es un agudo aullido de terror. Me doy la vuelta y veo la cara de horror de Cesca. Rowan se desmorona sobre las butacas, agarrando por un brazo a Derek, que trata de soltarse.

Alice tira del cinturón de seguridad de una mujer que está sentada del lado del pasillo, trastornada por la desesperación.

—¡Déjame sentar! ¡Déjame sentar!

La mujer agarra el cierre del cinturón con una mano y agita la otra como una loca para defenderse de Alice.

—¡Mi periódico ha pagado seis mil libras por mi plaza!

El codo de la mujer da en el blanco, y Alice se tambalea hacia atrás, con la nariz sangrando. Cesca aparta a Alice de un tirón y voy a ayudarla, pero la periodista se desploma encima de mi compañera.

—He pagado por mi asiento —dice entre sollozos.

—Los demás también. —Cesca suelta a Alice, que cae al suelo del pasillo y se agarra a la base de la butaca como si las puntas de sus dedos fueran a impedir que saliera disparada del interior del avión.

No podemos hacer nada.

Si nos hubiera tocado hacer un aterrizaje controlado sobre el agua, o sobre terreno inapropiado, me las habría ingeniado. Esa clase de cosas forman parte de nuestro trabajo, después de todo, por mucho que deseemos no tener que enfrentarnos nunca a ellas. Los chalecos salvavidas, las salidas de emergencia, las rampas de evacuación... Sería capaz de hacerlo hasta con los ojos cerrados.

Pero, cuando Missouri nos lance contra el edificio de la Ópera de Sídney, no tendré forma de proteger a los pasajeros de este vuelo del impacto de un Boeing 777 de 350 toneladas contra el monumento más famoso de Australia.

La chica embarazada llora con los ojos cerrados y las manos encima de la barriga. Más adelante, en el otro pasillo, veo que los Talbot abrazan con fuerza a su bebé. De pronto caigo en la cuenta de la cantidad de niños que viajan a bordo, algunos tan pequeños que apenas caminan; otros, adolescentes muertos de miedo. Missouri está poniendo fin a vidas que no han hecho más que empezar.

—Mi plan era suicidarme en Australia —suelta Derek de repente.

El resto intercambiamos miradas. Él continúa hablando, acelerado, como si le preocupase que se le acabara el tiempo, como si no le quedara más remedio que soltar lo que sea que lo ha estado carcomiendo por dentro.

—Este trabajo no es un encargo de nadie, ¿oís? El billete me lo he pagado yo. Mi hermano vive en Sídney, y pensé en reservar un asiento y tratar de que me dieran un artículo en algún suplemento de viajes. Pero todos, uno tras otro, me dijeron que no.

Se le quiebra la voz y Cesca le da un apretón en el hombro. Sé que yo también debería ofrecerle ese tipo de consuelo, pero me he quedado descolocada: su apariencia descompuesta no me cuadra para nada con el hombre a quien creía tener calado. Me saco los auriculares de Finley del bolsillo y comienzo a deshacer los nudos, descargando con las manos la tensión que tengo en la cabeza. Alice ha parado de teclear y se ha quedado mirando a Derek horrorizada, como si lo que sea que le está pasando pudiera ser contagioso.

—El año pasado me echaron del trabajo. El editor me dijo que había perdido mi «toque». Dijo que mi instinto como reportero no era lo bastante agudo para mantenerme al día con el público joven. Intenté trabajar por cuenta propia, pero siempre que enviaba ideas todos tenían ya a alguien en plantilla trabajando en ellas, o no contaban con el presupuesto necesario, pero me decían que, si quería, podía publicar mi artículo en su página web. Alguien me propuso que comenzara un blog. —Ríe sin ganas.

Rowan le da un suave puñetazo en el brazo en señal de camaradería, pero Derek ignora el gesto y responde dándole la espalda. Me doy cuenta de que sus experiencias lo han convertido en una persona resentida y desconfiada, y siento un agudo arrebato de solidaridad hacia él. Lo que da forma a nuestras reacciones es la gente de nuestro entorno y la manera en que ellos se comportan con nosotros. Pienso en Adam y en todo el rencor que he sentido, y empiezo a notar cómo se va desprendiendo de mí. No sé si podré perdonar, pero creo que puedo olvidar.

Si es que tengo la oportunidad de hacerlo.

—Una época difícil —dice Rowan un tanto indeciso.

Me mira y yo asiento muy levemente con la cabeza, tratando de darle a entender que lo comprendo, que él solo estaba intentando ayudar. No creo que nadie pueda ayudar ahora a Derek: él está decidido a compartir su historia, a detallar su descenso a un estado en que la vida ya no merece ser vivida.

El periodista desvía la mirada hacia Cesca.

—Me sentía... inútil, ¿sabéis? No, no solamente inútil: insignificante.

Alice está otra vez con el móvil, aburrida por la historia.

—Decidí que cogería el vuelo de todas formas e iría a visitar a mi hermano a Sídney, y que luego me encerraría en una habitación de hotel con todo el alcohol y todas las pastillas que fuera capaz de tomar, y que ahí se acabaría todo. Es raro, pero tenía muchas ganas de que llegara el momento.

—Y ahora... —Aunque no alcanzo a terminar la frase, él asiente con la cabeza, con una sonrisa amarga en las comisuras de los labios.

—Irónico, ¿verdad? Supongo que ver tan de cerca la muerte te aclara bastante las ideas. Resulta que ese plan no me hace tanta ilusión después de todo.

—Ni a ti ni a nadie —digo en tono sombrío. Me levanto del suelo, miro hacia Ganges y a Zambeze, y levanto la voz para asegurarme de que me oigan—. No sabíais nada, ¿verdad? No sabíais que ella tramaba esto.

Ganges mira de reojo hacia la cabina de control y después hacia Níger, quien se protege con las dos manos de un pasajero que ha salido medio trepando de su asiento y ha intentado recorrer el pasillo: sigue cumpliendo con su cometido, a pesar de este giro de los acontecimientos. Los han radicalizado, descubro, y con tanto éxito que incluso en estos momentos se resisten a dejar de obedecer las órdenes de Missouri.

Veo que Paul Talbot deja a Lachlan en brazos de su mujer y le señala la butaca vacía, para que se dé prisa, pero antes de que Leah haya podido mover un dedo, Jason Poke se abalanza sobre el asiento, se pone el cinturón y adopta la postura de emergencia.

—Tenemos que hacer algo —digo, tanto para mí misma como para el resto.

—¿Hacer qué? —Quien me grita la pregunta con la boca

torcida por el miedo es un pasajero de primera fila—. ¡No podemos hacer nada!

Ganges da un paso hacia atrás y otro hacia delante. No sabe qué hacer ni adónde ir ahora que su líder no está. Parece que ha llegado nuestra oportunidad. Me vuelvo hacia Cesca y los demás.

—Tenemos que entrar en el puesto de pilotaje.

—Pero los explosivos... —comienza Rowan—. En el instante en que nos acerquemos, ella... —Cierra los dedos formando una bola y luego los abre de golpe, representando una repentina explosión.

—Si no lo hacemos —interviene Derek—, estrellará el avión en la Ópera.

La mujer embarazada nos está escuchando.

—Hagamos lo que hagamos, estamos jodidos —dice.

—Si detona la bomba ahora... —trago saliva, casi incapaz de expresar lo que estoy pensando—, moriremos solo nosotros. El avión estallará en pedazos, y sí, tal vez haya alguna que otra baja en tierra, pero tal vez no. En cambio, si la dejamos hacer, podemos estar seguros de que morirá todavía más gente.

—Mina tiene razón. —Cesca se pone de pie—. Hay miles de inocentes de camino a la Ópera de Sídney ahora mismo. No podemos permitir que...

—¿Y qué pasa con los inocentes a bordo de este avión? —replica una voz procedente de la otra punta de la cabina.

Varios pasajeros la secundan a voces, gritando enfadados desde ambos lados. Rowan me mira y se le acentúan dos arrugas en el entrecejo.

—Piensas que deberíamos rendirnos —le digo.

Cierra los ojos un segundo, como queriendo sacar fuerzas de su interior. Cuando vuelve a abrirlos, están ensombrecidos por la desesperanza.

—No. Pienso que ya hemos perdido.

Detrás de nosotros, una mujer con una blusa rosa se levanta del asiento, como si estuviera a punto de ofrecérselo a otra persona. Me preparo para oír más gritos y más discusiones, pero cuando observo con más atención me tranquilizo un poco: es la doctora que ha acudido cuando hemos pedido asistencia médica. Apoya la mano en el respaldo del asiento de delante, como un predicador en el púlpito. Me pregunto cómo se sentirá uno al verse incapaz de salvar la vida a alguien, si la estará atormentando o si ya habrá visto tantas muertes que estará insensibilizada.

—¡Tanto hablar, tanto hablar! —Tiene la cara arrugada por la irritación. Se hace el silencio en la cabina. Recuerdo lo reticente que se mostraba a hablar conmigo, el rubor que me ha subido a la cara cuando le he pedido perdón por haberla molestado—. Que si hay que entrar a la fuerza en la sala de mandos, que si tenemos que quedarnos aquí… —Habla con tono quejica, imitando con crueldad nuestras maquinaciones. De pronto me invade una sensación incómoda—. Hacedlo y punto. Nos va a estrellar de todos modos.

—¡Para ti es fácil decirlo! —grita Jamie Crawford varios asientos más lejos—. Tú no has visto el chaleco bomba que llevaba. Va hasta arriba de explosivos.

La doctora levanta la cara al techo y suelta una carcajada. El sonido es demencial y poco a poco caigo en la verdad. La presencia de una doctora a bordo me ha tranquilizado; creía que ella nos ayudaría a salvar a la gente, a proteger a los heridos y a hacer lo que pudiera con los moribundos.

—¿Tenéis idea de lo que cuesta subir explosivos a un avión? —continúa.

Me miro el reloj de pulsera: faltan dos horas para aterrizar en Sídney, según el horario previsto. Todos en la cabina miran a la doctora, esperando un plan, algo que nos salve.

—Es falsa, idiotas —dice—. No tenemos explosivos: son solo cables y bolsas de plástico. No hay ninguna bomba.

«No tenemos explosivos».

Es una de ellos.

No hay tiempo para pensar en lo que eso implica, en quién más podría estar todavía sentado entre nosotros, ocultando la verdad.

La bomba de Missouri es una farsa.

Si conseguimos acceder a la cabina de control, podremos someterla y Cesca podrá realizar el descenso sin incidentes.

Todavía tenemos una oportunidad.

Todavía puedo cumplir la promesa que le hice a Sophia.

42

5.00
Adam

La he cagado. Otra vez. Justo cuando parecía imposible que las cosas pudieran ponerse aún peor, cuando ya no podía hacer más daño a mi familia —ni a mí mismo— del que ya les he hecho, voy y la cago todavía más.

—¿Va a volver Becca? —Sophia comienza a incorporarse, con la voz más firme ya. Aún no actúa como siempre, ni mucho menos, pero ¿quién iba a comportarse con normalidad aquí abajo?

—No, bichito, no creo que vuelva.

«Mierda, mierda, mierda». Me maldigo por ser tan bocazas. Quería asustar a Becca, claro. Quería demostrarle que no me costaría dar con ella, para que entrara en razón y nos soltara. Y me ha encantado sentirme de nuevo en plena forma, haciendo mi trabajo; me he sentido como antes de tener la cabeza ocupada con las deudas y un matrimonio en quiebra. Por un momento me he encontrado con mi antiguo yo, y se me ha ido la boca, y ahora lo he empeorado todo aún más… mucho mucho más.

Me pregunto adónde habrá ido Becca. Igual tenía un coche aparcado escondido cerca de aquí. Nos dijo que no conducía, pero nos dijo tantas cosas… Me la imagino llegando a casa, donde vive con sus padres, entrando en el recibidor y subiendo con sigilo a la planta de arriba; tumbándose en la cama, sin deshacerla siquiera, con la ropa de la calle puesta todavía, esperando a que se le pase la taquicardia.

O quizá no sea tan cría como pienso. Puede que no viva con sus padres. Lo del Tesco podría ser un trabajo de temporada, algo provisional; una tapadera, incluso. Me la imagino donde vive —una habitación de mala muerte de algún piso compartido— metiendo sus contadas pertenencias en una mochila. ¿Adónde irá ahora? ¿De qué vive esta gente, los activistas profesionales? Recuerdo haber leído que no sé qué pez gordo acabó tan cabreado por el referéndum sobre la permanencia en la Unión Europea que lo dejó todo y se mudó a Londres. Vendió todas sus posesiones y, mientras iba durmiendo en casas de amigos, se pasó los tres años siguientes gritando por un megáfono delante del Parlamento.

No lo entiendo. Comprendo que haya quienes sientan fervor hacia determinadas causas, que quieran ver que se hace justicia; no sería policía si no me preocupara por poner las cosas en su sitio. Pero esa gente consagra su vida a sus creencias; incluso va a la cárcel por ellas.

Los que han secuestrado el avión de Mina deben saber que van a morir. Se llevarán consigo a cientos de personas y, supuestamente, les parece bien: solo es una pequeña batalla perdida en medio de una guerra. No me imagino hacia qué podría sentir yo tantísima implicación.

Bueno, sí puedo imaginármelo.

Sophia.

Yo lucharía por ella. Es más, voy a luchar por ella.

Pero ¿cómo? He tirado de las esposas con tanta fuerza que me he despellejado las muñecas y la tubería de la pared no ha cedido lo más mínimo. Si pudiera liberarme, echaría abajo la puerta de lo alto de las escaleras; sería fácil...

Un boletín informativo irrumpe en medio de las canciones, y Sophia, igual que yo, se pone tensa. «Por favor —ruego en silencio—, que no sea así como se entere de que ha perdido a su madre».

«Acabamos de recibir nuevas noticias acerca del vuelo 79. La editora de la sección de viajes del *Daily Mail*, Alice Davanti, ha publicado en exclusiva su testimonio en primera persona de las escenas que han tenido lugar dentro de la aeronave secuestrada».

Me invade un alivio tan grande por que el avión no se haya estrellado que me pierdo las primeras palabras del texto de Davanti; vuelvo a aterrizar de golpe en la realidad cuando oigo el nombre de Mina.

—¡Mamá!

«... merecerá la condena de muchos por haber priorizado la seguridad de su familia por encima de las vidas de los centenares de pasajeros del vuelo 79. A mi alrededor, mientras escribo esto, hay padres, abuelos, niños. No hay duda de que a los familiares de esta gente les costará entender por qué la vida de sus seres queridos ha de valer menos que la de la hija de una sola mujer».

El testimonio termina y da paso de nuevo al presentador, quien promete que, muy pronto, dispondrán de «más información al respecto». Sophia se esfuerza por incorporarse del todo.

—Papá, ¿qué está diciendo esa señora de mamá?

La rabia me corre por las venas. No pienso cargar a Sophia con esto. No voy a dejar que se sienta culpable; no voy a dejar que piense mal de su madre, cuando Mina ha hecho lo que habría hecho cualquier madre o padre que yo conozca.

—Dice que... —me detengo, el tiempo justo para que lo que siga no se lo trague un sollozo— dice que mamá te quiere más que a nada en el mundo.

El ruido del motor de un coche atraviesa el aire nocturno. El camino de la granja no lleva a ningún otro lado: nadie baja hasta aquí a menos que viva en alguna de estas casas y aquí no vivimos más que nosotros, Mo y la otra vecina, que solo viene unos fines de semana al año. ¿Será suyo ese coche? ¿Por qué iba a venir a estas horas? He perdido la noción del tiempo, pero ya no debe de faltar mucho para que amanezca.

Durante un segundo me inunda la esperanza: puede que Becca haya cambiado de opinión. Quizá mis palabras la han afectado y se ha dado cuenta de que la policía iba a atraparla tarde o temprano, así que...

Pero el motor que oigo no es diésel, lo cual significa que es poco probable que se trate de un coche patrulla.

¿Serán los padres de Becca? U otro activista, tal vez. Si han venido a trasladarnos a algún sitio que consideran más seguro, tendremos una oportunidad de escapar. Van a tener que soltarme una mano para quitar las esposas de las tuberías; tendré que estar preparado. Me veo a mí mismo lanzándole un puñetazo a quien sea que venga a buscarme (un gancho de derecha o de izquierda, según la mano que me suelten primero), dejándolo sin sentido y llevando a Sophia escaleras arriba, saliendo a la cocina, cruzando el recibidor y escapando por la puerta principal.

Se oyen pasos fuera. Pasos silenciosos. Prudentes, calculados. Recorren el ancho de la casa de una punta a la otra. Tal vez miran por las ventanas para asegurarse de que no hay nadic aparte de nosotros, atrapados en el sótano. Nadie que pueda oírnos gritar.

¿Adónde vamos a ir cuando nos escapemos?

Becca ha usado las llaves de mi coche para ir a buscar la epinefrina. Si ha vuelto a dejarlas donde estaban, podré cogerlas mientras corramos hacia el exterior y conducir hasta la comisaría central, que es donde trabajo y donde hay operativos disponibles las veinticuatro horas del día.

Aunque quizá las haya dejado en cualquier parte. Incluso sería posible que todavía las tuviera metidas en algún bolsillo. Ponerme a buscarlas podría costarme un tiempo precioso. Será mejor escapar corriendo. Por la puerta trasera, tal vez, para sorprenderlos. O por encima de la valla y parque a través, por donde no podrán seguirnos con el coche. Con todo, puede que sea la mejor opción: no malgastar tiempo buscando las llaves. Marcharnos y punto.

Comienzo a estirar los dedos de las manos; llevan horas en la misma posición y apenas tengo sensibilidad en las puntas. Los pongo rectos y luego los doblo, uno detrás del otro, y poco a poco el entumecimiento se convierte en hormigueo. Muevo los hombros hacia atrás y hacia delante, flexiono los dedos de los pies y luego bajo el empeine hasta ponerlo recto; subo las rodillas hasta el pecho.

—¿Qué estás haciendo, papá?

—Ejercicio. ¿Quieres hacer tú también?

Sophia arrastra el culo hacia atrás, hasta quedar con la espalda apoyada contra la pared. Se pone las manos detrás, como sujetas por unas esposas invisibles, y los dos a la vez levantamos las piernas y movemos la cabeza de derecha a izquierda y de izquierda a derecha. Con las prisas, Becca se ha olvidado de recolocar la tapa de piedra sobre la boca de la carbonera: agradezco la luz procedente del porche y la brisa que corre, aunque sea fría. El aire aquí abajo se nota viciado, y antes, aun sabiendo que este sótano no podía ser del todo hermético, daba la impresión de que se nos podía acabar de un momento a otro.

—Ahora vamos a hacer una especie de triángulo, ¿vale? Mueve el culo hacia delante, así, y luego estira las piernas y levántalas. Prueba a ver si puedes tocarte los dedos de los pies. Mantén la espalda recta. Muy bien. —Consigo formar dos lados de mi triángulo, y Sophia junta los tres del suyo; siento un amor hacia ella que no me cabe en el pecho—. Genial. ¿Cuánto rato puedes aguantar…?

Nos miramos, sobresaltados, cuando se va apagando el sonido del timbre de la puerta.

—Hay alguien fuera.

—Lo sé, cariño.

—Tenemos que ir a ver quién es.

¿Por qué llaman a la puerta? Aquí está pasando algo raro. Si Becca ha ido a pedir ayuda a los demás, aunque sea por una crisis de consciencia, tanto ella como los otros saben dónde estamos. Y aquí no es que lo tengamos muy fácil para ir a responder al timbre.

¿Quién será?

La respuesta me llega al cabo de un instante, con un porrazo en la puerta que retumba por toda la casa.

—¡Abre, Holbrook!

Sophia me mira con la cara iluminada al reconocer su apellido. Yo niego con la cabeza en señal de advertencia y le indico con un siseo que se calle mientras trato de entender qué está ocurriendo, aunque el vuelco en el estómago ya me lo ha dicho.

Es el prestamista.

Aporrean la puerta varias veces más.

—Sé que estás ahí. Oigo la radio.

—¡Papá! —Sophia viene de rodillas hasta mí y me zarandea de un hombro—. ¡Grita! Ha venido alguien. ¡Pueden rescatarnos!

—Cielo, ese señor no va a rescatarnos, nos va a… —¿Qué? ¿Dejarnos donde estamos? ¿Pegarme una paliza? ¿Hacer daño a Sophia? Sea lo que sea, es demasiado horrible para imaginarlo.

Primero fueron los mensajes de texto —«Tienes un pago atrasado»—, luego pasaron a enviarme por WhatsApp fotografías de mi coche, de mi casa, de la guardería de Sophia. Hice lo que pude para pagar lo que debía, pero me era muy difícil, dado que Mina no sabía (ni podía saber) para qué necesitaba el dinero.

—No nos queda casi nada en la cuenta compartida —me decía—. ¿Podrías ingresar un par de cientos de libras?

Ella ponía otras doscientas y yo me pasaba dos días sudando la gota gorda, fingiendo que se me había olvidado cuando ella me preguntaba, y me hacía una tarjeta de crédito nueva. Yo ganaba más que ella. Al principio, cuando contratamos la primera hipoteca, ideamos un sistema según el cual cada uno de nosotros debía aportar el mismo porcentaje de su salario para pagar las cuentas compartidas. «Como adultos responsables, ¿eh?», bromeábamos.

La primera visita llegó seis meses después de que empezara lo de las fotos por WhatsApp. Yo salía del trabajo y, al doblar hacia la parada del bus para ir a buscar el coche al aparcamiento, me percaté de que me estaban observando. Un hombre con una bómber negra y pintas de portero de discoteca levantó una mano en un gesto que no se parecía en nada a un saludo: era una advertencia. «Sé dónde trabajas. Sé que eres madero».

Uno podría pensar que, siendo policía, resulta fácil resolver los problemas. Conozco a las personas indicadas y las leyes indicadas para hacerlo, ¿no?

Pues no.

Las deudas —sobre todo si son como la mía, sin contratos legales ni rendiciones de cuentas— ponen a los policías en situación de riesgo. Nos hacen propensos a la corrupción y vulnerables a las ofertas del hampa. Nos convierten en deudores de la gente a quien precisamente tendríamos que estar arrestando. Que haya acabado de mierda hasta el cuello no es una falta disciplinaria, pero no contárselo a mis jefes sí lo es.

Después de aquello, fueron a por todas. Miraba por el retrovisor y veía a uno de ellos siguiéndome; oía sus pasos mientras caminaba por el callejón hacia la parada del bus. Ellos eran tres —tres que yo viera, al menos— y nunca me hacían nada, se limitaban a levantar la mano y desaparecían detrás de una esquina. Era un mensaje, solo eso. «Sabemos quién eres, quién es tu familia, dónde vives, dónde trabajas».

A un prestamista ilegal no le conviene que le pagues las deudas demasiado rápido. Para él es mucho mejor que vayas acumulando intereses día tras día, cien libras por cada uno que pasa, hasta que no tengas manera de pagarle. Y su estrategia del miedo siempre da resultado: al cabo de seis meses, yo habría hecho cualquier cosa. Casi cualquier cosa.

—Necesito que me hagas un trabajito —me había dicho la voz del teléfono.

—¿Qué tipo de trabajito?

—Han cogido a uno de mis chicos por algo que no hizo. Necesito que hagas desaparecer las pruebas. —Era una voz grave y ronca. ¿Sería el mismo que me había dado el dinero, en aquellas escaleras, en la peor zona del peor de los barrios? Era posible.

—No puedo hacerlo. —El sudor me goteaba por la frente.

Ese mismo día amenazaron a Katya. Podrían haberme dado una paliza, pero, en lugar de eso, se pusieron a seguir a Katya y a Sophia: sabían que sería más efectivo que un ojo morado o una nariz rota.

—Ha dicho que tú debes dinero —dijo después Katya, cuando ya había parado de llorar, y yo por fin había convencido a Sophia de que «los malos» se habían marchado y no volverían—. Mucho dinero.

—Así es.

—Entonces ¿cómo sabes que él no vuelve más?

—No lo sé.

Tenía demasiado miedo para quedarse. Le dije a Sophia que no pasaba nada, que no le contara nada a mamá porque «A lo mejor se preocupa, y no queremos que mamá se preocupe, ¿verdad?», y me sentí como un desgraciado por haberlo hecho.

Tres días después, aquel mismo hombre volvió a llamarme.

—Estoy delante de tu casa, Holbrook. ¿Tienes mi dinero?

—Estoy en ello, ya te lo dije. —Estaba en el trabajo, en la oficina del Departamento de Investigación Criminal, esperando a que me llegara el expediente de alguien para decirle que no hiciera declaraciones.

—Si estás en ello quiere decir que aún no lo tienes.

No dijo nada más. En lugar de su voz, oí el sonido inconfundible de un mechero: el silbido del gas, el chasquido de la piedra. Cogí las llaves de un coche del departamento y salí de allí a toda prisa, llamando a Mina sin parar mientras conducía hacia casa; no me lo cogía.

Cuando llegué, con el corazón acelerado, la casa estaba a oscuras. Olía a humo, aunque era incapaz de ver la luz de las llamas: ¿habría sido una falsa amenaza?

La ventana del dormitorio se iluminó y llamé otra vez a Mina al móvil. Tenía que saber si ella y Sophia estaban bien. Me colgó sin responder y me quedé en el camino de fuera preguntándome si debía regresar al trabajo.

Pero ¿y si la amenaza iba en serio?

Mina abrió la puerta cuando me dirigía hacia ella. Nada de fuego: solo Mina —desconfiada, enfadada e ilesa— y un felpudo empapado en gasolina.

—¡Holbrook! Si estás ahí dentro, abre la puta puerta. —Más porrazos.

—Papá —susurra ahora Sophia—, ¿es aquel señor tan malo otra vez?

—Creo que sí.

—¡Te dijimos que a medianoche! ¿Lo tienes o no?

A mi hija se le crispa la cara y un temblor se apodera de sus brazos y su torso. Mientras viva no voy a perdonarme haberla hecho pasar por esto.

—Me lo tomaré como un no, entonces —grita el de la puerta.

—No debemos hacer ruido, cariño. No puede enterarse de que estamos aquí.

Ella asiente con la cabeza, y a mí me entran unas ganas locas de estrecharla entre mis brazos. Malditas esposas... una y otra vez tiro de ellas contra las cañerías, contento con la sangre, con el dolor, porque es lo mínimo que me merezco.

El ruido de un motor hace que me detenga. Miro a Sophia. ¿Ya está? ¿De verdad se han rendido tan fácilmente?

—Creo que ya se ha... —comienzo a decir, pero se me mete algo en las fosas nasales, un olor acre que me aterroriza y me empuja a tirar de nuevo de las esposas.

Humo. Lo que huelo es humo.

La casa está en llamas.

43

A dos horas de Sídney
Mina

«El chaleco no es de verdad. No es una bomba». Las palabras que suenan en mi cabeza se repiten en las voces de mi alrededor, como si, cuanto más las repetimos, más nos las creyéramos. «No lleva explosivos, no lleva ninguna bomba. El chaleco no es de verdad».

Pero ¿y si lo es?

¿Cómo vamos a confiar en esa mujer, en esa pseudomédica a quien seguramente se le da mejor quitar vidas que salvarlas? ¿Cómo sabemos que esto no es parte de un plan diseñado para empujarnos hacia nuestro propio fin?

A Ganges le cae el sudor por la cara y se le mete por el cuello de la camisa. Respira de forma acelerada y se balancea sobre la punta de los pies, pero no es él quien me preocupa: él caería al suelo al segundo de empujarlo. Detrás de él, frente a la entrada de la cabina de primera clase, Zambeze se mantiene firme; Níger, en el pasillo opuesto, espera con todos los músculos en tensión: me vigila, y sé que en cuanto demos un paso él también lo dará, pero eso puedo evitarlo. Tengo un plan. Esta gente se interpone entre mi hija y yo de una manera tan clara que es como si pudiera ver a Sophia detrás de ellos, y nada me va a impedir alcanzarla. Once años atrás, cometí un error tremendo y desde entonces he estado viviendo con él. Yo no debería estar aquí, pero lo estoy, y debo hacer que todo esto sirva para algo.

—¿Qué os ha contado Missouri? —Mi pregunta va a dirigida a Ganges, el que es más probable que me responda.

—Solo lo estrictamente necesario. —Responde con una evasiva, como Adam cuando llega a casa horas después de que acabe de su turno y me dice que ha ido a ver a un compañero, que se ha encontrado con un atasco, que ha tenido un percance con el coche. Reconozco una mentira.

—Antes ha dicho que el avión seguiría en el aire hasta que el gobierno del Reino Unido cediese a vuestras exigencias o hasta que se nos agotara el combustible. Si ese fuera el caso, todos vosotros habríais sabido que cabía la posibilidad de morir, pero eso no es lo que decían vuestras caras ahora mismo. Nunca pensasteis que moriríais, ¿verdad?

Ganges no responde. Lanza miradas fugaces a derecha e izquierda y mueve la mandíbula como si estuviera mascando chicle. Me pregunto cuántos cazas habrá, si dispararán todos a la vez —como los pelotones de fusilamiento— o si solo una persona deberá vivir sabiendo que ha sido él quien ha derribado el avión. Me pregunto qué sentiremos, si será algo rápido, si será mejor o peor que estamparse contra un edificio. Me imagino el cielo dando vueltas a mi alrededor, el pánico aumentando a medida que perdemos altitud, solo que no son imaginaciones mías, sino un recuerdo y...

Me obligo a volver en mí. «Basta. Concéntrate en el ahora. En el aquí».

Hay cientos de pasajeros y solo media docena de terroristas. Podemos con esto.

Sin embargo...

Casi todos los pasajeros siguen encogidos en sus butacas, aferrándose a sus seres queridos, mensajeando frenéticamente a los que están en casa. ¿Puedo confiar en que se unan a nosotros cuando los necesitemos? Pienso en Carmel, en cómo le han arrebatado la vida del modo más cruel. Los explosivos no son la única manera de matar.

—¡Nos mintió! —El grito viene de la parte central de la cabina, donde un hombre extremadamente obeso se levanta de su asiento. Ocupa el pasillo entero, y el sudor le crea rodales en las axilas y manchas en forma de media luna bajo el inmenso pecho—. Nos dijo que el plan era un farol, que nadie saldría herido.

—¡Puto orangután de mierda! —le espeta Níger—. Nadie tiene que...

—¿... contarles el plan? —El grandote habla en un tono sarcástico—. Pues ¿a que no sabes qué, carapolla? ¡No existe ningún puto plan!

—Tenemos que confiar en Missouri. —Níger echa una mirada alrededor, hacia sus camaradas—. Tenemos que seguirla. ¡Hemos trabajado mucho para esto! ¡Recordad por qué estamos luchando!

Zambeze asiente febrilmente con la cabeza, y sus ojos se fijan en un punto medio entre la cabina, Níger y la puerta bloqueada del puesto de pilotaje. Los demás terroristas, en ausencia de Missouri, miran también a Níger, y noto cómo se nos escapan de las manos: si lo ven como a un líder de repuesto, habremos perdido toda oportunidad de recuperar el control del avión.

Debemos actuar ya. En cuanto las autoridades sepan lo que tiene planeado Missouri, los cazas recibirán la orden de abrir fuego.

—Calma —dice Níger—. No os mováis de vuestros puestos.

—¿Lo vais a escuchar a él? —intervengo, volviéndome para dar la cara a tantos secuestradores como me alcanza la vista—. Os ha estado mintiendo.

—¿Qué cojones estás...?

—Ella y él han estado quedando a vuestras espaldas.

Señalo a Zambeze, que mira a Níger en busca de ayuda mientras gesticula con la boca sin acertar a decir nada. Tan pronto como lo vi bien a él, me he acordado de que los había visto juntos en el bar y de la familiaridad con que ella le metía el pulgar en el bolsillo. Me había parecido raro que dos personas que sin duda se conocían de antes viajasen en clases separadas, y me he preguntado si mis instintos irían tal vez desencaminados, si es que los recuerdos de mis primeras citas con Adam eran lo que estaba usando como referencia.

—Ninguno de nosotros se conocía de antes —replica el hombre obeso negando con la cabeza con insistencia pero también confusión—. Yo soy Congo. ¿Alguno lo sabía?

Ganges acude en apoyo de Níger.

—No podemos... Missouri no...

—¡Que le den a Missouri! —El grito proviene de la doctora, que ha salido del asiento y se está abriendo paso a empujones hacia el frente de la cabina—. Eres un mierda, Níger. Cortaste conmigo porque decías que lo nuestro estaba poniendo en peligro la operación, y mientras, ¿te estabas tirando a eso?

—Lena... —empieza a responder Níger, pero Zambeze suelta un grito ahogado de indignación y abandona su puesto para ir hasta donde está Níger.

Yo me vuelvo hacia los demás, porque no habrá mejor momento que este para...

—¡Vamos! —exclamo antes de salir corriendo.

A mi lado, un movimiento repentino me indica que Cesca, al menos, se viene conmigo. Yangtsé nos corta el paso hacia la cabina de control, pero Rowan y Derek también vienen, agarran al chico por los hombros y lo apartan de nuestro camino. Es alto, pero flacucho, y, a pesar de los puñetazos que suelta, enseguida lo tiran al suelo, donde queda despatarrado como un maniquí desechado. Ya no tenemos nada que perder y saberlo nos hace más fuertes.

Cesca teclea el código de emergencia en el panel de la puerta.

Contengo la respiración. En circunstancias normales, el piloto estaría ahora mismo mirando las cámaras. A la primera señal de que algo no anda bien, puede impedir el acceso, pero todo apunta a que Missouri no sabrá cómo...

Clic.

Estamos dentro.

El sol está alto: las nubes, con un ligero matiz dorado, giran a nuestro alrededor, interminables y vertiginosas.

«Deja que te lo enseñe».

Si Lena nos ha mentido, así es como se acaba todo: con un detonador activado y una fuerte explosión. Con fuego y metralla, y demasiados pedazos de hueso y metal para que nadie vuelva a juntarlos jamás. Algo me oprime el pecho y los oídos me zumban tan fuerte que ni siquiera oigo el ruido del avión.

«Deja que te lo enseñe».

Ahuyento ese recuerdo, pero continúo sin poder moverme: me he quedado petrificada ante la visión del cuerpo de Mike tendido en el suelo y el del terrorista de la cara angulosa, Amazonas, sentado en el asiento de la izquierda. Los dos están muertos. Tanto Mike como el secuestrador tienen la marca rojísima de una soga o algo por el estilo alrededor del cuello. Pienso en lo fácil que es subir un arma a bordo de un avión: basta con un inocente trozo de cuerda metido en una bolsita de cordones o dentro de una sudadera con capucha.

Missouri está en el asiento de la derecha con una mano en la horquilla del volante; un trozo de plástico negro le cuelga, inservible, de la manga. Cesca y yo avanzamos al unísono, pero apenas queda espacio libre en la cabina, y mi compañera tropieza con el brazo de Mike, que está extendido en el suelo. Cae hacia delante, gritando frente al horror de la situación, y yo intento tirar de ella hacia atrás y...

Demasiado tarde.

Se oye un sonido terrible: un grito gutural, primitivo. Cesca se queda de pie durante una fracción de segundo, mientras la sangre le brota de un tajo en la sien. Luego se desploma.

Missouri sostiene el hacha antiincendios, que ha sacado del soporte que hay al lado de su asiento. Es lo bastante afilada para abrirse paso entre los restos de un avión siniestrado, lo bastante afilada para romper un cráneo, para traspasar un cerebro. La secuestradora deposita el arma en su regazo.

«No».

Lo digo también en voz alta —con un grito, con un rugido—, por esta y por todas las veces en que debería haberlo dicho. Por última vez. El sol atraviesa los cristales y un arcoíris parte en dos la cabina de control, separando a los muertos de los vivos. Todo se ralentiza hasta que acabo tomando consciencia de cada respiración, de cada movimiento, y en cuanto las manos de Missouri tocan la palanca de mando me llevo la mano al bolsillo.

«Deja que te lo enseñe».

No, pienso. Deja que te lo enseñe yo a ti.

Los auriculares de Finley aprietan el cuello de la terrorista cuando, con los extremos enrollados en los puños, tiro desde la otra punta. Missouri se clava las uñas en el cuello, luchando contra el cable, pero yo tiro más fuerte, me dejo caer al suelo y me agarro al respaldo del asiento con las piernas. Percibo el olor metálico de la sangre de Cesca y los miembros de Missouri enredándose con los míos; aun así continúo apretando. Trato de imaginarme los ojos desorbitados de Missouri, la lengua que le cuelga... aunque no es a ella a quien veo, sino a un hombre: otro piloto.

De pronto, noto una sensación de ligereza: el cable se

rompe y caigo de espaldas al suelo. Me levanto como puedo, con los brazos doloridos de la fuerza que acabo de hacer, pero Missouri no se mueve. ¿La he matado? ¿Se acabó? De pronto ese espacio me resulta demasiado pequeño y demasiado grande a la vez; las nubes se mueven tanto que parece que sea yo la que no se está quieta. Percibo a Rowan y a Derek afanándose a mi alrededor, arrastrando afuera a Mike y a Amazonas. Vuelvo a oír, como si hubiera tenido los oídos taponados, y todo empieza a adquirir una claridad que antes no tenía cuando me agacho junto a Cesca, que permanece inmóvil. Derek me pasa un trapo y se lo aprieto contra la herida que tiene en la cabeza.

—No te nos vayas, Cesca —susurro, y noto unas lágrimas que me arden en los ojos. Ya casi estamos. Ya casi. Levanto la vista y me encuentro a Rowan delante de mí—. Hay que ir al piso de arriba —le digo—. Hay dos pilotos más. —Le doy el código del compartimento de descanso.

A Cesca los globos oculares se le van de lado a lado bajo los párpados, y una red de venitas se le hace visible bajo la piel tirante.

—Derek, ayúdame a llevarla a la galera. Hay un botiquín de primeros auxilios en el armario grande, el de encima de la nevera.

Cuando la estamos sacando medio a rastras de la cabina de control, se oye de pronto un golpe y la puerta de la habitación de las literas se abre con brusquedad. Reprimo un sollozo de alivio. Todo va a salir bien. Podré enviar un mensaje a Adam y a Sophia, y sabrán que he cumplido mi promesa. Que vuelvo a casa.

Pero en el umbral de la puerta no están ni Ben ni Louis.

Rowan me mira primero a mí y después a Derek; su boca se debate para encontrar las palabras que busca.

—Los pilotos... —dice finalmente, meneando la cabeza como si pudiera negarse la verdad a sí mismo— están muertos.

Me retumba la sangre en los oídos.
Ben y Louis están muertos.
Cesca, inconsciente.
Tenemos el control del avión, pero nadie sabe pilotarlo.

44

6.00
Adam

El fuego crepita por encima de nuestras cabezas como si alguien pisara un manto de hojas secas. El sudor me resbala por las palmas de las manos, por la espalda, por la frente.

—¿Papá? —Sophia me mira con esa mezcla tan suya de curiosidad y recelo, y yo hago una especie de mueca con los labios con la intención de tranquilizarla.

Algo se derrumba dentro de la casa. ¿Habrá sido el mueble del recibidor? ¿Un cuadro? El suelo del recibidor tiene moqueta, y delante de la puerta de la calle hay unas cortinas gruesas para que no entren corrientes. Demasiados abrigos apilados en muy pocos colgadores. Material inflamable de sobra.

—Papá, ¿qué está pasando?

He visto incendios así. Fuegos alimentados a base de gas para encendedores, de latas de gasolina, de trapos empapados en aceite de cocina. He visto coches que ardían hasta que solo quedaba el chasis, desnudo en el suelo como los huesos de un animal enorme cuya carne ha sido desgarrada por los carroñeros. He visto bloques enteros de pisos que ardían con tenacidad por mucho que los inquilinos intentaran combatir el fuego, y he estado en el depósito de cadáveres después de un incendio provocado en un edificio; no podía apartar los ojos de los restos de aquel niño que se había quedado atrapado en el ático un minuto más de la cuenta. No necesito ver nada para saber lo que está ocurriendo.

Escojo las palabras con cuidado.

—Creo que hay fuego arriba. —«Creo» que hay fuego; como si tuviera dudas. «Fuego»: como el de la chimenea del comedor, con sus carboncillos brillantes o como el de la fogata que preparamos con piedras del jardín para chamuscar las nubes de azúcar. Una hoguerita de nada. Nada de que preocuparse. «Arriba»: una escalera entera nos separa de lo que sucede.

Oigo el insistente «bip, bip, bip» del detector de humo y pienso en Mina subida a una silla, cuchara de palo en mano, tratando de desactivar el interruptor de la alarma. «Se me ha quemado otra vez la puta tostada. Al menos sabemos que estos trastos funcionan».

—¡Tenemos que irnos! —Sophia me tira de la manga.

—Sí. —La desconexión entre lo que digo y lo que pienso es tan grande que podría estar hablando otra persona. Debo mantener la calma. Tengo que hacerlo. Por el bien de Sophia y porque, si no lo hago, ¿cómo vamos a salir de aquí?

El fuego subirá hasta la primera planta. Las llamas irán lamiendo la moqueta de los escalones: primero uno, luego el otro, luego el otro. Recorrerán, veloces, la barandilla y los marcos de las puertas. Se dividirán en varios incendios pequeños, y cada uno de ellos se colará en una habitación vacía, solo para crecer hasta llenarla con un calor sofocante que ennegrecerá la pintura de las paredes y prenderá fuego a las cortinas. Divide y vencerás.

—¡Papá!

Suena un crujido ensordecedor. El sofá de segunda mano, los cojines que Mina amontona en el suelo para recostarse a ver la televisión. Las cajas de Lego, fundiéndose todas en una única pasta de colorines. La mesa de la cocina, las sillas, el planificador familiar con una columna para cada uno de nosotros.

—¡Papá! —Sophia me coge la cara con las dos manos y doy un respingo, como si me hubieran pegado una bofetada. Tenemos que salir de aquí.

No será el fuego lo que nos mate, sino el humo. Ya puedo ver cómo empieza a entrar, flotando, por debajo de la puerta. Ahora mismo, estará subiendo hasta el techo: durante unos momentos, todavía será posible atravesar la cocina a gatas, con la cara pegada al suelo, pero pronto habrá más humo que aire, y entonces será cuando este consiga penetrar en el sótano.

—Voy a sacarte de aquí —le digo a mi hija.

—¿Y tú qué?

—Cuando estés fuera, irás a buscar ayuda y entonces podrán venir a sacarme a mí —le digo con más seguridad de la que realmente siento.

Sophia respira hondo.

—Iré a llamar a la puerta de la tía Mo. Ella llamará al nueve, nueve, nueve, y entonces vendrá el coche de los bomberos y...

—No —la corto, tratando de pensar en otra opción. Me imagino a Sophia aporreando la puerta de la vecina mientras ella duerme y las casas se queman.

—¿No crees que está muy aislada? —preguntó Mina cuando la inmobiliaria nos envió los datos del domicilio.

—Es un sitio tranquilo —le respondí—. Apenas hay vecinos, pero aun así se puedes ir al pub a pie.

Ahora miro a mi hija, que está muerta de miedo.

—Sabes dónde queda la comisaría, ¿no?

—No, no lo...

Se oye otro estruendo en el piso de arriba.

—¡Sí que lo sabes! —Sophia da un bote, y se lo repito, pero esta vez más suave—. Sí que lo sabes, cariño. Sabes dónde es. La librería, después la tienda vacía, luego la inmobiliaria, que es donde venden casas. Después la carnicería, luego el supermercado… —Levanto la entonación en la última sílaba para que acabe ella el estribillo.

—Luego la zapatería, la frutería y la verdulería. —Lo dice como insegura, y me apresuro a transmitirle confianza.

—¡Muy bien! Y, después, la comisaría. No va a haber nadie trabajando a estas horas de la noche, pero en la puerta hay un teléfono amarillo. Lo único que tienes que hacer es cogerlo; no tienes ni que marcar ningún número. Diles que hay un incendio en tu casa. ¿Cuál es nuestra dirección?

—No… No lo sé.

—Sí que lo sabes. —Me esfuerzo para no perder los nervios. Ya noto incluso el sabor amargo del humo en la lengua—. Calle Farm Cottages…

—Número dos.

—¡Muy bien! ¿De qué pueblo?

—Hardlington.

—Ahora dilo seguido.

—Calle Farm Cottages, número dos, Hardlington.

—Otra vez.

Lo repite, esta vez con mayor convicción. Si le entra el pánico o se le olvida, la policía mandará un coche a la comisaría para asegurarse de que está bien. Y a lo mejor la ayudan a recordar dónde vive y si no lo consiguen… Se me forma un nudo en el pecho. Bueno, al menos uno de nosotros se habrá salvado.

Me gustaría que lo repasáramos todo otra vez, pero no nos queda tiempo; debo confiar en ella.

—Diles que tu papá se ha quedado atrapado dentro, para que envíen a alguien enseguida.

—Les diré que eres policía —contesto muy seria, y yo sonrío a pesar de todo—. Les diré que eres un policía de verdad y que tienes un número, aunque no en el uniforme, y que el número es ocho, tres, nueve.

Miro a mi hija y pienso en todas las veces que la he escuchado recitar números de aviones, en todas las veces que me ha explicado punto por punto las rutas y los protocolos de Mina. Pienso en los celos miserables que he sentido todas esas veces.

—Te sabes mi número de placa.

—Eres el sargento 839 y trabajas en el Departamento de Investigación Criminal, y antes ibas en un Opel Astra con luces en el techo, pero ahora vas en un coche azul que no tiene luces pero que coge las curvas como si fuera un puñetero tanque.

—Sophia Holbrook, nunca dejas de sorprenderme. —Respiro hondo—. Hora de irse, bichito. ¿Sabes cuando mamá y tú jugáis a los aviones?

Asiente con la cabeza.

—¿Y a que se te da de muerte hacer equilibrios sobre los pies de mamá, como si estuvieras volando?

Asiente otra vez.

—Ahora vamos a hacer equilibrios y vas a tener que ser muy valiente, ¿vale?

Sus ojos son como dos pozos en la oscuridad y la luz que baja por la carbonera los oscurece aún más.

—Tengo miedo. —Se le nota: le tiembla el labio inferior.

—Yo también.

La salida de la carbonera está alta, demasiado alta para que Sophia la alcance subiéndoseme a los hombros si estoy sentado, y con las manos fijas a la tubería no puedo ponerme de pie. Intento, pues, cambiar de postura: apoyo la espalda en el suelo y las piernas contra la pared. De repente, me viene un recuerdo doloroso de Mina haciendo lo mismo una tarde después del trabajo. «La espalda me está matando».

Me arrastro hacia la pared hasta que los hombros me quedan todo lo cerca que pueden de los ladrillos, y los pies todo lo alto que les permiten las esposas que me encadenan al suelo.

—¿Lista para jugar a los aviones?

—Hummm… sí.

Me llevo las rodillas al pecho y trato de que las plantas de los pies se me queden en horizontal.

—¿Puedes ponerte de rodillas encima de mis pies? Genial. No importa si me haces daño.

Se me sube encima a gatas y me aplasta la cara mientras va trepando hasta subirse encima de mis pies, sin dejar de aferrar a Elefante con la mano. El humo se me mete en la garganta y tengo que hacer un esfuerzo tremendo para no catapultar a Sophia hacia lo alto.

—¿Preparada? ¡Vamos a volar!

Poco a poco, para que no se me caiga, voy enderezando las piernas: los muslos me duelen por un gesto al que no están acostumbrados. Sophia, agarrada a mis pies, se inclina hacia un lado, y lucho para que no pierda el equilibrio.

Estiro las piernas al máximo.

—¿Puedes ponerte de pie? —Veo la entrada de la carbonera, pero sé que aún nos queda muy arriba. Demasiado.

—¡Me voy a caer!

—Tienes que ponerte de pie, cariño. Por favor, inténtalo.

Durante un momento, creo que no lo va a hacer. Que no será capaz. Pienso que todo ha acabado, y que tendré que bajarla otra vez al suelo y nos quedaremos los dos aquí, y moriremos aquí, en esta tumba de cemento.

Pero noto que se mueve: poco a poco, con precaución. Un solo piececito haciendo presión sobre el mío. Consigue recuperar el equilibrio y noto el peso de su otro pie. Curvo los dedos alrededor de la punta de sus pantuflas, como si solo eso fuera a evitar que se cayera.

—¿Ves el túnel?

—Sí, encima de mi cabeza.

Vuelvo a respirar hondo.

—Pues allá vamos, cariño: hora de salir a gatas y pedir

ayuda. —El túnel de la carbonera no es muy largo. Si pone los pies en la entrada, podrá estirar los brazos hasta el otro lado del conducto y...

Tiene cinco años.

¿Qué estoy haciendo?

No tengo elección: si mi hija se queda aquí, morirá. Fuera hace un frío polar: el suelo está lleno de nieve y Sophia va en pijama y zapatillas de estar por casa. Ha ido caminando a la escuela cada día durante todo un trimestre; se conoce cada esquina y cada tienda de memoria, pero ¿se las arreglará ella sola? ¿Y en la oscuridad?

Sin embargo, aunque no lo consiga, ya estará lejos del fuego, lejos del humo: estará a salvo.

Siento una repentina ligereza en los pies cuando Sophia levanta primero una pierna y luego la otra para subirse al túnel, y tapa la luz mientras sale arrastrándose por el césped.

—¡No corras —le grito desde abajo—, que te vas a caer!

Tal vez consiga que vengan a ayudarme a tiempo. Tal vez no.

Esta es la apuesta más arriesgada de mi vida.

45

Ocupante del asiento 1G

No pueden encerrarme. Arrestarme, interrogarme, que me metan en una celda. No podían sentarme en el banquillo de un juzgado de instrucción para oír cómo echaban a perder el trabajo de toda mi vida. No podía permitir que las cosas acabaran de aquella forma.

No habría ni juicio ni abogados ni fotografías mías en los periódicos. No habría esposas ni detenciones.

Nunca había creído en el destino, pero aparentemente me encontraba a merced de la fortuna. Me aguardaba un final distinto y a él me entregué.

Que fuera lo que tuviera que ser.

46

A noventa minutos de Sídney
Mina

—Está muerta. —Derek aparta los dedos del cuello de Missouri.

—¿Estás seguro?

El periodista asiente con la cabeza.

«La he matado yo».

Me invade una desesperación avasalladora por toda la sangre derramada, por los extremos a los que me he visto obligada a llegar. Y por debajo de ese sentimiento, guardando las distancias como si supiera que no debería estar ahí, experimento una sensación de calma espeluznante. Durante once años he estado arrastrando la culpa más que cargándola a cuestas, pero ahora se me acomoda sobre los hombros como una segunda piel. «La he matado». Nadie puede negar lo ocurrido.

Al menos en esta ocasión.

Rowan y Derek sacan a Missouri a rastras del asiento del copiloto; su cuerpo cae al suelo con un golpe seco y se lo llevan de la cabina de control. Durante un instante, me quedo sola en ese espacio vasto y claustrofóbico a la vez. La luz del sol pinta el cielo de miles de tonos dorados y debería ser hermoso, debería ser fantástico.

«Deja que te lo enseñe».

Empieza a vibrarme todo el cuerpo: me tiemblan las rodillas y me castañetean los dientes. El amplio despliegue de paneles mengua ante mis ojos, hasta que lo único que veo es el indicador de altitud, y recuerdo cómo fijé aquella vez la vista en ese indicador de altitud hasta que ya no lo soporté más, hasta que tuve que cerrarlos y...

—¡Mina!

Doy media vuelta, con la boca abierta en un grito que se desvanece en cuanto me percato de que se trata de Derek y Rowan. En el suelo de la galera veo el cuerpo de Missouri, y me produce un gran resentimiento saber que nunca va a ir a juicio, que no pasará el resto de su vida entre rejas. La rabia estimula mi concentración; el terror continúa creciendo y amenaza con devorarme, pero no puedo dejarle ganar. Tengo que concentrarme en lo que importa: regresar a casa.

—Alguien debería echar un vistazo al personal de relevo. —Pienso en la habitación de arriba, la de los pilotos, y en los cuerpos sin vida de Ben y de Louis, y el miedo se adueña de mí al imaginar lo que nos esperará en la sala de descanso de la tripulación, en el otro extremo del avión.

—¿Qué vamos a hacer? —Derek me está mirando como si yo tuviera todas las respuestas, cuando no tengo ni una.

—¿Cómo va todo por ahí detrás?

—Los pasajeros de turista han retenido a los secuestradores al otro lado del bar, pero no sé cuánto tiempo resistirán. Sin Missouri, los otros no saben qué hacer: se están peleando entre ellos.

—¿Y Cesca?

—Va aguantando. Tu colega está con ella; ¿Erik, se llama? —Rowan mira los controles que hay delante de los asientos—. ¿Le has contado a alguien lo que acaba de pasar?

Niego con la cabeza, inexpresiva. Aún no me he movido; es como si mis pies hubieran echado raíces.

—Erik ha hablado con el resto de la tripulación —dice Derek—. No hay nadie con experiencia de pilotaje.

—Tratarán de contactar con nosotros —digo. Me sale la voz rota, como si llevara tiempo sin usarla—. Los controladores tratarán de hacernos seguir paso por paso unas instrucciones para intentar aterrizar de manera segura.

—¿Cómo que «intentar»? —Derek me mira.

No digo nada. No sé cuántos de estos procedimientos habrán tenido lugar, ni cuántos habrán terminado con éxito. Lo único que sé es que mantenerse en el aire es lo fácil; aterrizar requiere de un piloto experimentado.

Rowan se hace hueco por mi lado y se sienta en la butaca de la derecha.

—¿Esto de aquí es la radio?

—¿En serio vas a intentar pilotar tú el avión? —dice Derek.

—Alguien tendrá que hacerlo.

—¡Alguien que sepa lo que hace! Mina, sabrás…

Rowan se vuelve hacia él.

—¿No crees que ya ha tenido suficiente con lo que ha pasado? No es justo cargarle también esta responsabilidad.

—Pero tú sabes pilotar, ¿no? —No espera que le responda—. Te he oído cuando hablabas con Cesca; tú estudiaste para piloto.

—¡Empecé a estudiar, que no es lo mismo! Fui a clase unas semanas y luego… Solo he volado en avionetas: Cessnas, Pipers…

—No puede ser tan distinto…

—¡Es totalmente distinto! —gesticulo hacia los botones que cubren hasta el último rincón de la superficie de la cabina; están a años luz de los poco más de veinte controles que hay en el pequeño tablero de mando de una aeronave ligera.

Derek hace una mueca de angustia y su nerviosismo me impone una presión tremenda, porque sé que tiene razón, sé que tengo que sentarme en ese sillón, pero…

«Deja que te lo enseñe».

—Está sufriendo una especie de ataque de pánico. —Oigo la voz de Rowan, serena y tranquilizadora—. Vuelve a llevarla donde los pasajeros y ayúdala a sentarse. Que coma algo, a lo mejor le ha dado un bajón de azúcar. Yo intentaré hacer lo que pueda con la radio.

«Ha sufrido un ataque de pánico y...».

Me acuerdo de cuando bajé del Cessna, con las piernas temblorosas y la cabeza embotada, y el brazo de Vic Myerbridge rodeándome, firme y seguro. «No te flageles, Mina. El truco, cuando uno cae, es levantarse otra vez; no debes dejarte vencer».

Me quito de encima el brazo de Derek.

—Yo me encargo.

Rowan empieza a decir algo.

—La verdad, no creo que...

—Déjala. De todos nosotros, es la más capacitada para hacerlo.

Se hace un silencio cargado de implicaciones mientras los dos se miran fijamente a los ojos, hasta que Rowan levanta las manos del tablero y cede. Entonces me dirige una sonrisa cálida y, mientras me abro paso hasta el asiento del comandante, me agarro al rayito de esperanza que ese gesto me ha transmitido y aparto mis recuerdos a un lado. Detrás de mí, siento la presencia de Derek; no es un tipo corpulento, pero la cabina es pequeña. La ansiedad me oprime el pecho.

—¿Podrías quedarte en la galera? —le digo volviéndome hacia él—. ¿Y cerrar la puerta al salir?

Él lanza a Rowan una mirada acerada, pero hace lo que le pido, e inmediatamente después me encuentro mejor sin esa presencia a la espalda. Pienso en sus confesiones suicidas y me perturba que haya insistido tanto en que yo cogiera el mando. ¿Quiere que lo haga porque piensa que fracasaré? ¿Porque quiere que fracase?

Con un tembleque en las manos, me pongo los auriculares, dando gracias por todas las veces que he entrado a la cabina de control para llevar café a los pilotos y he visto los gestos que hacían mientras hablaban con los controladores. Este primer paso, al menos, he sabido hacerlo.

—*Mayday, mayday, mayday*. Aquí el vuelo 79 de World Airlines.

Se hace una breve pausa después de mi conexión, como si la operadora estuviera demasiado asombrada para decir nada. Y entonces:

—Setenta y nueve de World Airlines, ¿cuál es su situación?

Dejo escapar un suspiro. La última vez que piloté un avión, aquello desencadenó una serie de acontecimientos que daría lo que fuese por haber cambiado.

—El vuelo ha sido secuestrado. Hemos recuperado el control de la cabina de pilotaje, pero tres de nuestros pilotos han muerto y la cuarta está gravemente herida. No hay personal cualificado a bordo. Repito: no hay personal cualificado a bordo. —Termino la comunicación con la voz aflautada y trago saliva.

—Lo estás haciendo genial —susurra Rowan, pero el miedo me ha dejado sin respiración y la presión que siento alrededor del pecho me impide cualquier pensamiento racional.

—¿Con quién hablo, 79 de World Airlines?

—Con Mina. Soy auxiliar de vuelo.

—Entendido —responde la controladora—. Espere un segundo, 79 de World Airlines.

La espera dura una eternidad. A lo lejos empiezo a intuir el punto en el que se juntan la tierra y el mar, aunque la línea está difuminada por una neblina dorada. No veo nada de lo que tenemos delante, tampoco detrás. Pienso en los cazas que ha enviado el ejército para interceptarnos y noto que empieza a sudarme la nuca. No saben que yo no soy uno de los terroristas ni que no estoy aquí sentada bajo coacción. Para ellos, quien está a mi lado podría ser un secuestrador que me está dictando lo que debo decir. Un movimiento en falso y nos derribarán.

—World Airlines 79, aquí el centro de control de Brisbane. —Ahora me habla una voz masculina; los auriculares la vierten en mis oídos como si tuviera al controlador justo al lado. Comienzo a temblar y me pongo las manos debajo de los muslos para que se estén quietas—. Mina, soy Charlie. Soy piloto de Boeing 777 y voy a ayudarte a aterrizar sin peligro.

Parpadeo para quitarme las lágrimas.

—De acuerdo.

—Antes que nada, quiero que me digas cuánto combustible nos queda. ¿Ves las dos pantallas que tienes delante, justo en el centro? —Las busco por el amplio tablero de mando: un mar de palancas, reguladores y monitores.

«Deja que te lo enseñe».

—¿Mina?

—Eh… ¿Sí?

—Arriba a la derecha verás un conjunto de ocho botones, más o menos. Justo en medio, verás uno donde pone FUEL.

Rowan lleva la mano al botón en el preciso instante en que yo también lo veo y me mira con expectación.

—Apriétalo —indica Charlie. Asiento con la cabeza para indicarle a Rowan que lo haga—. Ahora lee la cifra que aparece al pie de las dos pantallas.

Hago lo que me dice, pero esos números no significan nada para mí y se produce un silencio tan largo que llego a pensar que hemos perdido la señal.

—Está bien —contesta al fin—. Aún tenemos para un par de horas.

—¿Y con eso nos basta? —Intercambio una mirada de terror con Rowan, que echa un vistazo a su reloj de pulsera.

—El paso siguiente es muy importante, Mina. Cerca de tu rodilla derecha, verás un dial donde pone FRENO AUTOMÁTICO. Cuando estemos en tierra, eso nos servirá para frenar el avión. ¿Lo ves?

Me acuerdo de un día que llamé a Adam al trabajo porque tenía que arreglar el jardín y no era capaz de ninguna de las maneras de entender el funcionamiento de la nueva cortacésped. «No lo entiendo», le decía, y él, con resignación, volvía a explicármelo todo desde el principio, paso por paso. Charlie está utilizando un tono de voz similar: reposado y claro, paciente, pero no paternalista.

—Lo veo. —Caigo en la cuenta de que Charlie no ha respondido a mi pregunta sobre los niveles de combustible.

—Apriétalo y súbelo a tres. Cuando lo hayas hecho, me lo dices.

—Hecho.

—Genial. Ahora aún nos queda un rato para empezar el descenso, así que voy a hacerte un recorrido por los dispositivos que vas a tener que usar; lo que viene ahora es un poco complicado.

Me explica cómo extender los alerones y modificar la velocidad, y dónde está la palanca del tren de aterrizaje. Cada vez que me habla de un control nuevo, alargo la mano para tocarlo y trato de aprendérmelo de memoria. Es todo tan distinto de una avioneta… Es como aprender a llevar una moto para luego subirte en un coche. Me vuelvo hacia Rowan, que asiente callado con la cabeza mientras se fija bien en la ubicación de los dispositivos.

Miro por el parabrisas, pero empieza a darme vueltas la cabeza, y cierro los ojos para contener las náuseas que eso me ha provocado.

—¿Estás bien? —me pregunta Rowan.

Le digo que sí con la cabeza, aunque no hay nada más lejos de la realidad.

—¿Quieres que te releve?

—No te preocupes.

Me pone la mano en el brazo.

—Seguro que a tu hija no le ha pasado nada. Estoy seguro.

—¡Eso no lo sabes! —Un sollozo dolorido asoma entre mis palabras: todo lo que he intentado mantener a raya hasta ahora está abriéndose camino a la fuerza hacia la superficie.

Estaba haciendo lo imposible por quitarme a Sophia y a Adam de la cabeza, para concentrarme en aterrizar sin peligro. No puedo pensar en lo mucho que los quiero —en lo mucho que los necesito— hasta que tenga la certeza de que vamos a salir de esta con vida.

—Lo siento, yo...

—¡Por favor! Deja que... —Cierro los ojos con fuerza y me aprieto la cabeza con las yemas de los dedos, como si tuvieran el poder de cambiar lo que hay dentro. Rowan se queda en silencio. Suelto un suspiro lento y convulso, y pulso el botón de la radio para hablar con los controladores—. 79 de World...

—Dígame, Mina.

—Vamos a necesitar una ambulancia nada más aterrizar. Uno de nuestros pilotos está grave.

—Ambulancias, bomberos, la policía, el ejército... Os enviaremos a toda la caballería, Mina.

—Hemos tenido también algunos muertos a bordo: dos terroristas, un pasajero y cuatro miembros de la tripulación.

Una pausa brevísima me indica que se ha visto afectado por las implicaciones de mi transmisión.

—Recibido.

—¿Charlie?

—Dime, Mina.

Trago saliva.

—Los secuestradores amenazaron a mi familia.

Dejo la frase en el aire, esperando a que Charlie me interrumpa para decirme que está al corriente de todo, que Adam y Sophia están a salvo, que han estado a salvo desde el momento en que hice lo que los terroristas me pedían. Esperando oír que hice lo que debía.

—Me dijeron que, si no les obedecía —prosigo, cuando es obvio que lo que Charlie necesita es que acabe de cumplir sus instrucciones—, harían daño a mi hija. Tengo que... Tengo que...

Suelto el botón de la radio, recuesto la cabeza en el respaldo y cierro completamente los ojos; las lágrimas que reprimo me queman por dentro.

—Tienes que saber que está sana y salva. —Asiento con la cabeza, aunque Charlie no lo vea, y al segundo él continúa hablando—: Enseguida estamos en ello. —Suspiro—. Ahora necesito que cambies de frecuencia. Voy a pasarte con Control de Aproximación y...

—¡No, por favor, no me dejes sola!

La histeria me impregna la voz, pero Charlie ni se inmuta.

—No te librarás de mí tan fácilmente. Lo único que voy a hacer es cambiarme a otra mesa, y cuando vuelvas a oírme ya podré rastrearos de cerca con el radar.

Su promesa me tranquiliza y sigo sus instrucciones para cambiar de canal; aun así, son los treinta segundos más largos de mi vida, como si me hubieran cortado las amarras y el agua me arrastrase a alta mar.

—¿Lista para empezar el descenso?

El alivio me hace sonreír.

—Lista.

Me va guiando por cada paso y bajamos primero hasta veinticinco mil pies; después hasta quince mil. Charlie me indica un botón donde pone IAS MACH, y cuando lo pulso nuestra velocidad desciende hasta los doscientos cincuenta nudos.

Logro controlar la respiración, pero soy incapaz de mirar

por el parabrisas, y cada vez que Rowan se mueve o Charlie rompe el silencio el corazón me da un vuelco.

La cabina de control huele a café y a productos de limpieza, a sudor y a asientos forrados de plástico. Comienzo a ver borroso, con manchitas negras en los laterales, y la cabeza me da vueltas.

Once años ya desde que sucedió.

«¿Cómo que vas a dejarlo? —Papá estaba enfadado; mamá, confundida—. Has sacado sobresalientes en todas las asignaturas teóricas; obtuviste la nota más alta de la clase en los últimos exámenes».

«Es que ya no quiero dedicarme a eso».

Les dije que les devolvería el dinero, pero, aunque lo consiguiera, ya hacía tiempo que habían vendido la casa de Francia para pagarme la formación.

Me odié a mí misma por desistir. Por rendirme. Ahora me digo que ser auxiliar de vuelo es lo que más se acerca a ser piloto, pero es más una penitencia que un premio de consolación: un recordatorio constante de la decisión que tomé.

—¿Mina? —oigo la voz de Charlie al oído, y Rowan me está tirando de la manga.

Los dos me están hablando, pero no oigo lo que dicen. Los dispositivos del tablero se funden en una masa entre parda y grisácea, y las voces que oigo pertenecen a otra época, a otro hombre.

Vic Myerbridge.

Lo conocí en el Wuite Hart. Era majo, pero no era mi tipo. Para empezar era lo bastante mayor para ser mi padre, y tenía una seguridad en sí mismo que demasiado a menudo rozaba la arrogancia. Sin embargo, mantuvimos una conversación sobre vuelos, y me hizo reír; me alegró la tarde, pese a que la amiga con quien yo había quedado me había dejado plantada.

—Te acompaño a casa —me dijo.

El bar estaba cerca de la academia de aviación, que en teoría era pública, pero prácticamente todos los clientes eran o aspirantes a piloto o pilotos ya licenciados que pagaban para que les guardasen su propio avión en las instalaciones. Aunque no me lo había dicho, supuse que él entraba en la segunda categoría.

—¿No vas a invitarme a entrar? —me preguntó cuando llegamos a mi habitación.

Me reí. ¿Por qué me reí? Me sentí incómoda, supongo.

—Se ha hecho un poco tarde. Pero gracias, me lo he pasado muy bien.

Trató de besarme y entonces dejé de reírme. Le propiné un rodillazo entre las piernas y entonces también él dejó de reírse. Entré, pegué un portazo y cerré con llave, me serví un trago de algo fuerte y decidí que evitaría pasarme por el bar durante unos días, hasta que aquel hombre se hubiera olvidado de lo sucedido.

Dos semanas después, nos asignaron a un instructor para nuestro primer vuelo con doble mando.

Él no dijo nada, ni cuando nos presentaron ni cuando nos dimos la mano. Tampoco me dijo nada de camino al sitio donde aguardaban en fila los Cessnas, ni durante las comprobaciones previas al despegue ni durante el rodaje a pista. Tal vez se había olvidado de mí, o no me había reconocido, o estuviera muerto de vergüenza por su comportamiento y pensaba que lo mejor era hacer como si no hubiera pasado nada.

A nueve mil metros de altitud me dijo que me concentrase más en cómo reaccionaba el avión a mis maniobras, que «sintiese» como respondía.

—Toda acción tiene su reacción. Deja que te lo enseñe. —Alargó la mano y me tocó un pecho.

Me quedé paralizada.

Me acarició con el dedo el contorno del pezón y me lo pellizcó con fuerza entre el índice y el pulgar.

—¿Sientes las consecuencias? —Su voz me llegaba a través de los auriculares, tan cerca de mis oídos que me parecía notar la humedad de su aliento.

—No.

—Yo diría que sí.

Me retorció de nuevo el pezón, como si el hecho de que estuviera endurecido sirviese para demostrar que le estaba mintiendo. Las manos me temblaban sobre la horquilla del volante y, en aquel momento, estrellarse parecía la mejor de mis opciones. Cuando me puso la mano en la entrepierna, me dije que aquello no podía estar pasándome a mí. La cabina de control de un Cessna 150 mide poco menos de un metro de ancho; los dos asientos estaban completamente pegados el uno al otro. Desde uno de esos sillones, solo con alargar el brazo, se pueden tocar los dos lados de la cabina, la parte frontal, la parte trasera y el techo: no hay escapatoria posible. Clavé los ojos en el indicador de altitud y dejé que aquel tipo tomase el control.

—¿Mina? —Rowan me zarandea por un hombro.

Con once años de retraso, alzo la voz.

—¡Aparta!

Rowan pega un bote, confundido, y aunque sé que no es Myerbridge, también soy consciente de que no puedo compartir esta cabina con él —ni con nadie— si quiero lograr que este avión aterrice sano y salvo.

—Tienes que salir de aquí —le digo.

—Mina, tranquilízate.

—¡No me pidas que me tranquilice! —Me quito los cascos de un tirón.

Él intenta acercarse a mí, pero le aparto las manos porque eso no me está ayudando para nada. Me zumban los oídos, y la cabina de control ya no está en un Boeing 777, sino entre los estrechos confines de un Cessna, y Rowan ya no es Rowan, sino...

—¡Fuera! ¡Fuera! ¡Fuera! —Empiezo a propinarle puñetazos como una posesa, y no me detengo hasta que él se reclina en su asiento y levanta los brazos para protegerse, sin parar de repetirme que esté tranquila, que no pasa nada, que «todo está yendo bien».

No es así.

De bien, nada de nada.

Nada irá bien hasta que Rowan se haya ido y la puerta del puesto de pilotaje se cierre y me quede por fin sola. Pero en el preciso instante en que el ruido de mi cabeza desaparece, otro distinto ocupa su lugar: es una alarma, el «¡Uuuh! ¡Uuuh! ¡Uuuh!» de una sirena de aviso. El tablero de control se llena de lucecitas que parpadean.

El pánico se apodera de mí una vez más cuando leo el mensaje de la pantalla.

Hemos dejado de estar en piloto automático.

47

—No corras, que te vas a caer.

Pasado el parque, cuesta arriba. Espera al muñequito verde, aún no, aún no...

¡Ya!

Gato en la ventana. Como una estatua. Solo se le mueve la puntita de la cola: izquierda, derecha, izquierda.

Hay que cruzar otra calle. No hay muñequito verde ni señora de la señal de stop; tendría que estar ahí...

Mira a los lados. Aún no, aún no...

¡Ya!

—No corras, que te vas a caer.

Buzón, farola, parada de autobús, banco.

Escuela grande (no es la mía, aún no).

Librería, tienda vacía y luego la *mobiliaria*, que es donde venden casas.

Ahora la carnicería, pájaros colgados del cuello en el escaparate; ojos cerrados con fuerza para no tener que ver los suyos mirándome.

Están muertos. Todos muertos.

Un muerto en el avión, lo ha dicho el señor de la radio. Papá hablaba para que yo no lo oyese, pero lo he oído. Lo he oído. Y ahora los pájaros me están mirando; los he pillado mirándome y me siguen mirando, me miran ahora que me acerco, y me da igual lo que diga mamá tengo que cerrar los ojos y tengo que correr todo lo deprisa que pueda porque si no los pájaros y los malos y papá bajo tierra y...

Pam.

Golpe.

Duele y está caliente y me escuece. Lágrimas en la cara. Sangre en la nieve.

La *mobiliaria*, luego la carnicería y... y...

¿Luego qué?

Está todo diferente. Oscuro, y lleno de nieve, y hay sombras en las puertas de las tiendas y no quiero pasar por delante. Me siguen mirando los pájaros con sus ojos negros como canicas como si les hubieran echado tinta por la cabeza. También hay conejos muertos, los he visto. Y los pies de los tres cerditos. Todos me están mirando desde la tienda. Me están esperando.

Tengo nieve en las pantuflas. Nieve por todas partes, en la bata, en el pijama.

Qué frío, qué frío, qué frío.

¿Ahora adónde?

48

A treinta minutos de Sídney
Mina

El avión empieza a inclinarse, y la sirena es tan ruidosa e insistente como el terror que se me ha metido en la cabeza y que me dice que ya está, que se acabó. No puedo respirar; la claustrofobia repentina y aplastante se intensifica aún más ante ese cielo interminable que me atormenta desde el parabrisas.

«¡Uuuh! ¡Uuuh! ¡Uuuh!». Sigue y sigue sin parar, taladrándome la cabeza aunque ya no me cabe nada más. Once años de resentimiento, de rabia, de la brutal sensación de fracaso que aquel día me siguió hasta casa al regresar de la academia de aviación, y que nunca se fue. Si no me hubiera cambiado el vuelo con Ryan, si no hubiera vuelto a trabajar después de que llegara Sophia, si no me hubiera quedado paralizada aquel día hace once años... Si hubiera confiado en mí y en mis impulsos, si hubiera protestado, si hubiera mantenido el tipo. Si hubiera... esto no estaría sucediendo.

«¡Uuuh! ¡Uuuh! ¡Uuuh!». Debo de tener unos mil controles delante, todos con sus nombres insondables grabados en letritas blancas: FLIGHT DETENT, STAB TRIM, VERT SPD, F/D ON. Uno de ellos es el del piloto automático, pero ¿cuál? Trato de ser sistemática y repaso una a una las hileras de botones, pero pierdo de vista lo que estaba mirando y me olvido de por dónde iba. No lo veo. No está aquí.

Me pongo los cascos.

—¡Charlie!

No estoy para perder el tiempo en distintivos de llamada y protocolos radiofónicos, y la sirena suena lo bastante fuerte para hablar por mí.

—Te oigo, Mina. Eso ha sido el piloto automático. —Podría estar diciéndome que el hervidor del té ya está listo, con esa voz tan calmada—. Mira en los controles que están arriba, todos en fila, justo debajo del panel antirreflectante.

—Charlie, estamos cayendo.

Delante tengo un monitor grande que muestra un indicador de altitud. Poco a poco, el avión se va torciendo hacia la izquierda, y el altímetro de la derecha de la pantalla empieza a marcar una cifra cada vez más baja: nueve mil ochocientos, nueve mil setecientos... Sídney se extiende bajo la luz del sol.

—A la derecha, en el panel de más arriba...

Nueve mil seiscientos...

—VERT SPD, V/S, HOLD. —Leo toda la letanía de letras blancas, esperando que de un momento a otro el avión vuelque con el morro por delante y caigamos en picado sin parar—. ¿A/P ENGAGE?

Nueve mil quinientos.

—A/P ENGAGE. Hay tres botones; dale al de la izquierda: L CMD. Apriétalo.

Lo pulso. Al instante la sirena se detiene y las luces de aviso se apagan. Todavía no me siento capaz de respirar.

—¿Estás bien, Mina?

—Creo... creo que sí. —Me tiemblan las manos—. No sé qué acabo de hacer, Charlie.

—Tranquila.

—Me ha dado un ataque de pánico. No pretendía apagarlo, no pensaba que... —Suelto el transmisor. En mis palabras hay tanta confusión como en mis pensamientos. No me acuerdo de qué es lo que he tocado, solo de que tenía que estar sola, de que tenía que sacar a Rowan de la cabina de control.

—Eh, se acabó. No pasa nada, tranquila.

Después de dejar la academia, continué visitando su página web, continué buscando en Google extractos dispersos de noticias acerca del pequeño aeródromo privado donde esta operaba. Así fue como me enteré de que uno de sus pilotos había perdido el control de la avioneta. Alguien ajeno a las instalaciones había sido testigo de cómo caía la aeronave, pero, cuando los servicios de emergencia llegaron al lugar de los hechos, la avioneta ya había sido presa de las llamas. No había habido supervivientes.

El piloto instructor era Vic Myerbridge. Su acompañante era una alumna recién llegada, Cass Williams.

Durante la investigación judicial, en que se reprodujeron fragmentos grabados de las transmisiones de la avioneta, se hizo evidente que había habido algún tipo de forcejeo y, aunque el forense certificó que se trataba de una muerte accidental, aquello bastó para que la academia, con discreción, eliminara la brillante esquela que había publicado en su página web.

En los meses siguientes, me persiguió la conciencia de que, al no haber actuado, había salvado mi propia vida y había hecho que Cass perdiese la suya. Era una superviviente, pero no había en mí ni una pizca de la euforia que debería haber acompañado al hecho de haber escapado de una colisión como aquella; no era, en cambio, más que una rehén del peso de mi culpa. Incluso sin defenderme —sin jugarme la vida—, podría habérselo contado a alguien. Habría habido una investigación, a Myerbridge lo habrían suspendido de empleo y sueldo, y Cass ni siquiera habría llegado a subirse con él a aquella avioneta.

Pero permití que me rodeara con el brazo, que me acompañara a la salida del campo de aterrizaje como si fuera una inválida. Permití que hablara por mí, que le dijera a la gente que había tenido «una especie de ataque de ansiedad». Permití que me hiciera dudar de mis propios recuerdos.

Nunca se lo conté a Adam. No habría soportado ver en sus ojos cómo me juzgaba; juzgarme yo misma ya era más de lo que podía soportar.

—Mina —dice Charlie al otro lado de la línea—, estamos listos para empezar la aproximación.

Pienso en los pasajeros que tengo detrás, en la cabina: la embarazada que hablaba por FaceTime con su marido; Lachlan y sus padres; Lady Barrow; la pobre Ginny y su reticente prometido. Mis dedos se ciernen sobre los controles de megafonía; soy consciente de que tengo que decir algo a los pasajeros, pero no me fío de poder ofrecerles la tranquilidad que necesitan.

Aprieto el botón y lucho por que no me tiemble la voz.

—Les habla su piloto. —Dejo que los pasajeros piensen que lo tengo todo controlado; que crean, sea o no verdad, que vamos a descender sin ningún incidente—. En breve empezaremos nuestro descenso final hacia Sídney, así que, si son tan amables, les pediré que vuelvan a colocar sus asientos en posición vertical y que se abrochen los cinturones de seguridad.

La familiaridad de esa cháchara rutinaria me calma los nervios y, cuando vuelvo a colocarme los auriculares, contemplo la vastedad del cielo que se extiende ante mí. Yo puedo con esto. Pienso en las llamadas telefónicas llenas de desesperación que he oído en la cabina de pasajeros —promesas, confesiones, declaraciones— y sé que mi deber no es otro que llevar este avión a tierra sin que haya más heridos. Se lo debo a Sophia, a la que prometí que nunca volvería a quedarse sin madre. Se lo debo a Cass Williams, quien no habría muerto si yo hubiera tenido la fuerza suficiente para plantar cara a mi agresor.

Me lo debo a mí misma; he de demostrarme que soy capaz de pilotar un avión.

La entonación ascendente de la voz de Charlie llena los auriculares.

—Mina, ¿podrías descender hasta los cinco mil pies?

Me quedo momentáneamente en blanco y entonces recuerdo el botón de ALT: bajo primero la altitud y luego la velocidad.

—Vale. Hecho.

—Busca un regulador donde pone HDG: nos servirá para girar.

Antes de que termine de hablar, ya lo he visto: debajo del panel antirreflectante, a la izquierda del botón del piloto automático. Lo subo a ciento ochenta grados y luego aprieto el botón, siguiendo las instrucciones de Charlie. Casi al instante, el avión comienza a virar.

—Buen trabajo, Mina. ¿Te acuerdas de dónde estaba la palanca de los alerones? —Alargo la mano para alcanzarla—. Tira de ella y luego muévela un grado hacia abajo.

Se oye un chirrido y a continuación un golpe sordo cuando los alerones adoptan su posición; unos ruidos que, en circunstancias normales, me relajarían. Me imagino dónde estaría yo ahora si este vuelo hubiera transcurrido según lo previsto: yendo de un lado a otro de la cabina, comprobando la posición de los asientos y de las mesitas plegables... Deseando llegar a la habitación del hotel y salir a dar un paseo por Sídney. Ahora lo único que quiero es aterrizar sin que nos pase nada.

—Cuatro mil pies.

Hago lo que Charlie me pide, repitiendo sus instrucciones a modo de confirmación. «Rumbo cero siete cero». «Tres mil pies». «Alerones». «Rumbo cero tres cero». Con cada cambio de rumbo, el avión vira un poco más, hasta que veo el aeropuerto delante de nosotros.

—Busca un botón donde pone APP —dice Charlie—. Es el botón de aproximación: con él haremos una captura del localizador y de la senda de planeo; eso activará el aterrizaje automático y con él tomaremos tierra sin peligro.

Tardo un rato en encontrarlo (está justo debajo del botón de piloto automático) y, mientras lo pulso, Charlie ya está dándome la instrucción siguiente: la de bajar el tren de aterrizaje. La palanca está en posición media: primero tiro de ella hacia fuera y luego hacia abajo; se oye el estruendo prolongado de una racha de aire que entra.

—Mina, ¿has apretado el botón de APP? ¿La barra de debajo está encendida?

Miro el panel. No hay nada encendido.

—Lo he apretado, pero...

—Demasiado tarde, has perdido la intercepción. Tendremos que intentarlo otra vez ¿Cuánto combustible nos queda?

—Encuentro el botón adecuado y leo la cifra del monitor inferior. Me imagino a Charlie sentado delante de un ordenador en Brisbane, observando una luz led que se mueve poco a poco por la pantalla. Hay una larga pausa y, cuando vuelve a hablar, la calma que hay en su voz suena forzada—. Muy bien, Mina. Probémoslo otra vez.

—¿Nos queda suficiente combustible?

Silencio. Cierro los ojos. Pienso en Sophia y en Adam. Charlie no me ha dicho si estaban bien, e ignoro si es porque no lo sabe o porque sabe que no lo están.

—Vamos muy justos, Mina. No te voy a mentir.

Respiro hondo. Tiene que haber suficiente. No es posible que hayamos llegado tan lejos solo para fracasar.

—Rumbo cero nueve cero.

—Cero nueve cero —repito después de tomar el giro.

Estamos volando a tres mil pies de altitud; el aire, por

debajo de nosotros, está despejado: el azul del océano es oscuro, y unos caballitos blancos galopan entre las olas. Parece imposible que fuera ayer mismo cuando salimos de Londres: han pasado tantas cosas en tan solo veinte horas… Mi agotamiento parece tangible, como si llevara un abrigo muy grueso y pesado echado sobre los hombros; mi concentración era un engaño alimentado por el miedo, como la subida de energía transitoria de cuando uno se toma un café.

—Uno ocho cero.

—Uno ocho cero.

—Tres uno cero.

Hago el viraje final y el morro del avión se orienta poco a poco hacia el aeropuerto. Yo este avión no lo estoy pilotando, sino guiándolo; me maravillo ante la proeza de ingeniería que nos permite manejar de esta manera varios cientos de toneladas de hierro por los aires, de un país a otro.

—Ahora pulsa el botón de APP.

Lo pulso con decisión y no lo suelto hasta que veo que la barra horizontal se ilumina debajo de mi dedo. Al cabo de unos instantes, noto que el avión vira hasta alinearse con la pista mientras por fin conseguimos capturar el localizador. Respiro.

—Ahora extiende los alerones al máximo, Mina.

Mientras Charlie me indica la última velocidad que debo programar, el avión desciende en picado para coger la senda de planeo que nos llevará hasta la pista. Pongo las manos sobre el sillón y me siento encima de ellas, consciente de que la sacudida más ligera de cualquiera de los controles desactivará el modo de aterrizaje automático.

Las dos pistas se adentran en paralelo en la bahía de Botany, como un tenedor de dos puntas, y durante el descenso veo que en la de la izquierda han retirado todos los aviones y los han dispuesto en la otra. Una hilera de vehículos de emergencia nos espera a un lado

Comienza la cuenta atrás automatizada: cincuenta, cuarenta, treinta...

Nunca he sido religiosa, pese a lo mucho que mi madre me suplicaba que la acompañara a misa los domingos. Sin embargo, ahora que la pista se acerca a toda velocidad hacia nosotros, flanqueada por un resplandeciente océano azul, fijo la vista en la línea central y me pongo a rezar.

49

7.00
Adam

¿Cuánto rato ha pasado?

He tratado de contar los segundos para no perder la cuenta de los minutos, pero cada estallido que se oía en la planta de arriba me distraía, y ahora tengo la sensación de que han pasado horas desde que Sophia se ha marchado. Han saltado los plomos: la franja de luz fluorescente de debajo de la puerta ha parpadeado dos veces antes de desaparecer; la radio se ha cortado justo cuando estaban dando las noticias de última hora.

«En estos momentos, el vuelo 79 se aproxima a Sídney. Los controladores aéreos han logrado establecer contacto con miembros de la tripulación, pero aún no se ha confirmado si el vehículo continúa bajo el mando de los terroristas. Los servicios de emergencia permanecen a la espera en el aeropuerto de la ciudad australiana».

El sótano está oscuro como boca de lobo, sumido en una oscuridad densa y opresiva. No veo el humo, pero lo huelo; percibo su sabor. Se me mete en la garganta y me hace toser hasta que me entran arcadas, y las muñecas me rozan con las esposas debido a las convulsiones. La combinación del hormigueo muscular y el frío hace que no note ni las manos ni los pies, y siento la misma ofuscación que cuando Becca me drogó, aunque no sé si es por el humo o de puro cansancio.

Sophia ya debe de haber llegado al centro del pueblo. Recito su itinerario y trato de adivinar hasta dónde habrá llegado. «Librería, tienda vacía y luego la *mobiliaria*, que es donde venden casas». Me la imagino a las puertas de la comisaría, sin resuello después de la carrera; encima de ella, el farol de cristal que lleva allí desde los tiempos de la reina Victoria. Ahora las viejas celdas se utilizan como sala de taquillas, por lo que solo hay personal de guardia tres días a la semana, pero el teléfono amarillo de fuera sirve de línea directa con la sala de vigilancia; lo único que tiene que hacer es levantar el auricular y...

«¡Vamos, vamos!».

Se produce otro estallido arriba. ¿Vendrá de la escalera? ¿De la primera planta? Pienso en Mo, en la casa de al lado, profundamente dormida todavía, incapaz de oír nada hasta que sea demasiado tarde. El cartero pasa cerca de las ocho, pero teniendo en cuenta que, ahora que no hay luz en el porche, no entra nada de sol por la carbonera, deduzco que aún debe de ser temprano.

Ahora está todo en manos de Sophia, y hay tantas cosas que podrían salir mal... Aunque recuerde el camino, tendrá que cruzar calles y toparse con desconocidos —algunos, llenos de buenas intenciones, pero también algún que otro depravado—. ¿Y si no llega al teléfono, o este no funciona bien? Pienso en mi preciosa hija, tan valiente ella, con su pijama de Action Man, su bata de unicornios y sus zapatillas empapadas por la nieve, y se me saltan las lágrimas.

Al principio, creo que me imagino el sonido de sirenas.

Un sonido que va y viene con idéntica velocidad. Cierro los ojos y escucho con tanta atención que creo que solo lo oigo por las ganas que tengo de oírlo. Pero ahí está otra vez: la sirena estridente de un camión de bomberos, acompañada del soniquete agudo y rítmico de un coche de policía. Se produce otro estruendo por encima de mí, pero las sirenas suenan cada vez más fuerte, y ahora ya no oigo el rugido del fuego, solo a quienes vienen a rescatarme.

Sophia debe haberles dicho exactamente dónde estoy, porque el destello de una linterna atraviesa la carbonera y cae como la luz de un foco delante de mis pies.

—¡Estoy aquí! —intento gritar, pero la garganta no me obedece, y el humo acre me atraganta.

La carbonera es demasiado estrecha para que quepa un adulto, y siento que el pánico crece en mi interior. ¿Y si no pueden sacarme? Y esos crujidos y reventones que he estado oyendo, ese estrépito que viene de arriba... ¿Se estará derrumbando la casa? Me veo a mí mismo ardiendo bajo montones de escombros, sin salida alguna mientras siga encadenado a la pared.

—¿Adam? Aguanta, colega. Vamos a por ti.

Capto un parpadeo hacia el final de las escaleras del sótano. Subo las rodillas y escondo la cabeza entre ellas mientras un trompazo descomunal retumba por toda la casa y deja el sótano lleno de polvo y cascotes. Noto como una mano se me posa en el hombro, y otra me levanta la cabeza y me la cubre con algo. De repente, el aire está más limpio: la respiración no se me queda atrapada en el cuello y dejan de escocerme los ojos. Hay dos bomberos en el sótano: uno me hace un gesto con el pulgar levantado y le respondo asintiendo con la cabeza, y entonces me pide con mímica que incline el cuerpo hacia delante. El otro ya tiene la vista puesta en las esposas; me inclino todo lo que puedo y arrastro el culo lejos de la pared para dejarles algo más de espacio. Saltan chispas, se oye un chirrido de pronto y me preparo para resbalar de espaldas hacia el suelo, pero, en cambio, salgo despedido hacia delante, libre al fin.

Han cortado la cañería, no las esposas. Me tambaleo

mientras trato de ponerme en pie, todavía con las manos a la espalda, incapaz de recuperar el equilibrio. Se me doblan los tobillos, rígidos después de tanta inactividad. Mientras me pregunto cómo voy a caminar —ya ni hablemos de correr—, los bomberos me levantan con brusquedad, cada uno de un lado, y me tumban en una camilla a la que me atan por el pecho y por las piernas.

Me arrastran escaleras arriba —noto una sacudida cada vez que las ruedas de la camilla suben un peldaño— y atravesamos lo que queda de la puerta del sótano. Veo fugazmente la cocina y entonces entramos en el comedor: las llamas suben por el papel pintado de las escaleras, y hay agua, mucha agua por todas partes. Salimos a la calle. Hay luces azules intermitentes en todas las direcciones; los bomberos siguen arrastrándome por la nieve hasta que un sanitario llega corriendo a mi lado. Cuando me retira la capucha protectora de humo me pongo a gritar:

—¡Sophia! —grito antes incluso de que acabe de retirarme la capucha—. ¡¿Dónde está Sophia?!

Pero nadie me escucha.

—Uno, dos y... ¡tres!

Noto una sacudida y la sensación de que me deslizo cuando me meten en la ambulancia.

—Tengo que ver a mi hija.

—Lleva las manos esposadas; parece material policial. ¿Podríais hacer venir a alguien que tenga una llave?

Siguen hablando sin hacerme caso, y el agotamiento se adueña de mí por completo mientras cierro los ojos y dejo que hagan su trabajo. Siento que me yerguen la cabeza y me colocan una máscara de oxígeno; luego me acuestan de lado, y el sanitario me examina las muñecas, que todavía me sangran.

—¿Queríais la llave de unas esposas? —La voz de una mujer se cuela en mi estado de semiinconsciencia.

Noto un tirón en las muñecas y después una maravillosa sensación de alivio, seguida de inmediato de un dolor intenso al intentar moverlas. La mujer continúa hablando; reconozco su voz, pero no sabría ponerle cara.

—… completamente hecha polvo, pobrecilla. ¿Puede ir con vosotros?

—¡Sophia! —Me incorporo como puedo y lo único que veo es un cúmulo de rizos negros que se asoman por la puerta abierta, junto a la inspectora Naomi Butler.

Mi hija me observa con los ojos muy abiertos, asustada, y yo me levanto la máscara de oxígeno para que pueda verme la cara. Lleva puesta la chaqueta de cuero de Butler; con las mangas colgando hasta el suelo y la cremallera abrochada hasta arriba, con Elefante asomándole por debajo de la barbilla.

—Me he caído —dice. Le tiembla el labio inferior.

—Lo has hecho genial, bichito.

—Se la ha encontrado un chico del barrio. —Butler aúpa a Sophia al interior de la ambulancia y mi hija corre a abrazarme—. Uno que es vecino del carnicero. Parece ser que conoció a Sophia anoche en el parque. Muy buen chaval: nos ha avisado enseguida.

—Me he roto el pijama.

—Iremos de tiendas; te compraré uno nuevo.

—¿Mamá también vendrá?

Me da un vuelco el corazón. Abro la boca sin saber qué decir, mirando a la inspectora Butler, que sonríe y le da su teléfono móvil a Sophia.

—¿Se lo quieres enseñar tú a tu papá?

Mi hija no cabe en sí de alegría.

—¡Mamá ha pilotado el avión! —Le da al botón de reproducir en la pantallita y arrima su cabeza a la mía, y juntos vemos cómo Mina hace aterrizar el vuelo 79 en Sídney como si nada.

50

Nochebuena
Mina

—Estoy nerviosa. —Levanto la vista hacia Rowan—. ¿No te parece absurdo?

Estamos en el punto de recogida de equipajes de Gatwick, un sitio en el que he estado mil veces, viendo las mismas maletas dar vueltas sin parar. En el centro de la cinta giratoria hay un árbol de Navidad decorado con recortes de cartón en forma de maletitas.

—¿Por la prensa?

—Sí —digo, aunque ni había pensado en ella. Es la perspectiva de volver a ver a Adam lo que me pone muy nerviosa. Llevo seis días seguidos hablando con él y la mala conexión no ha ayudado a rebajar nuestra incomodidad. Cuando veo su cara en la pantalla, veo al mismo Adam de siempre, pero han pasado muchísimas cosas desde la última vez que lo vi.

Me lo ha contado todo. Lo de las apuestas, lo de los prestamistas ilegales y sus astronómicos tipos de interés. Las mentiras que decía en el trabajo; el hecho de quizá lo despidan. Cuando me contó cómo aquel tipo había amenazado a Katya, me acordé de que los terrores nocturnos de Sophia comenzaron aquella misma semana y ya no aguanté más. Finalicé la llamada, apagué el teléfono y me senté en el bar del hotel, con las emociones todavía más a flor de piel después de todos los cafés que me había tomado.

Alojaron a la tripulación en el mismo hotel que a los pasajeros; acordonaron un pasillo entero de la planta baja para habilitar las salas de interrogatorios. Andábamos como inválidos por entre los restaurantes y los vestíbulos del hotel, guiados y supervisados por médicos, policías, periodistas y, siempre que lo necesitásemos, terapeutas.

—La relación entre cada uno de ustedes y el resto de los tripulantes y pasajeros será complicada —dijo la primera psicóloga. Nos hablaba a todos desde una sala de conferencias del aeropuerto de Sídney, armándonos con las herramientas necesarias para «sobrevivir a los próximos días», por si habíamos pensado que nuestra agonía ya era cosa del pasado—. Quizá los demás os produzcan rechazo porque el simple hecho de veros os recuerda lo que sucedió —añadió— o tal vez os sintáis más cerca los unos de los otros que de vuestras propias familias. Habéis pasado un infierno estas últimas veinte horas; sintáis lo que sintáis ahora mismo, os prometo que es normal.

Lo que yo siento es de todo menos normal. La culpa me consume desde el segundo en que me despierto hasta que al fin cierro los ojos, exhausta de tanto interrogatorio, de tanta angustia, de tanto pensar de forma compulsiva en lo ocurrido. El hotel estaba lleno de pasajeros traumatizados que se encontraban en los rincones del vestíbulo y comentaban: «No paro de acordarme de cuando...». Cada día un grupo de turistas venía a registrarse en la recepción y nosotros nos quedábamos mirándolos, preguntándonos cómo sería la sensación de llegar a Sídney y empezar las vacaciones, de bajarse de un vuelo sin nada más que un poco de jet lag.

Adam me concedió mi espacio. Cené con Rowan y Derek, deseando que Cesca estuviera con nosotros. La cuchilla del hacha no le alcanzó el cerebro por unos milímetros. Seguía en estado crítico, en palabras de los médicos, y aún no se sabía qué tipo de secuelas a largo plazo iban a quedarle, pero sobreviviría. La tendrían en la UCI del hospital de St Vincent's hasta que pudieran trasladarla al Reino Unido sin correr ningún riesgo. Yo quería ir a visitarla, quería quitarme de la cabeza la imagen de la última vez que la había visto, con aquel pelo pegajoso de sangre, pero no permitían visitas hasta que estuviera algo más estable.

Caímos en la rutina, como los veraneantes de un crucero: nos veíamos a la hora de las comidas y luego cada uno se metía en su habitación, sin abandonar jamás las inmediaciones del hotel. Detecté, acertadamente o no, cierta animadversión hacia mí por parte del resto de la tripulación, lo cual me pareció completamente justo; por eso me sentí muy agradecida de que algunos pasajeros me ofrecieran sus tiernas demostraciones de apoyo. Mientras viva, nunca me perdonaré lo que hice.

—Todos habríamos hecho lo mismo —dijo Rowan.

Después de cenar, Derek ya se había ido a acostar y estábamos los dos tomando algo. A mí me hacía falta dormir, pero me daba miedo quedarme sola, asustada por lo que acababa viendo en sueños.

—Pero fui yo quien lo hizo. Nadie más. —Aún me atormentaban la mirada de Carmel, y las muertes sin sentido de Mike, Ben y Louis. Tantas vidas perdidas...

—¡Tantas vidas salvadas, dirás!

Rowan era profesor (¡de matemáticas, ni más ni menos!) y se le notaba que era de los buenos. Tenía ese tipo de ojos que se arrugan al sonreír y una forma de explicar las cosas que hacía que las entendieras al instante. Estaba soltero. No es que me importase, por supuesto. «No he conocido a la mujer adecuada», dijo con una sonrisa; luego se puso serio y a mí se me cortó la respiración a la altura del pecho. Ambos desviamos la mirada a la vez y nos preguntamos en voz alta si no iba siendo hora de irnos a dormir ya. Nos marchamos por pasillos distintos a nuestras respectivas habitaciones, y yo me quedé desvelada en la cama, demasiado cansada para dormir, planteándome si la vida volvería a ser igual algún día.

Al día siguiente llamé a Adam. Las ganas que tenía de verlo eran mayores que la rabia que sentía por que hubiese puesto a nuestra hija en peligro de aquella manera. Pensé en todos los años que llevaba mintiéndole yo a él —a él y a todo el mundo— sobre por qué había abandonado mis sueños de ser piloto. ¿Por qué una mentira había de ser peor que la otra?

—Os echo de menos —le dije.

—Y nosotros a ti.

Tenía unas ganas locas de volver a casa. Adam me prometió que Sophia se encontraba bien, y le creí, pero el hilo que me unía a mi hija me estaba dando tirones en el corazón. «Un día más de interrogatorios», me iban diciendo. «Solo un día más y podréis marcharos a casa».

World Airlines suspendió la ruta directa «en señal de respeto» e hicimos transbordo en Shanghái. Sus acciones cayeron un cuarenta y dos por ciento, y me pregunté cuánto tiempo se tardaría en reparar los daños que Missouri y los suyos habían causado. Supongo que eso significa que han ganado, en cierta manera.

Dindar reservó todas las plazas de clase ejecutiva para nuestros vuelos de regreso a casa, dejando vacíos los asientos sobrantes, tal y como hacen con la reina cuando coge un avión por motivos de seguridad. En aquellos vuelos fuimos toda la tripulación más los pasajeros cuyos planes de viaje habían cambiado después de la terrible experiencia del secuestro. La mujer embarazada optó por volver a casa con su marido, al cual, teniendo en cuenta lo excepcional de las circunstancias, le dieron las Navidades libres. Doug también regresó y dejó a Ginny lamiéndose las heridas en el complejo hotelero de cinco estrellas que él había reservado para su «luna de miel».

Rowan viajaba a Sídney para una conferencia a la que nunca llegó a asistir.

—No tiene mucho sentido que me quede más días —dijo en cuanto nos ofrecieron los billetes de vuelta. Ninguno de nosotros concebía la posibilidad de quedarse a hacer turismo.

Jason Poke volvió también al Reino Unido junto a unos cuantos pasajeros más, entre ellos una familia con billetes de turista que pensó que podía ser su única oportunidad de volar en ejecutiva. Yo no era la única que sentía una necesidad súbita y desesperada de estar en casa por Navidad.

Finley y su madre se sentaron juntos. Les di un regalito justo antes del despegue y, al desgarrar el papel del envoltorio, los ojos del niño se iluminaron.

—¡AirPods! ¡Qué pasada!

—Se me ocurrió que te gustarían —le dije con una sonrisa, mientras veía cómo se colocaba los auriculares inalámbricos en los oídos.

—Gracias. Eres muy amable —me dijo la madre, quien no le quitó ojo en todo el vuelo.

Cuando estuvo demasiado cansado para seguir despierto, ella se tumbó en el asiento, bajó la mampara de separación y se quedó mirando cómo dormía.

El que me preocupaba era Derek. Sentada en la zona de embarque del aeropuerto de Sídney, recordé la desesperación con la que había hablado cuando estábamos todos apelotonados en el suelo del pasillo de clase turista. Habría cambiado de idea, sí, pero ¿seguro que aquello fue solo por la presión de las circunstancias? ¿Por la propia situación de descontrol? El día de la rueda de prensa, difundió un enlace en Twitter que redirigía a una publicación de un blog: eran una serie de frases de despedida escritas desde el avión de retorno, profundamente conmovedoras e impregnadas de humor negro, que hicieron que se me saltaran las lágrimas. ¿Habría cambiado otra vez de opinión? ¿Sería aquello su nota de suicidio?

Entonces, unos minutos antes de la hora en que estaba previsto que anunciasen la puerta de embarque, Derek irrumpió como un vendaval en el área de espera, con una maleta de ruedas y un periódico. Le habían ofrecido una columna en el *Times*. Lo dijo como restándole importancia, pero tenía los hombros más erguidos y la expresión más viva. Me alegré de que de todo aquello hubiera salido algo bueno para él.

En los vuelos de retorno nos trataron de lujo, y además nos facilitaron los servicios de un terapeuta y de un médico, quien me dio una pastilla para dormir cuando me entró tanto miedo que no podía cerrar los ojos. Cuando me desperté, sudando y llorando, Rowan puso todo de su parte por hacer que me calmara.

No fui la única que gritó mientras dormía, ni la única a la que le entró una agitación incontrolable cuando el piloto anunció que se acercaban turbulencias y que por favor nos abrochásemos los cinturones. No fui la única que observó a los demás pasajeros asegurándose de que eran todos caras conocidas, de que ningún miembro de la cuadrilla de Missouri había eludido de alguna manera los controles de seguridad.

Mi maleta pasa ahora por la esquina de la cinta. Hago ademán de cogerla, pero Rowan se me adelanta.

—Déjame a mí.

Al doblar la esquina hacia el área de llegadas, el ruido es ensordecedor. Los flashes de las cámaras iluminan el vestíbulo con una intensidad que marea; suerte que llevo las gafas de sol que Rowan sugirió que nos pusiéramos. Nos sentíamos ridículos, como si fuéramos de famosillos por la vida, pero la arremetida de los periodistas resulta aterradora y yo siento el impulso de esconderme. Rowan me ayuda a avanzar hacia la salida, poniéndome una mano firme y segura en las lumbares. Nos llaman a gritos: «¡Eh! ¡Aquí, aquí!».

Veo a Alice Davanti, que, mientras va hablando por teléfono, rodea la aglomeración de reporteros y se encamina directamente a la salida. Se irá derechita a su despacho, me imagino, para publicar en primicia su crónica sobre el secuestro de la década. «Ahora que los pasajeros del vuelo secuestrado regresan al Reino Unido...».

—Mina, ¿han presentado cargos contra usted?

La sala comienza a dar vueltas, poblada por un mar de rostros que oscila entre el desenfoque y la nitidez. Noto que me caigo. Vuelvo a estar en el avión, abro la puerta de la cabina de control, veo la cara de Mike...

—¡Que venga un médico!

«Un desmayo oportuno», lo llamará uno de los periódicos más desagradables. «Abrumada tras su heroico aterrizaje», dirá otro. Yo podría haberles dado hasta tres titulares distintos: «Aterrorizada», «Angustiada», «Corroída por la culpa».

Rowan me ayuda a levantarme del suelo y me quito de encima a un supuesto entendido en primeros auxilios que, entusiasmado, ha acudido corriendo a mi lado. Y es que he visto algo entre las pancartas de los chóferes y las grabadoras de los periodistas, y ese algo es la única medicina que necesito.

El letrero está pintado en un trozo de cartón; las meticulosas letras de Sophia, por dentro, están coloreadas con pintura roja y purpurina.

BIENVENIDA A CASA, MAMÁ.

Pegados con cinta adhesiva a los márgenes del cartón, solapándose como si fueran pétalos, hay un montón de papelitos pequeños: las notas que le he ido dejando a Sophia en la almohada cada vez que me he marchado; las ha estado guardando todas.

Suelto la maleta y corro, corro todo lo rápido que puedo hacia el letrero, hacia mi hija, hacia mi hogar.

—¡Mamá!

La cojo en brazos y la estrujo con todas mis fuerzas, y

lloro con la cara hundida en su cabello, y huelo su champú, su piel, su esencia misma. Lloramos las dos, y entonces noto que un brazo me rodea, y reconozco muy bien ese peso que se deja caer sobre mí; lo reconozco enseguida por la sensación que me produce.

—¿Cómo es que has tardado tanto? —pregunta Adam con dulzura.

Cierro los ojos con fuerza, expulso de mí los horrores del vuelo 79 y me concentro en la familiaridad de los brazos de mi marido y en el tierno cuerpecito que estrujamos entre los dos. He aquí mi familia. He aquí mi vida.

—Perdón por el retraso.

51

Tres años después
Adam

—Vamos a echarte un vistazo. —Mina pone la cara a la altura de la de Sophia y me sobresalto al descubrir que ya no le hace falta agacharse. Sophia ha crecido muchísimo—. Estás perfecta.

—Me ha peinado papá.

—Qué habilidoso es papá.

Ante la insistencia de Sophia, he estado aprendiendo por mi cuenta a partir de una serie de tutoriales de YouTube. Hoy he probado a hacerle unas trenzas francesas; para empezar, se coge un mechón en el medio, y entonces se va entrelazando con otros dos: primero el izquierdo y luego el derecho, y así sucesivamente. Ahora le asoman, llenas de rizos, por debajo de las orejas; le he hecho dos en cada lado, una grande y una pequeña.

—Está genial —añade Mina, y me sonríe. Después se bebe el café de un trago y deja la taza en el fregadero.

Pasaron seis meses hasta que pudimos volver a casa después del incendio. El seguro lo cubría todo, gracias a Dios, y cuando al fin pusimos un pie en el recibidor no había ni rastro de lo sucedido. La cocina nueva no se parecía en nada a la anterior; pusimos un armario ropero contra la pared, de forma que era imposible saber que había un sótano. Creí que vería a Becca por todas partes, pero pasamos tanto tiempo los tres juntos deliberando sobre cómo reformar la planta baja que lo único que veía era mi hogar.

Butler me dio vacaciones aquellas Navidades —«dadas las circunstancias»—, y fuimos los tres en coche del aeropuerto a casa del padre de Mina. Nos había dejado unas toallas dobladas en un extremo de la cama de invitados, como hacía siempre su esposa. En el suelo había un colchón hinchable para Sophia.

—Prepararé café —dijo Leo, y nos dejó a mí y a Mina en la habitación, con las maletas en el suelo, en medio de los dos.

—No llegué a decirle que nos habíamos separado —me contó ella.

—Sophia puede dormir contigo. Ya me quedo yo con el colchón.

—No, ya está bien así. —Vaciló—. Si tú también estás de acuerdo, claro.

Se me aceleró el corazón.

—Quieres decir que…

Asintió con la cabeza.

Aquella noche dormimos a ratos. Sophia abandonó el colchón inflable y vino a acurrucarse, con el cuerpo encogido como una coma, entre Mina y yo, lo cual nos dio otra excusa para no hablar. Para dos individuos cuyo trabajo giraba en torno a charlar con la gente, pensé, la comunicación se nos daba de pena.

No obstante, en los días siguientes, fuimos hablando a ratos. Un día de viento en la playa, Leo se llevó a Sophia para que echara unas carreras, y cuando empezó a lanzarnos miradas nerviosas mientras nuestra hija giraba como una peonza entre las corrientes de aire, pensé que tal vez él lo hubiera sabido siempre todo, al fin y al cabo.

En el trabajo no me suspendieron. Me enviaron de nuevo a patrullar, con una orden implacable por parte de la inspectora Butler: «Arregla tus problemas y entonces podrás volver y recuperar tu trabajo». Me mandaron al Departamento de Salud Ocupacional, donde recibí apoyo especializado: me pusieron en contacto con un asesor financiero que me ayudaría a gestionar las deudas. La información que presenté sobre los prestamistas ilegales a los que había recurrido tuvo como resultado varias detenciones por pertenencia a organización criminal, así como un lacónico «Buen trabajo» en un correo electrónico de Butler.

Mina no fue objeto de ninguna acusación legal en relación con el secuestro, a pesar del linchamiento público liderado por el periódico de Alice Davanti. Para cuando nos dimos cuenta, había pasado un año: un año de noches sin dormir y «¿Qué pasa si me meten en la cárcel?». Pero un día dos hombres vestidos de forma discreta vinieron a casa y nos dijeron que la Fiscalía de la Corona creía que iba «en contra del interés público» demandar a Mina por haber abierto la puerta de la cabina de control. La decisión no la hizo sentir menos responsable. Rowan le dio el contacto de un amigo suyo especializado en casos de trastorno de estrés postraumático, y poco a poco fue liberándose de la culpa por lo que la habían obligado a hacer.

Más lento aún fue desentrañar lo ocurrido durante los estudios de piloto. Me entraron ganas de pegarle un puñetazo a algo —o a alguien— cuando me contó lo de Myerbridge.

—Deberíamos quejarnos a la escuela. O a las autoridades aéreas.

—¿Y de qué serviría? —Mina se mostraba más positiva que yo—. El mundo era muy distinto entonces. Ahora tienen políticas de actuación para estos casos; lo he comprobado.

—Quería olvidarse de aquello, y yo, también.

—Pero se acabaron los secretos —dije—. Y va por los dos.

—Se acabaron los secretos —convino ella.

Sorprendentemente Sophia parecía la única de los tres que

había escapado más o menos ilesa. La llevamos a terapia, pero se tomaba lo de Becca y lo del incendio con pragmatismo, y se sentía muy honrada por los grandes elogios que había recibido de la policía. Sus experiencias de cuando era una bebé le habían dado una capacidad de regeneración que a la vez me enorgullecía y me entristecía, y esperé que un día esos recuerdos se le esfumasen del todo.

—¿Preparados? —pregunta Mina ahora.

Miro a Sophia, que asiente con la cabeza.

—Preparados —contesto, y cojo las llaves del coche.

—Me llamo Sandra Daniels y dejé atrás mi pasado cuando cogí el vuelo 79.

En el banquillo de los acusados hay una mujer menuda —de menos de metro sesenta y cinco—, casi irreconocible si se la compara con las fotografías que aparecen en el periódico de la terrorista conocida por todo el mundo como Zambeze. Los meses de prisión preventiva han deslucido completamente su bronceado, y su pelo es ahora de color castaño oscuro, con las puntas rubias secas y quebradizas. Noto que Mina se pone tensa a mi lado. Daniels es la primera acusada que presta declaración; se espera que esta última parte del juicio dure al menos otras dos semanas. Esta mañana han convocado a los últimos testigos, entre los que se encuentra Sophia.

Le han permitido declarar por videoconferencia; miraba sin pestañear, con unos ojos que se le veían enormes, directamente a la cámara. El único indicio de su nerviosismo era un pequeño tic en el labio inferior, que se mordisqueaba por dentro.

—¿Cuánto tiempo pasaste en el sótano, Sophia?

Ella ha fruncido el ceño.

—No sé.

—¿Mucho tiempo?

—Sí.

—¿Una hora? ¿Más de una hora?

Sophia ha desviado la mirada, buscando un apoyo imposible en Judith, la acompañante de menores del juzgado, una mujer con el pelo cortado en una media melena canosa que le guardaba unas chuches para después. Mina había acompañado a nuestra hija de la mano mientras Judith las guiaba por un laberinto de pasillos hasta la desprotegida sala de declaraciones. Durante la declaración de Sophia, Mina ha esperado fuera, sentada en una silla de plástico, mientras yo, desde la punta opuesta de esa sala del Tribunal Penal Central de Inglaterra y Gales, veía a mi niña de casi nueve años respondiendo a las preguntas del abogado.

—Mucho más de una hora.

No queríamos que Sophia fuera al juzgado. Nadie había impugnado su testimonio y, a diferencia de los seis supervivientes del grupo de secuestradores, que se habían declarado inocentes, Becca se había rendido sin ofrecer ningún tipo de resistencia. La habían encontrado en casa de su madre, tratando como una desesperada de borrar el historial de búsqueda de un portátil que la vinculaba de manera directa con la compra de las esposas que había utilizado para apresarme en el sótano.

«Lo siento», les dijo a los agentes que fueron a arrestarla. Ojalá hubiera sido yo el que le ajustó las esposas.

Fue un fiscal de la Corona quien llamó a Sophia a prestar declaración.

—Tiene mucha facilidad de palabra —nos dijo, como si fuera una novedad para nosotros—. Creo causará buena impresión al jurado.

A Sophia no la convocaron para declarar; lo hicieron para derretir el corazoncito a los miembros del jurado, para que se los ganara con sus respuestas circunspectas y su inocente versión de los hechos. La convocaron para demostrarles cuál había sido el coste humano de las acciones de los terroristas, por mucho que su plan, en última instancia, hubiera fracasado.

—No hay más preguntas.

Sophia continuaba inexpresiva, pero el tic del labio inferior ya se le había ido y yo podía respirar al fin. Ha perdido ya muchos días de clase; la han hecho venir aquí una vez detrás de la otra solo para tenerla esperando horas y horas, mientras retrasaban su comparecencia sin parar. Ahora que han convocado a los acusados, Mina y yo nos estamos turnando para escuchar sus declaraciones; mientras tanto, como el resto de los días, Sophia pasa el rato en los parques y cafeterías cercanos al tribunal, vigilada por su madre, por mí o, cuando ambos tenemos que estar presentes en la sala, por Rowan, Derek y Cesca, a quienes adora.

A Cesca le fue de un pelo, pero acabó recuperándose por completo. Primero la sacaron a la pista atada a una camilla. Mientras el avión medicalizado despegaba, los policías armados entraron en el vuelo 79 y se llevaron a cada uno de los secuestradores a un vehículo blindado distinto.

Semanas después de que Mina volviera a casa, me la encontré mirando los vídeos que habían aparecido en las noticias: varias figuritas humanas desfilaban por la pantalla de su móvil.

—No parece real —dijo.

En voz baja, fue nombrando primero a todas y cada una de las siluetas esposadas: «Ganges, Níger, Yangtsé, Zambeze, Congo, Lena»; después, a los pasajeros, pálidos y temblorosos, y por último a la tripulación, cuyos miembros parpadeaban al salir bajo el sol de justicia de Sídney. No era exactamente la foto de llegada que Dindar tenía planeada para ellos.

—Suficiente —le dije a Mina, pero ella negó con la cabeza.

—Necesito verlo.

Rompió a llorar en cuanto sacaron las bolsas con los cadáveres. Roger Kirkwood, Mike Carrivick, Carmel Mahon, Ben Knox, Louis Joubert: nombres que para entonces todo el mundo conocía igual de bien que los de sus atacantes. La autopsia confirmó que a los dos pilotos de relevo les habían administrado el mismo medicamento que a Roger Kirkwood, el primero en morir. Lo más probable era que uno de los terroristas hubiera metido las pastillas trituradas dentro de las bebidas que Carmel había preparado para que se las llevaran al piso de arriba, aunque nunca lo sabremos a ciencia cierta. Dado que Missouri estaba muerta y no había compartido con sus secuaces más de lo estrictamente necesario sobre su plan, quedaban muchas preguntas sin respuesta. A los tripulantes de relevo los encontraron con el cuerpo entumecido, deshidratados y muertos de miedo, pero afortunadamente a salvo, hacinados en la habitación de las literas del fondo, donde los había encerrado uno de los terroristas.

Las fotos de los nueve conspiradores —los ocho del avión más Becca— acaparaban toda una página del *Daily Mail*; debajo de cada una aparecía el nombre real del fotografiado y, en la página siguiente, había un mapamundi con flechas aclaratorias que indicaban la etimología del alias de cada secuestrador. La versión en línea de *The Guardian* dedicó varios días a difundir contenido acerca del delicadísimo estado en que se encontraban dichos ríos, rogando asimismo a los lectores que hicieran una donación para que pudieran seguir educando a la gente sobre la emergencia climática.

Han tardado casi tres años en celebrar el juicio, y ahora bastarán dos horas para leer a los terroristas los cargos que se les imputan. Ahí están, repartidos en dos hileras de asientos, dentro de la cabina de cristal que hay en un lado de la sala. «Organización de actos terroristas, financiación irregular, posesión de artículos con fines terroristas, asesinato, conspiración, secuestro…». La lista seguía y seguía, y terminaba con un delito de falsificación documental, referido a los pasaportes que Missouri consiguió para todos los miembros del grupo.

El juicio en sí ha durado cinco meses. Hemos vivido tanto tiempo con las secuelas de lo que ocurrió que a veces ya no sé si existe otra manera de vivir, si seremos capaces de hablar de algo que no sean las declaraciones de esta semana.

La coartada de Daniels —que ella no era consciente del alcance de los planes del grupo— se derrumba durante la ronda de preguntas; lo único que le queda es alegar como atenuante un trauma de varios años causado por un matrimonio abusivo. Durante las dos semanas siguientes oímos excusas parecidas por parte del resto de los acusados —que les hacían promesas, que planeaban una vía de escape…— y comienza a perfilarse un cuadro de manipulaciones, engaños y radicalizaciones a manos de una sola mujer.

Missouri.

Todos los afluentes tienen su origen en ella y, a pesar de que se cubrió bien las espaldas —jamás se recuperó el tablón de anuncios que tenían los secuestradores en la red oscura—, la policía encontró documentación en su casa que la vinculaba a todos sus cómplices.

Hoy es el último día de juicio, y nos convocan para escuchar el veredicto del juez; recorro la sala con la mirada, observando a todas estas personas a las que, tras seis meses de juicio, ya casi me he acostumbrado tanto como a los miembros de mi familia. Derek va en traje; debe de tener una entrevista al terminar. En un abrir y cerrar de ojos, ha dado el paso de la prensa escrita a la televisión, muy al contrario que Alice Davanti, cuya carrera cayó en el olvido después de que uno de los pasajeros filtrase un vídeo suyo tratando de hacerse hueco a zarpazos en una butaca ocupada.

A Jason Poke le ha ido mejor. Pidió unas emotivas y apasionadas disculpas en público por todas las «bromas crueles» del pasado, y se comprometió a ganarse el perdón de la gente por haberse agarrado con uñas y dientes a una butaca durante el vuelo 79. «Cuando piensas que estás a punto de morir —declaró en *Good Morning Britain*—, te pasa la vida entera por delante de los ojos, y lo que yo vi no me hizo sentirme orgulloso». Se ha convertido en el presentador estrella de documentales sobre catástrofes naturales y ahora viaja por todo el mundo para dar con las historias «humanas» que hay detrás de los tsunamis, los terremotos, los incendios forestales... Poke el Iluminado, lo ha apodado la prensa amarilla. De un día para otro, ha descubierto que tiene empatía.

Caroline y Jaime Crawford no han vuelto a la sala a escuchar el veredicto. Jamie se ha marchado justo después de prestar declaración; Caroline se ha quedado el tiempo justo para anunciar la creación de la Fundación Crawford para Jóvenes Deportistas. El divorcio pinta mal. «De tanto joder, ha acabado jodido», dijo un periódico de la prensa amarilla, añadiendo un recuento de los millones de libras que Jamie ha cedido a la fundación de su mujer solo para que ella lo envíe después a freír espárragos.

Pensé que los medios se cansarían del caso, pero no se ha estado hablando de otra cosa. Con los secuestradores en prisión provisional, han sido los pasajeros los que les han estado suministrando material fresco: desde «¡Milagro! La pareja australiana de la gestación subrogada que sobrevivió al infierno del vuelo 79 da a luz milagrosamente a mellizos», hasta la cara de padecimiento de los padres de Carmel: «Vengaremos la muerte de nuestra hija».

El juez los condena a cadena perpetua. Aunque, en realidad, después se la acortará y sentenciará a cada uno de ellos a un mínimo de cuarenta años. Le aprieto la mano a Mina. La propia Becca (todavía le pongo ese nombre cuando pienso en ella, pese a que el de verdad está ahora mismo saturando los periódicos), la más joven de los acusados, tendrá más de sesenta años cuando salga; sin hijos, sin carrera profesional, sin vida.

No hay ovaciones. No hay ningún sentimiento de euforia cuando salimos del tribunal; la duración del juicio nos ha dejado vacíos de adrenalina. No hay más que la abrumadora sensación de alivio por que esto haya acabado al fin.

—Pues nada, eso es todo. —Derek casi parece decepcionado. Me da una palmadita en la espalda que se convierte a continuación en un torpe abrazo masculino, antes de besar a Mina en la mejilla—. Mira que eres valiente, niña.

Hay muy pocas personas a las que Mina permitiría que la llamasen «niña», pero Derek es una de ellas. Se ha introducido en nuestras vidas como un tío adicional, y me gusta pensar que él también nos ve a nosotros como parte de su familia.

—Ahora le toca a Cesca organizar la cena, ¿verdad? —añade.

—Pues sí, me toca a mí —dice ella—. Os enviaré un correo a todos.

Nuestras cenas mensuales empezaron con un encuentro excepcional unas semanas después de que Cesca saliera del hospital. Fue idea de Mina presentarnos a mí y a Sophia a Cesca, Rowan y Derek. Al principio la conversación era forzada. Nos devanábamos los sesos para hablar de cualquier tontería que no tuviera que ver con aquello que nos había juntado.

Fue Sophia la que rompió el hielo.

—¿Qué les pasará a los *turronistas*?

—Que irán a la cárcel —respondo sin vacilar.

—Tendrían que meterlos en un avión y decirles que va a estrellarse, para que pasaran tanto miedo como vosotros. Y luego meterlos en un sótano muy frío y muy feo, y quemarles la casa y a ver si les gusta.

Se hizo el silencio después de aquel pequeño discurso. Yo no sabía si aplaudir ante el sentido de la justicia de mi hija o preocuparme por estar criando a una psicópata, pero, cuando miré a mi mujer, ella se estaba riendo.

—Totalmente de acuerdo. —Y levantó la copa—. Por Sophia.

—¡Por Sophia! —repetimos los demás.

—Igual tendrías que hacerte jueza de mayor —dijo Rowan, pero Sophia negó con la cabeza.

—Voy a ser policía. —Me sonrió y después miró a Mina—. Y piloto.

—Una mujer ocupada —dijo Derek.

—Y también eco... —Sophia se atascó a media palabra— ecolagista.

Dijo todo eso como quien recita *Macbeth* en una sala llena de actores. Derek pegó un bote, Cesca cerró los ojos y Rowan, normalmente tan imperturbable, arqueó las cejas hasta que el pelo se las tapó por completo.

—Han estado estudiándolo en el cole —explicó Mina—. Los casquetes polares, los plásticos desechables... todas esas cosas. —Su tono contenía una disculpa que todos entendimos.

—Me han hecho delegada de reciclaje de todo el cole.

—Y ha convencido a los de la tienda de batidos para que empiecen a usar pajitas biodegradables.

Tres pares de ojos se clavaron en Sophia. Nosotros ya estábamos acostumbrados. Y orgullosos, supongo, como si fuéramos absolutamente responsables de los genes que daban a nuestra hija la capacidad intelectual de alguien que le doblara la edad. ¿Que algunas veces la gente la miraba con inquietud más que con admiración? Podíamos soportarlo. Queríamos a Sophia precisamente por sus rarezas, no a pesar de ellas.

—Vaya —dijo de pronto Rowan, y dejó caer un puño sobre la mesa para puntuar sus palabras con una exclamación—. Me dejas alucinado de verdad. —Miró a Cesca y a Derek para que se sumaran a su entusiasmo—. Solo cinco añitos y...

—Casi seis —aclara Sophia.

—Casi seis añitos y ya cambiando el mundo.

—¡Qué crack, Sophia! —añadió Derek—. ¡Por la futura piloto, policía y ecologista! —Alzamos las copas por segunda vez aquella noche antes de mandar a Sophia a lavarse los dientes.

—¿Vas a leerme un cuento...?

Mina, ya preparada, dejó la copa en la mesa.

—¿... papá?

No fui capaz de ocultar la alegría que experimenté. Examiné la cara de Mina en busca de alguna señal de celos, mientras Sophia decía buenas noches a nuestros invitados (yo, a fin de cuentas, ya sabía cómo se sentía uno al ser el segundo plato), pero no encontré nada. Con el transcurso de las semanas, me fui dando cuenta de que lo había estado entendiendo todo al revés. Yo buscaba justicia: el mismo amor, la misma atención, el mismo estatus que mi mujer, en definitiva, en relación con mi hija. Me había centrado en lo que yo necesitaba de ella en lugar de centrarme en lo que ella necesitaba de mí. De ambos. A veces Sophia quiere que sea yo quien le lea; a veces quiere que sea Mina. A veces me da la mano; otras me la aparta y no quiere ni que me acerque. El trastorno de vinculación no es algo que se cure de un día para otro, pero vamos haciendo progresos poco a poco.

Aquella primera cena derivó en encuentros mensuales y, durante el verano que la siguió, en alguna que otra partida improvisada de *rounders* o una comida al sol en algún bar. Quienes no habían vivido lo que nosotros habíamos vivido apenas podían entender una décima parte de todo aquello;

nos resultaba mucho más fácil no tener ni que explicárselo. También era bueno para Sophia que viese que habíamos podido seguir adelante con nuestras vidas y que también los adultos pasan por altibajos de vez en cuando. Me gustaba verla enzarzarse en conversaciones con Cesca o con Rowan, y estallar en carcajadas cuando lo serio se convertía en absurdo. Me di cuenta de que aquello nos hacía bien a todos.

Ahora salimos del tribunal, nos agolpamos incómodamente en una acera demasiado estrecha y vamos a recoger los móviles a la agencia de viajes que funciona como consigna del juzgado. Sophia habla con Cesca y va señalando uno a uno los carteles del escaparate.

—Atenas. Eso está en Grecia. Roma está en Italia. Barbados está en... ¿África?

—En el Caribe.

Sophia tuerce el gesto, aunque no está claro si es por la corrección de Cesca o por su propia equivocación.

—Qué lista es esta niña —dice Rowan.

—Me supera con creces —le contesto, y sonrío—. ¿Te ha contado Mina que el mes pasado escribió una carta a nuestro representante del Parlamento? Ella solita. Se la contestaron y todo.

—Increíble. Me apostaría algo a que acabará en política. ¿Tú qué crees?

La cara de Rowan no expresa malicia alguna, pero aun así me pongo tenso.

—Bueno, yo es que no soy de apostar —respondo como quien no quiere la cosa.

No sé si Mina les habrá contado a los demás lo de mis problemas con el juego. No quiero saberlo. Sigo asistiendo a terapia de grupo y, aparte de una levísima recaída cuando nos informaron del alcance de los daños del incendio, llevo casi tres años sin apostar. Las probabilidades de que los tres escapásemos con vida de todo aquello no podían ser más bajas; no pienso poner más fichas sobre el tapete.

Al llegar a la esquina nos dividimos: Cesca se marcha corriendo a coger el tren y Derek se va a una reunión con su editor en el centro. Sophia termina la profunda conversación que estaba teniendo con Rowan y saca una bolsita de papel de su mochila.

—Son para ti.

Rowan mira dentro.

—¿Son galletas? ¡Gracias!

—Ha estado todo el fin de semana preparando dulces —explica Mina—. En serio, voy a acabar como un tonel.

Estoy a punto de contestarle que no, que está estupenda, cuando Rowan responde a la broma chasqueando la lengua.

—Estás muy guapa —dice, y yo fuerzo una sonrisa. Añadir algo ahora quedaría poco sincero.

—Pues nada, adiós —le digo a Rowan.

Mina me mira y arquea una ceja, pero Rowan me estrecha la mano sin parecer ofendido por mi abrupta despedida. Me pregunto adónde irá ahora; con quién compartirá lo que han dicho en el veredicto. Pese a su íntima amistad con Mina (y, de rebote, con Sophia), creo que no lo conozco mejor ahora que hace tres años. No sé si es Rowan quien guarda las distancias o soy yo; el caso es que recelamos el uno del otro, como si fuéramos adversarios, no amigos.

Hay más apretones de manos y palmaditas en la espalda, y Rowan da un abrazo a Mina. Antes de separarse de ella, le posa ligeramente una mano en los riñones, y yo tengo que combatir el ansia de rodearla con el brazo en actitud posesiva. Sería más sencillo si Rowan fuera una persona desagradable; si fuera un arrogante o un reaccionario o un zalamero engorroso. Pero él no es ninguna de esas cosas, y no me hace falta visitar a una psicóloga para darme cuenta de que mi desconfianza no se debe a las acciones de ese hombre, sino a mis propias ineptitudes. Rowan estuvo con Mina cuando yo no estuve. Mientras yo me hallaba esposado a una cañería en mi sótano, confiando mi salvación a mi hija de cinco años, él asaltaba la cabina de control junto a mi esposa. Justo después de los hechos, yo estuve dándole apoyo a Mina a través de una cámara de vídeo; él se la llevó a cenar en el hotel de Sídney donde se alojaban y la cogió de la mano mientras lloraba en el vuelo de vuelta.

Mina fue sincera en relación con el tiempo que habían pasado juntos.

«No sé qué habría hecho sin él. Ni sin Derek ni sin Cesca», me dijo, pero a los otros dos los metió en el saco para evitar hacerme sentir mal, y ambos lo sabíamos.

«Me alegro de que estuvieran contigo», contesté, y lo pensaba de verdad.

—Buena suerte en la vuelta al trabajo —le dice ahora Cesca a Mina, y le da un beso en la mejilla.

Dindar se portó bien con mi mujer después del secuestro. Le dio vacaciones pagadas durante seis meses, para que pasara un tiempo con Sophia antes de asumir un trabajo administrativo, lejos del aeropuerto. Sus nuevos horarios cuadraban con las entradas y salidas de Sophia del colegio (ninguno de los dos estaba listo todavía para contratar a otra canguro), pero yo sabía que echaba de menos volar.

—Creo que quiero volver a lo de antes —me dijo un día—. Cuando termine el juicio.

—Pues vuelve.

Sonrió. Me dijo que le recordaba a su padre.

—Estoy un poco asustada, claro. —Seguía teniendo pesadillas con Missouri y los demás—. Pero no podemos dejar que esa gente se salga con la suya, ¿verdad que no?

—¿Qué tal un *fish and chips* cuando lleguemos a casa?

—propongo yo ahora una vez que Rowan ha doblado la esquina y volvemos a estar los tres solos.

A Sophia se le iluminan los ojos.

—¡Yupi! Pero solo si es...

—... de pesca sostenible, ya lo sé.

Es muy sabia para su edad, mi hija, y estos últimos tres años la han hecho aún más sabia. Hasta cierto punto nos resistimos, animándola a que juegue, a que haga tonterías, a que se comporte como una niña, pero me enorgullezco de su inteligencia, de su pasión y de su perspicacia.

Paro un taxi mientras pienso en aquel día en que volvíamos de la escuela y no quería cogerme de la mano; cuando quería a Becca y no a mí. Pienso en cuánto daño me hizo y en lo mucho que hemos evolucionado desde entonces. En cómo mi relación con Sophia se ha hecho mucho más íntima. Lo que nos pasó no se lo desearía ni a mi peor enemigo, pero, si pensamos en las consecuencias positivas, nos ha ido bien.

—Te quiero —le digo a mi mujer en un tono más intenso de lo que pretendía.

El taxi se detiene y abro la puerta para que entren las chicas antes de pasar yo.

—Yo también te quiero. —Mina me aprieta la mano.

En medio de los dos, nuestra hija suspira, contenta.

—Pues yo también os quiero.

52

Ocupante del asiento 1G

Cadena perpetua. He de confesar que no me lo esperaba. Es lo normal para un atentado terrorista, sí, pero ¿acaso es terrorismo defender la Tierra? ¿Es terrorismo abrir los ojos a la gente ante la devastación que sus acciones están sembrando en el mundo?

El jurado opina que sí.

No ven ninguna diferencia entre nuestra causa y los delirios religiosos, entre salvar el planeta y destruirlo. Están ciegos ante la verdad que vemos tan clara quienes nos preocupamos por el futuro que estamos dejando a nuestros hijos.

Pasarán cuarenta años antes de que la libertad condicional sea siquiera una posibilidad. ¿Quién sabe si aún estaré aquí para verlo? Cuarenta años entre rejas, sin contacto con el mundo exterior. Es una barbaridad. Es inhumano. ¿No sería preferible morir?

En ese sentido, Missouri ha ganado. Ella escapó. Con su muerte, venció al sistema.

Supongo que no pensabas que el plan era suyo, ¿verdad? Que era Missouri quien se encargaba de las complejidades que requiere llevar a buen puerto un proyecto de tal envergadura, de tamaña importancia.

No te culpo si es lo que pensabas. Después de todo, así fue. Aquella mujer se veía mucho más como líder que como seguidora, y resultó fácil plantar las semillas y dejar que fuera ella quien se ocupara de hacerlas crecer. Missouri se creía la pastora, cuando lo único que siempre fue es una más de mis ovejas. Si cualquier cosa se torcía, aquello garantizaba que todos los indicios llevarían hasta ella, mientras que yo tendría las manos limpias. Nuestras conversaciones por internet eran seguras, pero yo guardaba un meticuloso registro en papel de cada uno de nuestros contactos, de cada una de nuestras decisiones, así que, sensatamente, cuando ella se había marchado ya al aeropuerto, opté por hacer una visita a su casa para dejar todos aquellos documentos en su estudio.

No soy el primero que cuenta con testaferros, y desde luego no seré el último. Los encontramos en todos lados, desde el mundo empresarial hasta la esfera política, y los vemos desmoronarse y arder en cuanto les llega la hora. Los altos ejecutivos escapan indemnes para invertir en nuevas ideas de negocio, y los *führers* políticos juran su lealtad a una nueva marioneta. Los verdaderos líderes no están en el escenario, sino moviendo los hilos.

Los demás respetaban a Missouri o, mejor dicho, respetaban lo que creía ser ella. A través de su boca, oían mis palabras; le permití que les presentara aquel plan como si hubiera sido idea suya. «Yo no soy buen orador —le dije—. Sonará más atractivo si la que habla eres tú. A ti la gente te escucha: tienes madera de líder».

La gente ve lo que quiere ver y cree lo que quiere creer. Missouri estaba acostumbrada a viajar por el mundo y a exigir altos cachés por hablar sobre la injusticia. Estaba acostumbrada a tener a la gente pendiente de todas sus palabras. Fue su ego lo que la perdió, y lo que me permitió a mí permanecer escondido.

Aun así, cuarenta años...

¿Habría hecho lo mismo de haber sabido que fracasaríamos? ¿Que cuando las puertas de la prisión se cerrasen dejarían tantos futuros atrapados en su interior?

La cantidad de catástrofes naturales se ha triplicado desde que yo nací hasta el día de hoy. Las abejas, esas humildes polinizadoras a las que tanto debemos, están desapareciendo. La terrible cifra de dos mil especies vivas se encuentra en peligro de extinción a causa del cambio climático. El mundo se está muriendo.

Entonces ¿haría lo mismo otra vez?

Sin dudarlo un segundo.

De hecho, lo haré.

Porque no fui tan tonto como para dejarme atrapar.

Hubo momentos en que estuve preocupado, por supuesto. Momentos en que, durante un instante, perdí el control de la situación y me arriesgué a ponerme en evidencia como el auténtico cerebro de la operación. Cuando me arrodillé junto al cuerpo de la joven auxiliar de vuelo y le presioné con las manos la herida del cuello, se me aceleró el pulso. Esperé a que me cogieran del hombro, a que me acusaran, a que se revelara la verdad. Matarla había sido una temeridad —cualquiera de los pasajeros podría haber visto que la mano que empuñaba el sacacorchos era la mía—, pero ellos tenían los ojos clavados en Missouri. Cuando me prestaron atención, yo estaba tratando de salvar la vida de aquella chica; no era una amenaza, sino un héroe.

La investigación fue exhaustiva —se indagó en el trasfondo vital de todos y cada uno de los pasajeros—, y sentí que las unidades antiterroristas me vigilaban de cerca. Pero al final aquello no llevó a nada: yo había borrado mis huellas con una destreza que llevaba años perfeccionando: Rowan Fraser se ha portado como un ciudadano ejemplar.

No era el final que yo buscaba, por supuesto. Yo quería que nos precipitásemos de forma espectacular contra el edificio de la Ópera; quería que nuestros actos quedasen grabados en vídeo —el manifiesto político más importante de la historia—, y que esa grabación se reprodujera una y otra vez, durante décadas, en todos los continentes, en todas las casas, en todas las escuelas, en todas las instituciones. Quería que los informativos abriesen con titulares de «¡Última hora!», poniendo sobre el cambio climático un foco tan potente que nadie pudiera ignorarlo. Missouri quería lo mismo. Estaba cansada de luchar por conseguir justicia para su hermano, quien también era activista medioambiental. Estaba cansada de intentar que la gente oyera el mismo mensaje por el que él había muerto hacía más de dos décadas. Un último acto, dijo. Por mi hermano.

Me pareció divertido ver cómo los pasajeros retrocedían ante el modelito rudimentario de Missouri. Hemos de dar gracias a los yihadistas, supongo, por haber creado tal histeria ante la visión de unos cables y un poco de plástico. Su «bomba» no eran más que unos calcetines metidos en varias bolsitas de esas para recoger cacas de perro, sujetas con una correa elástica de las de atar maletas; los cables de colores los había arrancado de unos auriculares. Todos aquellos objetos pasaron sin levantar sospechas por la máquina de rayos X durante el control de seguridad; Missouri los ensambló después, en el lavabo del avión.

Quizá si Lena no hubiera sabido que los explosivos eran falsos, habría bastado para mantener a la tripulación a raya... Las mejores ideas siempre se nos ocurren a posteriori, ¿no crees?

Hice todo lo que pude para evitar que Mina asaltase la cabina de control. No había contado con su ridículo deseo de «redimirse» por los acontecimientos de las horas previas. Podría haberla neutralizado. Tal vez incluso a las dos, a Mina y a Cesca. Pero ¿a los tres, a Mina, a Cesca y a Derek? Cuando se hizo evidente su compromiso con aquella misión de rescate totalmente improvisada, me di cuenta de que unirme a ellos, de que irrumpir junto a ellos en la cabina de control era mi última oportunidad de conseguir los titulares que necesitábamos.

Confieso que lo que sí me esperaba era que Mina se hiciera añicos emocionalmente hablando. Sabía que ocurriría y traté de llevarlo aún más lejos. La hice acordarse de su familia, explotando el que sabía que era su punto débil, justo cuando más falta le hacía conservar la calma. El poder ya casi estaba en mis manos; quedaba muy poco para completar la misión.

¿Tal vez la presioné demasiado? Cuando la toqué, reaccionó desaforada, gritando y pataleando de manera tan desproporcionada que lo único que se me ocurre es que cayera totalmente presa de la histeria. Entonces me rendí. Hasta las tropas más aguerridas saben cuál es el momento de la retirada. Hora de reagruparse. Mejor seguir vivos para regresar en otra ocasión al combate. Para combatir mejor.

La guerra se perdió, pero ganamos pequeñas batallas. Después del secuestro, el gobierno del Reino Unido prohibió que las aerolíneas implementasen programas de fidelización por kilometraje, un avance pequeño pero significativo a la hora de disuadir a la gente de volar. También aplicaron amnistías fiscales a los negocios que enviaran sus productos por vía marítima en lugar de aérea y aumentaron el IVA a las compras de nuevas aeronaves.

Lo conseguimos, me digo a mí mismo en mis ratos más oscuros.

Y a ti te digo lo mismo: lo conseguimos. Ese es el poder de las protestas: uno nunca tiene que pensar que sus acciones no tendrán ningún efecto, que no podrá cambiar nada en el mundo. Esto es un mensaje a la humanidad: los hijos de tus hijos confían en ti.

Sin embargo, ha llegado la hora de emprender una nueva táctica. Los métodos de protesta han cambiado desde que mi madre me llevó a Greenham Common; la legislación es distinta y la tecnología, también. Ahora se puede ser más ingenioso, más discreto, más eficaz.

A lo largo de los años que han pasado desde nuestra misión de secuestro, he percibido un cambio radical en la actitud de la gente hacia el cambio climático. Tú también te habrás dado cuenta: mayor cobertura en los periódicos, más documentales, más famosos que se atreven a alzar la voz. La balanza empieza a inclinarse hacia nuestro lado, y hay que aprovechar la coyuntura.

Pero no seré yo quien lo haga.

Tener una imagen de marca lo es todo en este mundo consumista y obsesionado con las redes sociales, y acaparar la atención nunca ha sido mi estilo. Lo que hace falta es alguien joven, alguien lleno de pasión, alguien cuya pureza deslumbre a la humanidad entera.

Alguien como tú.

Sé que estás preparada para esto. Has oído mi versión de la historia y entiendes la situación. Comprendes que lo que importa es la causa, no las personas.

Las perspectivas son desalentadoras, lo sé, pero yo estaré a tu lado, esperando para dar un paso al frente. Te voy a ayudar a escribir tus discursos y a prepararte para las reuniones. Te voy a enseñar a movilizar a las masas con tu energía y tu candidez, hasta que crean en todas y cada una de tus palabras. Yo trabajaré en segundo plano y tú te llevarás el mérito. Te conocerán en todo el planeta y harás que las naciones se sienten a escuchar, porque eres la voz de la razón. La voz del futuro.

Por ahora considéralo una iniciación. Yo te explicaré cosas y tú las aprenderás, y mientras tanto te irás ganando los afectos de la gente para que, cuando llegue el momento oportuno, te sigan a donde los quieras llevar. Te enseñaré cómo hacerlo.

Ah, y tus padres…

Bueno, Sophia, ellos no son tus padres; son un señor y una señora que cuidan de ti, sin más. Son igual de familia tuya que tus maestros. Cuidar de ti es su deber, eso es todo. Adam y Mina querían una niña y les daba igual cuál; no es que te escogieran a ti en concreto. Pero en mi caso es distinto.

Sí. Así es. Yo sí te escogí.

Escogí contarte todas estas cosas mientras los demás asistían al juicio.

¿Y por qué?

Pues porque veo tu potencial. Porque juntos vamos a cambiar el mundo, y porque sé que eres lo bastante fuerte no solo para liderar esos cambios, sino para hacer de tripas corazón ante el derramamiento de sangre que nos llevará hasta ellos. Te elijo como mi número dos, como el futuro de mi gran misión.

Es a ti a quien elijo. Entonces ¿qué me dices?

Así me gusta. Estás tomando la decisión correcta.

Nos están mirando; tengo que irme. No les cuentes lo que te he ido diciendo, ¿vale? Será nuestro pequeño secreto. Tú haz como si nada y no digas ni una palabra. Compórtate como ellos quieran que te comportes. Por ahora.

Te avisaré cuando llegue el momento.

Epílogo

Sophia

Estoy apretujada entre mamá y papá en el taxi. Me siento como el juez de un partido de tenis; las palabras me pasan por delante, rebotando de mamá a papá y de papá a mamá, una y otra vez.

Pero ninguna jugada se me pasa por alto.

«Tal cosa se me ha pasado por alto». Eso es lo que dice la gente cuando hay algo a lo que no ha prestado atención. Como si las palabras volaran por los aires, como las pelotitas de tenis.

Los mayores piensan que lo que ellos dicen a mí se me pasa por alto. Piensan que, como soy pequeña, no escucho lo que dicen. Piensan que no lo entiendo. Un día oí a papá hablando con Derek. Oí que Derek decía: «Es que yo de verdad que a ese tío le veo algo raro», y entonces papá dijo: «Mina no soporta que haga un solo comentario negativo sobre él». Cuando me vieron, se callaron muy de golpe, y Derek dijo «¿Tú crees que...?», y papá dijo «No te preocupes, estas cosas a los niños se les pasan por alto».

Pues no, no se me pasó.

Estaban hablando de Rowan.

No soy tonta. Yo escucho con mucha atención. Escucho todo el rato y, cuando no lo entiendo algo, intento descubrir lo que significa. Normalmente se lo pregunto a mamá y a papá, pero a veces... a veces se lo pregunto a Rowan.

Rowan no piensa que sea demasiado pequeña para entender las cosas. Me habla del cambio climático y de por qué el primer ministro lo hace fatal, y de por qué pasan las cosas malas, como las peleas y las guerras. Muchos mayores ponen una voz diferente cuando hablan con los niños, pero él no. «Eres muy lista —dice—, no quiero tratarte como a un bebé».

No sé si soy tan lista. Hay cosas que me interesan. Descubro cosas y mi cerebro se acuerda. Como antes de que Becca nos encerrara en el sótano, cuando íbamos a cenar y papá hablaba conmigo de hacer pasteles los dos y Becca dijo que podían hacerse galletas con dientes de león. «Hay muchas webs sobre el tema», dijo.

Mamá me deja entrar en internet para buscar recetas, así que lo investigué. Becca tenía razón: se llama «cocina de subsistencia» y es cuando comes lo que encuentras por el bosque. Hay muchas hierbas que pueden comerse: frutos con cáscara, bayas, ortigas... muchísimas. Yo preparé magdalenas de bellota. Mamá y papá dijeron que estaban buenas, pero luego oí a papá decir que sabían a pienso de hámster y me enfadé tanto que por poco exploto.

Justo detrás de casa, en el parque, hay ortigas y moras y flores comestibles, como las violetas, las julianas y las malvas.

Lo que no se come son las dedaleras. Las dedaleras son venenosas.

Pero ¿cómo puede ser que sepa todo eso? ¡Si solo tengo nueve años!

Rowan me ha enseñado un montón de cosas. Como por ejemplo a encontrar cosas en internet sin que se vea que lo has estado buscando. O cómo hacer para que mamá y papá no piensen que estoy tramando algo.

Se le da bien actuar. A mamá le cae muy bien, pero a papá, no, aunque se den la mano como si fuesen amigos. Rowan dice que pronto papá empezará a jugar otra vez a la lotería, y que «Acuérdate de cómo acabó la última vez».

Cuando mamá dijo que iba a volver a coger aviones pensé que Rowan le diría algo —porque se había enfadado un montón por aquello—, pero en cambio le dio un beso y le dijo: «Bien hecho. Seguro que no habrá sido una decisión fácil». Después nos fuimos al parque y él me dijo que mamá podría haber aprovechado para protestar contra el cambio climático, pero que en cambio todos los periódicos hablaban de cómo la «valiente auxiliar de vuelo» retomaba su trabajo.

—Tendrías que decírselo —le dije, pero él negó con la cabeza.

—Estoy planeando una cosa mejor.

Estuvo muchísimo tiempo sin querer decirme qué era lo que planeaba. Lo que sí me contó es que tenía un secreto muy grande, un secreto importantísimo que yo no debía contarle a nadie. Ni a Derek ni a Cesca ni, sobre todo, a mamá y a papá.

Todo había sido idea suya. Lo del secuestro, lo de Becca… todo. Dijo que le sabía mal haber tenido que meternos en el sótano; dijo que debía entender que todo era «por un bien mayor». Cuando empezó el juicio, mamá y papá muchas veces se pasaban todo el día en el juzgado, y Rowan y yo los esperábamos en la cafetería y tomábamos chocolate caliente.

«Tengo que acabar de contarte mi historia —me dijo—. Creo que ya puedo confiar en que harás lo que debes hacer».

Empezó a contarme cada día un capítulo, como si fuesen cuentos de antes de irse a dormir.

«Te avisaré cuando llegue el momento», dijo.

Se ha olvidado de lo que me contó de cuando infringió la ley. De cuando le tiró una piedra a un policía. «Mi edad me absolvía de mis actos», dijo. Tuve que preguntarle qué significaba eso. Significaba que tenía nueve años, o sea que era demasiado joven para que lo arrestasen.

La misma edad que yo.

O sea que más me vale no perder el tiempo, ¿no?

Preparé las galletas un fin de semana. A mamá le gustaba que yo tuviera una «distracción», o eso dijo, y se alegraba de que lo del juicio no estuviera siendo «demasiado duro» para mí. Papá entro en la cocina cuando yo estaba echando las flores.

—¿Qué cocinamos hoy?

Tenía preparados cuatro boles con varias mezclas de ingredientes, para tener un sabor diferente en cada uno.

—Galletas de mantequilla —respondí—. Con flores comestibles. —De repente me entró como mucho calor, porque estaba segura de que papá podía leerme el pensamiento. ¿Rowan se sentiría así también cuando le tiró aquella piedra al policía?

—Tienen una pinta buenísima —dijo papá.

Decoré las galletas poniéndoles cachitos de pétalo por encima. Pensamientos amarillos en uno, flores de borraja azul en otro y rosas de color carne en otro.

Y, en la última hornada, un trocito de pétalo de dedalera morada.

Eso también me lo enseñó Rowan: hay que esconder los secretos justo donde todos puedan verlos.

La policía, más tarde, descubrirá la verdad, como os podréis imaginar. No soy tonta. Habrá una investigación, harán análisis de sangre y encontrarán rastros de dedalera, y sabrán que la puse yo en las galletas, y además bastante cantidad, y les parecerá sospechoso que tres raciones llevasen flores normales por encima y que las que contenían dedalera no llevasen nada.

Sabrán que he sido yo. Pero no podrán arrestarme.

Solo tengo nueve años.

El taxi se mueve un poco y frena otra vez. Papá suspira.

—Habría sido más rápido ir a pata.

—Sophia está agotada —dice mamá. Vamos con la ventanilla abierta y huelo cómo los asquerosos gases contaminantes de los coches que hay a nuestro alrededor saturan las calles—. Si perdemos el tren, comemos aquí. Me muero de hambre.

—He traído galletas —digo, como si acabara de acordarme. Abro la mochila y saco las bolsitas de papel. Hay una para cada uno.

—¿Qué haríamos sin ti? —Papá sonríe de oreja a oreja.

Yo también, pero el corazón me hace pum-pum, pumpum. Me pregunto cuánto se tarda en morir de envenenamiento por dedalera. Me pregunto cuánto debe doler.

Nos comemos las galletas mientras el taxi se mueve otro poco.

Está hecho.

Ya me siento mejor. A veces hay que hacer cosas malas para que pasen menos cosas malas. Igual que hizo Rowan.

—Estos pétalos están para chuparse los dedos —dice mamá. Se acerca a echar un vistazo a las galletas de papá y a las mías—. ¡Hala! Le has dado a Rowan tus favoritas. —Mira a papá y se ríe—. ¡A mí no me dejaba ni probar un pedacito!

—Bueno, se ha portado muy bien cuidándome mientras hacían el juicio —contesto—. Y me ha contado muchas historias interesantes. Vive solo y no creo que tenga a nadie que le haga galletas. Y me apetecía mucho mucho darle las de las flores moradas.

Mis papás intercambian una mirada que significa «¡Qué mona es!», y sé que están pensando en lo mucho que me quieren. En lo buena niña que soy.

—Eres muy amable. —Papá me rodea con un brazo y me da un achuchón.

Yo los miro a los dos y les dedico mi sonrisa más dulce.

—No es nada. Creo que Rowan se lo merece.

Nota de la autora

A veces la idea para un libro es algo que flota en el ambiente durante mucho tiempo antes de estar madura, como la semilla que va germinando en la tierra a la espera de la combinación justa de sol y de agua. Como muchos escritores, yo guardo una libreta llena de ideas, muchas de las cuales nunca dan fruto. En las primeras páginas de esa libreta hay una serie de frases: «Auxiliar de vuelo. Amenaza de secuestro. ¿Salvar a la niña o salvar el avión?».

Poco después de escribir esas palabras, vi un artículo que hablaba de los preparativos del primer vuelo directo de Londres a Sídney. En aquel momento, el vuelo más largo en el que había estado había sido de trece horas, y la idea de sumarle a aquello otras siete me horrorizaba. No pude evitar pensar en el *Asesinato en el Orient Exprés*, de Agatha Christie, donde los pasajeros quedan atrapados en un tren aislado por la nieve con un asesino entre ellos. La idea de estar suspendida en el aire, a treinta y cinco mil pies de altura y sin ningún lugar donde esconderme es algo que me aterra, así que, como es natural, decidí que pasaría un año escribiendo sobre ello.

Me encanta viajar y tengo la gran suerte de que a causa de mi trabajo debo hacerlo muy a menudo. Sin embargo, últimamente he empezado a preocuparme por la huella medioambiental de los vuelos que cojo, lo cual me ha llevado a valorar si todos son de veras necesarios desde un punto de vista laboral. Siempre que puedo, me desplazo en tren y trato de compensar el impacto de mis viajes cambiando toda una serie de pequeños detalles cuando estoy en casa. Cualquier gesto, por mínimo que sea, ayuda. A menudo, mientras espero sentada en los aeropuertos, observo al resto de los pasajeros y trato de adivinar cuáles serán sus motivos para viajar. Si un vuelo es o no «necesario» es una cuestión subjetiva, y al escribir este libro quería lanzar una mirada atenta a algunas de las percepciones y creencias que rodean a los viajes en avión y el ecologismo. Mientras escribía, se nos vino encima la covid-19, y poco a poco los países lo cerraron todo. Se cancelaron muchos vuelos, y el personal de las aerolíneas se vio suspendido de empleo de forma temporal, cuando no en la calle directamente. El cielo estaba más despejado. El año pasado visité trece países; este año, tengo la agenda vacía. Ha sido perturbador y estimulante a la vez escribir sobre un movimiento antiaviación en el momento justo en que esa industria se paralizaba casi por completo, y me quedé impresionada por lo positivo que fue el impacto medioambiental de aquella situación en un lapso de tiempo tan corto. Es imposible adivinar cómo será el mundo en el futuro, pero estoy segura de que todo esto cambiará nuestra forma de viajar para siempre.

Soy consciente de que los ecologistas que aparecen en mi novela no son precisamente héroes, por decirlo con suavidad. Son fundamentalistas, y los fundamentalistas no suelen empatizar con los demás. Pero ¿por qué escribir sobre unos extremistas y no sobre la legión de científicos y ecologistas que están haciendo un trabajo valioso de forma prudente y completamente legal? La respuesta corta es que, como thriller policiaco, me habría quedado muy soso. La respuesta larga es que la génesis de este proyecto se remonta a Oxford, a la época en que me acababa de graduar como policía. Me uní al cuerpo en un momento en que las manifestaciones contra la experimentación con animales eran acontecimientos prácticamente diarios, debido a que muchos laboratorios se encontraban alojados dentro de edificios universitarios. Como agente del orden, una está obligada a separar las creencias personales de las exigencias de la profesión, y, fueran cuales fueran mis propias opiniones sobre la experimentación con animales, mi deber era proteger a los científicos que estaban siendo blanco de las protestas. La inmensa mayoría de los manifestantes respetaban la ley y ejercían de manera legítima su derecho a defender sus reivindicaciones. Había, no obstante, una minoría ruidosa que no lo hacía. Me pareció fascinante que existieran individuos a los que les importara tanto la vida de los animales como para consagrar la suya a protegerla y que, al mismo tiempo, se preocuparan tan poco de los seres humanos como para incendiar la casa de una familia. ¿Está bien matar a una persona para salvar a un animal? ¿Y si lo que salvas es un bosque? ¿O un río?

Tiempo después, trabajé como agente mediadora en manifestaciones: yo era el punto de contacto entre la policía y los activistas. Tenía que sentarme en una habitación con un representante de un partido de extrema derecha, de una organización antifascista o de una plataforma a favor de los derechos de los padres separados y tratar de alcanzar un acuerdo a pesar de que nuestros objetivos tuvieran poco o nada que ver. Fue un trabajo apasionante que me enseñó muchas cosas acerca de la psicología de las protestas.

Mientras escribía el primer borrador de este libro, un activista impidió en Londres el despegue de un avión con destino a Dublín; mientras el personal de cabina trataba de desalojarlo, pronunció un largo alegato en contra del cambio climático. Creo que vamos a ver más actos de protesta en aeropuertos y aviones a medida que empeoren los efectos del cambio climático; a ecologistas recurriendo a vías de acción más extremas para hacerse oír. Sea cual sea el punto de vista de cada uno acerca de esos actos, cuesta contradecir a la ciencia (aunque haya una cantidad sorprendente de individuos que se atreva a hacerlo). Debemos actuar ahora mismo y salvar el planeta para las generaciones futuras. Viajar en tren, prohibir los plásticos de un solo uso, comer menos carne... hay miles de pequeños cambios que pueden llevarse a cabo hoy en día para lograr que el mañana sea muy distinto.

Por último, un apunte tranquilizador para todos aquellos con tendencia a la ansiedad que duden de si subirse a un avión después de haber leído este libro: es todo ficción. Tenéis diez veces más probabilidades de que os caiga un rayo que de que secuestren el avión en el que viajáis, y a menos que tengáis la costumbre de salir a hacer observaciones meteorológicas a campo abierto, lo primero tampoco es que sea muy probable.

Gracias por la lectura, y buen viaje.

CLARE MACKINTOSH

Agradecimientos

Como siempre, estoy enormemente en deuda con muchísimas personas, sin las cuales este libro no habría sido posible. Dos de mis lectores hicieron una donación a causas humanitarias a cambio de ver aparecer un nombre de su elección entre estas páginas: gracias a Tanya Barrow, cuya suegra, Patricia, es una auténtica aristócrata escocesa; y a Mike Carrivick, un antiguo empleado de Qantas que estuvo de servicio durante el primer vuelo de Londres a Sídney, en 1989. Tu muerte ficticia ha sido una muerte noble, Mike. Sus generosas donaciones fueron en favor de Aerobility, una magnífica asociación benéfica que da a las personas con discapacidad la oportunidad de aprender a pilotar. El trabajo que realizan es realmente revolucionario, y para mí fue un privilegio ayudarlos con su campaña de recaudación de fondos.

Le agradezco a Rhonda Hierons que compartiera conmigo sus experiencias con el trastorno de vinculación, y a varios amigos míos que me hayan hablado en detalle sobre el hecho de adoptar a una criatura. El impacto de empezar la vida en un entorno caótico, negligente o abusivo es profundo y duradero, y me admira que haya padres dispuestos a darles a esos niños un hogar seguro y feliz.

Habrá muchos pilotos, ingenieros aeronáuticos y auxiliares de vuelo con muchas ganas de hacerme ver mis errores en lo que respecta a configuraciones de cabina, diagramas de desvío, procedimientos de aterrizaje y muchas cosas más. Os derivo respetuosamente al departamento (ficticio) de atención al cliente de World Airlines, donde estarán encantados de atender vuestras reclamaciones. Yo, por mi parte, estoy tremendamente agradecida a la controladora aérea Charlotte Anderson y a varios especialistas en formación de personal de vuelo de Emirates: a Gillian Fulke, por sus consejos y su amplio conocimiento, y a Tony y a Athena, por darme la bienvenida a la Emirates Aviation Experience, donde mi hijo Josh y yo tuvimos la oportunidad de hacer aterrizar un B777 en el aeropuerto de Sídney en unas condiciones de vuelo exactas a las que Mina se encuentra en el libro. Varios pilotos de todo el mundo me han ayudado con mis investigaciones, y uno en concreto —quien me ha pedido permanecer en el anonimato— fue increíblemente generoso con su tiempo: me envió fotografías anotadas con la trayectoria de descenso exacta del avión de Mina, me describió un aterrizaje paso por paso y me respondió a numerosas preguntas acerca de una gran variedad de temas, desde cazas hasta los grados de nubosidad. Espero que sepa lo agradecida que estoy. Todas las equivocaciones que haya son mías, y su función, más que nada, es la de favorecer el desarrollo de la historia.

Gracias también a mi agente con vista de lince, Sheila Crowley, por avisarme de que el futbolista Jamie Crawford no podía estar de ninguna manera en un vuelo rumbo a Australia en un momento tan decisivo de la temporada, y a Graham Brown por confirmar que, aunque Jamie estuviera lesionado, se le exigiría que se quedase a apoyar al resto del equipo en los entrenamientos. En vista de todo eso, Jamie se retiró con elegancia del oficio entre el primer y el segundo borrador.

Sheila Crowley, de la agencia literaria y de talentos Curtis Brown, no solamente es una forofa del fútbol (y del rugby): también es una agente, mentora y estratega increíble, y una querida amiga mía. No hay nadie a quien preferiría tener de mi lado antes que a Sheila. También doy las gracias a Sabhbh Curran y a Emily Harris por su duro esfuerzo como parte de CB.

He tenido la fortuna de haber trabajado con la misma editora —Lucy Magaloni— desde que los derechos de mi debut novelístico fueron adquiridos en 2013. Es una mujer astuta y ambiciosa, que me empuja a superarme un poco más con cada libro, y eso es justo lo que a mí me gusta. Y ella solo es una parte del impresionante equipo de personas entusiastas y trabajadoras de Little, Brown Book Group, por quien tengo el gran honor de ser publicada. No hay espacio suficiente para mostrar mi agradecimiento a los miembros de los departamentos de diseño, ventas, marketing, contabilidad, publicidad, audiolibros... pero os aprecio a todos y cada uno. Debo otorgar un reconocimiento especial a Gemma Shelley, Brionee Fenlon, Kirsteen Astor, Millie Seaward, Rosanna Forte y Abby Parsons, y a Linda McQueen, correctora de estilo como hay pocas.

Gracias a Andy Hine, Kate Hibbert y Helena Doree del equipo del departamento de derechos, quienes con su esfuerzo colectivo han hecho llegar mis libros a los lectores de cuarenta países, y subiendo. Cuento con editores realmente excelentes en todo el mundo y me encanta ver cómo adaptáis mis libros a vuestros mercados.

Esto me lleva directamente al grupo de personas más importante de todos: los lectores. Tanto si habéis estado conmigo desde el principio o habéis empezado a leerme con este libro, si leéis libros electrónicos, libros prestados, audiolibros, libros de tapa dura, libros de tapa blanda, leéis un libro al año o leéis cien... gracias. Vosotros sois la razón de que pueda vivir de hacer algo que me encanta. Por favor, seguid dejando reseñas, seguid apoyando a las librerías independientes allá donde podáis, seguid utilizando las bibliotecas. Seguid leyendo. Si todavía no sois miembros de mi club de lectura, me encantaría veros por allí:

claremackintosh.com/jointheclub

Y por último, pero no por ello menos digno de mención —ni mucho menos—: gracias, Rob, Josh, Evie y George por soportarme.